[清] 蘅塘退士 编

陈平 编著

唐诗三百首

300 TANG POEMS

古典文学
精装典藏系列

湖南文艺出版社
HUNAN LITERATURE AND ART PUBLISHING HOUSE

博集天卷
CS-BOOKY

故人西辞黄鹤楼，烟花三月下扬州。
孤帆远影碧空尽，惟见长江天际流。

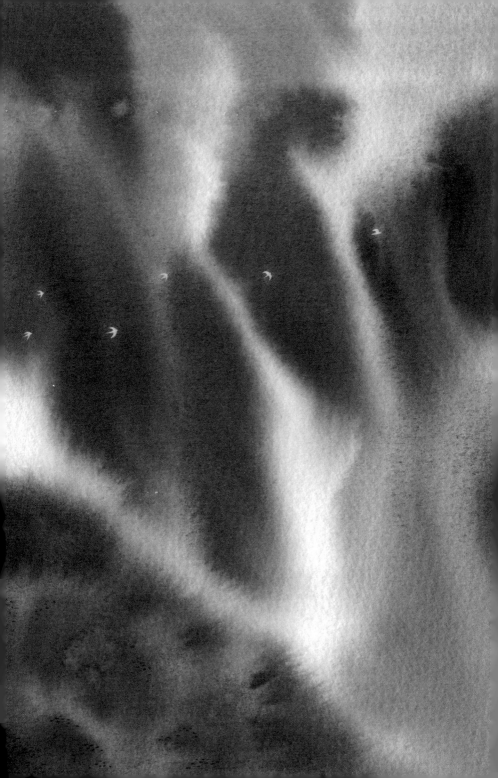

岱宗夫如何，齐鲁青未了。

造化钟神秀，阴阳割昏晓。

荡胸生层云，决眦入归鸟。

会当凌绝顶，一览众山小。

床前明月光，疑是地上霜。

举头望明月，低头思故乡。

空山不见人，
但闻人语响。
返景入深林，
复照青苔上。

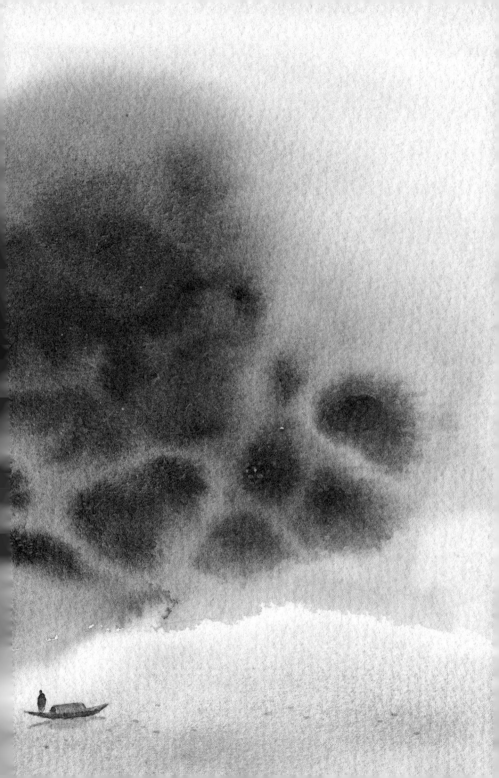

月落乌啼霜满天

江枫渔火对愁眠。

姑苏城外寒山寺，

夜半钟声到客船。

唐诗三百首

目录

五言古诗

乐府

五言律诗

七言律诗

七言绝句

乐府

清晨入古寺，初日照高林。

曲径通幽处，禅房花木深。

山光悦鸟性，潭影空人心。

万籁此皆寂，惟闻钟磬音。

千山鸟飞绝，万径人踪灭。

孤舟蓑笠翁，独钓寒江雪。

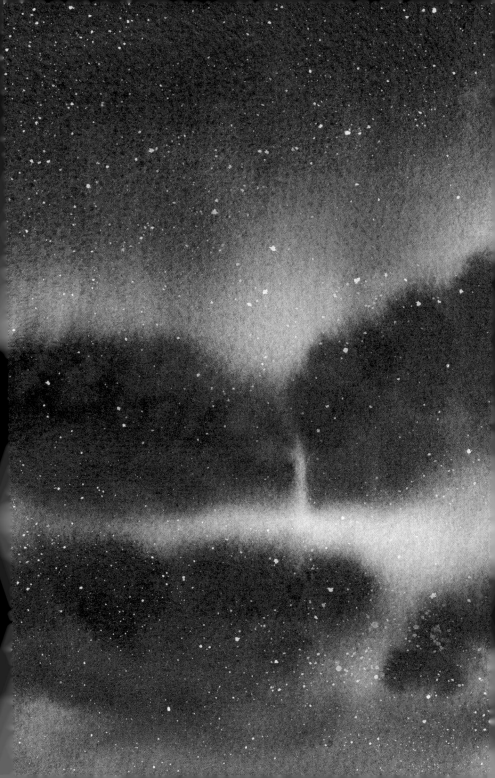

空山新雨后，天气晚来秋。
明月松间照，清泉石上流。
竹喧归浣女，莲动下渔舟。
随意春芳歇，王孙自可留。

松下问童子，言师采药去。
只在此山中，云深不知处。

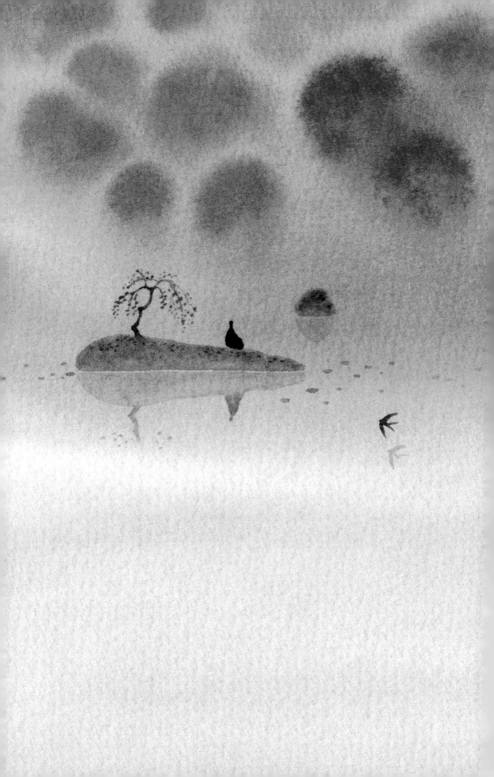

春眠不觉晓，
处处闻啼鸟。
夜来风雨声，
花落知多少。

五言古诗

北宋　赵佶　风雨牧归图○

张
九
龄

◇

张九龄（678—740），字子寿，一名博物。韶州曲江（今广东韶关市）人。长安年间进士，官至中书舍人、中书令。唐开元尚书丞相，后罢相，为荆州长史。他是一位有胆识、有远见的政治家、文学家。他忠耿尽职，秉公守则，直言敢谏，选贤任能，不徇私枉法，不趋炎附势，敢于与恶势力做斗争，为"开元之治"做出了积极贡献。其诗感情真挚，温雅清淡；晚年遭谗被贬后，诗风转为朴素刚健，寄兴讽谕。有《曲江张先生文集》。《全唐诗》存其诗三卷。

感遇

张九龄

兰叶春葳蕤¹，桂华²秋皎洁³。

欣欣⁴此生意⁵，自尔为佳节。

谁知林栖者⁶，闻风坐相悦⁷。

草木有本心，何求美人折。

【注释】

1 葳蕤：喻指草木茂盛。

2 桂华：桂花。

3 皎洁：明净。

4 欣欣：欣欣向荣之意，喻指草木繁茂充满生机。

5 生意：生机。

6 林栖者：山中隐士。

7 悦：喜爱、欣赏。

【点评】

这首诗是诗人被贬为荆州长史时所作。"兰叶春葳蕤，桂华秋皎洁"二句运用对偶，点明了这首诗的主要描写对象——春兰和秋桂，同时写出了它们各自的特点——"春葳蕤"和"秋皎洁"。

这两种植物在各自适合的季节表现出勃勃生机，同时给季节增添了生气，这是一种相互成就。诗人在这里用植物和时节暗喻有识之士和政治环境，即只有开明的政治环境才能让有识之士施展出自己真正的才华，而这些有识之士又能进一步促进政治环境的清明。"谁知"二字是全诗的转折点，春兰与秋桂因为香气被山林隐士喜爱，那么是不是说明它们很愿意被这些人采摘呢？不是的，因为"草木有本心"。春兰与秋桂之所以会散发香气，完全是出于它们的本性，并不是为了取悦谁，它们的态度是"何求美人折"。末尾两句是最能体现诗人思想感情的，体现了诗人坚守本心、洁身自好的高尚品格。

李白

李白（701—762），字太白，号青莲居士。祖籍陇西成纪（今
甘肃静宁西南）。伟大的浪漫主义诗人，人称"诗仙"。在
蜀中度过童年、青少年时代，二十五岁离蜀，漫游各地。早
年写了很多有名的诗，后进京任职，遭到排挤后被"赐金放还"。
后被卷入政治动乱，流放到夜郎（今属贵州），半路上得到
赦免，最后卒于当涂。其诗题材广泛，现实性较强，内容多
抨击黑暗腐败的时政，蔑视世俗权贵，表现出进步理想和强
烈的爱国主义精神。其诗风格豪放、飘逸、洒脱，想象丰富，
语言流转自然，音律和谐多变。他善于从民歌、神话中提取
素材，有浓厚的艺术魅力，是自屈原以来浪漫主义诗歌的新
高峰。其诗现存九百多首，《全唐诗》存其诗二十五卷。有《李
太白集》。

下终南山过¹斛斯²山人³宿置酒

李白

暮从碧山⁴下，山月随人归。

却顾所来径，苍苍横翠微。

相携及田家，童稚开荆扉⁵。

绿竹入幽径，青萝拂行衣。

欢言得所憩，美酒聊共挥⁶。

长歌吟松风⁷，曲尽河星稀。

我醉君复乐，陶然⁸共忘机。

【注释】

1 过：拜访。

2 斛斯：复姓。

3 山人：指隐士。

4 碧山：指终南山。

5 荆扉：荆条编扎的柴门。

6 挥：举杯。

7 松风：古乐府琴曲名，即《风入松》。

8 陶然：醉乐的样子。

【点评】

这首诗写的是诗人拜访隐居在终南山的斛斯山人的所见所感。暮色已至，终南山呈现出清淡青葱的山色，诗人就是在这样的夜晚，在天上一轮明月的陪伴下，走在下山的路上。诗人此时的心情是很平和的，回头看自己走过的路，是"苍苍横翠微"，即苍苍茫茫一片青翠。在这样的心情和这样的景色下，诗人和友人斛斯山人携手去了斛斯家，开门迎客的是家里的小孩子。"绿竹入幽径，青萝拂行衣"二句将场景从暮色苍山转换到了隐士居所，隐士居所有绿竹，有青萝。"幽"字的运用很符合全诗恬淡自然的氛围，"拂"字则赋予青萝人的动作，使得描写更为生动。诗人与友人一起饮酒长歌，不知不觉，天竟然快亮了。这个时候的诗人心情无限美好，"我醉君复乐，陶然共忘机"，道出了诗人完全忘记了世俗的不快与心机。

月下独酌 [1]

李白

花间 [2] 一壶酒，独酌无相亲 [3]。

举杯邀明月，对影成三人 [4]。

月既不解饮，影徒随我身。

暂伴月将影，行乐须及春。

我歌月徘徊，我舞影零乱。

醒时同交欢，醉后各分散。

永结无情游，相期邈云汉。

【注释】

1 独酌：一个人饮酒。酌，饮酒。

2 间：一作"下"，一作"前"。

3 无相亲：没有亲近的人。

4 "举杯"二句：我举起酒杯招明月共饮，明月与我和我的影子恰恰

为三人。一说月下人影、酒中人影和我为三人。

【点评】

这首诗写于诗人官场失意之时。诗人的政治理想不能实现，

心情苦闷，所以想办法开解自己，因此这首诗的情感变化十分明显。

开头的"花间"是背景，"一壶酒"是诗人的道具，"独酌"是诗人的动作。在花前独自喝酒，这是一个很孤单的场景，与当时诗人的心情相符。在这样的孤单之下，诗人突发奇想，以自己的影子和明月为伴，共同作乐，于是原来的孤单顿时变成了热闹。"行乐须及春"一句也表现了诗人及时行乐的人生态度。只是影子和明月毕竟不是人，不能与自己分享喜怒哀乐，诗人很清醒地意识到了这一点，所以才说"醒时同交欢，醉后各分散"。诗的最后两句"永结无情游，相期邈云汉"则表达了诗人的一种美好的期许，想要与影子和明月永远结伴交游，在遥远的仙境相会。但这样不切实际的愿望，再次体现了诗人内心的孤独与冷清。

春思

李白

燕草¹如碧丝，秦桑²低绿枝。

当君³怀归⁴日，是妾⁵断肠时。

春风不相识，何事入罗帏⁶。

【注释】

1 燕草：指燕地的草。

2 秦桑：秦地的桑树。

3 君：指征夫。

4 怀归：想家。

5 妾：古代妇女自称。

6 罗帏：丝织的帘帐。

【点评】

　　这首诗为古风短章，描写的是丈夫在燕地戍边，思妇在秦地独守的相思之苦。诗歌开篇将两地不同的景致放在一幅画面中描写，虚实结合，表现了思妇对丈夫真切的思念之情。"当君怀归日，是妾断肠时"，一是远在燕地的丈夫在春日到来时思家盼归，一是秦地的思妇知晓丈夫的心意后感到"断肠"。最后一句是思妇对春风的抱怨：春风啊，你我素不相识，为何要吹进我的罗帐，激起我的愁思？这看似不合情理的抱怨，实则是思妇在抒发自己对丈夫的思念之情。诗人以这样违背常情的描写结尾，反而能让人对思妇的心情有更加深刻的体会。

明　仇英　辋川十景图（局部）○

杜甫

◇

杜甫（712—770），字子美，自称少陵野老，世称杜少陵、
杜工部。巩县（今河南巩义）人，原籍襄阳（今属湖北）。
伟大的现实主义诗人，与李白并称"李杜"。杜甫生活在唐
朝由盛转衰的历史时期，多涉笔社会动荡、政治黑暗、人民
疾苦，其诗被誉为"诗史"。杜甫忧国忧民，人格高尚，
诗艺精湛，被后世尊称为"诗圣"。杜甫一生写诗，现存
一千四百多首，其中很多是传诵千古的名篇，对后世影响深远。

望岳 [1]

杜甫

岱宗 [2] 夫如何，齐鲁青未了。

造化 [3] 钟 [4] 神秀，阴阳割昏晓。

荡胸生层云，决眦 [5] 入归鸟。

会当 [6] 凌 [7] 绝顶，一览众山小。

【注释】

1 岳：泰山。

2 岱宗：泰山亦名岱山，居五岳之首，故称岱宗。

3 造化：天地，大自然。

4 钟：聚集。

5 决眦：睁大眼睛。

6 会当：一定要。

7 凌：登上。

【点评】

　　这首诗描绘了泰山的雄伟磅礴，表达了诗人对祖国大好河山的赞美之情。诗的题目是《望岳》，全诗虽没有一个"望"字，但字里行间都体现出"望"。开篇"岱宗夫如何"是一个问句，接着诗人自问自答：在齐鲁大地上，泰山苍翠的景色连绵不绝。这是诗人对泰山由衷的赞美。然后诗人对泰山的景色进行了具体的描写，先写泰山集大自然的灵气秀美于一身，再写它的巍峨高大：由于山高，太阳照得到的一面与太阳照不到的一面形成了晨、昏两种景致。这里的"割"字用得尤为巧妙、大胆且传神。接下来的两句写的是诗人"望岳"后自身的具体感受：升腾的层层云气使得诗人心胸摇荡，为了看清楚远处的归鸟，诗人的眼角睁得几乎要裂开了。诗的最后两句写的是由"望岳"产生的"登岳"的念头：一定要登上那最高的山峰，俯瞰那些相比之下显得渺小的山峰。全诗气势开阔，体现出诗人敢于攀登绝顶、俯视一切的雄心和气概。

赠卫八处士 [1]

杜甫

人生不相见，动如参与商 [2]。

今夕复何夕，共此灯烛光。

少壮能几时，鬓发各已苍 [3]。

访旧 [4] 半为鬼，惊呼热中肠。

焉知二十载，重上君子堂。

昔别君未婚，儿女忽成行 [5]。

怡然敬父执 [6]，问我来何方。

问答未及已，儿女罗酒浆。

夜雨剪春韭，新炊间 [7] 黄粱。

主称会面难，一举累十觞。

十觞亦不醉，感子故意 [8] 长。

明日隔山岳 [9]，世事两茫茫。

【注释】

1 卫八处士：卫是姓，排行老八。处士，即隐士。

2 参与商：指参星和商星。

3 苍：灰白色。

4 访旧：打听故旧亲友。

5 成行：儿女众多。

6 父执：父亲的挚友。

7 间：掺和。

8 故意：老朋友的情意。

9 山岳：指西岳华山。

【点评】

　　这首诗为杜甫任华州司功参军时所写。杜甫自洛阳回华州途中，探望了少年时代的友人卫八，诗的内容就是对这次重逢的描写，以及诗人由此产生的感慨。诗的前四句说的是别离后再难重逢的人生主题，正如天上的参星与商星，所以这次的见面更显得难能可贵。从离别到相聚，体现了诗人悲喜交加的复杂感情。重逢的两人已不复当年的青春年少，而是两鬓斑白。旧时的友人有一半都已经不在人世，让人心生哀叹。时隔二十年，卫八从尚未娶亲到如今儿女成行。诗人感到欣慰的同时，对迟暮已至亦感到无奈。卫八对诗人的到来也是欣喜不已，都不等诗人回答完自己的儿女的问题，就打发儿女为诗人准备饭菜了。不管是冒雨剪的韭菜，还是新煮的掺有黄米的米饭，无不体现出卫八对诗人的重视。这样的描写也十分符合我们的日常，容易引起共鸣。"主称会面难，一举累十觞。十觞亦不醉，感子故意长。"这四句写的是主客举杯畅饮，连饮十杯都不醉，足见诗人的激动、两人的情深义重。最后两句则是诗人发出的感慨："明日隔山岳，世事两茫茫。"

全诗从感慨重逢的不易，到描写重逢后的激动与欣喜，再到生发对未来茫茫世事的愁绪，表现出一种沉郁悲凉的氛围。结合当时安史之乱的历史背景，也能看出诗人对战乱早日结束的美好愿望。

清　华嵒　甜瓜悬苦藤○

佳人

杜甫

绝代有佳人，幽居[1]在空谷。

自云良家子，零落依草木[2]。

关中昔丧乱，兄弟遭杀戮。

官高何足论，不得收骨肉。

世情恶衰歇，万事随转烛[3]。

夫婿轻薄儿，新人美如玉。

合昏尚知时，鸳鸯不独宿。

但见新人笑，那闻旧人[4]哭。

在山泉水清，出山泉水浊。

侍婢卖珠[5]回，牵萝[6]补茅屋。

摘花不插发，采柏[7]动盈掬。

天寒翠袖薄，日暮倚修竹[8]。

【注释】

1 幽居：隐居。

2 依草木：住在山林中。

3 转烛：烛火随风转动，比喻世事变化无常。

4 旧人：佳人自称。

5 卖珠：因生活穷困而卖珠宝。

6 萝：藤类枝条。

7 采柏：采摘柏树叶。

8 修竹：长长的竹子。

【点评】

　　这首诗的主人公是一位战乱时惨遭抛弃的绝代佳人，通过佳人的自述，表现了战乱的残酷、世态炎凉，以及佳人高尚的情操。诗的开头是对这位佳人的引入，讲一位绝代佳人幽居在空谷中。接着，诗人以"自云"二字领起，用第一人称的写法，由这位佳人自己向我们诉说她的不幸遭遇。原来，这位佳人出身高门，却遭逢战乱，兄弟都命丧战乱，甚至连他们的尸骨都无从收回安葬。紧接着，残酷无情的现实又给了她一个沉重的打击，丈夫因为她家道中落而抛弃了她，另娶了一个容颜美丽的妻子。"合昏尚知时，鸳鸯不独宿。但见新人笑，那闻旧人哭。"这四句是佳人对轻薄无情的丈夫的控诉，在一新一旧、一笑一哭中，佳人的遭遇更显凄惨，引人同情。不过，生活中的种种艰难依然不能让佳人向命运屈服。诗的最后提到的"柏"和"修竹"都是对佳人高尚情操的赞美，也可看作诗人的一种自喻。

梦李白（二首）

杜甫

其一

死别已吞声¹，生别常恻恻²。

江南瘴疠³地，逐客⁴无消息。

故人入我梦，明我长相忆。

恐非平生魂，路远不可测。

魂来枫林⁵青，魂返关塞⁶黑。

君今在罗网⁷，何以有羽翼⁸。

落月满屋梁，犹疑照颜色⁹。

水深波浪阔，无使蛟龙得。

【注释】

1 吞声：极端悲伤，哭不成声。

2 恻恻：悲痛。

3 瘴疠：疾疫。古代称江南为瘟疫多发之地。

4 逐客：被流放的人，此处指李白。

5 枫林：指李白被放逐的西南之地。

6 关塞：杜甫所在的秦陇之地。

7 罗网：捕鸟的工具，这里指法网。

8 羽翼：翅膀，这里指李白的自由身。

9 颜色：指容貌。

【点评】

　　这首诗在开头便营造了一种悲怆、沉重的气氛，"死别"和"生别"都是让人悲痛不已的事情，此时被流放到瘴疠之地的李白没有任何消息，所以诗人的担忧进一步加深。诗人挂念太久，于是有了"故人入我梦，明我长相忆"。这里诗人写的是"故人入我梦"，而非"我梦见故人"，将自己主动梦见李白这件事变成了被动的，即诗人被李白入梦了。这样描写，体现了二人友谊之深厚和诗人挂念之深切。此时，在梦中见到李白的诗人立刻有了新的担忧："君今在罗网，何以有羽翼。"你如今被流放到遥远的江南，距离身在北方的我山高路遥，你是怎么来的呢？难道是你的魂魄吗？借着满屋的月光，诗人看到了李白憔悴的容颜，想到李白入梦来了又要去，路途遥远，只得将自己的担忧转化为殷殷叮嘱："水深波浪阔，无使蛟龙得。"这一路上水深浪高，你一定要小心谨慎，千万不要失足掉入蛟龙的口中。这里的"水"和"波浪"暗指现实政治环境，"蛟龙"指的则是那些奸诈之人。从这两句我们可得知当时李白处境险恶，所以诗人有此担忧也就不足为奇了。

其二

浮云终日行，游子¹久不至。

三夜频梦君，情亲见君意。

告归²常局促³，苦道⁴来不易。

江湖多风波，舟楫恐失坠。

出门搔白首，若负⁵平生志。

冠盖⁶满京华，斯人⁷独憔悴。

孰云⁸网恢恢，将老身反累。

千秋万岁名，寂寞身后事。

【注释】

1 游子：指李白。

2 告归：辞别。

3 局促：不安、不舍的样子。

4 苦道：反复诉说。

5 若负：好像辜负。

6 冠盖：指代达官权贵。冠，官帽。盖，车上的篷盖。

7 斯人：此人，指李白。

8 "孰云"二句：谁说天道公正，对你却这么严酷，到老了还受到牵累。

孰云，谁说。

【点评】

　　全诗以"浮云"引入描写。天上的浮云整日飘来飘去，远游的故人却迟迟不来。诗人频繁地梦到李白，但这里没有直接写自己对李白的挂念有多深厚，反而写"情亲见君意"，即说李白对自己情深义重。这与上一首的"故人入我梦，明我长相忆"是一样的，都是推己及人，抒写二人的深厚情谊。而梦中的李白总是匆匆而至，又匆匆离去，反复说着自己来一趟有多么不容易，江湖上的风波太多了，一不留神就会翻船。眼看暮年已至，李白满心的抱负却仍旧没有实现，诗人由此发出了"冠盖满京华，斯人独憔悴"的感慨。不仅如此，如今的李白还遭受牵连，无辜受累，这哪里是"网恢恢"的样子。诗人为李白的遭遇鸣不平，对黑白不分的社会提出了控诉。李白死后即使才名流芳百世，也弥补不了生前留下的遗憾。"千秋万岁名，寂寞身后事"一句，既有诗人对李白才华的肯定和对他遭遇的深切同情，又饱含对自己坎坷一生的嗟叹。

王
维

◇

王维（701—761），字摩诘。原籍太原祁县（今属山西），
后迁至蒲州（今山西永济），中年后居于蓝田辋川别业。盛
唐时期的著名诗人，官至尚书右丞。崇信佛教，人称"诗佛"。
其诗、画成就都很高，苏轼赞他："味摩诘之诗，诗中有画；
观摩诘之画，画中有诗。"（《书摩诘蓝田烟雨图》）尤以
山水田园诗成就最高，与孟浩然合称"王孟"。

送綦毋潜[1]落第还乡

王维

圣代无隐者，英灵[2]尽来归。

遂令东山客[3]，不得顾采薇。

既至金门[4]远，孰云吾道非？

江淮度寒食，京洛[5]缝春衣。

置酒长安道，同心[6]与我违。

行当浮桂棹[7]，未几[8]拂荆扉。

远树带行客，孤城当落晖。

吾谋适不用，勿谓知音稀[9]。

【注释】

1 綦毋潜：王维好友，复姓綦毋，名潜。

2 英灵：具有德行和才干的人。

3 东山客：隐居者，借指綦毋潜。

4 金门：金马门，汉代宫门名。此处指代朝廷。

5 京洛：指东京洛阳。

6 同心：志同道合的朋友。

7 桂棹：桂木做的船桨。

8 未几：不久。

9 "吾谋"二句：指綦毋潜此次落第。《左传·文公十三年》："[士会]乃行。绕朝赠之以策（马鞭）曰：'子无谓秦无人，吾谋适不用也。'"

【点评】

　　这是一首送别诗，送别的是科考落第的友人綦毋潜，诗人在诗中对友人进行了劝慰和鼓励。诗的前两句是对当时的政治环境的描写："圣代无隐者，英灵尽来归。"在政治开明、社会安定的时代，有真才实学的人纷纷选择了入仕。友人既然选择了这条路，那就不应该对自己有所怀疑，摇摆不定，只要坚持下去，总能取得成功，所以诗人劝慰綦毋潜："既至金门远，孰云吾道非？"接下来，诗人由劝慰友人不要因这一次落第而怀疑自己的选择，转到友人离家已久，是时候回家一趟的话题上来，然后自然而然地写到了两人的分离，"置酒长安道，同心与我违"，足见诗人对綦毋潜的深情厚谊。为了让綦毋潜更快地从科考落第的沮丧中走出来，诗人还虚写了綦毋潜在归途上可能看到的风景，以及回程的快捷，给人温暖、向往之感。最后两句再次劝勉对方，这次没有考中，是因为时运不济，并非因为朝廷中没有人能赏识他，希望綦毋潜不要怨天尤人，也不要因此一蹶不振。通读全诗，诗人的安慰与鼓励皆十分恰当，并不浮于表面，从而能给人带来振奋、温暖之感。

送别

王维

下马饮君酒¹，问君何所之²。

君言不得意，归卧³南山⁴陲⁵。

但去莫复问，白云无尽时。

【注释】

1 饮君酒：劝君饮酒。

2 何所之：去哪里。

3 归卧：隐居。

4 南山：终南山，在今陕西省西安市南。

5 陲：山脚下。

【点评】

　　这是一首送别诗，送别的对象是要去终南山隐居的友人。诗人在诗的开头就直接点题："下马饮君酒，问君何所之。"下马劝友人喝一杯送别酒，问友人打算去往哪里。接着是友人的回答："君言不得意，归卧南山陲。"友人向诗人表达了自己不得意的心情，表示自己要去终南山隐居。"不得意"三个字是友人归隐的原因，也是诗人想通过这首诗表达的一种心情。面对友人的"不得意"，诗人没有追问为何不得意，而是劝慰他："但去莫复问，白云无尽时。"只管去归隐吧，不必为了俗世的得失而意难平，那飘浮不定、永无止境的白云，已足够人消遣了。诗的最后两句丰富了整首诗的内蕴，从劝慰归隐的友人写到了诗人的人生态度，表现出一种豁达，同时暗含了诗人对现实的不满。

清 恽寿平 花卉图○

青溪

王维

言入黄花川，每逐青溪水。

随山将万转¹，趣途²无百里。

声喧乱石中，色静深松里。

漾漾³泛菱荇⁴，澄澄⁵映葭苇⁶。

我心素已闲，清川澹如此。

请留磐石⁷上，垂钓将已矣。

【注释】

1 万转：形容山路曲折。

2 趣途：指走过的路途。趣，同"趋"。

3 漾漾：水波动荡。

4 菱荇：泛指水草。

5 澄澄：清澈透明。

6 葭苇：泛指芦苇。

7 磐石：又大又平的石头。

【点评】

　　这首诗写于诗人归隐途中，诗人借写一条不知名的小溪，表达了自己恬淡闲适的心境。诗的开头写的是诗人对青溪的喜爱："言入黄花川，每逐青溪水。"每次来到黄花川，诗人都要逐溪而行。接下来六句是对青溪景致的描写，溪水随着山势百转千绕，但流经的路途不足百里。在乱石中穿过时，流水忽然变得喧嚣，这里的"喧"字将溪水与石头撞击的声音恰如其分地表现了出来。清澈的溪水与深绿色的松林互相映衬，加上水中浮动的水草和倒映在水中的芦苇，整首诗的意境美被体现得淋漓尽致。描写完青溪的美景后，诗人开始抒发自己的志向："我心素已闲，清川澹如此。请留磐石上，垂钓将已矣。"为什么诗人要花费笔墨去为这么一条并不知名的小溪赋诗呢？因为这条小溪表现出来的自然、随意，符合诗人当下的心境。诗人甚至表达了就此留在溪边的磐石上，在垂钓中过完一生的意愿。可以说，诗人的心境与青溪的景致已然融为一体，所以这首诗读来才会让人觉得意味深长，引人入胜。

渭川田家 [1]

王维

斜阳照墟落 [2]，穷巷 [3] 牛羊归。

野老念牧童，倚杖候荆扉 [4]。

雉雊 [5] 麦苗秀，蚕眠 [6] 桑叶稀。

田夫荷 [7] 锄至，相见语依依。

即此羡闲逸，怅然 [8] 吟《式微》[9]。

【注释】

1 田家：农家。

2 墟落：村庄。

3 穷巷：深巷。

4 荆扉：柴门。

5 雉雊：野鸡鸣叫。

6 蚕眠：蚕在成长过程中，每次蜕皮前有一段时间不动不食，像睡眠状态。

7 荷：用肩膀扛着。

8 怅然：指失意的样子。

9《式微》：为《诗经》的篇名，有"式微式微，胡不归"之句，表归隐之意。

【点评】

这首诗描绘的是一幅乡村暮归图，写的是渭水两岸的农村生活。整首诗的核心是一个"归"字。残阳斜照时，有牛羊归圈，有老人盼孩童归家，有麦田里的野鸡呼唤自己的同伴快快归来，有蚕找到自己的归处，开始吐丝做茧，还有劳作后归来的农夫在路上与遇到的人依依话别，最后是诗人自己对这种种"归"的羡慕之情。此时的王维在官场上正遭受排挤，他深感自己在仕途上失去了依傍，进退两难。在这样的心境下，他来到渭水两岸，看到这里万物皆有归处，对比自己的无所适从，不禁感慨："即此羡闲逸，怅然吟《式微》。"羡慕之意油然而生，同时对自己的境遇更感惆怅。诗人在前面描写的"归"，都是为了反衬自己的"无处可归"，这是诗人想要表达的重点所在。

西施咏

王维

艳色天下重，西施宁久微[1]。

朝为越溪女，暮作吴宫妃。

贱日岂殊众，贵来方悟稀。

邀人傅脂粉，不自著罗衣。

君宠益娇态，君怜无是非。

当时浣纱[2]伴，莫得同车归。

持谢[3]邻家子，效颦[4]安可希[5]。

【注释】

1 微：指身份低微。

2 浣纱：洗衣服。

3 持谢：奉告。

4 效颦：《庄子·天运》记载，"故西施病心而颦其里，其里之丑人见而美之，归亦捧心而颦。其里之富人见之，坚闭门而不出；贫人见之，挈妻子而去之走。彼知颦美而不知颦之所以美"。颦，同"颦"。后人以"效颦"来讽刺不善模仿，弄巧成拙。

5 希：期望、企求。

【点评】

这首诗取材自历史人物，借古讽今。诗歌起首"艳色天下重，西施宁久微"道出了一种必然：艳丽的姿色向来被天下人看重，所以姿色绝绝的西施哪里会永远处于低微的地位呢？因此，"朝为越溪女，暮作吴宫妃"便是一件很自然的事情。接下来，诗人正式开始嘲讽，西施得到了吴王的宠爱，地位不同于往日，大家都去攀附她、夸奖她，这是一种趋炎附势。而西施从浣纱女一跃成为宠妃之后，衣、食、住、行皆有专人伺候，且"君宠益娇态，君怜无是非"，这表现出来的是一种恃宠而骄、不可一世。这两种行为都是为诗人所不齿的，也是他在诗中着力讽刺、批判的，当然，从更深的层次来说，这一切的根源还是"重色"的君王，由此也可以看出诗人对当时的君主心有不满。在诗的最后，诗人提出了一句奉告："持谢邻家子，效颦安可希。"这里的"邻家子"表面上看是在说效颦的东施，实际上是在劝告那些趋炎附势、喜欢效法他人的人，当心弄巧成拙，跟东施一样留下千古笑柄。

孟
浩
然

◇

孟浩然（689—740），襄州襄阳（今湖北襄阳）人。年轻时
隐居在襄阳附近的鹿门山，读书作诗。四十岁到京城长安考
进士，但没有考中，挫败而回。他的诗多是写求官不成的失
意情绪和幽静美丽的山水田园，形成了清新淡雅的艺术特色。
他是当时颇负盛名的山水田园派诗人。

枝上秋雲金粟冷衣邊香露玉杯凄

吳門客館觀元人本適此壽平

秋登兰山[1]寄张五

孟浩然

北山[2]白云里，隐者自怡悦。

相望[3]试登高，心随雁飞灭。

愁因薄暮[4]起，兴是清秋[5]发。

时见归村人，沙行渡头[6]歇。

天边树若荠，江畔洲如月。

何当载酒来，共醉重阳节。

【注释】

1 兰山：名汉皋山，又称万山、蔓山，地处湖北襄阳西北。

2 北山：指张五隐居的山，即万山。

3 相望：相互遥望。

4 薄暮：傍晚，太阳快落山时。

5 清秋：明净爽朗的秋天。

6 渡头：渡口，过河的地方。

【点评】

　　这是一篇秋季登高望远、思念故友的诗作。诗人从白云缭绕的兰山之景写起，此处的"隐者"即诗人本人，这样的景带给诗人"怡悦"的感受。那么，诗人为什么要登高望远呢？下一句就给出了答案——"相望试登高"，诗人是因为想起了对面山中的朋友张五才爬上这座山的，想象自己跟朋友遥相对望的场景。这里就体现出了全诗的主题——思念朋友。而且在当时的情境下，诗人产生了"愁"跟"兴"两种截然不同的情感。"愁"是残阳引起的，"兴"是明净爽朗的秋天引起的。这样复杂的情感却无人可分享，想必诗人内心一定觉得非常遗憾。诗的第七句到第十句写的是诗人站在山上俯瞰的景象，有归家的农人，有在渡头歇息的行人，还有远望像荠菜一样小的大树跟弯月一样的沙洲。面对此情此景，诗人忍不住感叹："何当载酒来，共醉重阳节。"什么时候才能与朋友在此处共饮，在重阳节大醉一场？全诗的意境十分开阔，其中夹杂着诗人淡淡的愁绪和遗憾，同时表现出了诗人对张五的真挚情意。

夏日南亭怀辛大

孟浩然

山光忽西落，池月¹渐东上。

散发乘夕凉，开轩²卧闲敞³。

荷风送香气，竹露滴清响。

欲取鸣琴弹，恨⁴无知音赏。

感此怀故人，终宵⁵劳⁶梦想⁷。

【注释】

1 池月：映在池水中的月亮。

2 开轩：开窗。

3 闲敞：幽静宽敞的地方。

4 恨：遗憾。

5 终宵：整夜。

6 劳：苦于。

7 梦想：梦中怀想。

【点评】

　　这首诗由两部分组成，前半部分是诗人在夏夜散发乘凉，后半部分是表达对友人的思念。诗的开头是两个对偶句，山光西落，池月东上，表明时间是晚上。接着诗人描写了自己的状态：躺在开阔的地方，开着窗，散发乘凉。然后是两句景物描写，在描写景物时，诗人是从嗅觉和听觉两个角度写的：夏风送来了荷花的香气，这是嗅觉；露水从竹叶上滴下来，发出清脆的声响，这是听觉。这里的景物描写十分生动，能让人产生身临其境之感。也正是受到"竹露滴清响"的启发，诗人有了"欲取鸣琴弹"的念头，只是"恨无知音赏"，不免觉得遗憾。诗人由赏景引发想要弹奏的兴致，又由弹奏引发无人欣赏的遗憾，接着便自然而然地思念起了可以为知己的故人。最后一句"终宵劳梦想"则表现出了诗人对故人的思念之深切，情感表达十分细腻。

北宋　赵佶　竹禽图〇

宿业师山房待丁大不至

孟浩然

夕阳度西岭，群壑倏已暝。

松月生夜凉，风泉满清听。

樵人归欲尽，烟鸟[1]栖初定。

之子[2]期宿[3]来，孤琴候萝径。

【注释】

1 烟鸟：暮烟中的归鸟。

2 之子：这个人。

3 宿：住宿，过夜。

【点评】

　　这首诗首二句"夕阳度西岭，群壑倏已暝"写的是夕阳西下的薄暮时分，千山万壑突然暗了下来。接下来"松月生夜凉，风泉满清听"，月亮已经上来了，照进了松林，夜晚的缘故，风声和泉水的声音更加清晰，让人听得更加真切，这时夜色更浓了一些。直到砍柴的人都已回了家，烟霭中的鸟也都归了巢，约好在寺庙中共度一夜的朋友却还没来。于是诗人独自一人带着琴在路上等候。全诗的景物描写有一个慢慢递进的过程——从太阳刚下山到夜深人静，这实际上也是诗人等候友人的过程，即使诗人一直在等，我们在诗中也读不出丝毫的抱怨。最后一句所展现出的一人一琴的意境，为这首诗增添了韵味，诗人耐心等候的形象跃然纸上。

明 仇英 临溪水阁图〇

王
昌
龄

王昌龄（？—756），字少伯。盛唐著名边塞诗人，尤擅七绝，有"诗家夫子王江宁"之称。王昌龄的诗以三类题材居多，即边塞、闺情宫怨和送别。王昌龄在写作方式上擅长以景喻情，情景交融。这本是写边塞诗最常用的手法，但是诗人运用最简练的技巧，于情境之外又扩出更为广阔的视野，在最平实无华的主题之中凝缩出贯穿时间与空间的永恒的思考。

同从弟南斋玩月忆山阴崔少府

王昌龄

高卧南斋时，开帷月初吐。

清辉澹水木，演漾在窗户。

荏苒[1]几盈虚？澄澄变今古。

美人[2]清江畔，是夜越吟[3]苦。

千里其如何？微风吹兰杜。

【注释】

1 荏苒：时间的渐渐过去。

2 美人：指自己思慕的人，这里指崔少府。

3 越吟：据《史记·张仪列传》载，战国时越人庄舄仕楚，虽富贵，不忘故国，病中吟唱越国的歌寄托乡思。比喻思乡忆国之情。

【点评】

　　这首诗由月色写起，描绘了诗人与堂弟在南斋赏到的月色。此时，月亮初升，诗人打开窗户，看到月光倾洒在窗外的树上和窗户上。月光如水，所以诗人用了"澹"和"演漾"。但是诗人没有继续停留在对月光的描写上，而是写出了自己的思考："荏苒几盈虚？澄澄变今古。"岁月流逝，这轮明月在圆缺之间不断变化，澄澄月色映照着古今之事，见证着历史的变迁。一代又一代的人都看着这同一轮月，诗人不由得感慨起来。在这样的感慨之下，诗人想到了远在清江畔的崔少府，想必他也在望着这轮明月思念家乡吧！值得一提的是，这里用"美人"指代崔少府，是在称赞他品行高洁，就如《离骚》中的"香草美人"一般。诗的最后四句抒发的是诗人对崔少府的思念之情，只是诗人将这种思念之情表达得十分委婉。纵观全诗，情景交融，抒情表意皆含蓄有韵味，有很强的艺术感染力。

明 仇英 松林六逸〇

丘
为

◇

丘为，嘉兴（今属浙江）人。早年考学不顺，天宝二年（743）
进士及第，官至太子右庶子。致仕，给俸禄之半以终身。贞
元间卒，年九十六。与王维、刘长卿友善，相互唱和。《全
唐诗》存其诗十三首。

寻西山隐者不遇

丘为

绝顶一茅茨[1]，直上三十里。

扣关[2]无僮仆，窥室惟案几[3]。

若非巾柴车[4]，应是钓秋水。

差池[5]不相见，黾勉[6]空仰止[7]。

草色新雨中，松声晚窗里。

及兹契幽绝，自足荡心耳。

虽无宾主意，颇得清净理。

兴尽方下山，何必待之子。

【注释】

1 茅茨：指茅屋。

2 扣关：敲门。

3 惟案几：只有桌椅茶几，表明居室简陋。

4 巾柴车：指乘车出游。巾，覆盖。柴车，简陋的小车。

5 差池：原为参差不齐，这里指此来彼往，交叉错过。

6 黾勉：勉力，尽力。

7 仰止：仰望，倾慕。

【点评】

从题目来看，这首诗写的是诗人去拜访一位隐者，却没有见到。整首诗表现出诗人积极豁达的心态。诗的前两句介绍了隐士的住所在高高的山顶上，从山下走上去足足有三十里。诗人不辞辛劳地爬上去后，敲门无人应，原来隐者不在家。"差池不相见，黾俛空仰止"是诗人发现隐者不在家后的第一反应，这里稍微表露出了一些遗憾。但是接下来，诗人把注意力转到了周围的景色上："草色新雨中，松声晚窗里。"青草在雨水的清洗下颜色更加青翠喜人，阵阵松涛声通过晚风进入了耳中。在这样的景致下，诗人得到了一种满足感，所以他说："虽无宾主意，颇得清净理。"虽然没有跟这位隐者交谈，但是自己已经领悟到了清净修身的道理。原本打算上山来跟这位隐者见一见，畅谈一番，但此时隐者不在，诗人却有了新的领悟，认识到了新的自己。"兴尽方下山，何必待之子。"觉得尽兴了就下山，不必非要见到隐者。这是诗人通过这次"不遇"所领会到的新的人生态度，从这个角度来说，正是这次"不遇"让诗人遇到了一个豁达、潇洒的自己。

綦毋潜

◇

綦毋潜，字孝通。虔州（今江西赣州）人。开元十四年（726）
进士及第，后官至著作郎。约卒于天宝末。綦毋潜与许多著
名诗人，如李颀、王维、张九龄、储光羲、孟浩然、卢象、
高适等交往密切，其诗清丽典雅，恬淡适然。《全唐诗》收
录其诗一卷，多记述与士大夫寻幽访隐的情趣。

春泛若耶溪 [1]

綦毋潜

幽意无断绝，此去随所偶。

晚风吹行舟，花路入溪口。

际夜 [2] 转西壑，隔山望南斗 [3]。

潭烟 [4] 飞溶溶，林月低向后。

生事且弥漫 [5]，愿为持竿叟。

【注释】

1 若耶溪：《太平寰宇记》卷九十六载："若耶溪在 [会稽] 县东南二十八里。"

2 际夜：至夜。

3 南斗：星宿名称。

4 潭烟：水汽。

5 弥漫：渺茫。

【点评】

　　这首诗呈现出一种清幽闲散的意境，抒发了诗人的退隐思想。全诗以"幽意"开头，"幽意无断绝"是说幽居独处、不理世事的意向从未断绝过，这次在若耶溪泛舟，也是任其自流，漂到哪里算哪里，显示了诗人的随性。接下来则是诗人对一路所见景致的描写。晚风吹着小舟，小舟沿着开满野花的河岸入了溪口。"际夜转西壑，隔山望南斗"描写的则是远处的山岭和天上的星星。随后，诗人又写了夜晚的水潭上升腾的水汽和林间的月亮。这几句景色描写有远有近，以静景为主，其间夹着轻微的"动"，比如"潭烟飞溶溶"，使画面不至单调。在这样幽静朦胧的夜色中，诗人不禁心生感慨："生事且弥漫，愿为持竿叟。"世事纷杂，捉摸不定，不如做一个钓叟来得清净。结尾表达出来的归隐之愿，与开头的"幽意"是同一种追求，体现了诗人超然出世的人生态度。

常
建
◇

常建（生卒年不详），字号不详，一说是邢台人或长安（今陕西西安）人。开元十五年（727），与王昌龄同榜进士。仕宦不得意，来往山水名胜，在很长一段时间过着漫游生活。后移家隐居鄂渚。曾任盱眙尉。其诗歌多为山水田园题材，也有少部分边塞诗。

宿王昌龄隐居

常建

清溪深不测，隐处[1]惟孤云。

松际露微月，清光犹为君。

茅亭宿花影，药院[2]滋[3]苔纹。

余亦谢时[4]去，西山鸾鹤[5]群。

【注释】

1 隐处：隐居的地方。

2 药院：种芍药的庭院。

3 滋：生长。

4 谢时：摆脱世俗之累。

5 鸾鹤：古时常指仙人的禽鸟。

【点评】

　　这首诗的题目是《宿王昌龄隐居》，点明了诗中所描绘的地方是王昌龄隐居过的地方。此时，王昌龄已经步入仕途，而诗人在辞官返乡途中，绕路来到这里住了一夜。诗以写景开头，描绘了一幅略显孤单的画面：清溪流入深处，望不到头，隐居处只有孤云相伴。接下来"清光犹为君"中的"君"指的是王昌龄，虽然他人已经不在这里了，但是多情的月光如约而至，像是在替主人陪伴远道而来的客人。夜宿

在此处，诗人看到了窗外的丛丛花影，看到种满芍药的院子因为久无人打理而生出了青苔。这里有一种微妙的暗示，即诗人希望王昌龄再度归来隐居。末联"余亦谢时去，西山鸾鹤群"表达的是诗人自己想要归隐的意愿，而"亦"字说明想归隐的不只是他自己，再次暗示了诗人想要招王昌龄归来隐居的想法，由此可看出诗人表情达意皆十分含蓄。

明 仇英 莲溪渔隐图○

岑参

◇
│

岑参（约715—770），江陵（今属湖北）人。天保三年（744）
进士。官僚家庭出身，其曾祖父、伯祖父、伯父都官至宰相。
与高适并称"高岑"。岑诗的主要思想是慷慨报国的英雄气
概和不畏艰难的乐观精神；艺术上气势雄伟，想象丰富，夸
张大胆，色彩绚丽，造意新奇，风格峭拔。他擅长七言歌行，
描绘壮丽多彩的边塞风光，抒发豪放奔腾的感情。

与高适薛据登慈恩寺浮图 [1]

岑参

塔势如涌出 [2]，孤高耸天宫。

登临出世界 [3]，蹬道盘虚空。

突兀 [4] 压神州，峥嵘 [5] 如鬼工 [6]。

四角碍白日，七层摩苍穹。

下窥指高鸟，俯听闻惊风。

连山若波涛，奔走似朝东。

青槐夹驰道 [7]，宫观 [8] 何玲珑。

秋色从西来，苍然满关中。

五陵 [9] 北原上，万古青蒙蒙。

净理 [10] 了可悟，胜因 [11] 夙所宗。

誓将挂冠 [12] 去，觉道资无穷。

【注释】

1 浮图：指佛塔。

2 涌出：形容拔地而起，突出塔的高耸。

3 世界：佛语，指宇宙。

4 突兀：形容高耸入云的样子。

5 峥嵘：形容山势高峻。

6 鬼工：非人力所能建造。

7 驰道：古代供皇帝行驶车马的道路。

8 宫观：供帝王游憩的宫馆。

9 五陵：指汉代五个帝王的陵墓，即汉高祖长陵、惠帝安陵、景帝阳陵、武帝茂陵、昭帝平陵。

10 净理：佛家的清净之理。

11 胜因：佛语，指善因。

12 挂冠：指辞官归隐。

【点评】

　　这首诗描述的是一座巍峨壮丽的宝塔，以及诗人登上宝塔后的所见所感。"塔势如涌出，孤高耸天宫"将宝塔的高表现得淋漓尽致，尤其一个"涌"字，为宝塔这一静物赋予了动态美。接下来的四句是写诗人登塔时产生的感受：因为塔太高，一级一级的台阶像是盘旋在空中，所以越往上登越觉得自己正在离开人间；而如此高的一座塔，更像是用来镇住神州大地的，这是人力不可及的工艺。登上塔顶后，诗人看到了另外一番风光。"下窥指高鸟"等十句是按方位描写的，先写东边的山景，再写南边的宫殿，接着写西边的秋色，最后写北边的帝王陵园，四方景色皆有特色。最后四句是诗人情感的抒发，诗人在这里表达了辞官归隐、研究佛法的意愿。这说明现实的环境让诗人感到无力回天，所以只好投身佛法，以求早日从这繁杂的俗世中解脱出来。

元
结
◇

元结（719—772），字次山，号漫郎等。河南（今河南洛阳）人，居鲁山（今属河南）。盛唐著名文学家。天宝六年（747）应举落第后，归隐商余山。天宝十三年（754）进士及第。安禄山、史思明反，元结曾率族人避难猗玗洞（今属湖北大冶），因号"猗玗子"。乾元二年（759），任山南东道节度参谋，率兵抗击史思明叛军。代宗时，任道州刺史，后调容州，加封容州都督充本管经略守捉使，政绩辉煌。大历七年（772）卒于长安。

贼退示官吏（并序）

元结

　　癸卯岁[1]，西原贼入道州[2]，焚烧杀掠，几尽而去。明年，贼又攻永[3]破郡[4]，不犯此州边鄙[5]而退。岂力能制敌与？盖蒙其伤怜而已。诸使何为忍苦征敛？故作诗一篇，以示官吏。

昔年[6]逢太平，山林二十年。

泉源在庭户，洞壑当门前。

井税有常期，日晏犹得眠。

忽然遭世变[7]，数岁亲戎旃[8]。

今来典[9]斯郡，山夷又纷然。

城小贼不屠，人贫伤可怜。

是以陷邻境，此州独见全[10]。

使臣将王命[11]，岂不如贼焉。

今被征敛者，迫之如火煎。

谁能绝人命，以作时世贤？

思欲委符节[12]，引竿[13]自刺船。

将家就鱼麦，归老江湖边。

【注释】

1 癸卯岁：即唐代宗广德元年（763）。

2 道州：在今湖南省道县。

3 永：永州，在今湖南永州。

4 郡：当作"邵"，指邵州，在今湖南邵阳市。

5 边鄙：边境。

6 昔年：从前。

7 世变：指安史之乱所带来的社会动荡。

8 戎旃：军旗，喻指战事、军队。

9 典：治理、掌管。

10 见全：被保全。

11 将王命：奉皇上的旨意。

12 委符节：辞官。符节，古代朝廷传达命令或征调兵将用的凭证。

13 引竿：拿钓竿，代指隐居。

【点评】

　　这是一首反映社会现实、表达对百姓的同情和对统治者的斥责的诗。诗的开头先回忆以前的太平日子，那时的诗人正在隐居，每日对着清泉山涧怡然自得，因为田租赋税都是固定的，所以普通百姓也可安居。接下来"忽然遭世变，数岁亲戎旃"将诗的内容拉回了现实，由于安史之乱爆发，诗人数年来不得不亲自上前线。祸事一桩接着一桩，诗人接手治理的这个郡县，又遭遇蛮夷入侵。"城小贼不屠，人贫伤可怜"则直接反映了这个郡县的贫困，蛮夷都觉得可怜而下不去手，才有了"是以陷邻境，此州独见全"

的局面。贼人尚且不忍,那些奉皇帝命令征收赋税的官员,竟然还催逼人民纳税,诗人由此不得不感慨:"谁能绝人命,以作时世贤?"看不得民生疾苦,而自己又无力改变,所以诗人产生了辞官隐去的念头,这也是诗人对不体恤百姓疾苦的统治者的抗议。诗中有今时与往昔的对比,有贼与民的对比,更加突出当时民不聊生的局面,表达了诗人对百姓的关心和对统治者的不满。

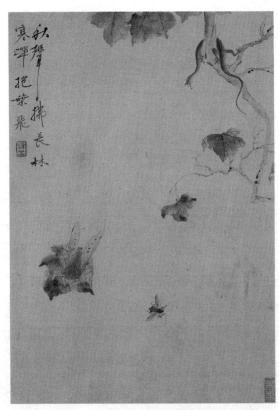

清 恽寿平 花草绘画○

韦
应
物

韦应物（约737—791），字义博。京兆万年（今陕西西安）人。
因做过苏州刺史，世称"韦苏州"。韦应物是山水田园诗派
诗人，其山水诗景致优美，感受深细，清新自然而饶有生意。
他善于运用白描手法，受东晋诗人陶渊明的影响较大。

郡斋雨中与诸文士燕集

韦应物

兵卫森[1]画戟[2]，燕寝[3]凝清香。

海上风雨至，逍遥池阁凉。

烦疴[4]近消散，嘉宾复满堂。

自惭居处崇，未瞻斯民康。

理会[5]是非遣，性达[6]形迹[7]忘。

鲜肥属时禁[8]，蔬果幸[9]见尝。

俯饮一杯酒，仰聆金玉章[10]。

神欢[11]体自轻，意欲凌风翔。

吴中[12]盛文史，群彦[13]今汪洋[14]。

方知大藩[15]地，岂曰财赋强。

【注释】

1 森：密密地排列。

2 画戟：有彩饰的古兵器，常作为仪饰之用。

3 燕寝：指休息的地方。

4 烦疴：指烦闷，疾病。

5 理会：通达事物的道理。

6 达：旷达。

7 形迹：指世俗礼法。

8 时禁：当时正禁食荤腥。

9 幸：幸好，幸而。

10 金玉章：此处指客人们的诗篇。

11 神欢：精神欢悦。

12 吴中：指苏州。

13 群彦：众多英才。

14 汪洋：指人的气度或文章的气势。

15 大藩：这里指大郡、大州。藩，原指藩王的封地。

【点评】

　　这首诗描写的是诗人与文人雅士集会的场面。全诗可分为四个层次：第一层是描写宴会的环境，第二层是诗人的自省，第三层是对这次宴会的具体描写，第四层是诗人的感悟。起首"兵卫森画戟，燕寝凝清香"说明了宴会场所的威严与高雅，侧面反映出诗人的地位。"海上风雨至，逍遥池阁凉"则写出了当时的天气是十分凉爽舒适的。在这样的场所中、天气下，有了"烦疴近消散，嘉宾复满堂"的情景。接下来诗人没有继续写宴会，而是转向抒发自己的感慨："自惭居处崇，未睹斯民康。"自己的地位太过高贵，忘了顾及老百姓是否安康，所以觉得很惭愧。这表明诗人作为一个居于庙堂的人，还是能意识到自己的责任的。但是宴会马上就要开始了，想这些也无益，于是诗人安慰自己："理会是非遣，性达形迹忘。"这是诗人在用老庄思想为自己消解情绪。从"鲜肥属时禁"到"意欲凌风翔"是诗人对这次宴会的具体描写，因为此时禁食鱼和肉，所以桌上摆的多是新鲜蔬果。大家喝酒吟诗，精神愉快，身体也轻盈起来。"吴中盛文史"四句是诗人对苏州的赞美，苏州不仅物产丰富，最重要的是人才济济，这就照应了题目中的"与诸文士燕集"。诗人以此作为诗的结尾，使诗的结构十分完整。

初发扬子¹ 寄元大校书²

韦应物

凄凄去亲爱³，泛泛⁴入烟雾。

归棹⁵洛阳人，残钟广陵⁶树。

今朝此为别，何处还相遇。

世事波上舟，沿洄⁷安得住。

【注释】

1 扬子：指扬子津，古时在长江北岸。

2 校书：唐代官职，掌管校勘书籍。

3 亲爱：亲朋好友，此处指元大。

4 泛泛：船在水面漂浮的样子。

5 归棹：归舟，此处指从扬子津乘船北归洛阳。

6 广陵：古地名，今江苏省扬州市。

7 沿洄：顺流为沿，逆流为洄，指处境的顺逆。

【点评】

这是一首离别诗，首句的"凄凄"奠定了全诗忧郁、悲凉的感情基调，表达了诗人对元大的不舍。"亲爱"二字则表明诗人与友人的感情之深。但是不管多么不舍，船还是泛入了烟雾中。迷蒙的烟雾恰如诗人迷茫的心情，尽管船已经驶远了，诗人还是忍不住回头看，这时候，听到从广陵传来的钟声，诗人的离愁别绪更加浓重。"残钟"这一意象，寄托了诗人无限的忧伤与不舍。在这样的情境下，诗人发出了"今朝此为别，何处还相遇"的感叹，这一分别，不知何年何月才能再相见。而"世事波上舟，沿洄安得住"既是在开解自己，又是在安慰朋友。世事本来就如水上的小舟，停在哪里自己怎能做主呢？这其中包含着诗人对世事难料的感慨，可谓言有尽而意无穷。

明 仇英 桃花源图卷（局部）○

寄全椒[1]山中道士

韦应物

今朝郡斋[2]冷，忽念山中客[3]。

涧底束荆薪[4]，归来煮白石[5]。

欲持一瓢[6]酒，远慰风雨夕[7]。

落叶满空山，何处寻行迹。

【注释】

1 全椒：今安徽省全椒县，唐时属滁州。

2 郡斋：指滁州衙署中办公闲暇时休息的斋舍。

3 山中客：指山上的道士。

4 荆薪：柴草。

5 白石：葛洪《神仙传》云："白石生者，中黄丈人弟子也。……常煮白石为粮，因就白石山居，时人号曰'白石生'。"此处指全椒山中道士生活清苦。

6 瓢：盛酒浆的器具。

7 风雨夕：风雨之夜。

【点评】

在一个天气有些冷的日子里，诗人想起了在山中修行的一个道士朋友。在这样冷的天气里，这位道士还要去山涧打柴，打柴回去后也只能煮些简单的东西为食。想到这样的光景，诗人便有了"欲持一瓢酒，远慰风雨夕"的念头，想在这寒冷的日子里，为道士送去一些酒，慰劳他修行不易。然而，这样的想法并没有被付诸实践，因为诗人马上又想到了"落叶满空山，何处寻行迹"。秋天到了，落叶掩盖了山路，恐怕连路都不好走，又该到哪里去寻找道士的踪迹呢？诗的最后一联看起来是在说找不到道士的行踪，其实暗含诗人心中的迷茫，由此一来，自己心中的寂寞也就无人可诉、无法消解了。整首诗传递出一种淡淡的哀愁与孤寂，诗中所描写的景也是这种情感的映射，使得本诗十分耐人寻味。

长安遇冯著¹

韦应物

客从东方来，衣上灞陵²雨。

问客³何方来？采山因买斧。

冥冥⁴花正开，飏飏⁵燕新乳⁶。

昨别今已春，鬓丝⁷生几缕？

【注释】

1 冯著：韦应物友人。

2 灞陵：汉文帝陵墓，在今陕西西安市东北。

3 客：指冯著。

4 冥冥：造化沉默不语之态。

5 飏飏：鸟儿轻快飞翔的样子。

6 燕新乳：指初生的小燕子。

7 鬓丝：两鬓白发。

【点评】

　　诗人在长安与友人冯著重逢，得知友人仍无人赏识，便对友人进行了一番劝解与勉励。"客从东方来，衣上灞陵雨"点明了友人一路跋涉，那么友人为何要从东边来长安呢？回答是"采山因买斧"。这一句不仅点明了友人来的原因，还揭示了友人来之后的境遇——并没有得到自己想要的东西，白白浪费了气力。诗人将友人的境遇以这样诙谐的方式表达出来，显然是为了让友人能够轻松一些。"冥冥花正开，飏飏燕新乳"两句则是诗人通过类比其他事物来勉励友人：花儿开得那么繁盛，是因为大自然默默地滋养着它们；燕子飞得那么轻快，是因为它们刚刚哺育了乳鸟。所以友人大可不必灰心丧气，万物皆有造化，自己的才华总会被人看到的。最后两句是诗人贴心的安慰："昨别今已春，鬓丝生几缕？"我们好像昨日才分开，如今已经是春天了，你的白发并没有多少，还很年轻，所以不要灰心丧气。整首诗的风格是轻快、活泼的，体现了诗人豁达的胸襟和积极的人生态度，也体现了诗人对友人发自内心的理解和关心。

清 余省 临鸟谱〇

夕次[1]盱眙[2]县

韦应物

落帆逗[3]淮镇[4]，停舫[5]临[6]孤驿[7]。

浩浩风起波，冥冥日沉夕。

人归山郭暗，雁下芦洲[8]白。

独夜忆秦关[9]，听钟未眠客[10]。

【注释】

1 次：停留，留宿。

2 盱眙：今属江苏，地处淮水南岸。

3 逗：停留。

4 淮镇：淮水旁的市镇，指盱眙。

5 舫：船。

6 临：到。

7 驿：供递送公文的人或来往官员旅宿的水陆交通站。

8 芦洲：芦苇丛生的水泽。

9 秦关：秦地关塞，此处指长安。

10 客：诗人自称。

【点评】

这是一首描写思乡之情的诗。题目中的"夕"点明时间是傍晚，由"次"可知，诗人是在路上。首联"落帆逗淮镇，停舫临孤驿"，一个"孤"字表明诗人的心情是十分孤寂的。接下来的两句景色描写——"浩浩风起波，冥冥日沉夕"，则展现了一幅风吹水波起、残阳暮色昏的夜景，给人一种苍凉、冷清的感觉，更烘托出诗人独在异乡的凄凉。"人归山郭暗，雁下芦洲白"所描写的场景与诗人的情况形成了对比：暮色降临，正是人们回家、雁鸟归巢的时候，但是诗人孤身一人，无家可回，只能留宿在这孤零零的驿站，内心的惆怅可想而知。此情此景，诗人只能在这孤独的夜晚想念家乡，在夜半听着声声钟响失眠。诗中的景物描写始终绕不开"夜"字，处处表现出诗人浓郁的乡愁。

东郊

韦应物

吏舍局¹终年，出郊旷清曙。

杨柳散和风，清山澹²吾虑³。

依丛适自憩⁴，缘⁵涧⁶还复去⁷。

微雨霭⁸芳原，春鸠鸣何处。

乐幽⁹心屡止，遵事迹犹遽。

终罢斯结庐，慕陶¹⁰直¹¹可庶¹²。

【注释】

1 局：拘束。

2 澹：消除。

3 虑：思虑。

4 憩：休息。

5 缘：沿着。

6 涧：山沟。

7 还复去：徘徊往来。

8 霭：笼罩貌。

9 乐幽：意谓自己颇爱幽静。

10 慕陶：指归隐田园。

11 直：就。

12 庶：庶几，差不多。

【点评】

　　这是一首描写晨间景色的诗。"吏舍局终年"先说自己整年都被困在官舍中处理杂务，显示出诗人公务繁忙。"出郊旷清曙"是本诗主要描写的内容，"曙"字说明时间是早晨，"旷"字点明了此次出游诗人的心情是愉悦、放松的。接下来六句都是对这次出游所见景致的描写。杨柳随风飘动，如画的山色消除了诗人的忧虑。倚靠在树丛中，诗人怡然自得，还沿着山中的溪涧走来走去。山野景色在小雨的洗涤下更显青翠喜人，还有不知从哪里传来的斑鸠的叫声。这一切都深得诗人的喜爱。然而这样的闲适不是时时都能享受的，因为"遵事迹犹遽"，俗务缠身，常让诗人觉得慌乱局促。在这样的心情下，诗人不由得想起了自己仰慕的陶渊明，想追随陶渊明的脚步，在山野中建造一间小茅屋，过上清幽雅静的隐居生活。全诗字里行间都在诉说官场生活的繁杂不堪与诗人想要归隐自然的意愿。

送杨氏女 [1]

韦应物

永日 [2] 方戚戚 [3]，出行复悠悠。

女子今有行 [4]，大江溯 [5] 轻舟。

尔辈 [6] 苦无恃 [7]，抚念益慈柔。

幼为长所育，两别泣不休。

对此结中肠 [8]，义往 [9] 难复留。

自小阙内训 [10]，事姑 [11] 贻我忧。

赖兹托令门，仁恤 [12] 庶无尤 [13]。

贫俭诚所尚 [14]，资从 [15] 岂待周 [16]。

孝恭遵妇道，容止 [17] 顺其猷。

别离在今晨，见尔当何秋。

居闲 [18] 始自遣 [19]，临感 [20] 忽难收。

归来视幼女，零泪缘缨 [21] 流。

【注释】

1 杨氏女：指女儿嫁给杨姓人家。

2 永日：整天。

3 戚戚：悲伤的样子。

4 有行：出嫁。

5 溯：逆流而上。

6 尔辈：你们，指两个女儿。

7 无恃：指幼时无母。

8 结中肠：心中哀伤之情郁结。

9 义往：理当出嫁。

10 阙内训：缺少母亲的教诲。内训，对妇女的教育。

11 事姑：侍奉婆婆。

12 仁恤：仁爱体恤。

13 尤：过失。

14 尚：崇尚。

15 资从：指嫁妆。

16 周：周全，完备。

17 容止：指仪容举止。

18 居闲：闲暇时日。

19 自遣：自我排遣。

20 临感：临别感伤。

21 缨：指帽子系在下巴处的带子。

【点评】

　　这首诗描写的是一位父亲送女儿出嫁。妻子早丧，所以这位父亲独自一人养大了家里的两个女儿，今日大女儿要出嫁，父亲心中百感交集，万般不舍。"戚戚"是这位父亲的心情的真实写照，因为大女儿就要嫁到很远的地方去了。有多远呢？"大江溯轻舟"，要沿着江逆流而上。因为从小无母，所以两个女儿得到了父亲的百般疼爱。小女儿跟大女儿一起长大，如今姐姐要出嫁，两人不舍痛哭。然而再不舍也无可奈何，女大当嫁是不能耽误的事情。接下来的内容是父亲对女儿的担忧与教诲。因为缺少母亲的教诲，所以侍奉婆婆的事情让父亲十分担忧。幸好夫家门第好，不会苛责挑剔。父亲一贯崇尚节俭，故而嫁妆也不太周全。希望女儿能遵守礼仪，懂得分寸。这些教诲与担忧无不体现着父亲对女儿深沉的爱。紧跟其后的便是父亲毫不掩饰的不舍之情："别离在今晨，见尔当何秋。居闲始自遣，临感忽难收。"临近别离，想到不知何年才能相见，父亲感伤得难以自持。尤其是回到家中看到小女儿，感情更为浓烈了，于是"零泪缘缨流"。全诗感情真挚，读来令人动容。

柳宗元

柳宗元（773—819），字子厚。河东解县（今山西运城西南）人。杰出诗人、哲学家、儒学家、政治家，唐宋八大家之一。有《永州八记》等六百多篇（首）诗文，经后人辑为三十卷，名为《柳河东集》。因为是河东人，故人称"柳河东"；又因终于柳州刺史任上，又称"柳柳州"。柳宗元与韩愈同为中唐古文运动的领导人物，并称"韩柳"。

晨诣[1]超师院[2]读禅经[3]

柳宗元

汲[4]井漱寒齿，清心拂尘服。

闲持贝叶书，步出东斋[5]读。

真源[6]了无取，妄迹[7]世所逐。

遗言[8]冀[9]可冥[10]，缮性[11]何由熟[12]？

道人[13]庭宇静，苔色连深竹。

日出雾露余，青松如膏沐[14]。

澹然[15]离言说，悟悦[16]心自足。

【注释】

1 诣：到，往。

2 超师院：指龙兴寺净土院。超师，指住持僧重巽。

3 禅经：佛教经典。

4 汲：从井里取水。

5 东斋：指净土院的东斋房。

6 真源：指佛理"真如"之源，即佛家的真意。

7 妄迹：迷信荒诞的事迹。

8 遗言：指佛经所言。

9 冀：希望。

10 冥：暗合。

11 缮性：修养本性。缮，修持。

12 熟：精通而有成。

13 道人：指僧人重巽。

14 膏沐：洗沐，润泽。

15 澹然：恬静、宁静。

16 悟悦：悟道的快乐。

清 恽寿平 花卉十开〇

【点评】

　　在一个早晨，诗人到龙兴寺净土院读佛经、悟佛理，这就是这首诗的主要内容。"汲井漱寒齿，清心拂尘服"写的是诗人到达寺院后先做的事情——打井水漱口，拂去衣服上的灰尘，由此我们可以看出诗人的虔诚。做完了准备工作，诗人便手持佛经，走出东斋开始吟诵。"真源了无取，妄迹世所逐。遗言冀可冥，缮性何由熟？"是诗人的一些感想。佛经中的真意没人领悟，荒诞的事情却引人追逐。佛家的教义是需要深思的，怎样修养本性才能达到圆熟的境界呢？说完感想，诗人转向对周边景色的描写："道人庭宇静，苔色连深竹。日出雾露余，青松如膏沐。"这几句描写的是一幅幽静的晨间日出图，有宁静的寺院，有与竹子连成一片的绿色苔藓，还有苍翠的松树。面对此景，诗人觉得内心平静满足，所以发出了"澹然离言说，悟悦心自足"的肺腑之言。全诗不管是抒发感悟还是描写景物，皆透露出一种禅意，展现出诗人怡然自得、超脱尘俗的心境。

溪居

柳宗元

久为簪组¹束²，幸此南夷³谪⁴。

闲依农圃⁵邻，偶似⁶山林客⁷。

晓耕翻露草，夜傍响溪石。

来往不逢人，长歌⁸楚天碧。

【注释】

1 簪组：古代官吏的服饰，此指官职。

2 束：束缚，牵累。

3 南夷：古代对南方少数民族的贬称，这里指永州。

4 谪：古代官吏因罪被降职或流放。

5 农圃：农田。

6 偶似：有时好像。

7 山林客：山林间的隐士。

8 长歌：放歌。

【点评】

　　诗人在一开始就表明了这首诗的创作背景，即自己被贬到了南方少数民族地区。按理来说，被贬谪应该是一件让人气愤、沮丧的事情，诗人却用了"幸"字表达自己的心情，"幸"的原因则是"久为簪组束"。接着诗人对自己被贬到此处的生活进行了描写："闲依农圃邻，偶似山林客。晓耕翻露草，夜傍响溪石。"闲暇时，与农田菜圃为邻，有时候真的像个山林间的隐士。早晨耕除带着露水的杂草，晚上听着船桨拍打溪石的声音划船游玩。这种看起来十分闲散、惬意的生活，很符合之前诗人提到的"幸"。但是末尾两句"来往不逢人，长歌楚天碧"隐隐地透露出一种孤独，因为没什么人来往，所以只能仰天高歌，颇有些无奈的调侃在其中。最后这两句使得整首诗达到了一种意在言外的效果，值得细细品味。

听琴图

北宋 赵佶 听琴图○

乐府

塞上曲

王昌龄

蝉鸣空桑林[1]，八月萧关[2]道。

出塞入塞寒，处处黄芦草。

从来幽并[3]客，皆共尘沙老。

莫学游侠儿[4]，矜[5]夸紫骝[6]好。

【注释】

1 空桑林：指秋天桑林叶落，变得空寂。

2 萧关：古关塞名，在今宁夏固原市东南。

3 幽并：幽州和并州。

4 游侠儿：自恃勇武、重义轻生的人。

5 矜：自夸。

6 紫骝：古骏马名，泛指名马。

【点评】

　　从题目可知，这是一首边塞诗，前四句"蝉鸣空桑林，八月萧关道。出塞入塞寒，处处黄芦草"描写的是边塞荒凉萧条的景象，蝉鸣、萧关、变黄的野草都是描写边塞风光的很典型的意象。诗人在一开头就为我们描绘出了一幅肃杀悲凉的边塞图景。"从来幽并客，皆共尘沙老"写的是自古以来，远征到幽州和并州的人都是与塞外这漫天黄沙相伴到老的，所以劝诫年轻人"莫学游侠儿，矜夸紫骝好"，千外不要学那些不知天高地厚，以为养了好马就可以到处耀武扬威的游侠儿，去往边塞的结果只能是"皆共尘沙老"。诗人在这里表达了对"游侠儿"的讽刺，以及对战争的厌恶。诗中"幽并客"与"游侠儿"的对比，将诗人对戍边人的同情和对市井游侠的贬斥表现得很是充分。

清　王致诚　十骏图○

塞下曲

王昌龄

饮马度秋水，水寒风似刀。

平沙日未没，黯黯¹见临洮²。

昔日长城战，咸³言意气高。

黄尘足⁴今古，白骨乱蓬蒿⁵。

【注释】

1 黯黯：光线昏暗。

2 临洮：今甘肃岷县一带，秦筑长城西起于此。

3 咸：都。

4 足：充满。

5 蓬蒿：野草。

【点评】

　　这首诗表达的是诗人的反战思想。全诗以景色描写开篇，"饮马度秋水，水寒风似刀"里的"水"指的是洮水，诗的第四句提到的"临洮"就在洮水边上。正是秋天，塞外的水透着寒气，风刮在皮肤上像刀割一样，写出了塞外气候环境的恶劣。"平沙日未没，黯黯见临洮"两句点明了时间是深秋的一个黄昏，广阔的沙地一望无际，太阳未完全落下，可隐隐看到远处临洮城的轮廓。临洮是秦长城西边的起点，古代这里常常发生战争，下句提到的"长城战"就是其中一战，指的是开元二年（714），唐军在临洮对战吐蕃精兵，大获全胜。对于这次战争，众人的说法是"意气高"，而事实上呢？诗人在这里没有直接表明自己的态度，而是对塞外另一种景象进行了描写："黄尘足今古，白骨乱蓬蒿。"从古至今，塞外尘土漫天，战死的士兵的白骨被随意丢弃在杂草间。诗人通过这样一个残酷的现实，言明了战争的无情。即使赢了又怎样呢？那些战死的士兵，连尸骨都无人收。这种以景言情的写法，比直接发出议论更能震撼人心，体现了诗人写作手法的高超。

关山月 [1]

李白

明月出天山 [2]，苍茫云海间。

长风几万里，吹度玉门关 [3]。

汉下 [4] 白登 [5] 道，胡 [6] 窥 [7] 青海湾 [8]。

由来征战地，不见有人还。

戍客 [9] 望边邑，思归多苦颜。

高楼 [10] 当此夜，叹息未应闲。

【注释】

1 关山月：古乐府名，多为军士久戍不归以及与家人互相离别的主题。

2 天山：即祁连山，在今甘肃境内。

3 玉门关：古代通向西域的交通要道。

4 下：指出兵。

5 白登：今山西大同东北有白登山。

6 胡：此指吐蕃。

7 窥：有所企图。

8 青海湾：青海湖。

9 戍客：驻守边疆的战士。

10 高楼：指在高楼中的戍边将士的妻子。

【点评】

　　这首边塞诗书写的主要是古代戍边战士的艰苦和战争给人民带来的不幸。开头四句是景色描写：一轮明月从山上升起，高挂在苍茫云海间；浩荡的风吹过几万里，一直吹到了玉门关。这几句表现出来的意境十分宏大开阔，同时显示出一股悲凉感。接着诗人转到了抒发感悟上。"汉下白登道，胡窥青海湾。由来征战地，不见有人还。"写汉高祖战匈奴，是为了突出自古以来战事之频繁，而战事频繁的直接后果就是出征的将士几乎难以生还归乡，这就突出了战争的残酷。"戍客望边邑，思归多苦颜。高楼当此夜，叹息未应闲。"这四句是对戍边战士及其家人的描写。战士在塞外望着驻地的景象思家，脸上的表情大多是愁苦的，而远方的家眷此时此刻也应在叹息着盼人归。全诗从边塞景象写到战争的残酷，再写到戍边战士及其家人的思念之苦，层层递进，诗人悲天悯人的情怀也一步步显现。

子夜吴歌 [1]

李白

长安一片月，万户捣衣 [2] 声。

秋风吹不尽 [3]，总是玉关 [4] 情。

何日平胡虏 [5]，良人 [6] 罢 [7] 远征。

【注释】

1 子夜吴歌：古乐府名。

2 捣衣：把衣料放在石砧上用棒槌捶击，使衣料绵软以便裁缝。此处表达了对戍守边关的丈夫的思念。

3 吹不尽：吹不散。

4 玉关：玉门关，此处代指丈夫戍边之地。

5 胡虏：侵袭边境的敌人。

6 良人：即丈夫。

7 罢：停止、结束。

【点评】

　　这首诗是站在思妇的角度写的。丈夫离家戍边，思妇在家盼丈夫早日归来。景物描写虽然占了大部分篇幅，但景中有情，一字一句皆包含着思妇的情思。开头的"长安一片月"先描绘了一幅静谧的长安月夜图,随后的"万户捣衣声"打破了这片静谧。这里的"捣衣"是古代制衣的一道工序,人们需要先将布料用棒槌捣平、捣软,拿去洗干净,然后才开始裁制衣服。这阵阵"捣衣声"是思妇在为给丈夫缝制寒衣做准备,诗人巧妙地用对这一日常活动的描述代替了对思妇思念丈夫进行直接描写。接下来两句中的"秋风""玉关"皆是孤寂、凄凉的意象。秋风阵阵,吹去的都是思妇对戍边丈夫的思念。最后两句"何日平胡虏,良人罢远征"写的是思妇的愿望,也饱含了诗人对战争早日结束的期望。最后两句是诗人想要借这首诗表达的主要感情,同时赋予了这首诗十分深厚的现实意义。

南宋 马麟 梅竹图〇

长干行 [1]

李白

妾发初覆额，折花门前剧。

郎骑竹马来，绕床 [2] 弄 [3] 青梅。

同居长干里，两小无嫌猜。

十四为君妇，羞颜未尝开。

低头向暗壁，千唤不一回。

十五始展眉，愿同尘与灰。

常存抱柱信 [4]，岂上望夫台。

十六君远行，瞿塘滟滪堆。

五月不可触，猿声天上哀。

门前迟行迹，一一生绿苔。

苔深不能扫，落叶秋风早。

八月蝴蝶黄，双飞西园草。

感此伤妾心，坐愁红颜老。

早晚下三巴，预将书报家。

相迎不道远⁵，直至长风沙⁶。

【注释】

1 长干行：南朝乐府中"杂曲歌辞"的旧题。由仿古辞《长干曲》而来。长干，里弄名，遗址在今江苏省南京市。

2 床：这里指井栏杆。

3 弄：玩。

4 抱柱信：典出《庄子·盗跖》，相传尾生与一女子约好在桥下相会，女子未来，大水忽至，尾生不肯离去，抱着桥柱被淹死。后喻指信守诺言、忠贞不贰。

清　恽寿平　百花图卷（局部）〇

5 不道远：不嫌远。

6 长风沙：地名，在今安徽省安庆市东的长江边上。

【点评】

　　这首诗以一位女子的口吻，抒发了对出门经商的丈夫的思念之情，感情真挚，人物形象鲜明。诗的前六句写女子与丈夫自幼便熟识，是名副其实的青梅竹马。女子十四岁那年，两人结为夫妻，那时女子尚有些害羞；到了十五岁情感才敢外露，想要与丈夫一生一世在一起。只是好景不长，女子十六岁时，丈夫就远行经商去了。诗的氛围由原来的轻快活泼转向了忧思切切。丈夫要出远门，须得经过凶险的瞿塘峡滟滪堆，这让女子十分担心。随着丈夫离家日久，丈夫在门前留下的足迹上渐渐长满了青苔，扫也扫不干净，又被落叶盖住了。到了八月，双双对对的蝴蝶在西园草地上低舞，更让女子感到伤心，容颜似乎因此衰老了。最后四句是女子对丈夫的殷殷期盼，希望丈夫回家前，一定要写信告知自己，不管多远，哪怕要到长风沙，自己也会前去迎接。诗中有年龄的跨度，有时节的跨度，将女子对丈夫的深情和思念娓娓道来，感情深刻动人。

孟郊

孟郊（751—814），字东野。湖州武康（今浙江德清）人。现存诗歌五百多首，以短篇的五言古诗最多。代表作有《游子吟》等。孟郊幼年时经历安史之乱，他的诗歌反映了百姓的痛苦，揭露了社会的某些黑暗面。他善于运用白描的手法和形象的比喻来描绘艺术形象。

列女操 [1]

孟郊

梧桐 [2] 相待老，鸳鸯会 [3] 双死 [4]。

贞妇贵殉夫 [5]，舍生亦如此。

波澜誓不起，妾心古井水 [6]。

【注释】

1 列女操：乐府中《琴曲歌辞》旧题。列，同"烈"。操，琴曲中的一种体裁。

2 梧桐：传说梧为雄树，桐为雌树，彼此相伴终老。

3 会：总会。

4 双死：双双就死。

5 殉夫：随死去的丈夫一同死去。

6 古井水：喻指人心不动摇，一心为夫守节。

【点评】

这是一首赞扬贞洁烈女的诗，诗的内容十分简单直接。诗人先写梧桐会相伴到老，再写鸳鸯会生死相随，然后引出"贞妇贵殉夫，舍生亦如此"，以此来表明自己的心志。"波澜誓不起，妾心古井水"是对自己的坚贞的再次言明，发誓自己的心就如古井

里的水一样永远不会泛起波澜。这首赞扬烈女的诗歌，实际上是诗人在表明自己对节操的坚守，发誓永不会违背自己的道德准则，坚持做一个忠贞清廉之士。这样借他物表己心的写法，在我国的古代诗歌中是较为常见的。

游子吟 [1]

孟郊

慈母手中线，游子身上衣。

临行密密缝，意恐 [2] 迟迟归。

谁言寸草心 [3]，报得三春晖 [4]。

【注释】

1 游子吟：乐府《杂曲歌辞》篇名。游子，出门远游的人。吟，古代诗歌体裁的一种。

2 意恐：担心。

3 寸草心：寸草，小草，在这里比喻子女的心意。"心"字在这里语义双关。

4 三春晖：春天的阳光，比喻母爱。三春，指春季三个月。古时称农历的正月为孟春，二月为仲春，三月为季春，合称"三春"。晖，阳光。

【点评】

这是一首对母爱的赞歌。诗人一生穷困潦倒，直到近五十岁时才得到溧阳县尉一职，这首诗便是他在溧阳做官时所作的。"慈母手中线，游子身上衣。临行密密缝，意恐迟迟归"所描述的应当是诗人回忆里的一个画面。当年诗人即将出门闯荡，母亲拿着针线，细细密密地为诗人缝制衣服，她知道儿子这一去不会太早回来，怕衣服会不结实。"慈母"和"游子"相对，"手中线"和"身上衣"相对，"密密缝"和"迟迟归"相对，写出了母子之间的骨肉情深，突出了母亲对儿子的深切的担忧和挂念，将伟大的母爱细化在了这小小的一针一线中。最后两句"谁言寸草心，报得三春晖"是全诗感情的升华，也是流传千古的名句。诗人把儿女比作小草，把母亲比作春天的阳光，对比鲜明，将伟大的母爱表现得淋漓尽致，同时将自己对母亲的感恩充分表现出来。诗中展现的母子之间的情感很容易引起人们的共鸣，这也是这首诗流传千年而不朽的重要原因。

七言古诗

陈子昂

◇

陈子昂（659—700），字伯玉。梓州射洪（今属四川）人。
初唐诗歌革新人物之一。因曾任右拾遗，被后世称为"陈拾遗"。
其诗风骨峥嵘，寓意深远，苍劲有力，有《陈伯玉文集》传世。
陈子昂青少年时，家庭较富裕，慷慨好施；成年后始发愤攻读，
博览群书。

登幽州台[1]歌

陈子昂

前不见古人，后不见来者。

念天地之悠悠[2]，独怆然[3]而涕[4]下。

【注释】

1 幽州台：即黄金台，相传战国时燕昭王为延揽人才所筑。故址在今河北易县。

2 悠悠：邈远的样子。

3 怆然：悲伤凄凉。

4 涕：眼泪。

【点评】

这首诗篇幅很短，但表现出来的意境是十分开阔、遒劲的。"前不见古人，后不见来者"表现出诗人对自己怀才不遇的愤懑之情。诗人是一个有政治才能的人，但并不为当时的统治者武则天所重用，连连受挫。诗人心情郁闷，登上幽州台，慷慨赋诗。前两句中的"前"和"后"表现的是时间之长，接下来的"念天地之悠悠"表现的是空间的广大。在漫长的时间和广袤的空间中，诗人郁郁不得志，只能"独怆然而涕下"。这里的"独"，在前三句营造出来的苍茫意境中被对比得更加突出，诗人的愁苦也就被表现得更加鲜明了。这种句式长短不一的写法，也大大增强了诗歌的艺术感染力。

元 吴镇 竹谱〇

李颀

李颀（？—约753），赵郡（今河北赵县）人。开元二十三年（735）进士，曾任新乡县尉，晚年在颍阳（今河南登封）隐居。他与崔颢、王维、岑参、高适、王昌龄等著名诗人皆有往来，诗名颇高。其诗内容丰富，格调高昂，风格豪放，慷慨悲凉。他擅写各种体裁，以边塞诗、音乐诗闻名于世，七言歌行尤其出色。

古意[1]

李颀

男儿事长征[2]，少小幽燕客。

赌胜[3]马蹄下，由来轻七尺[4]。

杀人莫敢前，须如猬毛磔[5]。

黄云陇底白云飞，未得报恩不得归。

辽东小妇年十五，惯弹琵琶解[6]歌舞。

今为羌笛出塞声，使我三军泪如雨。

【注释】

1 古意：指拟古诗。

2 事长征：从军远征。

3 赌胜：指争强好胜。

4 轻七尺：喻指不怕死。

5 磔：张开。

6 解：擅长。

【点评】

这首诗描写的是一个勇猛无畏、为了报国远征边塞的男儿。在描写这位男儿的英雄气概的同时，诗人也描写了男儿细腻的一面，使人物形象饱满鲜明。诗的前六句写的是男儿的来历、性格和外貌。"男儿事长征"先表明描写对象是一个从军远征的男儿，"少小幽燕客"则表明男儿是幽燕人士；"赌胜马蹄下，由来轻七尺"说明男儿是一个好胜、不怕死的人；"杀人莫敢前，须如猬毛磔"体现的则是男儿杀敌时的勇猛无畏，以至于敌人都不敢上前。在描写男儿的外貌时，诗人并没有面面俱到，而是抓住他的胡须来写，使得男儿刚烈勇猛的形象更加深入人心。"黄云陇底白云飞，未得报恩不得归"是一个转折，这样的男儿难道不想家吗？想，但是"未得报恩不得归"。接下来诗人安排了一个辽东女子上场。女子很年轻，擅长弹琵琶、歌舞，用一支羌笛吹了一首出塞曲，便使得三军将士泪如雨下，三军中的男儿自然也感动至极——诗人虽没有明言，但处处有暗示，将男儿思归的感情表达得十分委婉。全诗于奔放的描写中融入细腻的情感，粗中有细，主旨的表达含蓄而精练。

送陈章甫 [1]

李颀

四月南风大麦黄，枣花未落桐叶长。

青山朝别暮还见，嘶[2]马出门思旧乡。

陈侯[3]立身何坦荡，虬须[4]虎眉仍大颡[5]。

腹中贮[6]书一万卷，不肯低头在草莽。

东门酤酒[7]饮我曹，心轻万事如鸿毛。

醉卧不知白日暮，有时空望孤云高。

长河浪头连天黑，津吏[8]停舟渡不得。

郑国游人[9]未及家，洛阳行子[10]空叹息。

闻道故林[11]相识多，罢官昨日今如何。

【注释】

1 陈章甫：江陵（今属湖北省）人，开元进士。

2 嘶：马鸣。

3 陈侯：对陈章甫的尊称。

4 虬须：卷曲的胡子。

5 大颡：宽大的额头。颡，前额。

6 贮：保存。

7 酤酒：买酒。

8 津吏：管理渡口的官员。

9 郑国游人：指陈章甫。

10 洛阳行子：李颀自称。因李颀曾任新乡县尉，地近洛阳。

11 故林：故乡。

【点评】

　　这是一首送别诗，全诗似乎并无明显的离愁别苦，反而有一种轻松豪爽之感。诗人以明媚的景色描写开篇："四月南风大麦黄，枣花未落桐叶长。"四月的南风吹黄了大麦，枣花还未落，茂密的梧桐叶已遮住了道路。在这样的景色中，诗人骑马出门，看到远处的青山，不由得想起了以前的悠闲生活。写完了景，诗人接着写送别的对象——陈章甫。先写他满腹经纶，仪表堂堂，为人坦荡，品节高尚。接着写他放浪形骸，轻视名利。这样的人，注定不适合在官场生存。"长河浪头连天黑，津吏停舟渡不得"是对渡口的真实描写，同时暗喻官场险恶，正直之人孤立无援，所以诗人和陈章甫都只能在渡口等候，故有"郑国游人未及家，洛阳行子空叹息"的调侃。最后两句是诗人对陈章甫归乡后可能遇到的状况的料想。陈章甫在家乡旧识颇多，如今罢官归去，这些旧识会怎么看待他呢？全诗以问句作结，显示出诗人的豁达，这也是这首送别诗最突出的特点。

徒倚白雲分磴担間徑
漾相着憐石友同看歲
寒心
戲喜雅素
白雲溪外史壽平

清　惲壽平　松竹圖○

琴歌 [1]

李颀

主人有酒欢今夕，请奏鸣琴广陵客 [2]。

月照城头乌半飞，霜凄万木风入衣。

铜炉华烛烛增辉，初弹《渌水》[3] 后《楚妃》[4]。

一声已动物皆静，四座无言星欲稀。

清淮 [5] 奉使千余里，敢告 [6] 云山 [7] 从此始！

【注释】

1 琴歌：乐府旧题，郭茂倩《乐府诗集》将其列为"琴曲歌辞"中。

2 广陵客：指琴技高超的琴师。广陵，《广陵散》，古琴曲名，三国时魏嵇康善弹此曲。

3 《渌水》：琴曲名。相传为蔡邕作。

4 《楚妃》：乐府歌曲名。

5 清淮：指淮河，李颀曾任新乡县尉，其地近淮水。

6 敢告：敬告。

7 云山：代指归隐。

【点评】

　　这首诗描写的是诗人在一次宴会上听琴。开头的"主人有酒欢今夕，请奏鸣琴广陵客"表明诗人是以客人的身份来参加这次宴会的。接着是环境描写："月照城头乌半飞，霜凄万木风入衣。"明月照向城头，乌鸦四散纷飞，夜晚的寒霜给树林笼上了一层凄凉的意味，冷风阵阵吹透衣衫。这两句描写营造了一种凄清、肃杀的氛围，与之前提到的"欢今夕"形成了一种对比。"铜炉华烛烛增辉，初弹《渌水》后《楚妃》"又将描写转回到宴会上，写了在本次宴会上听到的琴曲，即《渌水》和《楚妃》。那么琴曲弹得怎么样呢？"一声已动物皆静，四座无言星欲稀。"琴声一响，众人皆安静下来，这就从侧面表现了弹奏者高超的技艺。"星欲稀"则表明演奏的时间持续到深夜。最后两句才写到诗人自己："清淮奉使千余里，敢告云山从此始！"原来诗人即将奉命出使清淮，清淮有千里之远，这一去，不知何日才能还乡。也许是受琴声影响，诗人此时产生了归隐的念头。全诗以此结尾，意味深长，给人留下了思考的余地。

听董大¹弹胡笳²弄兼寄语房给事³

李颀

蔡女⁴昔造胡笳声，一弹一十有八拍。

胡人落泪沾边草，汉使断肠对归客。

古戍苍苍烽火寒，大荒阴沉飞雪白。

先拂商弦后角羽⁵，四郊秋叶惊摵摵⁶。

董夫子，通神明，深松窃听来妖精。

言迟更速皆应手，将往复旋如有情。

空山百鸟散还合，万里浮云阴且晴。

嘶酸⁷雏雁失群夜，断绝胡儿恋母声。

川为静其波，鸟亦罢其鸣。

乌珠部落⁸家乡远，逻娑沙尘哀怨生。

幽音变调忽飘洒，长风吹林雨堕瓦。

迸泉飒飒⁹飞木末，野鹿呦呦走堂下。

长安城连东掖垣¹⁰，凤凰池对青琐门。

高才脱略名与利，日夕望君抱琴至。

【注释】

1 董大：董庭兰，唐肃宗宰相房琯的门客，善弹琴。

2 胡笳：乐器名。

3 房给事：指房琯。

4 蔡女：蔡琰，即蔡文姬。董卓之乱时，蔡琰流落匈奴左贤王部，传说她用古琴模仿胡笳声音演奏《胡笳十八拍》以寄托自己的哀思。

5 商弦、角、羽：古以宫、商、角、徵、羽为五音。

6 摵摵：风吹叶落声，此处指琴声。

7 嘶酸：令人心酸悲痛的鸣叫。

8 乌珠部落：蔡文姬所在之地。

9 飒飒：形容雨声。

10 东掖垣：指门下省。

【点评】

　　这首七言长诗表达了诗人对董大高超的演奏技艺的赞赏，同时寄语房给事，带有为他觅得知音而高兴的心情。诗的开头没有直接写董大，而是以蔡文姬起势。蔡文姬昔日作《胡笳十八拍》，她弹奏此曲时，胡人和汉使闻之皆断肠，表现出其曲感人至深。"古戍苍苍烽火寒，大荒阴沉飞雪白"写的是蔡文姬弹奏时的荒凉环境，营造了一种悲凉肃杀的氛围。这前六句是诗人对《胡笳弄》的由来和曲艺风格的介绍。接着，诗人自然地转到了对董大弹奏这首曲子的描写上。董大弹琴确实不同凡响，琴声一起，"四郊秋叶惊摵摵"。诗人毫不吝啬地用"通神明"三个字来赞赏董大的技艺，甚至连深山的妖精也来偷听他弹琴。不论是"百鸟散还合"，还是"浮云阴且晴"，都体现了琴声的巨大魅力。除了通过自然界的景物来反衬琴声的美妙，诗人还联想到曲中包含的神韵，比如汉朝乌孙公主远托异国的无奈、唐朝文成公主远嫁吐蕃时的哀怨。以上这些都是侧面描写，直到"幽音变调忽飘洒，长风吹林雨堕瓦。迸泉飒飒飞木末，野鹿呦呦走堂下"这四句，诗人才正面描写董大的琴声：音调忽而幽沉，忽而飘洒，像长风吹林，像大雨落瓦，像泉水扫过树梢的飒飒声，也像呦呦鹿鸣。可以说，诗人对董大的弹奏给予了十分高的评价。最后四句是对房给事的寄语。房给事身居要职，却不重名利，日夜期盼董大抱着琴去为他演奏。从"高才脱略名与利，日夕望君抱琴至"这两句中，我们可以看出诗人对董大的羡慕之情，他也希望自己有朝一日能觅得知音，一显身手。

听安万善[1]吹觱篥[2]歌

李颀

南山截竹为觱篥，此乐本自龟兹[3]出。

流传汉地曲转奇[4]，凉州胡人[5]为我吹。

傍邻闻者多叹息，远客思乡皆泪垂。

世人解[6]听不解赏，长飙[7]风中自来往。

枯桑老柏寒飕飗[8]，九雏鸣凤[9]乱啾啾。

龙吟虎啸一时发，万籁[10]百泉相与[11]秋。

忽然更作渔阳掺[12]，黄云萧条白日暗。

变调如闻杨柳[13]春，上林[14]繁花照眼新[15]。

岁夜[16]高堂列明烛，美酒一杯声一曲。

【注释】

1 安万善：凉州胡人，生平不详。

2 觱篥：亦作"筚篥"，一种簧管古乐器，约汉代从西域传入中原。

3 龟兹：古国名，汉西域诸国之一，在今新疆库车市一带。

4 曲转奇：曲调更加奇妙。

5 凉州胡人：指安万善。

6 解：懂得。

7 飙：暴风。

8 飕飗：拟声词，形容风声。

9 九雏鸣凤：典出古乐府《陇西行》"凤凰鸣啾啾，一母将九雏"，形容琴声细杂清越。

10 万籁：自然界的各种音响。

11 相与：共同、一起。

12 渔阳掺：渔阳一带的民间鼓曲名。

13 杨柳：指古曲《杨柳枝》。

14 上林：即上林苑。秦汉时期的名苑，是皇帝游赏的园囿。

15 新：清新。

16 岁夜：除夕。

【点评】

　　这也是一首描写音乐的诗。诗人在开头介绍了"觱篥"这种乐器的制作材料跟历史，然后说这种音乐传到汉地以后就变得新奇了。第四句中的"胡人"指的是题目中的安万善。安万善的吹奏

技艺十分了得，从"傍邻闻者多叹息，远客思乡皆泪垂"就能看出来。然而，诗人觉得这些人并没有真正听懂曲中的深意，吹奏的人仍然有不为人解的落寞感，所以说安万善是"长飙风中自来往"。接下来，诗人转入对觱篥的各种声音的描写，它们有时像寒风吹老树，有时像九只雏凤啾啾鸣叫，有时像龙吟虎啸同时响起，有时又像万籁百泉发出的声音。从正面描写完觱篥声音变化之多，诗人开始用比喻的手法来写觱篥的变调，低沉时如《渔阳掺》，使得黄云漫天，白日转暗；高扬时像《杨柳枝》，热闹欢快，生气盎然。而后，诗人猛地回到了现实世界，"岁夜"是指除夕，此时，高堂列坐，烛光明亮，那就共饮一杯，再赏一曲觱篥吧！最后两句表达了诗人对蹉跎岁月的意味深长的感慨。

清　黄慎　桃花源图（局部）○

夜归鹿门[1]歌

孟浩然

山寺钟鸣昼已昏，渔梁[2]渡头争渡喧。

人随沙岸向江村[3]，余亦乘舟归鹿门。

鹿门月照开烟树[4]，忽到庞公[5]栖隐处。

岩扉[6]松径长寂寥，唯有幽人[7]自来去。

【注释】

1 鹿门：即鹿门山。

2 渔梁：也作"鱼梁"，洲名，在襄阳城东沔水中。《水经注·沔水》："沔水中有鱼梁洲，庞德公所居。"

3 江村：江边村舍。

4 烟树：被烟雾笼罩着的树木。

5 庞公：即庞德公。

6 岩扉：石门。

7 幽人：隐居的人，此指作者自己。

【点评】

　　这是一首写景抒怀诗，写的是诗人回鹿门山途中所见之景，抒的是诗人的归隐情怀。全诗以写静景为主，呈现出一幅清幽寂寥的画面。开头两句"山寺钟鸣昼已昏，渔梁渡头争渡喧"先写黄昏已至，寺庙传来报时的钟声，再写渔梁渡头上急于抢渡归家的人。前一句写的是远离俗世嘈杂的静，后一句写的是红尘俗世中的吵闹，两者形成了鲜明的对比。然后诗人以人们归家引出自己的归处："余亦乘舟归鹿门。"接下来是诗人到了鹿门山后的所见所感。"鹿门月照开烟树，忽到庞公栖隐处。"在月亮的映照下，原本被暮霭笼罩的树木清晰地显现了出来，诗人走着走着，不知不觉就到了昔日庞德公隐居的地方。这里如今已是"岩扉松径长寂寥，唯有幽人自来去"。这里的"幽人"，既指曾在此处隐居过的庞德公，又指诗人自己，体现了诗人恬淡的隐居心境。

南宋 佚名 霜筱寒雏图 ○

庐山谣寄卢侍御虚舟 [1]

李白

我本楚狂人，凤歌笑孔丘。

手持绿玉杖 [2]，朝别黄鹤楼。

五岳 [3] 寻仙不辞远，一生好入名山游。

庐山秀出南斗傍 [4]，屏风九叠 [5] 云锦张，影落明湖青黛光 [6]。

金阙 [7] 前开二峰长，银河倒挂三石梁。

香炉瀑布遥相望，迥崖沓嶂凌苍苍。

翠影红霞映朝日，鸟飞不到吴天 [8] 长。

登高壮观天地间，大江茫茫去不还。

黄云万里动风色，白波九道 [9] 流雪山 [10]。

好为庐山谣，兴因庐山发。

闲窥石镜 [11] 清我心，谢公 [12] 行处苍苔没。

早服还丹无世情，琴心三叠道初成。

遥见仙人彩云里，手把芙蓉朝玉京 [13]。

先期汗漫九垓 [14] 上，愿接卢敖游太清。

【注释】

1 卢侍御虚舟：即侍御史卢虚舟。

2 绿玉杖：镶有绿色玉石的手杖。

3 五岳：即东岳泰山、西岳华山、南岳衡山、北岳恒山、中岳嵩山。

4 南斗：古代以星宿分野，浔阳属南斗分野，庐山在浔阳西北，故称"南斗傍"。

5 屏风九叠：庐山有屏风叠，叠石如屏障，又名九叠云屏。

6 青黛光：青黑色的光彩。

7 金阙：庐山上有金阙岩，双石高耸，其状如门，又名石门。

8 吴天：庐山三国时属吴，故称此处天空为"吴天"。

9 九道：指长江于九江一带分为九条支流。

10 雪山：喻江中浪涛。

11 石镜：庐山有石镜峰，一圆石如镜，可照见人影。

12 谢公：指南朝宋诗人谢灵运。

13 玉京：道教称天帝居处。

14 九垓：九天。

【点评】

这首诗是李白被流放夜郎途中遇赦后，归途中游庐山时所作。诗歌继承了李白一贯的豪迈之气，风格大胆狂放，使人读来觉得酣畅淋漓。"我本楚狂人，凤歌笑孔丘。"这两句是全诗的起首，也是李白当时心境的写照。那个时候的李白已经对自己的政治前途不抱希望了，所以决心像楚狂一样摒弃仕途，做个闲散狂士，于是他拿着仙人用的绿玉杖，离开黄鹤楼，到名山大川中寻仙访道。接下来大篇幅是诗人对庐山风光的描绘。庐山雄伟壮丽，胜景数不胜数。诗人先对庐山进行了一番粗写，然后从仰视和登高远眺两个方面对庐山进行了细致的描绘，用笔极富变化，层层递进，毫不吝啬自己对庐山的夸赞。在景色描写中还夹杂着寻仙问道的想法，可见诗人想要通过超现实的东西摆脱内心的纠结和不得志。全诗在"先期汗漫九垓上，愿接卢敖游太清"中戛然而止。诗人仿佛已经飞上了九重天，与早已约好的神仙共同期待卢侍御前来与他们同游太清。整首诗豪迈开朗，气势宏大，想象绮丽丰富，给人以美的享受。

梦游天姥[1]吟留别

李白

海客谈瀛洲[2]，烟涛微茫信难求。

越人语天姥，云霓明灭或可睹。

天姥连天向天横，势拔五岳掩赤城[3]。

天台[4]四万八千丈，对此[5]欲倒东南倾[6]。

我欲因[7]之梦吴越，一夜飞度镜湖月。

湖月照我影，送我至剡溪。

谢公宿处[8]今尚在，绿水荡漾清猿啼。

脚著谢公屐[9]，身登青云梯。

半壁见海日，空中闻天鸡[10]。

千岩万壑路不定，迷花倚石忽已暝[11]。

熊咆龙吟[12]殷[13]岩泉，栗深林[14]兮惊层巅。

云青青兮欲雨，水澹澹兮生烟。

列缺[15]霹雳，丘峦崩摧。

洞天石扉[16]，訇然[17]中开。

青冥[18]浩荡不见底，日月照耀金银台[19]。

霓为衣兮风为马，云之君[20]兮纷纷而来下。

虎鼓瑟兮鸾回车，仙之人兮列如麻。

忽魂悸以魄动，怳惊起而长嗟。

惟觉时之枕席，失向来[21]之烟霞。

世间行乐亦如此，古来万事东流水。

别君去兮何时还，且放白鹿[22]青崖间，须行即骑访名山。

安能摧眉折腰事权贵，使我不得开心颜。

【注释】

1 天姥：山名，在今浙江新昌县、天台县之间。

2 瀛洲：神话传说中的海上仙山。

3 赤城：山名，在今浙江天台县北。

4 天台：山名，在今浙江天台县东北，与天姥山相对。

5 此：指天姥山。

6 东南倾：倾向东南，有拜倒之意。

7 因：依照。

8 谢公宿处：谢灵运，游览过天姥山，在剡溪宿住。

9 谢公屐：谢灵运游山穿的一种特制木底鞋，有齿，上山时抽去前齿，下山时抽去后齿。

10 天鸡：《玄中记》：桃都山有大树曰桃都，上有天鸡，日出照木，天鸡即鸣，天下鸡皆鸣。

11 暝：昏暗。

12 熊咆龙吟：喻声音洪大。

13 殷：震动。

14 栗深林：使深林战栗。

15 列缺：闪电。

16 石扉：指石门。

17 訇然：形容巨大声响。

18 青冥：指仙境。

19 金银台：黄金白银宫阙，指神仙居处。

20 云之君：云神，泛指乘云而降的神仙。

21 向来：刚才。

22 白鹿：传为仙人所乘。

【点评】

  从题目中的"梦"字可知，这是一首记梦诗，梦的内容是诗人游天姥山的所见所闻。诗的开头先写传说中的海外仙境瀛洲，然后引出天姥山，为天姥山镀上了一层神秘的色彩，从而为下文大胆的想象做好铺垫。诗人写天姥山，先写它的雄伟高大，再写游天姥山的一系列见闻。在梦中，诗人穿着谢灵运特制的木屐，登上了直上云霄的山路，看到了日出海上的胜景，听到了天鸡的报晓，又忽然变换场景，从早晨变成了黄昏，听到了熊咆龙吟，然后仙府的石门打开，看到了仙人仙境。只是这一切在诗人猛然惊醒后便消失了，所以诗人说"惟觉时之枕席，失向来之烟霞"。梦醒后，诗人突然明白了一个道理：人生如梦，万事如流水，何必低头弯腰去侍奉权贵，让自己不能有开心的笑颜？诗人在这里表现出了一种决绝的态度，即不再向高高在上的统治者低头，而是做一个无拘无束、自由自在的人。全诗内容丰富，想象奇诡浪漫，并且在结尾展现出一种不卑不亢的态度，给人豁达、开朗之感。

清　张伟　写生花卉册〇

金陵酒肆 ¹ 留别

李白

风吹柳花满店香，吴姬 ² 压酒 ³ 劝客尝。

金陵子弟来相送，欲行不行各尽觞 ⁴。

请君试问东流水，别意与之谁短长。

【注释】

1 酒肆：酒店。

2 吴姬：酒店侍女。金陵春秋时属吴，故称吴姬。

3 压酒：米酒酿好后，需要压酒槽取之，谓之压酒。

4 觞：酒器。

【点评】

这是一首描写送别的诗，写于李白即将离开金陵东游扬州时。诗的内容很简单，首句先写周边环境是"风吹柳花满店香"，这里的"店"指的就是诗人要走时，朋友们为他饯行的酒馆。"金陵子弟来相送"说明来送行的不止一两个，而是一群人。要离开的和来送行的，此刻内心都是五味杂陈，只能"各尽觞"，把所有的离情别意都寄托在一杯杯酒里。面对此情此景，李白不由得发出了"请君试问东流水，别意与之谁短长"的感慨。诗人借水喻情，

为这次送别画上了句号，以含蓄的方式表达了自己的依依惜别之
情。全诗不见"离愁"，只有"别意"，很符合李白一贯的豪迈
潇洒气概。

宣州谢朓楼饯别校书叔云

李白

弃我去者昨日之日不可留，乱我心者今日之日多烦忧。

长风万里送秋雁，对此可以酣高楼。

蓬莱文章[1]建安骨[2]，中间小谢[3]又清发。

俱怀逸兴[4]壮思飞，欲上青天览[5]日月。

抽刀断水水更流，举杯销愁愁更愁。

人生在世不称意，明朝散发[6]弄扁舟[7]。

【注释】

1 蓬莱文章：指文章繁富。东汉时学者称当时皇室著述和藏书处东观为"道家蓬莱山"，因为传说中的海上仙山蓬莱藏有仙家典籍，形容东观藏书之多。

2 建安骨：建安风骨，指建安时期曹操父子和"建安七子"等人诗文的慷慨刚健风格。建安，汉献帝的年号。

3 小谢：谢朓，字玄晖，南朝齐诗人。后人将其与南朝宋诗人谢灵运并列，称他为"小谢"。这里用以自喻。

4 逸兴：飘逸豪放的兴致。

5 览：通"揽"，取，摘取。

6 散发：披散头发，形容狂放不羁。

7 弄扁舟：指隐逸于江湖之中。扁舟，小船。

【点评】

　　这是一首写"愁"的诗，作于李白晚年。诗的开头不写景，不言离别，而是直接写诗人内心的郁结："弃我去者昨日之日不可留，乱我心者今日之日多烦忧。"李白一生的仕途都很不顺畅，所以这里的"昨日"实际上指的是他以前度过的每一个不平之日，"今日"则指仍然看不清方向的现在和未来。接下来诗人没有继续抒发自己的愁绪，而是话锋一转，写到了辽阔无垠的秋景正适合在高楼上畅饮，并高谈自己的诗风与谢朓的很接近，不禁高兴起来，于是又出现了李白诗歌中常有的豪迈潇洒，即"俱怀逸兴壮思飞，欲上青天览日月"。不过这样的兴致只是一时的，诗人很快意识到自己正在面对的现实，"抽刀断水水更流，举杯销愁愁更愁"二句抒发了诗人强烈的苦闷。但是诗人并没有就此沉沦下去，而是总结出了"人生在世不称意，明朝散发弄扁舟"的道理。全诗情感起伏明显，抒发苦闷之时又不乏豪迈的气概，表现了诗人不会被现实的打压轻易击垮的不屈品格。

走马川[1]行[2]奉送封大夫出师西征

岑参

君不见走马川行雪海边，平沙莽莽黄入天。

轮台[3]九月风夜吼，一川碎石大如斗，随风满地石乱走。

匈奴草黄马正肥，金山[4]西见烟尘飞，汉家[5]大将西出师。

将军金甲夜不脱，半夜军行戈相拨，风头如刀面如割。

马毛带雪汗气蒸，五花连钱[6]旋作冰，幕中草檄砚水凝。

虏骑闻之应胆慑，料知短兵不敢接，军师[7]西门伫献捷。

【注释】

1 走马川：又名左末河，即今新疆车尔成河。

2 行：诗歌的一种体裁。

3 轮台：在今新疆米泉。

4 金山：阿尔泰山。

5 汉家：这里实借汉以指唐。

6 连钱：马身上的斑纹。

7 军师：似应为"车师"。蘅塘退士本作军师。车师为唐安西都护府所在地，今新疆吐鲁番。

【点评】

　　这首诗充溢着边防将士的爱国之情，诗人在描写的时候，主要是通过反衬和细节描写来表现的。诗的开头是对边塞之地恶劣环境的描写。走马川紧靠着雪海边缘，黄沙茫茫，无边无际。九月，每到夜里，轮台的狂风便会怒号，斗大的碎石被吹得满地乱跑。然而，与我们敌对的匈奴此刻草肥马壮。就是在这样恶劣的环境下，封常清带领着战士们出征了。他们夜半行军，铠甲日夜不脱，即使寒风刮在脸上犹如刀割也绝不退缩。面对这样的军队，草肥马壮的匈奴必定会感到害怕，不敢与之短兵相接。最后一句"军师西门伫献捷"则表达了诗人美好的祝愿。全诗基调激昂向上，恶劣的环境描写更衬托出了唐军的无坚不摧、所向披靡，诗人对其的赞美之情也就呼之欲出了。

轮台歌奉送封大夫[1]出师西征

岑参

轮台城头夜吹角，轮台城北旄头落[2]。

羽书昨夜过渠黎[3]，单于已在金山西。

戍楼西望烟尘黑，汉军[4]屯在轮台北。

上将[5]拥[6]旄西出征，平明吹笛大军行。

四边[7]伐鼓[8]雪海涌，三军大呼阴山动。

虏塞兵气[9]连云屯[10]，战场白骨缠草根。

剑河风急云片阔，沙口石冻马蹄脱[11]。

亚相勤王[12]甘苦辛，誓将报主静边尘[13]。

古来青史[14]谁不见，今见功名胜古人。

【注释】

1 封大夫：封常清。天宝十一载为安西四镇节度使，后加摄御史大夫，
兼北庭节度使。

2 旄头落：是说胡兵将要失败。旄头，星宿名，二十八宿之一，象征胡人。

3 渠黎：汉代西域国名，在今新疆轮台县南。

4 汉军：指唐军。

5 上将：指封常清。

6 拥：持。

7 四边：当指出征军队非止一路。

8 伐鼓：击鼓。

9 兵气：战争气氛。

10 连云屯：与云层相连接，相汇聚。

11 剑河、沙口：均为西北边塞地名。

12 勤王：勤劳王事，即为君王之事尽力。

13 静边尘：平定边患。

14 青史：古代在竹简上记事，竹为青色，故称史书为青史。

【点评】

　　这首诗与之前的《走马川行奉送封大夫出师西征》写于同一时期，都是写给御史大夫封常清的，但二者所写的内容不同。《走马川行奉送封大夫出师西征》一诗未涉及具体战斗，这首则写了战斗的场景，以及唐军战斗时的神威。诗的前六句先营造了正式

交战前的紧张状态，封常清的军队蓄势待发，胡兵已是步步紧逼，战争一触即发。诗人接下来描写了封常清带领的军队的战斗气势："四边伐鼓雪海涌，三军大呼阴山动。"激烈的战斗场面、唐军的作战气势如在眼前、耳边，似乎胜利指日可待。实际上作战环境十分艰苦，正如接下来四句所描写的："虏塞兵气连云屯，战场白骨缠草根。剑河风急云片阔，沙口石冻马蹄脱。"胡兵人数众多，加上恶劣的气候和环境，唐军要想取得胜利，实属不易。诗人描写这些状况，实则为了反衬将士们的奋不顾身和勇猛无畏。最后四句则转回到对封常清的赞美，照应了题目。全诗层次分明，张弛有度，成功地将封常清及其所带领的军队的英勇气概表现了出来。

清 黄慎 桃花源图（局部）〇

白雪歌送武判官[1]归京

岑参

北风卷地白草[2]折，胡天[3]八月即飞雪。

忽如一夜春风来，千树万树梨花[4]开。

散入珠帘湿罗幕[5]，狐裘[6]不暖锦衾[7]薄。

将军角弓[8]不得控[9]，都护[10]铁衣冷难着。

瀚海[11]阑干[12]百丈冰，愁云惨淡[13]万里凝。

中军[14]置酒饮归客[15]，胡琴琵琶与羌笛。

纷纷暮雪下辕门[16]，风掣[17]红旗冻不翻[18]。

轮台[19]东门送君去，去时雪满天山路。

山回路转不见君，雪上空留马行处。

【注释】

1 武判官：其人不详，或为岑参前任。判官，官职名。唐代节度使等
朝廷派出的持节大使，可委任幕僚协助判处公事，称判官。

2 白草：西北的一种牧草，经霜后变白。

3 胡天：这里指西域的天气。

4 梨花：春天开放，花作白色，这里比喻雪花积在树枝上，像梨花开
了一样。

5 散入珠帘湿罗幕：雪花飞进珠帘，沾湿罗幕。"珠帘""罗幕"都

属于美化的说法。珠帘，用珠子穿成的挂帘。罗幕，丝织帐幕。

6 狐裘：狐皮袍子。

7 锦衾：锦缎做的被子。

8 角弓：用兽角装饰的硬弓。

9 不得控：天太冷而冻得拉不开弓。控，拉开。

10 都护：镇守边镇的长官。此为泛指，与上文的"将军"是互文。

11 瀚海：大沙漠。这句说大沙漠里到处都结着很厚的冰。

12 阑干：纵横的样子。

13 惨淡：昏暗无光。

14 中军：古时军队作战分为中、左、右三军，中军为主帅所居。

15 饮归客：宴饮回去的人。饮，动词，宴饮。

16 辕门：古代帝王巡狩、田猎的止宿处，以车为藩；出入之处，仰起两车，车辕相向以表示门，称辕门。

17 风掣：红旗因雪而冻结，风都吹不动了。掣，拉，扯。

18 冻不翻：旗被风往一个方向吹，给人以冻住之感。

19 轮台：唐轮台在今新疆米泉，与汉轮台不是同一地方。

【点评】

　　从诗的题目来看，这首诗描写的是以咏雪之歌送武判官回京，所以这首诗包含了两部分内容，一是咏雪，二是送武判官回京。诗的开头先写胡地的气候之反常，八月就开始下雪。接着，"忽如一夜春风来，千树万树梨花开"，明明是清冷的雪，诗人却用了"春风""梨花"这种带着暖阳春意的词语来形容，"忽如"也给人一种惊喜的感觉，可见诗人确实是在"咏雪"。写完雪后，诗人又对胡地的寒冷气候进行了细致的描写。冷气无处不在，甚至狐裘都不保暖，盖上锦被也觉得单薄；将军冷到拉不开弓，铠甲也冰冷得难以穿上；无边的沙漠被厚厚的冰覆盖，万里长空上，凝结着昏暗的云。在这样的天气里，主帐中正摆酒宴客，宴请的是即将回京的武判官。即使外边天寒地冻，该走的人也还是要走。大雪纷飞，路已被雪覆盖。曲折回环的路上，武判官在拐了几个弯后便没了踪影，只留下雪地上的脚印。最后两句"山回路转不见君，雪上空留马行处"意境深远，给人留下了无尽的思绪。

韦讽录事宅观曹将军画马图

杜甫

国初[1]已来画鞍马，神妙独数江都王。

将军得名三十载，人间又见真乘黄[2]。

曾貌先帝照夜白[3]，龙池十日飞霹雳。

内府[4]殷红马脑盘，婕妤传诏才人索。

盘赐将军拜舞[5]归，轻纨细绮相追飞。

贵戚权门得笔迹，始觉屏障生光辉。

昔日太宗拳毛𫘧，近日郭家狮子花。

今之新图有二马，复令识者久叹嗟。

此皆骑战[6]一敌万，缟素漠漠开风沙。

其余七匹亦殊绝，迥若寒空动烟雪。

霜蹄蹴踏长楸间，马官厮养[7]森成列。

可怜九马争神骏，顾视清高气深稳。

借问苦心爱者谁，后有韦讽前支遁。

忆昔巡幸新丰宫，翠华拂天来向东。

腾骧磊落[8]三万匹，皆与此图筋骨同。

自从献宝朝河宗，无复射蛟江水中。

君不见金粟堆[9]前松柏里，龙媒去尽鸟呼风。

【注释】

1 国初：指唐朝开国之初。

2 乘黄：传说中的神马。

3 照夜白：唐玄宗御马的名字。

4 内府：指皇宫中的库房。

5 拜舞：臣子拜见皇帝的礼仪。

6 骑战：骑马作战。

7 厮养：饲养马的役卒。

8 磊落：众多的意思。

9 金粟堆：金粟山，在今陕西省蒲城县，玄宗的陵墓建在此处。

【点评】

　　这首诗是杜甫在韦讽录事的家宅里看到他收藏的曹霸所画的《九马图》后所作的。诗人从唐朝开国以来最擅画马的江都王李绪写起，然后引出曹霸，既而转到对曹霸及其所画的《九马图》的描写和赞美上。诗人先写曹霸因为画了唐玄宗的宝马"照夜白"得到玄宗的赏识，从而声名大振；接着是对《九马图》的正面描写，诗人从马的形貌、动作等方面，将画中之马描写得栩栩如生，并配以丰富的联想，顺便以东晋支遁类比，赞扬了韦讽艺术素养之高。最后一部分是诗人对画的延伸，想到了玄宗当初巡幸新丰宫时浩大与威严的声势，感慨如今玄宗已逝，大唐日渐没落，那些骏马也不复存在了。这首诗实际上是诗人借观画发出盛世已衰、辉煌不再的慨叹，体现了诗人对国家未来的担忧和对盛世的怀念之情。

丹青[1] 引[2]（赠曹将军霸[3]）

杜甫

将军魏武[4]之子孙，于今为庶为清门。

英雄割据[5]今已[6]矣，文采风流今尚存。

学书[7]初学卫夫人[8]，但恨无过[9]王右军[10]。

丹青不知老将至，富贵于我如浮云。

开元[11]之中常引见[12]，承恩数[13]上南熏殿[14]。

凌烟[15]功臣少颜色[16]，将军下笔开生面[17]。

良相头上进贤冠[18]，猛将腰间大羽箭[19]。

褒公[20]鄂公[21]毛发动[22]，英姿飒爽来酣战。

先帝[23]天马玉花骢，画工如山貌不同[24]。

是日牵来赤墀[25]下，迥立[26]阊阖[27]生长风。

诏谓[28]将军拂绢素[29]，意匠[30]惨淡经营中。

斯须[31]九重真龙出[32]，一洗万古凡马空。

玉花却在御榻上，榻上庭前屹相向。

至尊[33]含笑催赐金，圉人[34]太仆[35]皆惆怅。

弟子韩幹[36]早入室[37]，亦能画马穷殊相[38]。

幹惟画肉不画骨，忍使骅骝气凋丧。

将军画善盖有神[39]，必逢佳士[40]亦写真[41]。

即今[42]飘泊干戈际，屡貌寻常行路人。

途穷[43]反遭俗眼白[44]，世上未有如公贫。

但看古来盛名下，终日坎壈[45]缠其身。

【注释】

1 丹青：绘画。

2 引：诗歌的一种体式。

3 曹将军霸：曹霸，著名画家，玄宗时官至左武卫将军，后因罪被削籍为庶人。

4 魏武：魏武帝曹操。曹霸的祖先。

5 英雄割据：指曹操割据中原的霸业。

6 已：已成过去。

7 学书：学习书法。曹霸原学书法。

8 卫夫人：晋代书法家，名铄，李矩之妻。

9 无过：未能超过。

10 王右军：晋代大书法家王羲之，官右军将军，他曾以卫夫人为师。

11 开元：唐玄宗年号。

12 引见：由内臣带领，朝见皇帝。

13 数：屡次。

14 南熏殿：在兴庆宫中。

15 凌烟：凌烟阁。唐太宗贞观十七年（643）命阎立本画功臣二十四人图像于凌烟阁。

16 少颜色：因年深日久图像色彩变暗。

17 开生面：重新画出这些人物的生动面貌。

18 进贤冠：为文官所戴。

19 大羽箭：为武将所佩。

20 褒公：褒国公段志立。

21 鄂公：鄂国公尉迟敬德。

22 毛发动：胡须、头发仿佛在飘动。

23 先帝：指唐玄宗。

24 貌不同：画不出玉花骢的神骏意态。

25 赤墀：宫殿的台阶。因用丹漆涂饰，故称。

26 迥立：昂首屹立。

27 阊阖：天子的宫门。

28 诏谓：天子命令。

29 拂绢素：指在绢上作画。

30 意匠：指精心构思。

31 斯须：顷刻。

32 真龙出：画出一匹骏马。古人常以龙称骏马。

33 至尊：此指唐玄宗。

34 圉人：养马的人。

35 太仆：掌管车马的官。

36 韩幹：唐代画家，善画人物，尤工鞍马。曾拜曹霸为师。

37 入室：指能得到老师的真传。

38 穷殊相：穷尽各种不同的马相。

39 盖有神：大概有神相助。

40 佳士：品德或才学优良的人。

41 写真：画像。

42 即今：如今。

43 途穷：生活窘迫。

44 俗眼白：遭世俗之人的白眼。指轻蔑他的画家身份。

45 坎壈：困苦，失意。

【点评】

　　这首诗的描写对象是唐代著名画家曹霸，全诗描述了他大起大落的一生，读来令人唏嘘。诗的开头先写曹霸前后身份落差之大，他本来是魏武帝曹操之后，如今却被削籍，沦为普通百姓。诗人接着赞扬了曹霸的艺术造诣，显示了对曹霸的认可。在中间部分，诗人用了大量篇幅对曹霸过往的辉煌进行了描述，先介绍他曾为凌烟阁中的功臣重新画像，接着详细描写了曹霸画玄宗的玉花骢的场面。写完这些后，诗人提到了曹霸的一名徒弟——韩干，韩干的艺术造诣也很高，但是在诗人看来，韩干画马只是外表惟妙惟肖，内在精神却画不出来，从中可以看出诗人对曹霸有着很高的评价。然而，就是这样一个画坛宗师，竟然"即今飘泊干戈际，屡貌寻常行路人。途穷反遭俗眼白，世上未有如公贫"，令人感慨、惋惜。"但看古来盛名下，终日坎壈缠其身。"这最后两句是诗人对曹霸的宽慰，也是诗人对世态炎凉、此一时彼一时的感慨。

寄韩谏议[1]注

杜甫

今我不乐[2]思岳阳[3]，身欲奋飞[4]病在床。

美人娟娟[5]隔秋水，濯足洞庭[6]望八荒[7]。

鸿飞冥冥[8]日月白，青枫叶[9]赤天雨霜[10]。

玉京[11]群帝[12]集北斗[13]，或骑麒麟[14]翳凤凰[15]。

芙蓉旌旗烟雾落，影动倒景[15]摇潇湘[16]。

星宫[17]之君醉琼浆[18]，羽人[19]稀少不在旁。

似闻昨者赤松子[20]，恐是汉代韩张良[21]。

昔随刘氏[22]定长安，惟幄未改[23]神惨伤。

国家成败吾岂敢，色难[24]腥腐[25]餐枫香[26]。

周南留滞[27]古所惜，南极老人应寿昌[28]。

美人胡为隔秋水，焉得置之贡玉堂[29]。

【注释】

1 谏议：按，谏议大夫起于后汉。《续通典》："武后龙朔二年改为正谏大夫，开元以来，仍复。凡四人，属门下官。"

2 不乐：《诗经·唐风》："今我不乐，日月其除。"

3 岳阳：师注："岳州巴陵郡曰岳阳，有君山、洞庭、湘江之胜。"按，此系谏议隐居处。《地理志》："岳州在岳之阳，故曰岳阳。"按，岳阳即今湖广岳州府。

4 奋飞：《诗经·邶风》："静言思之，不能奋飞。"

5 娟娟：鲍照诗："未映东北墀，娟娟似蛾眉。"

6 洞庭：《尚书·禹贡》："九江孔殷。"注：九江，即今之洞庭湖也。沅水、渐水、元水、辰水、叙水、酉水、沣水、资水、湘水，皆合于洞庭，意以是名九江也。按，洞庭在府西南。

7 八荒：《汉书·扬雄传》："陟西岳以望八荒。"

8 鸿飞冥冥：指韩注已遁世。《法言》："鸿飞冥冥，弋人何篡焉。"

9 枫叶：谢灵运诗："晓霜枫叶丹。"

10 雨霜：鲍照诗："北风驱雁天雨霜。"

11 玉京：按，元君注："玉京者，无为之天也。东南西北，各有八天，凡三十二天，盖三十二帝之都。玉京之下，乃昆仑北都。"

12 群帝：江淹诗："群帝共上下。"

13 北斗：《晋书·天文志》："北斗七星在太微北，七政之枢机……号令之主也。"

14 麒麟：《墉城集仙录》："群仙毕集，位高者乘鸾，次乘麒麟，次乘龙。鸾鹤每翅各大丈余。"

15 倒景：《大人赋》："贯列缺之倒景。"注引《陵阳子明经》："列缺气去地二千四百里，倒景气去地四千里，其景皆倒在下。"

16 潇湘：谢朓诗："洞庭张乐地，潇湘帝子游。"

17 星宫：《汉书·天文志》："经星常宿，中外官凡百一十八名，积数七百八十三星，皆有州国官宫物类之象。"

18 琼浆：《楚辞·招魂》："华酌既陈，有琼浆些。"

19 羽人：穿羽衣的仙人。《楚辞·远游》："仍羽人于丹丘。"

20 赤松子：《史记·留侯世家》："今以三寸舌为帝者师，封万户，位列侯，此布衣之极，于良足矣。愿弃人间事，欲从赤松子游耳。乃学辟谷，道引轻身。"

21 韩张良：陆机《高祖功臣传》："太子少傅、留文成侯、韩张良。"

22 刘氏：《汉纪·高祖皇帝纪》："周勃厚重少文，然安刘氏者必勃也。可令为太尉。"

23 帷幄未改：帷幄本指帐幕，此指谋国之心。《史记·高祖本纪》："夫运筹策帷帐之中，决胜于千里之外，吾不如子房。"

24 色难：《神仙传》："壶公数试费长房，继令啖溷，臭恶非常，长房色难之。"

25 腥腐：鲍照诗："何时与尔曹，啄腐共吞腥。"

26 枫香：《尔雅注》："枫……有脂而香"。《南史》："任昉营佛殿，调枫香二石。"

27 周南留滞：《史记·太史公自序》："是岁，天子始建汉家之封，而太史公留滞周南，不得与从事。"注：古之周南，今之洛阳。

28 南极老人应寿昌：《晋书》："老人一星在弧南。一曰南极，常以秋分之旦见于丙，秋分之夕而没于丁。见则治平，主寿昌。"

29 玉堂：《十洲记》："昆仑有流精之阙，碧玉之堂，西王母所治也。"

【点评】

　　杜甫晚年疾病缠身，寓居在夔州（今重庆奉节）等地，但仍然心忧朝局。得知韩注从朝堂隐退的消息后，他感慨颇深，于是作诗一首，寄与韩注。"今我不乐思岳阳，身欲奋飞病在床"表达了杜甫对韩注的关切。在接下来的描写中，杜甫化用的很多意象，如"美人""鸿飞""玉京"等，均有一种超脱现实、空灵渺茫的感觉，赋予了全诗浪漫、迷离的氛围，从中可以看出这是一首以浪漫主义的手法映照现实社会的诗作。诗中不仅有对韩注的寄语，还有自己对当下污浊不堪的朝局的不满，表达了诗人内心的孤愤。最后两句"美人胡为隔秋水，焉得置之贡玉堂"是诗人在劝韩注重回朝堂，辅佐君王，实际上也暗示了诗人自己想要为国效力。只是诗人当时已步入晚景，且已经尝遍了世态炎凉，不太可能重新入仕了，所以只好将自己的忧国之心寄托在韩注身上。

宋　佚名　荷亭消夏图○

古柏行

杜甫

孔明庙[1]前有老柏，柯[2]如青铜根如石。

霜皮溜雨[3]四十围[4]，黛色参天二千尺。

君臣已与时际会[5]，树木犹为人爱惜。

云来气接巫峡长，月出寒通雪山白。

忆昨路绕锦亭东，先主[6]武侯同閟宫[7]。

崔嵬枝干郊原古，窈窕[8]丹青户牖空。

落落[9]盘踞虽得地，冥冥孤高多烈风。

扶持自是神明力，正直原因造化功。

大厦如倾要梁栋，万牛回首丘山重。

不露文章[10]世已惊，未辞翦伐谁能送。

苦心岂免容蝼蚁[11]，香叶曾经宿鸾凤[12]。

志士仁人莫怨嗟，古来材大难为用。

【注释】

1 孔明庙：这里指夔州的孔明庙。

2 柯：枝干。

3 霜皮溜雨：指树皮白而光滑。

4 四十围：四十人合抱，形容极粗。

160

5 际会：遇合。

6 先主：指刘备。

7 阕宫：指祠庙。

8 窈窕：深邃的样子。

9 落落：独立挺拔的样子。

10 不露文章：指古柏不炫耀自己的花纹之美。

11 蝼蚁：喻指小人。

12 鸾凤：喻指贤人。

【点评】

　　这是一首借物咏怀诗。诗的前四句对古柏的概貌进行了描写，第一句写古柏的位置所在，第二句写古柏的枝干与根，第三句写古柏的粗，第四句写古柏的高。为什么这棵古柏会长得这么高大呢？诗人接着给出了答案："君臣已与时际会，树木犹为人爱惜。"这里暗含了诗人对刘备和孔明之间互相信任的君臣关系的羡慕之意。孔明遇到了刘备这样知人善用的君主，而诗人漂泊一生，政治抱负始终难以实现，于是在这首诗中表达了怀才不遇的苦闷。"不露文章世已惊，未辞翦伐谁能送。"这就是诗人以古柏自比，抒发了不得志的怨念。最后两句"志士仁人莫怨嗟，古来材大难为用"看起来是在安慰劝解普天之下不得志的志士仁人，实际上也是诗人在自我安慰，同时表达出了对人才不被重用的怨愤。

观公孙大娘弟子舞剑器行（并序）

杜甫

大历[1]二年十月十九日，夔府别驾[2]元持宅，见临颍[3]李十二娘舞剑器，壮其蔚跂[4]。问其所师，曰："余公孙大娘弟子也。"开元三载，余尚童稚，记于郾城[5]观公孙氏舞剑器浑脱[6]，浏漓顿挫[7]，独出冠时[8]。自高头[9]宜春、梨园[10]二伎坊[11]内人[12]，洎[13]外供奉[14]，晓是舞者，圣文神武皇帝[15]初，公孙一人而已。玉貌锦衣[16]，况余白首，今兹弟子，亦匪盛颜[17]。既辨其由来[18]，知波澜莫二[19]。抚事慷慨，聊为《剑器行》。往者吴人张旭[20]，善草书书帖[21]，数常于邺县[22]见公孙大娘舞西河剑器[23]，自此草书长进。豪荡感激[24]，即[25]公孙可知[26]矣。

昔有佳人公孙氏，一舞剑器动四方。
观者如山色沮丧[27]，天地为之久低昂。
㸌如羿射九日落，矫如群帝骖龙翔。
来如雷霆收震怒，罢如江海凝清光。
绛唇[28]珠袖[29]两寂寞[30]，晚有弟子传芬芳[31]。
临颍美人[32]在白帝[33]，妙舞此曲神扬扬。
与余问答既有以[34]，感时抚事增惋伤。

先帝 [35] 侍女八千人，公孙剑器初 [36] 第一。

五十年间似反掌，风尘 [37] 澒洞昏王室。

梨园子弟散如烟，女乐余姿 [38] 映寒日 [39]。

金粟堆前木已拱 [40]，瞿塘石城 [41] 草萧瑟。

玳弦急管 [42] 曲复终，乐极哀来月东出。

老夫 [43] 不知其所往，足茧荒山 [44] 转愁疾 [45]。

【注释】

1 大历：唐代宗年号。

2 别驾：官职名。

3 临颍：今河南临颍县。

4 蔚跂：雄浑多姿。

5 郾城：今河南郾城。

6 剑器浑脱：当是指剑器舞和浑脱舞。

7 浏漓顿挫：舞姿洒脱，刚健有力。

8 独出冠时：一枝独秀，冠绝一时。

9 高头：在皇帝跟前。指宫廷。

10 宜春、梨园：唐玄宗在宫廷内设置的舞乐教坊。

11 伎坊：教坊，歌舞艺人习艺的地方。

12 内人：居住在宜春、梨园的歌舞伎，称为内人。

13 泊：到。

14 外供奉：不住在宫中，随时奉诏入宫的歌舞伎。

15 圣文神武皇帝：指唐玄宗。

16 玉貌锦衣：是说公孙氏当时是妙龄女郎。

17 亦匪盛颜：也不再年轻。匪，非。

18 辨其由来：弄清了她的师从。

19 波澜莫二：是说李十二娘的舞艺与公孙大娘没有区别。

20 张旭：苏州人，唐代著名书法家，工于草书。

21 草书书帖：用草书书写简帖。

22 邺县：旧县名，今属河南省安阳县。

23 西河剑器：剑器舞的一种。

24 豪荡感激：是说张旭草书气势奔腾，生动感人。

25 即：则，那么。

26 公孙可知：公孙大娘的技艺之高可想而知。

27 色沮丧：因剑舞精绝而震惊失色。

28 绛唇：朱唇，借指公孙大娘的美貌。

29 珠袖：舞衣，借指其舞艺。

30 寂寞：不复存在。

31 芬芳：指精绝的舞艺。

32 临颍美人：指李十二娘。

33 白帝：白帝城，指夔州。

34 既有以：已然明白了她的师从。以，根由。

35 先帝：指唐玄宗。

36 初：本。

37 风尘：战乱。

38 女乐余姿：指李十二娘的舞姿有开元歌舞的神韵。

39 映寒日：映照于冬天的日光。

40 木已拱：是说墓旁的树已有两臂合抱那么粗了。玄宗逝世至此时已

唐 张萱 虢国夫人游春图 ○

有五年多。

41 瞿塘石城：瞿唐峡、夔州城，作者所在之处。

42 玳弦急管：指夔州别驾元持举办的筵席。玳弦，豪华的筵席。急管，激扬的管乐声。

43 老夫：诗人自称。

44 足茧荒山：长满老茧的脚在荒山里行走。

45 转愁疾：愁苦越来越深。

【点评】

　　这首诗的序言先交代了写诗的缘由：诗人在夔府别驾元持家里看到李十二娘跳剑器舞，打听之后才知道这位李十二娘乃是当年以剑舞动四方的公孙大娘的弟子，由此引发了一系列的回忆和感慨。诗人在诗中先回忆了公孙大娘的舞姿之美、舞技之高，然后想到了公孙大娘去世后，这一舞蹈渐渐消失了，如今又看到李十二娘传承了这一艺术，自然是感慨万千。接着诗人又写到了先帝唐玄宗当年创办的梨园是何等繁荣，可是安史之乱爆发后，这一切都不复存在了，玄宗陵墓前的树都已经能双臂合抱了。短短几句诗，道尽了几十年来的沧桑巨变。此时的诗人，内心越发感到悲凉、迷茫，所以说"老夫不知其所往，足茧荒山转愁疾"。全诗感情沉郁悲壮，符合杜诗一贯的风格。

石鱼湖[1]上醉歌（并序）

元结

　　漫叟以公田米酿酒，因休暇[2]则载酒于湖上，时取一醉。欢醉中，据湖岸引臂[3]向鱼取酒，使舫载之，遍饮坐者。意疑倚巴丘[4]酌于君山[5]之上，诸子环洞庭而坐，酒舫泛泛然[6]触波涛而往来者，乃作歌以长[7]之。

石鱼湖，似洞庭，夏水欲满君山青。

山为樽，水为沼[8]，酒徒历历坐洲岛。

长风连日作大浪，不能废人运酒舫。

我持长瓢[9]坐巴丘，酌饮四座以散愁。

【注释】

1 石鱼湖：在道州东郭惠泉南。

2 休暇：休假。

3 引臂：伸长膀臂。

4 巴丘：山名，在洞庭湖边。此谓石鱼湖边上之山丘。

5 君山：山名，在洞庭湖中。

6 泛泛然：漂荡的样子。

7 长：放声歌唱。

8 沼：水池。

9 长瓢：饮酒器。

【点评】

　　这是一首较为纯粹的描写饮酒作乐的诗。序言讲的是这首诗的写作背景。诗的内容很简单，开头三句描绘了一派山清水秀的清丽之景。接着写人的活动，与诗人同来玩乐的人把山谷当成酒杯，把湖水当成酒池，一个挨一个地坐在岛上，开怀畅饮。诗人此时的兴致是很高的，从"长风连日作大浪，不能废人运酒舫"就能看出来。至于最后一句说到的"散愁"，也并非真的有什么愁，只是"为赋新词强说愁"罢了。

清　张伟　写生花卉册○

韩愈

韩愈（768—824），字退之。河阳（今河南孟州南）人。唐代文学家、哲学家。祖籍河北昌黎，世称"韩昌黎"。晚年任吏部侍郎，又称"韩吏部"。谥号"文"，又称"韩文公"。他与柳宗元同为唐代古文运动的倡导者，主张学习先秦、两汉的散文语言，破骈为散，扩大文言文的表达功能。宋代苏轼称他"文起八代之衰"，明人推他为"唐宋八大家"之首，与柳宗元并称"韩柳"，有"文章巨公"和"百代文宗"之名。

山石

韩愈

山石荦确[1]行径微[2]，黄昏到寺蝙蝠飞。

升堂坐阶新雨足，芭蕉叶大支子肥[3]。

僧言古壁佛画好，以火来照所见稀[4]。

铺床拂席置羹饭[5]，疏粝[6]亦足饱我饥。

夜深静卧百虫绝，清月出岭光入扉[7]。

天明独去无道路[8]，出入高下穷烟霏[9]。

山红涧碧纷烂漫，时见松枥皆十围[10]。

当流[11]赤足踏涧石，水声激激风生衣。

人生如此自可乐，岂必局促[12]为人靰[13]。

嗟哉吾党二三子[14]，安得至老不更归[15]。

【注释】

1 荦确：险峻不平的样子。

2 微：狭窄。

3 支子：栀子，常绿灌木，夏季开花。这里指栀子花。

4 稀：稀罕。

5 羹饭：菜饭。

6 疏粝：指粗糙简单的食物。粝，糙米。

7 扉：门户。

8 无道路：意思是看不清道路，因烟雾未散。

9 出入高下穷烟霏：出入高下，时而出谷，时而入谷，上上下下，时高时低。穷，尽。烟霏，流动的烟云。

10 松枥皆十围：枥，同栎，一种落叶乔木。围，两臂合抱为一围。十围，形容树干粗大。

11 当流：在水流之中。

12 局促：拘束，不自由。

13 靮：套在马口上的绳，即嚼子。

14 吾党二三子：和我志同道合的几个朋友。

15 不更归："更不归"的倒文。更，还。

【点评】

　　这首诗题为《山石》，却并不是一首状物诗，而是记叙了诗人的一次游玩经历。诗从诗人黄昏到达寺庙写起。"山石荦确行径微，黄昏到寺蝙蝠飞。"这两句塑造了一种静谧、清幽的氛围。"升堂坐阶新雨足，芭蕉叶大支子肥。"这两句描写的是诗人到达寺庙后看到的景物，"新雨足"表明刚下过一场雨，让人透过诗句仿佛感受到了空气的清新。由黄昏转入夜晚后，热情的僧人拿着灯邀请诗人去看寺中珍贵的壁画，并且备好了床褥和简单的饭食。这里透露出来诗人的心境是十分平和的。山中的夜十分宁静，这就使得静谧、清幽的氛围更加浓厚了。而后，诗人按照时间顺序，开始描写第二天清晨独行的画面，不论是碧绿的山涧水，还是粗壮的松枥，无不表现诗人的陶醉之情。在此情境下，诗人发出了"人生如此自可乐，岂必局促为人靰。嗟哉吾党二三子，安得至老不更归"的感慨。全诗表达了诗人怡然自乐、寄情山水的悠闲与豁达，赋雅兴与幽情，表现手法十分巧妙。

八月十五夜赠张功曹

韩愈

纤云[1]四卷天无河，清空吹空月舒波[2]。

沙平水息声影绝，一杯相属[3]君当歌。

君歌声酸辞正苦，不能听终泪如雨。

洞庭连天九疑高，蛟龙出没猩鼯[4]号。

十生九死到官所[5]，幽居默默如藏逃。

下床畏蛇食畏药[6]，海气湿蛰熏腥臊。

昨者州前捶大鼓，嗣皇继圣登夔皋。

赦书一日行千里，罪从大辟[7]皆除死。

迁者追回流者还，涤瑕荡垢清朝班。

州家[8]申名[9]使家[10]抑[11]，坎坷只得移荆蛮[12]。

判司[13]卑官不堪说，未免捶楚[14]尘埃间。

同时流辈多上道，天路[15]幽险难追攀。

君歌且休听我歌，我歌今与君殊科。

一年明月今宵多，人生由命非由他，有酒不饮奈明何。

【注释】

1 纤云：薄云。

2 月舒波：月光向四面伸展。舒，展。波，光波，光辉。

3 属：劝酒。

4 鼯：鼯鼠，又称大飞鼠，一种鼠类动物，栖于林间。前后肢间有宽而多毛的飞膜，借此在树间滑翔。

5 官所：这里指贬所，即临武县。

6 药：指毒蛊，相传是南方边远地区一种用毒虫制成的杀人药。

7 大辟：死刑。

8 州家：指郴州刺史。

9 申名：提名申报。

10 使家：指湖南观察使。

11 抑：压着不准申报。

12 移荆蛮：指调往江陵任职。荆州古属楚国，楚国原名荆，周代人又称南方民族为蛮，楚在南方，被称为荆蛮。江陵旧属荆州，所以以荆蛮指江陵。

13 判司：唐代对诸曹参军的统称。法曹参军职务是掌管刑狱，督捕盗贼，功曹参军掌管考绩，职位很低。

14 捶楚：鞭打。

15 天路：通天的道路，比喻进身朝廷的道路。

【点评】

　　这首赠张功曹的诗以描写张功曹本人的不幸遭遇为主，同时关照了诗人自己仕途的坎坷。前四句表明诗人与张功曹对饮的环境是一个安静的月夜。诗人举起酒杯，劝张功曹对月抒怀。于是接下来的内容，诗人用大量篇幅描写了张功曹遭受的苦难。他先是被贬南迁，一路上山高水远，途中多遇险境，"十生九死到官所"。到了地方之后，生活也颇为艰难。南方多蛇鼠，又有蛊毒，所以他每一天都生活得胆战心惊。不过事情突然有了转机，新皇继位，大赦天下，被贬谪的官员纷纷回京复职。只是他回京无门，甚至再次被调往偏僻的荆蛮之地，做了一个卑微的小官。这种种遭遇，实在令人同情。然而这遭遇不仅仅是张功曹的，诗人自己的也差不多。不过诗人说了，"君歌且休听我歌，我歌今与君殊科"，虽然遭遇相似，诗人却不如张功曹这般悲伤。"一年明月今宵多，人生由命非由他，有酒不饮奈明何。"这三句表现出诗人的豁达与乐观，结合上文来看，其中也不免有些苦中作乐的味道。这种故作旷达的心态，反而进一步加深了诗歌的悲凉、怅惘的基调。

谒衡岳庙[1]遂宿岳寺题门楼

韩愈

五岳祭秩[2]皆三公，四方环镇嵩当中。

火维[3]地荒足妖怪，天假神柄专其雄。

喷云泄雾藏半腹[4]，虽有绝顶谁能穷。

我来正逢秋雨节，阴气晦昧[5]无清风。

潜心默祷若有应，岂非正直能感通[6]。

须臾静扫众峰出，仰见突兀撑青空。

紫盖连延接天柱，石廪腾掷堆祝融。

森然魄动下马拜，松柏一径趋灵宫[7]。

粉墙丹柱动光彩，鬼物图画填青红。

升阶伛偻荐脯酒，欲以菲薄明其衷[8]。

庙令老人[9]识神意，睢盱侦伺能鞠躬。

手持杯珓[10]导我掷，云此最吉余难同。

窜逐蛮荒幸不死，衣食才足甘长终[11]。

侯王将相望久绝，神纵欲福[12]难为功。

夜投佛寺上高阁，星月掩映云月瞳朦[13]。

猿鸣钟动不知曙，杲杲[14]寒日生于东。

【注释】

1 谒衡岳庙：谒，拜访。衡岳，即衡山，衡岳庙在今湖南省衡山县西南三十里。

2 祭秩：祭祀的等级。

3 火维：指南方。维，隅。

4 半腹：半山腰。

5 晦昧：阴暗的样子。

6 感通：旧时迷信，以为诚心能与鬼神或外物互相感应。

7 灵宫：指衡岳庙。

8 明其衷：是说自己不是祀神求福，而是想向神倾吐内心的抑郁。衷，心意。

9 庙令老人：掌管神庙的老人。

10 杯珓：一种卜卦的工具，用玉及蚌壳或竹木制成大小相同的两片，各有正反两面。

11 甘长终：甘愿长此（指"衣食才足"）以终此身。

12 福：此处用如动词，降福、赐福的意思。

13 瞳朦：光线隐约的样子，这里是形容从云层中透射出的星月光辉。

14 杲杲：明亮的样子。

【点评】

　　这首诗所写的是诗人游衡山时的所见所感，诗中有对衡山的赞美，有对仕途坎坷的不满，还有对自己命运的释然。全诗集写景、叙事、抒情于一体。前六句先写衡山，突出了衡山的气势雄伟、地位不凡。接着写登山正逢秋雨时节，天空阴暗，空气沉闷，没有一丝风。但在诗人的诚心感念下，终于有风来扫清了山上的云霾。从"森然魄动下马拜"到"神纵欲福难为功"，诗人大篇幅描写了自己到庙里拜谒的经过。有掌管神庙的老人教诗人如何求签，并为诗人解了卦象，告诉诗人所求乃大吉。然而诗人如今对仕途已是心灰意冷，这样的"大吉"并没有使他感到高兴。"窜逐蛮荒幸不死，衣食才足甘长终。侯王将相望久绝，神纵欲福难为功。"这四句将诗人内心深处的怨愤含蓄地表达了出来。诗的最后，诗人又转到了景物描写上。"杲杲寒日生于东"一句境界开阔，表现了诗人当时内心的淡然与豁达。

石鼓¹歌

韩愈

张生手持石鼓文²，劝我试作石鼓歌。

少陵³无人谪仙⁴死，才薄将奈石鼓何。

周纲陵迟⁵四海沸，宣王⁶愤起挥天戈⁷。

大开明堂⁸受朝贺，诸侯剑佩鸣相磨。

蒐于岐阳骋⁹雄俊，万里禽兽皆遮罗。

镌功勒¹⁰成告万世，凿石作鼓隳嵯峨¹¹。

从臣才艺咸第一，拣选撰刻留山阿¹²。

雨淋日炙野火燎，鬼物守护烦㧑呵。

公从何处得纸本，毫发尽备无差讹。

辞严义密读难晓，字体不类隶与蝌。

年深岂免有缺画，快剑斫断生蛟鼍¹³。

鸾翔凤翥¹⁴众仙下，珊瑚碧树交枝柯。

金绳铁索锁钮壮，古鼎跃水龙腾梭。

陋儒编诗不收入，二雅褊迫无委蛇。

孔子西行不到秦，掎摭星宿遗羲娥¹⁵。

嗟余好古生苦晚，对此涕泪双滂沱。

忆昔初蒙博士征，其年始改称元和。

故人从军在右辅¹⁶，为我度量掘臼科¹⁷。

濯冠沐浴告祭酒，如此至宝存岂多。

毡包席裹可立致，十鼓只载数骆驼。

荐诸太庙比郜鼎，光价岂止百倍过。

圣恩若许留太学，诸生讲解得切磋。

观经鸿都尚填咽，坐见举国来奔波。

剜苔剔藓露节角[18]，安置妥帖平不颇。

大厦深檐与盖覆，经历久远期无佗。

中朝[19]大官老于事，讵肯感激徒媕婀[20]。

牧童敲火牛砺角，谁复著手为摩挲[21]。

日销月铄就埋没，六年西顾空吟哦。

羲之俗书趁姿媚，数纸尚可博白鹅。

继周八代争战罢，无人收拾理则那。

方今太平日无事，柄任[22]儒术崇丘轲。

安能以此上论列[23]，愿借辩口如悬河。

石鼓之歌止于此，呜呼吾意其蹉跎[24]。

【注释】

1 石鼓：十块刻有大篆（即籀文）的圆形石。原在天兴（今陕西宝鸡）三畤原，唐初被发现。

2 石鼓文：指石鼓文字的拓本。

3 少陵：指杜甫。后人因称杜甫为杜少陵。

4 谪仙：指李白。

5 陵迟：衰颓。

6 宣王：周宣王，西周国王，名静，公元前 828—前 782 年在位，曾不断对淮夷、徐戎、狎狁用兵，旧史称为中兴。

7 天戈：帝王的军队。

8 明堂：古代天子宣明政教的地方，凡朝会、庆赏、选士、养老、教学等大典，均在明堂举行。

9 骋：纵马奔驰。引申为施展，发挥。

10 勒：勒石，刻文于石。

11 嵯峨：高峻的样子，这里指高山。

12 山阿：山陵。阿，大的丘陵。

13 鼍：俗名猪婆龙，亦称扬子鳄。

14 翥：鸟飞。

15 羲娥：指日月。羲，羲和，驾日车之神，此处代指日。娥，嫦娥，此处代指月。

16 右辅：汉时以京兆尹、左冯翊、右扶风为三辅，右辅即右扶风。

17 臼科：臼形的坑，指妥善安置石鼓的地方。

18 节角：石鼓文字的笔画棱角。

19 中朝：朝中，朝廷。

20 嫜嫛：犹豫不决，没有主见。

21 摩挲：抚摸。这里的意思是爱惜、爱护。

22 柄任：原意是被信任而掌权，这里的意思是崇尚。

23 论列：议论。

24 蹉跎：虚度岁月。

【点评】

　　这是一首咏物诗，所咏对象便是我国现存最早的刻石文字——石鼓文。诗的开头四句写的是作此诗的原因，然后从周朝写起，点出了石鼓文存世时间之长。"雨淋日炙野火燎，鬼物守护烦㧑呵。"这两句是转折句，起了承上启下的作用。下面，诗人将描写的主要内容转到了石鼓文本身。石鼓文字体飘逸，勾连浑然一体，实在是不可多得的艺术瑰宝，所以诗人发出了"嗟余好古生苦晚，对此涕泪双滂沱"的感慨。面对此宝物，诗人心中自然产生了保护、研究的想法，奈何自己势单力薄，朝中能够决定此事的人又不愿意耗费精力在这种与升官发财无关的事情上，引得自己叹息连连。最后两句"石鼓之歌止于此，呜呼吾意其蹉跎"表达了诗人的无奈之情。通读全诗，诗人将石鼓文的研究价值和保存价值皆看得十分重要，但是奈何得不到当局者的重视，所以诗中时时表露出惋惜之情，可见诗人对文物的珍爱之心。

渔翁

柳宗元

渔翁夜傍[1]西岩[2]宿，晓汲[3]清湘[4]燃楚竹[5]。

烟销日出不见人，欸乃[6]一声山水绿。

回看天际下中流，岩上无心云相逐[7]。

【注释】

1 傍：靠着。

2 西岩：永州之西山。

3 晓汲：早上取水。

4 清湘：清澈的湘江。

5 燃楚竹：指烧竹煮饭。永州乃古楚地，故云楚竹。

6 欸乃：摇橹之声，这里指渔歌。

7 "回看"二句：小舟驶入中流，渔翁回望天际，只见西岩上悠然飘荡的云彩，在相互追逐。无心，陶渊明《归去来兮辞》"云无心以出岫"。

【点评】

这首诗中的"渔翁"含有自比的意味。这位渔翁是个什么样的人呢？他夜晚将船停靠在西山边上休息，早晨做饭取的是湘江水，燃的是楚竹。实际上，湘江水和楚竹都是诗人的美化，意在表现出一种超凡脱俗的感觉，从而突出渔翁的高雅情趣。"烟销日出不见人，欸乃一声山水绿。"这两句描写也不甚寻常，日出东方，烟消云散，仍然不见人，只听得人语，原来人已隐入山水之中。这样一来，便营造出了一种神秘、寂寥的意境，渔翁孤高的气质也就被表现出来了。结尾两句使全诗描绘的画面更加开阔，意境也更加悠远。"无心"二字引用了陶渊明《归去来兮辞》中的"云无心以出岫"，展现出了一种物我两忘的境界，体现了诗人远离喧嚣浊世的心志。

清　恽寿平　花卉图○

白
居
易 ◇

白居易（772—846），字乐天，祖籍太原（今属山西），生于郑州新郑（今属河南），后迁居下邽（今陕西渭南）。贞元十六年（800）进士，自号醉吟先生、香山居士。白居易是唐代伟大的现实主义诗人，与元稹共同倡导新乐府运动，世称"元白"，与刘禹锡并称"刘白"。白居易的诗歌题材广泛，形式多样，语言平易通俗，有"诗魔"和"诗王"之称。翰林学士，曾任左赞善大夫，官至刑部尚书。846 年，白居易在洛阳逝世，葬于香山。有《白氏长庆集》传世，代表诗作有《长恨歌》《卖炭翁》《琵琶行》等。

长恨歌

白居易

汉皇¹重色²思倾国³，御宇⁴多年求不得。

杨家有女⁵初长成，养在深闺人未识。

天生丽质⁶难自弃，一朝选在君王侧。

回头一笑百媚生，六宫粉黛⁷无颜色⁸。

春寒赐浴华清池⁹，温泉水滑洗凝脂¹⁰。

侍儿¹¹扶起娇无力，始是新承恩泽¹²时。

云鬓花颜金步摇，芙蓉帐暖度春宵¹³。

春宵苦短日高起，从此君王不早朝。

承欢侍宴无闲暇，春从春游夜专夜。

后宫佳丽三千¹⁴人，三千宠爱在一身。

金屋¹⁵妆成娇侍夜，玉楼宴罢醉和春。

姊妹弟兄皆列土¹⁶，可怜¹⁷光彩生门户。

遂令天下父母心，不重生男重生女。

骊宫¹⁸高处入青云，仙乐风飘处处闻。

缓歌慢舞凝丝竹¹⁹，尽日君王看不足。

渔阳²⁰鼙鼓²¹动地来，惊破霓裳羽衣曲²²。

九重城阙²³烟尘生²⁴，千乘万骑²⁵西南行。

翠华²⁶摇摇行复止，西出都门百余里。

六军不发无奈何，宛转蛾眉马前死。

花钿委地[27]无人收，翠翘[28]金雀[29]玉搔头[30]。

君王掩面救不得，回看血泪相和流。

黄埃散漫风萧索，云栈[31]萦纡[32]登剑阁[33]。

峨嵋山下少人行，旌旗无光日色薄。

蜀江水碧蜀山青，圣主朝朝暮暮情。

行宫[34]见月伤心色，夜雨闻铃肠断声。

天旋地转[35]回龙驭[36]，到此踌躇不能去。

马嵬坡下泥土中，不见玉颜空死处。

君臣相顾尽沾衣，东望都门信马[37]归。

归来池苑皆依旧，太液[38]芙蓉未央[39]柳。

芙蓉如面柳如眉，对此如何不泪垂？

春风桃李花开日，秋雨梧桐叶落时。

西宫南内[40]多秋草，落叶满阶红不扫。

梨园弟子[41]白发新，椒房[42]阿监[43]青娥[44]老。

夕殿萤飞思悄然，孤灯挑尽未成眠。

迟迟钟鼓初长夜，耿耿星河欲曙天。

鸳鸯瓦[45]冷霜华[46]重，翡翠衾[47]寒谁与共[48]？

悠悠生死别经年，魂魄不曾来入梦。

临邛[49]道士鸿都[50]客，能以精诚致魂魄[51]。

为感君王辗转思，遂教方士[52]殷勤[53]觅。

排空驭气[54]奔如电，升天入地求之遍。

上穷[55]碧落[56]下黄泉[57]，两处茫茫皆不见。

忽闻海上有仙山[58]，山在虚无缥渺间。

楼阁玲珑[59]五云[60]起，其中绰约[61]多仙子。

中有一人字太真，雪肤花貌参差[62]是。

金阙西厢叩玉扃，转教小玉[63]报双成[64]。

闻道汉家天子使，九华帐[65]里梦魂惊。

揽衣推枕起徘徊，珠箔[66]银屏[67]迤逦[68]开。

云鬓半偏新睡觉[69]，花冠不整下堂来。

风吹仙袂[70]飘飖举，犹似霓裳羽衣舞。

玉容寂寞[71]泪阑干[72]，梨花一枝春带雨。

含情凝睇[73]谢君王，一别音容两渺茫。

昭阳殿[74]里恩爱绝，蓬莱宫[75]中日月长。

回头下望人寰[76]处，不见长安见尘雾。

惟将旧物[77]表深情，钿合金钗寄将去[78]。

钗留一股合一扇，钗擘黄金合分钿[79]。

但教心似金钿坚，天上人间会相见。

临别殷勤重寄词[80]，词中有誓两心知[81]：

七月七日长生殿[82]，夜半无人私语时。

在天愿作比翼鸟[83]，在地愿为连理枝[84]。

天长地久有时尽，此恨[85]绵绵[86]无尽期！

【注释】

1 汉皇：原指汉武帝刘彻。此处借指唐玄宗李隆基。唐人文学创作常以汉称唐。

2 重色：爱好女色。

3 倾国：绝色女子。汉代李延年对汉武帝唱了一首歌："北方有佳人，绝世而独立。一顾倾人城，再顾倾人国。宁不知倾城与倾国，佳人难再得。"后来，"倾国倾城"就成为美女的代称。

4 御宇：驾御宇内，即统治天下。汉贾谊《过秦论》："振长策而御宇内。"

5 杨家有女：蜀州司户杨玄琰，有女杨玉环，自幼由叔父杨玄珪抚养，十七岁（开元二十三年）被册封为玄宗之子寿王李瑁之妃。二十七岁被玄宗册封为贵妃。白居易此谓"养在深闺人未识"，是作者有意为帝王避讳的说法。

6 丽质：美丽的姿质。

7 六宫粉黛：指宫中所有妃嫔。粉黛，粉黛本为女性化妆用品，粉以抹脸，黛以描眉，此代指六宫中的女性。

8 无颜色：意谓相形之下，都失去了美好的姿容。

9 华清池：华清池温泉，在今西安市临潼区南骊山下。

10 凝脂：形容皮肤白嫩滋润，犹如凝固的脂肪。《诗经·卫风·硕人》语"肤如凝脂"。

11 侍儿：宫女。

12 新承恩泽：刚得到皇帝的宠幸。

13 春宵：新婚之夜。

14 佳丽三千：《后汉书·皇后纪》："自武、元之后，世增淫费，至乃掖庭三千。"言后宫女子之多。

15 金屋：《汉武故事》记载，武帝幼时，他姑妈将他抱在膝上，问他要不要她的女儿阿娇做妻子。他笑着回答说："若得阿娇作妇，当作金屋贮之。"

16 列土：分封土地。

17 可怜：可爱，值得羡慕。

18 骊宫：骊山华清宫。骊山在今陕西临潼。

19 凝丝竹：指弦乐器和管乐器伴奏出舒缓的旋律。

20 渔阳：郡名，辖今北京市密云和天津市蓟州区等地。

21 鼙鼓：古代骑兵用的小鼓，此借指战争。

22 霓裳羽衣曲：舞曲名，据说为唐开元年间西凉节度使杨敬述所献，经唐玄宗润色并制作歌词，改用此名。乐曲着意表现虚无缥缈的仙境和仙女形象。

23 九重城阙：九重门的京城，此指长安。阙，意为古代宫殿门前两边的楼，泛指宫殿或帝王的住所。《楚辞·九辩》："君之门以九重。"

24 烟尘生：指发生战事。

25 骑：一人一马为一骑。

26 翠华：用翠鸟羽毛装饰的旗帜，皇帝仪仗队用。

27 委地：丢弃在地上。

28 翠翘：首饰，形如翠鸟尾。

29 金雀：金雀钗，钗形似凤（古称朱雀）。

30 玉搔头：玉簪。《西京杂记》卷二："武帝过李夫人，就取玉簪搔头。自此后宫人搔头皆用玉。"

31 云栈：高入云霄的栈道。

32 萦纡：萦回盘绕。

33 剑阁：又称剑门关，在今四川省剑阁县北。

34 行宫：皇帝离京出行在外的临时住所。

35 天旋地转：指时局好转。肃宗至德二年（757），郭子仪军收复长安。

36 回龙驭：皇帝的车驾归来。

37 信马：意思是无心鞭马，任马前进。

38 太液：汉宫中有太液池。

39 未央：未央宫，汉宫殿名，在汉长安城内西南隅。此借指唐宫殿。

40 西宫南内：皇宫之内称为大内。西宫即西内太极宫，南内为兴庆宫。玄宗返京后，初居南内。上元元年（760），权宦李辅国假借肃宗名义，胁迫玄宗迁往西内，并流贬玄宗亲信高力士、陈玄礼等人。

41 梨园弟子：指玄宗当年训练的乐工舞女。

42 椒房：后妃居住之所，因以花椒和泥抹墙，故称。

43 阿监：宫中的侍从女官。

44 青娥：年轻的宫女。

45 鸳鸯瓦：屋顶上俯仰相对合在一起的瓦。房瓦一俯一仰相合，称阴阳瓦，亦称鸳鸯瓦。

46 霜华：霜花。

47 翡翠衾：布面绣有翡翠鸟的被子。

48 谁与共：与谁共。

49 临邛：今四川邛崃市。

50 鸿都：东汉都城洛阳的宫门名，这里借指长安。《后汉书·灵帝纪》：
光和元年二月，始置鸿都门学生。

51 致魂魄：招来杨贵妃的亡魂。

52 方士：有法术的人。这里指道士。

53 殷勤：尽力。

54 排空驭气：腾云驾雾。

55 穷：穷尽，找遍。

56 碧落：天空。

57 黄泉：指地府。

58 海上有仙山：《史记·封禅书》："自威、宣、燕昭使人入海求蓬
莱、方丈、瀛洲，此三神山者，其傅在勃海中。"

59 玲珑：华美精巧。

60 五云：五彩云霞。

61 绰约：体态轻盈柔美。《庄子·逍遥游》："藐姑射之山，有神人
居焉，肌肤若冰雪，绰约如处子。"

62 参差：仿佛，差不多。

63 小玉：吴王夫差之女。

64 双成：传说中西王母的侍女。这里借指杨贵妃在仙山的侍女。

65 九华帐：绣饰华美的帐子。九华，重重花饰的图案。言帐之精美。
《宋书·后妃传》："自汉氏昭阳之轮奂，魏室九华之照耀。"

66 珠箔：珠帘。

67 银屏：饰银的屏风。

68 迤逦：接连不断地。

69 新睡觉：刚睡醒。觉，醒。

70 袂：衣袖。

71 玉容寂寞：此指神色黯淡凄楚。

72 阑干：纵横交错的样子。这里形容泪痕满面。

73 凝睇：凝视。

74 昭阳殿：汉成帝宠妃赵飞燕的寝宫。此借指杨贵妃住过的宫殿。

75 蓬莱宫：传说中的海上仙山。这里指贵妃在仙山的居所。

76 人寰：人间。

77 旧物：指生前与玄宗定情的信物。

78 寄将去：托道士带回。

79 合分钿：将钿盒上的图案分成两部分。

80 重寄词：贵妃在告别时又托他捎话。

81 两心知：只有玄宗、贵妃二人心里明白。

82 长生殿：在骊山华清宫内，天宝元年（742）造。"七月"以下六句为作者虚拟之词。而所谓长生殿者，亦非华清宫之长生殿，而是长安皇宫寝殿之习称。

83 比翼鸟：传说中的鸟名，据说只有一目一翼，雌雄并在一起才能飞。

84 连理枝：两株树木树干相抱。古人常用此二物比喻情侣相爱、永不分离。

85 恨：遗憾。

86 绵绵：连绵不断。

【点评】

　　《长恨歌》描写的是唐玄宗跟杨贵妃的爱情悲剧。在《长恨歌》中，唐玄宗与杨贵妃由情意绵绵到天人永隔的过程，也是大唐帝国由盛转衰的过程。诗一开始就点明唐玄宗是一个"重色"之人，这是所有事情的根源。因为重色，他寻到了容貌绝佳的杨贵妃，一时间对杨贵妃宠爱无双，连带贵妃的家人都得到了皇恩。两人情意正浓之时，安史之乱爆发了，仓皇之下，唐玄宗不得不携杨贵妃出逃长安。在出逃途中，唐玄宗迫于六军不发的压力，杀了杨国忠，令杨贵妃自缢。此后虽然形势好转，唐玄宗又回到了长安，但是红颜已逝，唐玄宗晚年过得十分凄凉。可以说全诗既有对唐玄宗重色误国的讽刺和批判，也有对两人悲剧结局的同情。整首诗情节生动、完整，且加入了诗人虚构的结局，细细读来，婉转动人，有很强的艺术感染力，因而流传千年不衰。

琵琶行（并序）

白居易

元和十年，余左迁[1]九江郡司马。明年[2]秋，送客湓浦口，闻舟中夜弹琵琶者。听其音，铮铮[3]然有京都声[4]。问其人，本长安倡女[5]，尝学琵琶于穆、曹二善才[6]。年长色衰，委身[7]为贾人妇。遂命酒使快弹数曲，曲罢悯然[8]。自叙少小时欢乐事，今漂沦[9]憔悴，转徙于江湖间。余出官[10]二年，恬然[11]自安；感斯人言，是夕始觉有迁谪[12]意。因为[13]长歌以赠之，凡六百一十二言，命曰《琵琶行》。

浔阳江[14]头夜送客，枫叶荻花秋瑟瑟[15]。
主人[16]下马客在船，举酒欲饮无管弦。
醉不成欢惨将别，别时茫茫江浸月。
忽闻水上琵琶声，主人忘归客不发。
寻声暗问弹者谁，琵琶声停欲语迟。
移船相近邀相见，添酒回灯[17]重开宴。
千呼万唤始出来，犹抱琵琶半遮面。
转轴拨弦[18]三两声，未成曲调先有情。
弦弦掩抑[19]声声思[20]，似诉平生不得志。
低眉信手[21]续续弹[22]，说尽心中无限事。

轻拢[23]慢捻[24]抹[25]复挑[26]，初为霓裳[27]后六幺[28]。

大弦[29]嘈嘈[30]如急雨，小弦[31]切切[32]如私语。

嘈嘈切切错杂弹，大珠小珠落玉盘。

间关[33]莺语花底滑，幽咽[34]流泉水下滩[35]。

水泉冷涩弦凝绝，凝绝[36]不通声渐歇。

别有幽愁暗恨生，此时无声胜有声。

银瓶乍破水浆迸[37]，铁骑突出刀枪鸣。

曲终收拨当心画，四弦一声如裂帛。

东船西舫悄无言，唯见江心秋月白。

沉吟放拨插弦中，整顿衣裳起敛容。

自言本是京城女，家在虾蟆陵下住。

十三学得琵琶成，名属教坊[38]第一部。

曲罢常教善才服，妆成每被秋娘[39]妒。

五陵[40]年少争缠头[41]，一曲红绡[42]不知数。

钿头银篦[43]击节[44]碎，血色罗裙翻酒污。

今年欢笑复明年，秋月春风等闲度。

弟走从军阿姨死，暮去朝来颜色故[45]。

门前冷落车马稀，老大嫁作商人妇。

商人重利轻别离，前月浮梁[46]买茶去。

去来[47]江口守空船，绕船明月江水寒。

夜深忽梦少年事，梦啼妆泪红阑干[48]。

我闻琵琶已叹息，又闻此语重[49]唧唧[50]。

同是天涯沦落人，相逢何必曾相识。

我从去年辞帝京，谪居卧病浔阳城。

浔阳地僻无音乐，终岁不闻丝竹声。

住近湓城地低湿，黄芦苦竹绕宅生。

其间旦暮闻何物，杜鹃啼血猿哀鸣。

春江花朝秋月夜，往往取酒还独倾。

岂无山歌与村笛，呕哑嘲哳 51 难为听。

今夜闻君琵琶语 52，如听仙乐耳暂 53 明。

莫辞更坐弹一曲，为君翻作琵琶行。

感我此言良久立，却坐 54 促弦 55 弦转 56 急。

凄凄不似向前声 57，满座重闻皆掩泣 58。

座中泣下谁最多，江州司马青衫 59 湿。

【注释】

1 左迁：贬官，降职。古以左为卑，故称"左迁"。

2 明年：第二年。

3 铮铮：形容金属、玉器等的相击声。

4 京都声：指唐代京城流行的乐曲声调。

5 倡女：歌女。倡，古时歌舞艺人。

6 善才：当时对琵琶师或曲师的通称。是"能手"的意思。

7 委身：托身，这里是"嫁"的意思。

8 悯然：忧郁的样子。

9 漂沦：漂泊沦落。

10 出官：（京官）外调。

11 恬然：淡泊宁静的样子。

12 迁谪：贬官降职或流放。

13 为：创作。

14 浔阳江：万里长江流经江西省九江市北的一段，因九江古称浔阳，所以又名浔阳江。

15 瑟瑟：形容枫树、芦荻被秋风吹动的声音。

16 主人：诗人自指。

17 回灯：重新拨亮灯光。回，再。

18 转轴拨弦：拧转弦轴，拨动弦丝。这里指调弦校音。

19 掩抑：掩蔽，遏抑。

明 仇英 赤壁图〇

20 思：悲伤。

21 信手：随手。

22 续续弹：连续弹奏。

23 拢：扣弦。

24 捻：揉弦的动作。

25 抹：顺手下拨。

26 挑：反手回拨的动作。

27 霓裳：《霓裳羽衣曲》。

28 六幺：大曲名，又叫《乐世》《绿腰》《录要》，为歌舞曲。

29 大弦：指最粗的弦。

30 嘈嘈：声音杂乱。

31 小弦：指最细的弦。

32 切切：细促轻幽，急切细碎。

33 间关：莺语流滑叫"间关"。鸟鸣声。

34 幽咽：遏塞不畅状。

35 水下滩：泉流冰下阻塞难通，形容乐声由流畅变为冷涩。

36 凝绝：凝滞。

37 迸：溅射。

38 教坊：唐代官办掌管音乐、杂技、歌舞艺人的机关。

39 秋娘：唐时歌舞伎常用的名字。

40 五陵：在长安城外，汉代五个皇帝的陵墓。

41 缠头：专门送给歌舞伎的锦帕绫罗。

42 绡：精细轻美的丝织品。

43 钿头银篦：此指镶嵌着花钿的篦形发饰。

44 击节：打拍子。

45 颜色故：容貌衰老。

46 浮梁：古县名，唐属饶州。在今江西省景德镇市，盛产茶叶。

47 去来：走了以后。

48 梦啼妆泪红阑干：梦中啼哭，匀过脂粉的脸上带着泪痕。阑干，纵横散乱的样子。

49 重：重新，重又。

50 唧唧：叹息声。

51 呕哑嘲哳：形容声音嘈杂。

52 琵琶语：琵琶声，琵琶所弹奏的乐曲。

53 暂：突然。

54 却坐：退回到原处坐下。

55 促弦：把弦拧得更紧。

56 转：更加，越发。

57 向前声：刚才奏过的调子。

58 掩泣：掩面哭泣。

59 青衫：唐朝八品、九品文官的服色。白居易当时的官阶是将仕郎，从九品，所以服青衫。

【点评】

　　这首诗是写给一名琵琶女的，但是在这名琵琶女身上，我们可以看到诗人与她有相似的遭遇，这一点从"同是天涯沦落人，相逢何必曾相识"中便可以体会到。按诗中所写，诗人与琵琶女的相逢是偶然的，诗人在浔阳江头送客时，突然听到了琵琶声，于是"邀相见"。在接下来的叙述中，诗人写了琵琶女的弹奏技艺，写了琵琶女的遭遇，从而引发了共鸣。诗中有很多精彩的描写，如描写琵琶声的"嘈嘈切切错杂弹，大珠小珠落玉盘""银瓶乍破水浆迸，铁骑突出刀枪鸣"，比喻精巧，使人如闻其声。在得知琵琶女的遭遇后，诗人忍不住也提及了自己的遭遇，感情真切，句句肺腑。可以说，这首诗形象鲜明地塑造了琵琶女，记叙了与琵琶女相逢、相知、惺惺相惜的过程，同时抒发了诗人内心无限的愁苦与郁闷之情，是一首很典型的叙事长诗。

清　郎世宁　仙萼长春图○

李商隐

李商隐（813—858），字义山，号玉谿生，又号樊南生、樊南子，晚唐著名诗人。他生活在唐朝统治集团内部斗争最激烈的时代。他关心政治和国家命运，却成了党派斗争的牺牲品，一生不得志，写了许多诗来抒发自己内心的苦闷。他的诗文字和音调都很美，构思奇巧，意境朦胧，但不易读懂。

韩碑

李商隐

元和[1]天子神武姿，彼何人哉轩与羲[2]。

誓将上雪列圣耻，坐法宫[3]中朝四夷[4]。

淮西有贼[5]五十载，封狼[6]生貙貙生罴。

不据山河据平地，长戈利矛日可麾[7]。

帝得圣相相曰度，贼斫不死神扶持。

腰悬相印作都统[8]，阴风惨澹天王旗[9]。

愬武古通作牙爪，仪曹外郎载笔随。

行军司马[10]智且勇，十四万众犹虎貔[11]。

入蔡[12]缚贼[13]献太庙，功无与让[14]恩不訾[15]。

帝曰汝度功第一，汝从事愈宜为辞[16]。

愈拜稽首[17]蹈且舞[18]，金石刻画[19]臣能为。

古者世称大手笔[20]，此事不系于职司[21]。

当仁自古有不让，言讫屡颔天子颐[22]。

公[23]退斋戒[24]坐小阁，濡染[25]大笔何淋漓。

点窜[26]尧典舜典[27]字，涂改清庙生民[28]诗。

文成破体[29]书在纸，清晨再拜铺丹墀[30]。

表曰臣愈昧死[31]上，咏神圣功[32]书之碑。

碑高三丈字如斗，负以灵鳌[33]蟠以螭。

句奇语重喻者少，谗以天子言其私。

长绳百尺拽碑倒，粗砂大石相磨治³⁴。

公之斯文³⁵ 若元气³⁶，先时已入人肝脾。

汤盘³⁷ 孔鼎³⁸ 有述作，今无其器存其辞。

呜呼圣王及圣相，相与烜赫流淳熙³⁹。

公之斯文不示后，曷与三五相攀追。

愿书万本诵万遍，口角流沫右手胝⁴⁰。

传之七十有二代，以为封禅玉检明堂基⁴¹。

【注释】

1 元和：唐宪宗年号。

2 轩、羲：轩辕、伏羲氏，代表三皇五帝。

3 法宫：君王主事的正殿。

4 四夷：泛指四方边地。

5 淮西有贼：指盘踞蔡州的藩镇势力。

6 封狼：大狼。

7 日可麾：用鲁阳公与韩人相争援戈挥日的典故。此喻反叛作乱。麾，通"挥"。

8 都统：招讨藩镇的军事统帅。

9 天王旗：皇帝仪仗的旗帜。

10 行军司马：指韩愈。

11 虎貔：猛兽。喻勇猛善战。

12 蔡：蔡州。

13 贼：指叛将吴元济。

14 无与让：无人可及。

15 不訾："不赀"，不可估量。

16 为辞：指撰《平淮西碑》。

17 稽首：叩头。

18 蹈且舞：指古代臣子朝拜皇帝时手舞足蹈的一种礼节。

19 金石刻画：指为钟鼎石碑撰写铭文。

20 大手笔：指撰写国家重要文告的名家。

21 职司：指掌管文笔的翰林院。

22 屡颔天子颐：使皇帝多次点头称赞。

23 公：指韩愈。

24 斋戒：沐浴更衣。

25 濡染：浸沾。

26 点窜：与下一句的"涂改"都是运用的意思。

27 尧典舜典：《尚书》中篇名。

28 清庙生民：《诗经》中篇名。

29 破体：指文能改变旧体，另一说为行书的一种。

30 丹墀：宫中红色台阶。

31 昧死：冒死，上书用谦语。

32 圣功：指平定淮西的战功。

33 灵鳌：驮负石碑的灵龟。

34 磨治：指磨去碑上的刻文。

35 斯文：此文。

36 元气：无法销毁的正气。

37 汤盘：商汤浴盆，《礼记正义》：“汤沐浴之盘，而刻铭为戒。”

38 孔鼎：孔子先祖正考夫鼎。此以汤盘、孔鼎喻韩碑。

39 淳熙：鲜明的光泽。

40 胝：因摩擦而生厚皮。

41 明堂基：明堂的基石。

【点评】

　　这首诗记叙了韩愈撰写《平淮西碑》一事的始末。诗的开头先写唐宪宗的神武英姿，他想要平定四方，一雪前几位帝王的耻辱，然后自然而然地引出对裴度将军平定叛乱、擒拿叛贼的描写。裴度立了军功，需要有人写赞词，韩愈欣然接受了这一任务。韩愈怀着极大的诚意写了碑文，文体优美，文句寓意深长，实为佳作。然而有人向皇上进谏，说碑文中夹杂着韩愈的私心，于是碑文被毁。碑文虽毁，但精神不灭，这也是诗人在诗中想要表达的一种态度。可以看出，诗人对韩愈的《平淮西碑》是十分认可的，不论是碑文的艺术价值还是碑文所写的内容，诗人都十分欣赏。诗的最后四句将诗人的立场表达得十分明确。本诗的叙述性很强，同时感情很强烈，所以一直传诵至今。

臣 余穉恭畫

乐府

高适

高适（约700—765），字达夫，渤海蓨（今河北景县南）人。他早年穷困潦倒，浪迹天涯。四十多岁时，他的诗作才慢慢为世人所称赞。他的诗感情诚挚、气宇轩昂、雄浑有力，以边塞诗成就最高，名气可与岑参并称，称得上盛唐边塞诗派的代表人物。他曾担任过剑南节度使、散骑常侍等职。沈德潜曾评价他"若李、杜风雨分飞，鱼龙百变，又不可以一格论"。

燕歌行 [1]（并序）

高适

开元二十六年，客有从元戎 [2] 出塞而还者，作《燕歌行》以示 [3] 适。感征戍之事，因而和 [4] 焉。

汉家烟尘在东北，汉将辞家破残贼。

男儿本自重横行，天子非常赐 [5] 颜色 [6]。

拟 [7] 金 [8] 伐鼓 [9] 下榆关 [10]，旌旗逶迤 [11] 碣石 [12] 间。

校尉羽书 [13] 飞瀚海，单于猎火 [14] 照狼山 [15]。

山川萧条极边土，胡骑凭陵杂风雨。

战士军前半死生，美人帐下犹歌舞。

大漠穷秋塞草衰，孤城落日斗兵稀。

身当恩遇常轻敌，力尽关山未解围。

铁衣远戍辛勤久，玉箸 [16] 应啼别离后。

少妇城南 [17] 欲断肠，征人蓟北 [18] 空回首。

边风飘飘那可度，绝域 [19] 苍茫更何有。

杀气三时作阵云，寒声一夜传刁斗。

相看白刃血纷纷，死节 [20] 从来岂顾勋？

君不见沙场 [21] 争战苦，至今犹忆李将军。

【注释】

1 燕歌行：乐府旧题。《乐府广题》说："燕，地名也，言良人（丈夫）从役于燕（到燕地服役），而为此曲。"多写思妇怀念征人的内容。

2 元戎：一作"御史大夫张公"，指幽州节度使张守珪。开元二十三年（735），张以战功拜辅国大将军兼御史大夫，后部将兵败，张谎报军情，掩盖败绩。高适此诗隐含讽刺之意。

3 示：让人知道，给人看。

4 和：唱和，按别人诗词的题材、体裁和韵律作诗词。

5 赐：旧时上对下给予称赐。

6 颜色：脸色。

7 扐：撞击。

8 金：指铃、锣一类铜制的响器。

9 伐鼓：敲鼓。

10 榆关：今山海关。

11 逶迤：弯曲绵长。

12 碣石：山名，在今河北省。

13 羽书：插有羽毛以示紧急的军书。

14 猎火：古代打猎时燃起的火，也是发动战争的信号。

15 狼山：在今内蒙古自治区中西部。

16 玉箸：旧指美女的眼泪，此指思妇之泪。

17 城南：长安城南，此泛指家乡。

18 蓟北：唐代蓟州（今天津市蓟州区）以北，这里指边庭。

19 绝域：与世隔绝的地带，指遥远的边地。

20 死节：为正义而死。

21 沙场：平沙旷野，后多指战场。

【点评】

　　这是一首边塞诗，描写的主要是主将恃勇轻敌，不体恤士兵，导致战事失利。整首诗篇幅较长，可分为四个部分，展开很有层次感：前八句写出师征讨；接下来的八句写战斗经过；再然后的八句写士兵跟妻子相隔两地，不知何日重聚；最后四句写败局已定，战士以身殉国，诗人抒发了自己的感慨。第一部分的"天子非常赐颜色"给下文主将的恃宠而骄做了铺垫。第二部分描写战斗过程时，一句"战士军前半死生，美人帐下犹歌舞"就注定了骄兵必败的结局，同时表达了诗人对奋勇杀敌的战士们的同情和对醉生梦死的主将的讽刺。接下来一部分是对思妇和征人的描写，进一步渲染了苍凉悲壮的气氛。最后四句总结全篇，说战士视死如归，与敌人浴血奋战，并不是为了功勋，而是因为肩上承担着保家卫国的重任。一句"至今犹忆李将军"将诗人的愤怒与讽刺表现得淋漓尽致，矛头所指十分明显。

古从军行 [1]

李颀

白日登山望烽火，黄昏饮马傍交河 [2]。

行人刁斗 [3] 风砂暗，公主琵琶 [4] 幽怨多。

野云万里无城郭，雨雪纷纷连大漠。

胡雁哀鸣夜夜飞，胡儿眼泪双双落。

闻道玉门 [5] 犹被遮 [6]，应将性命逐 [7] 轻车 [8]。

年年战骨埋荒外，空见蒲萄 [9] 入汉家 [10]！

【注释】

1 从军行：为乐府曲名，郭茂倩《乐府诗集》收入《相和歌辞·平调曲》，

多写军旅生活。这首诗是拟古题，所以叫"古从军行"。

2 交河：故城遗址在今新疆维吾尔自治区吐鲁番市西北五公里。

3 刁斗：军用铜炊具，夜间敲击，用作巡更的响器。

4 公主琵琶：相传汉武帝以江都王刘建女为公主，远嫁乌孙国王莫昆。

为解除她途中思乡之情，于是在马上弹奏琵琶。

5 玉门：玉门关，在今甘肃省敦煌市西。

6 遮：拦阻。

7 逐：跟随。

8 轻车：轻车将军的省称，此处泛指将帅。

9 蒲萄：葡萄，原产西域。

10 入汉家：传入汉宫。

【点评】

　　这是一首表达反战思想的诗，虽然题目中的"古"字意在表明这首诗的描写内容为历史事件，但实际上是借古讽刺当代之事。诗一开头便写出了从军生活的紧张，白天要爬上山看有没有警报，傍晚要牵着马到交河饮水。边塞之地，风沙弥漫，只听得见刁斗打更的声音，还有那充满了哀怨的远嫁公主的琵琶声。前四句描写的白天跟傍晚的景象，已是凄凉之意满满。而到了夜晚，气氛更甚，哀鸣的胡雁夜夜飞过，引得胡人纷纷落泪。试想，连胡人都开始落泪，更何况远征来此的汉人将士呢？面对这样的境况，下一句描写的"闻道玉门犹被遮"无疑是雪上加霜了。战士们无路可退，因为玉门关已关闭，他们只能跟着战车上阵拼命。这里就将统治者的冷酷无情揭示出来了。而这样的牺牲换来的是什么呢？"年年战骨埋荒外，空见蒲萄入汉家！"无数的人命，换来的只是葡萄而已。最后两句是诗人想要表达的重点，从中我们可以读出诗人对帝王好大喜功、不体恤百姓的不满和讽刺。

洛阳女儿[1]行

王维

洛阳女儿对门居，才可颜容十五余。

良人[2]玉勒[3]乘骢马[4]，侍女金盘脍[5]鲤鱼。

画阁珠楼尽相望，红桃绿柳垂檐向。

罗帏送上七香车[6]，宝扇[7]迎归九华帐[8]。

狂夫[9]富贵在青春，意气骄奢剧[10]季伦[11]。

自怜碧玉[12]亲教舞，不惜珊瑚持与人。

春窗曙灭九微[13]火，九微片片飞花琐[14]。

戏罢曾无理曲时，妆成只是熏香坐。

城中相识尽繁华，日夜经过赵李家[15]。

谁怜越女[16]颜如玉，贫贱江头自浣纱。

【注释】

1 洛阳女儿：借用梁武帝《河中之水歌》"河中之水向东流，洛阳女儿名莫愁"之句。

2 良人：古代妇女对丈夫的称呼。

3 玉勒：用玉装饰的马笼头。

4 骢马：毛色青白相间的马。

5 脍：细切的鱼肉。

6 七香车：用七种香木做成的、供妇女坐的车子。

7 宝扇：仪仗中的遮扇。

8 九华帐：华丽的帷帐。

9 狂夫：洛阳女儿对丈夫的谦称。

10 剧：甚，剧烈。

11 季伦：晋代石崇，字季伦，是历史上著名的富豪。

12 碧玉：汝南王妾名，甚得汝南王宠爱。

13 九微：灯名。《博物志》载汉武帝好仙道，七月七日西王母乘云车至殿西与他相见，设九微灯。

14 花琐：指雕花的连环形窗格。

15 赵李家：一说指汉成帝时赵飞燕和李平，一说指汉哀帝时赵季和李款两豪强。此处泛指权贵。

16 越女：指西施。

【点评】

　　这首诗塑造了一个嫁到富贵人家的"洛阳女儿"的形象。开头写这个"洛阳女儿"年轻貌美，为下文她嫁入富贵人家做铺垫。从"良人玉勒乘骢马"到"日夜经过赵李家"，写的都是"洛阳女儿"嫁到富贵人家后所过的奢靡生活。她住的是豪华的"画阁朱楼"，出行有"七香车"，回到家有侍女在旁打着羽毛扇子，把她迎回"九华帐"。而她的丈夫正值少年得意时，连富裕的石崇也不被他放在眼里。他不仅亲自教爱妻舞蹈，还将名贵的珊瑚随手送她。这个"洛阳女儿"在这样的富贵之家，每日的活动就是寻欢作乐，闲聊消遣，相识来往的也都是富贵人家。诗人不吝笔墨地描绘完这个"洛阳女儿"，在诗的最后写道："谁怜越女颜如玉，贫贱江头自浣纱。""贫贱越女"与"洛阳女儿"形成了鲜明的对比，揭示了诗人写作此诗的用意：有才华、有能力的人，因为没有机会，才华无处施展。这里的"贫贱越女"有可能是诗人自比，表达了得不到赏识的怨愤与无奈。

老将行

王维

少年十五二十时，步行夺得胡马骑。

射杀山中白额虎，肯数邺下黄须儿[1]。

一身转战三千里，一剑曾当百万师。

汉兵奋迅如霹雳[2]，虏骑[3]奔腾[4]畏蒺藜[5]。

卫青不败由天幸，李广[6]无功缘数奇[7]。

自从弃置便衰朽，世事蹉跎成白首。

昔时飞箭无全目，今日垂杨生左肘[8]。

路傍时卖故侯瓜[9]，门前学种先生柳[10]。

苍茫古木连穷巷，寥落寒山对虚牖。

誓令疏勒[11]出飞泉，不似颍川空使酒。

贺兰山下阵如云，羽檄交驰日夕闻。

节使[12]三河募年少，诏书五道出将军[13]。

试拂铁衣如雪色，聊持宝剑动星文。

愿得燕弓射大将，耻令越甲[14]鸣吾君。

莫嫌旧日云中守[15]，犹堪一战立功勋。

【注释】

1 黄须儿：曹操的次子曹彰，性刚勇猛。

2 霹雳：也叫落雷，声势很大。

3 虏骑：敌人的骑兵。

4 奔腾：崩溃奔逃。

5 蒺藜：铁蒺藜。状如蒺藜，用来阻塞道路。

6 李广：英勇善战，战功赫赫，却没有封赏爵位。

7 数奇：运数不合，即命运不好。奇，单数。李广随卫青出击匈奴，汉武帝曾说李广数奇，不让他担当正面攻击的任务。

8 左肘：《庄子·至乐》："支离叔与滑介叔，观于冥伯之丘、昆仑之虚、黄帝之所休。俄而柳生其左肘，其意蹶蹶然恶之。""柳"同"瘤"，即肿瘤。此处将"柳"变通为"垂杨"。

9 故侯瓜：《史记·萧相国世家》："秦破，（东陵侯召平）为布衣，贫，种瓜于长安城东，瓜美，故世俗谓之'东陵瓜'。"

10 先生柳：陶渊明《五柳先生传》："先生不知何许人也，亦不详其姓字，宅旁有五柳树，因以为号焉。"

宋 赵佶 瑞鹤图○

11 疏勒：今新疆疏勒城。

12 节使：使臣，持符节为其标记。

13 出将军：将军出兵。

14 越甲：越兵。

15 云中守：指汉代云中太守魏尚。

【点评】

　　这首诗叙述了一名老将的经历。这名老将一生征战无数，屡立奇功，却没有得到该有的荣耀和奖赏，以至于不得不亲自耕种，叫卖为生。然而边境狼烟四起，老将仍然请缨，誓要保家卫国。全诗可分为三个部分，第一部分是前十句，主要描写老将年轻时的勇猛善战，道出了老将戎马一生却与功勋无缘的不平遭遇。第二部分是中间十句，写的是老将不再上阵杀敌后，生活很是困苦，昔日杀敌的本领也在生活的打磨下慢慢失去了。但是老将并没有就此自暴自弃，"誓令疏勒出飞泉，不似颍川空使酒"便是老将积极奋发的心态的写照。最后一部分是末尾十句，写的是边境烽烟不熄，时时有匈奴来扰，老将知道这一消息后，仍想着上阵杀敌，上前线冲锋。"莫嫌旧日云中守，犹堪一战立功勋。"这两句充分显示了老将的决心，将一个不计较个人得失、一心为国的老将形象表现得十分生动。诗歌反映了当时一些不公平的社会现象，但更重要的是赞扬了老将这种拥有赤子之心的人。

桃源¹行

王维

渔舟逐水爱山春，两岸桃花夹古津²。

坐看红树不知远，行尽青溪忽值人。

山口潜行始隈隩³，山开旷望旋平陆。

遥看一处攒⁴云树，近入千家散花竹。

樵客初传汉姓名，居人未改秦衣服。

居人共住武陵源，还从物外起田园。

月明松下房栊静，日出云中鸡犬喧。

惊闻俗客⁵争来集，竞引还家问都邑⁶。

平明闾巷扫花开，薄暮渔樵乘水入。

初因避地去人间，更问神仙遂不还。

峡里谁知有人事，世中遥望空云山。

不疑灵境⁷难闻见，尘心未尽思乡县。

出洞无论隔山水，辞家终拟⁸长游衍⁹。

自谓经过旧不迷，安知峰壑今来变。

当时只记入山深，青溪几度到云林。

春来遍是桃花水¹⁰，不辨仙源何处寻。

【注释】

1 桃源：陶渊明《桃花源记》中的"桃花源"。

2 津：溪流。

3 隈隩：曲折幽深。

4 攒：聚集。

5 俗客：指渔人。

6 都邑：居民原来的家乡。

7 灵境：仙境。

8 拟：打算。

9 游衍：游乐的意思。

10 桃花水：仲春之月开始雨水不断，桃树发花，故称此时流水为桃花水。

【点评】

这首诗取材自东晋陶渊明所写的《桃花源记》，诗人用诗的形式，将《桃花源记》的内容再现了出来。诗一开头即写景，有山有水有桃花。虽然没有明确点出主人公，也就是《桃花源记》中的渔人，但"渔舟逐水"实际已经暗示了主人公的身份。从"遥看一处攒云树"到"世中遥望空云山"，写的都是渔人在桃花源中的所见所感。在写这部分内容时，诗人动静结合，将桃花源中的景象和人们的生活状态通过一幅幅连续的画面展现出来。最后十句写的是误入桃花源的渔人离开桃花源后想再次进入桃花源却没有成功的一系列心理变化。因为挂念家乡，所以渔人离开了桃花源，然而离开之后，渔人发现自己对桃花源念念不忘，所以决定再去。原本以为之前去过就不会迷路，却没想到再也没找到进入桃花源的路，只留无下无穷的叹息。

清　余省　临鸟谱〇

蜀道难 [1]

李白

噫吁嚱 [2]，危乎高哉！

蜀道之难，难于上青天！

蚕丛及鱼凫 [3]，开国何茫然。

尔来 [4] 四万八千岁，不与秦塞 [5] 通人烟。

西当太白有鸟道，可以横绝峨嵋巅。

地崩山摧壮士死，然后天梯石栈 [6] 方钩连 [7]。

上有六龙 [8] 回日 [9] 之高标，下有冲波逆折之回川。

黄鹤之飞尚不得过，猿猱欲度愁攀缘。

青泥何盘盘，百步九折萦岩峦 [10]。

扪参历井仰胁息 [11]，以手抚膺坐长叹。

问君西游何时还，畏途巉岩不可攀。

但见悲鸟号古木，雄飞从雌绕林间。

又闻子规 [12] 啼夜月，愁空山。

蜀道之难，难于上青天，使人听此凋朱颜。

连峰去天不盈尺，枯松倒挂倚绝壁。

飞湍瀑流争喧豗，砯崖 [13] 转石万壑雷。

其险也若此，嗟尔远道之人胡为乎来哉！

剑阁 [14] 峥嵘而崔嵬 [15]，一夫当关，万夫莫开。

所守或匪亲，化为狼与豺。

朝避猛虎，夕避长蛇，磨牙吮血，杀人如麻。

锦城[16]虽云乐，不如早还家。

蜀道之难，难于上青天，侧身西望长咨嗟[17]。

【注释】

1 蜀道难：南朝乐府旧题。

2 噫吁嚱：蜀人惊叹语。

3 蚕丛及鱼凫：传说古蜀国的两君主名。

4 尔来：从那时以来。

5 秦塞：秦地，今陕西西安一带。

6 石栈：在石崖上用木料架起的通道。

7 钩连：交相衔接。

8 六龙：古代神话传说，羲和每天驾驶六条龙拉的车子载着日神在空中运行。

9 回日：言山高车子过不去，日神也只得回去。

10 萦岩峦：环绕着山峦。

11 胁息：屏住呼吸。

12 子规：鸟名，即杜鹃，啼声哀切，传为古蜀国王杜宇死后所化。

13 砯崖：飞湍激流撞击崖石。

14 剑阁：剑门关，在今四川剑阁县东北大、小剑山之间，为一条栈道。

15 崔嵬：和前面的"峥嵘"均形容山峰高峻。

16 锦城：锦官城。

17 长咨嗟：长长地叹息。

【点评】

　　这首《蜀道难》主要是围绕"蜀道之难，难于上青天"这两句来写的。诗人运用浪漫主义的夸张手法，将蜀道之"难"描写得淋漓尽致。诗人从蚕丛、鱼凫两位传说中的古蜀王说起，表明蜀道难历史已久，而引入神话传说，更增添了神秘的气氛。在具体的描写中，诗人写到了蜀道的危："黄鹤之飞尚不得过，猿猱欲度愁攀缘。"写到了蜀道的高："扪参历井仰胁息，以手抚膺坐长叹。"写到了蜀道的险："连峰去天不盈尺，枯松倒挂倚绝壁。"以及蜀道的易守难攻："一夫当关，万夫莫开。"在这首诗中，"蜀道之难，难于上青天"这两句共出现了三次，分别在诗的开头、中间和结尾，每次出现都让人对蜀道之难有了更深的体会。全诗笔墨酣畅，豪放洒脱，读来可感受到诗人当时热烈奔放的感情。

长相思 [1]（二首）

李白

其一

长相思，在长安。

络纬 [2] 秋啼金井阑 [3]，微霜凄凄簟 [4] 色寒。

孤灯不明思欲绝，卷帷望月空长叹。

美人 [5] 如花隔云端，上有青冥 [6] 之长天，下有渌水之波澜。

天长地远魂飞苦，梦魂不到关山难。

长相思，摧心肝。

【注释】

1 长相思：乐府旧题。多写思妇之怨。

2 络纬：虫名，即纺织娘。

3 金井阑：精美的院井栏杆。

4 簟：竹席。

5 美人：所思念之人。

6 青冥：天色苍苍、高远的样子。

【点评】

这是一首抒发诗人政治理想不能实现的苦闷的诗。诗的内容可分成两部分来看。首句到"美人如花隔云端"是第一部分，描绘了一个孤独、痴怨的人物形象。"络纬秋啼金井阑"一句表明此人住的地方是很华贵的，但是他并不快乐，"微霜凄凄""孤灯""长叹"这些描写，点出了他内心的寂寞跟孤郁。"美人如花隔云端"是全诗的关键，也是"相思"的源头。后半部分写的是追求美人而不得。上有渺茫的高天，下有波澜起伏的渌水，天高路远，重重关山着实难越，所以最后发出了"长相思，摧心肝"的无奈哀叹。这首诗写于李白被放之后，当时的他意气风发，自信满满，想要在仕途上有所作为，却处处碰壁，所以这首诗表达的实际上是诗人对入仕无望的幽怨与哀叹。

其二

日色欲尽花含烟，月明如素愁不眠。

赵瑟[1]初停凤凰柱[2]，蜀琴欲奏鸳鸯弦[3]。

此曲有意无人传，愿随春风寄燕然，忆君迢迢隔青天。

昔时横波目，今作流泪泉。

不信妾肠断，归来看取明镜前。

【注释】

1 赵瑟：相传古代赵国人善弹瑟。瑟，弦乐器。

2 凤凰柱：雕饰凤凰形状的瑟柱。

3 蜀琴句：旧注谓蜀琴与司马相如琴挑故事有关。按：鲍照有"蜀琴抽白雪"句，白居易有"蜀琴安膝上，《周易》在床头"句，李贺有"吴丝蜀桐张高秋"句，王琦注云："蜀中桐木宜为乐器，故曰蜀桐。"蜀桐实即蜀琴。似古人诗中常以蜀琴喻佳琴，恐与司马相如、卓文君事无关。"鸳鸯弦"也只是为了强对"凤凰柱"。

【点评】

　　这是一首描写妻子思念远征的丈夫的诗。"日色欲尽花含烟，月明如素愁不眠。"开头两句点明了时间和环境是一个静谧的傍晚，一个"愁"字点明了主人公此时的心境。"赵瑟初停凤凰柱，蜀琴欲奏鸳鸯弦。"这两句用暗喻点明了主人公为何"愁不眠"，原来她在思念她的爱人。接下来五句都是主人公的思念之情具体、直接的阐发。"燕然"二字说明主人公思念的是远在边地的丈夫。"昔时横波目，今作流泪泉"这两个对比句，将主人公对丈夫的思念刻画得入木三分。最后两句"不信妾肠断，归来看取明镜前"为主人公的形象增添了一层俏皮感，使得人物形象更加饱满生动了。

行路难[1]

李白

金樽[2]清酒斗十千[3]，玉盘珍羞[4]直[5]万钱。

停杯投箸不能食，拔剑四顾心茫然。

欲渡黄河冰塞川，将登太行雪满山。

闲来垂钓坐溪上[6]，忽复乘舟梦日边[7]。

行路难，行路难，多歧路，今安在？

长风破浪[8]会有时，直[9]挂云帆济沧海。

【注释】

1 行路难：古乐府杂曲歌辞。

2 金樽：华贵的酒杯。

3 斗十千：一斗酒值十千即万钱，形容酒美价贵。

4 珍羞：佳肴美味。羞，同"馐"。

5 直：同"值"。

6 垂钓坐溪上：传说吕尚未遇周文王时，曾在磻溪（今陕西宝鸡东南）钓鱼，后被周文王任用。

7 乘舟梦日边：传说伊尹得商汤聘请之前，曾经梦见自己乘船经过太阳旁边。

8 长风破浪：《宋书·宗悫传》载，宗悫少年时，叔父宗炳问他的志向，宗悫回答说："愿乘长风破万里浪。"

9直：就。

【点评】

　　这首诗写的是诗人不得志的愁闷，以及他对理想的执着追求，前后情感起伏十分明显。前四句写的是一场盛宴，从"斗十千"跟"直万钱"就可看出，宴会是十分豪华的。然而，面对这样的美酒珍馐，诗人是"停杯投箸不能食，拔剑四顾心茫然"。饮之无趣，食之无味，心下茫然，这是诗人此时的心态。而有这样的心态是因为"欲渡黄河冰塞川，将登太行雪满山"，原来是诗人的抱负不能实现，入仕之路阻力重重。"闲来垂钓坐溪上，忽复乘舟梦日边。"这两句是全诗情感的转折点，在苦闷消沉之时，诗人想到了吕尚和伊尹两个人，他们都是一开始不被看好，但最后大有作为的人。所以尽管诗人发出了"多歧路，今安在？"这样的疑问，他还是坚信"长风破浪会有时，直挂云帆济沧海"。前面愁绪的抒发，使得诗人积极乐观的心态在最后表现得更为充分了。

将进酒 [1]

李白

君不见黄河之水天上来，奔流到海不复回。

君不见高堂明镜悲白发，朝如青丝暮成雪。

人生得意须尽欢，莫使金樽空对月。

天生我材必有用，千金散尽还复来。

烹羊宰牛且为乐，会须 [2] 一饮三百杯。

岑夫子 [3]，丹丘生 [4]，将进酒，杯莫停。

与君歌一曲，请君为我倾耳听。

钟鼓 [5] 馔玉 [6] 不足贵，但愿长醉不愿醒。

古来圣贤皆寂寞，惟有饮者留其名。

陈王昔时宴平乐，斗酒十千恣欢谑 [7]。

主人何为言少钱，径须沽取对君酌。

五花马 [8]，千金裘 [9]，呼儿将出 [10] 换美酒，与尔同销 [11] 万古愁。

【注释】

1 将进酒：请饮酒。乐府旧题。

2 会须：该当。

3 岑夫子：名勋，南阳人，李白好友。

4 丹丘生：元丹丘，李白好友。

5 钟鼓：权贵豪门所设的音乐。

6 馔玉：珍美如玉的饮食。

7 恣欢谑：尽情地欢乐。

8 五花马：毛色呈五花斑纹的马，名贵马。

9 千金裘：价格昂贵的皮衣。

10 将出：拿出。

11 销：同"消"。

【点评】

　　这首诗写得十分豪迈奔放，符合李白一贯的个性，表现了他的桀骜不驯和潇洒恣意。诗的开头就展现出了一种恢宏的气势。"君不见黄河之水天上来，奔流到海不复回。君不见高堂明镜悲白发，朝如青丝暮成雪。"这四句用夸张的手法来感慨人生苦短，具有很强的艺术感染力。接下来诗人开始宣扬及时行乐的思想，这种思想中还夹杂着诗人对自己壮志难酬的忧愤、对自我价值的肯定。诗中多次运用数字助力情感的抒发，如"千金裘""三百杯""斗酒十千"等，表现了诗人的豪气与宽广的胸襟。诗人将酒贯穿始终，进行了一次酣畅淋漓的借酒抒情。最后一句"与尔同销万古愁"则是对诗人心情的最真实的写照，一直以来的种种不惬，此时全都凝在了这一份"万古愁"里。

兵车行 [1]

杜甫

车辚辚 [2]，马萧萧 [3]，行人弓箭各在腰。

爷娘 [4] 妻子走相送，尘埃不见咸阳桥 [5]。

牵衣顿足拦道哭，哭声直上干云霄。

道傍过者 [6] 问行人，行人但云点行 [7] 频。

或从十五北防河 [8]，便至四十西营田 [9]。

去时里正 [10] 与裹头 [11]，归来头白还戍边。

边亭流血成海水，武皇 [12] 开边意未已。

君不闻汉家 [13] 山东二百州，千村万落生荆杞。

纵有健妇把锄犁，禾生陇亩无东西。

况复秦兵耐苦战，被驱不异犬与鸡。

长者 [14] 虽有问，役夫 [15] 敢申恨？

且如今年冬，未休关西卒 [16]。

县官急索租，租税从何出？

信知生男恶，反是生女好。

生女犹得嫁比邻，生男埋没随百草。

君不见青海头 [17]，古来白骨无人收，

新鬼烦冤旧鬼哭，天阴雨湿声啾啾！

【注释】

1 行：乐府歌曲的一种体裁。"兵车行"非汉乐府旧题，作者即事名篇，自创新题，开辟了乐府诗创作的新道路。此诗系针对唐玄宗发动不义战争而作。

2 辚辚：车行之声。

3 萧萧：马鸣之声。

4 爷娘：爹娘。

5 咸阳桥：西渭桥，在今咸阳市西南十里渭水上。

6 过者：作者。

7 点行：按名册强征服役。

8 北防河：应征北上，充实河防。

9 西营田：在西北一带屯田以防御吐蕃侵扰。

10 里正：里长。唐制，百户为一里，设里长一人，管户口、纳税等事。

11 裹头：古人用黑布或绸裹在头上曰头巾。

12 武皇：汉武帝。这里借指唐玄宗。

13 汉家：代指唐朝。唐人习惯以汉代唐。

14 长者：征夫对诗人的尊称。

15 役夫：从军者。

16 关西卒：指籍贯为函谷关以西的兵卒，即上面说的秦兵。

17 青海头：青海边。

【点评】

这是一首现实主义诗歌，借批判汉武帝黩武，揭露了唐玄宗连年征战带给人民的灾难。诗从场面描写入手，写了被迫入伍的百姓即将前往前线时，家人来送别的情形。这个场面是非常混乱、非常让人心痛的，从"牵衣顿足拦道哭，哭声直上干云霄"两句就可看出。接下来诗人对连年征战带给人民的苦难进行了具体描写，有的人去时尚年少，归来已是白发满头，甚至归来还要再去戍守边疆。青壮劳动力都被征走了，田地无人耕种，长满了野草。就算是有健壮的妇女能耕田，庄稼也是东倒西歪不成行列。"长者虽有问，役夫敢申恨？"如此种种，人民依然是敢怒不敢言，这就从侧面揭示了统治者的残暴。由此，诗人发出了"信知生男恶，反是生女好"的感慨。在重男轻女尤为严重的封建社会，能让诗人发出这样的悲叹，可见征兵打仗带给人们的苦难之深重。最后四句，诗人用凄凉哀痛的笔调，写出了战场的残酷。"天阴雨湿声啾啾"中的哀叫声和前面"哭声直上干云霄"中送别的哭声形成对照，增强了诗歌的艺术感染力。

用徐家没骨法

深研生动之趣

洗脱刻画之迹

摇漾神明　庶几

不没时趣游于

象外

南田抱瓮客

寿平

丽人行

杜甫

三月三日¹天气新，长安水边多丽人。

态浓意远²淑且真³，肌理细腻骨肉匀。

绣罗衣裳照暮春，蹙金孔雀⁴银麒麟⁵。

头上何所有，翠微匐叶⁶垂鬓唇。

背后何所见，珠压腰衱⁷稳称身⁸。

就中⁹云幕¹⁰椒房¹¹亲，赐名大国虢与秦¹²。

紫驼之峰¹³出翠釜¹⁴，水精之盘行素鳞¹⁵。

犀箸¹⁶厌饫¹⁷久未下，鸾刀¹⁸缕切空纷纶¹⁹。

黄门²⁰飞鞚²¹不动尘，御厨络绎送八珍。

箫鼓哀吟感鬼神，宾从杂遝实要津²²。

后来鞍马²³何逡巡²⁴，当轩下马入锦茵²⁵。

杨花雪落覆白蘋，青鸟²⁶飞去衔红巾²⁷。

炙手可热势绝伦，慎莫近前丞相²⁸嗔²⁹。

【注释】

1 三月三日：上巳节。古代风俗，此日人们去水边祭祀，祓除不祥，后来演变成游春宴饮的节日。

2 意远：神情高远。

242

3 淑且真：和善而又自然。

4 蹙金孔雀：用金线绣成的孔雀图纹。

5 银麒麟：用银线绣成的麒麟图纹。

6 匀叶：古时妇女发饰上的花叶。

7 腰衱：裙带。

8 稳称身：衣服合体贴身。

9 就中：其中。

10 云幕：画着云彩图饰的帐幕。

11 椒房：汉代未央宫有椒房殿，以花椒和泥涂壁，取其温暖和香气，为皇后居住之室。这里借指杨贵妃。

12 虢与秦：杨贵妃两个姐姐的封号。杨贵妃的三个姐姐，大姐封韩国夫人，三姐封虢国夫人，八姐封秦国夫人。

13 紫驼之峰：紫驼背上的肉峰，是珍贵的食品。

14 翠釜：精美的炊器。

15 素鳞：指清蒸鱼。

16 犀箸：用犀牛角做的筷子。

17 厌饫：饱足。

18 鸾刀：带铃的刀。

19 空纷纶：白忙碌一阵。

20 黄门：指宦官。

21 鞚：马笼头。代指马。

22 实要津：指占据朝廷各方面重要位置的人。

23 后来鞍马：指杨国忠。

24 逡巡：原意为欲进又止，这里有大模大样，旁若无人之意。

25 锦茵：锦制地毯。

26 青鸟：神话中西王母的使者。此处指为杨氏传递消息的人。

27 红巾：红色的手帕，古代贵妇人所用。

28 丞相：指杨国忠，当时任右丞相。

29 嗔：发怒。

【点评】

　　这首诗通篇在进行描述，描述的是杨家兄妹骄奢荒淫的生活。诗中几乎没有诗人的主观议论，但是讽刺之意在描述中得到了体现。诗的开头两句描写的是三月三日上巳节，长安城东南的曲江河畔来了好多容貌艳丽、衣着不凡、仪态不俗的美人。接下来八句将这些美人的外貌、体态、穿着打扮写得十分详细，体现了这

244

些美人家世的显贵。"就中云幕椒房亲，赐名大国虢与秦。"这两句点出了这些美人中有杨贵妃的两个姐姐，即虢国夫人和秦国夫人。接下来六句描写的是夫人们的饮食，珍贵的驼峰、鲜嫩的白鱼放在精美的盘子里，可是夫人们早就吃腻了，拿着筷子迟迟未动。此时又"黄门飞鞚不动尘，御厨络绎送八珍"，足见唐玄宗当时有多么奢侈、昏庸。下文的"后来鞍马"则指杨国忠，"杨花雪落覆白蘋，青鸟飞去衔红巾"两句则是隐语，指向杨国忠和虢国夫人乱伦之事。最后两句则是诗人对想要凑上去看热闹的人提出的劝告。诗人的表达可谓十分含蓄，全诗并无直接的议论和评价，但从诗人的叙述中，我们能品味出深意。

清 恽寿平 花坞夕阳图〇

哀江头

杜甫

少陵¹野老吞声哭，春日潜行曲江曲²。

江头宫殿锁千门，细柳新蒲为谁绿。

忆昔霓旌³下南苑⁴，苑中万物生颜色。

昭阳殿⁵里第一人，同辇随君侍君侧。

辇前才人⁶带弓箭，白马嚼啮⁷黄金勒。

翻身向天仰射云，一箭正坠双飞翼。

明眸皓齿⁸今何在，血污游魂⁹归不得。

清渭¹⁰东流剑阁¹¹深，去住¹²彼此无消息。

人生有情泪沾臆¹³，江水江花岂终极¹⁴。

黄昏胡骑尘满城，欲往城南望城北。

【注释】

1 少陵：汉宣帝许后陵墓，在长安东南，杜陵附近。

2 曲江曲：曲江的弯曲之处。

3 霓旌：指皇帝的旌旗。

4 南苑：芙蓉苑，在曲江之南，是皇帝游猎的园林。

5 昭阳殿：汉宫殿名，汉成帝宠妃赵合德居住于此殿。

6 才人：宫中的女官。

246

7 嚼啮：咬住。

8 明眸皓齿：指杨贵妃。

9 血污游魂：指杨贵妃被缢杀于马嵬驿一事。

10 清渭：渭水。杨贵妃葬于渭滨。

11 剑阁：关名，在今四川省剑阁县境，是由长安入蜀必经之路。

12 去住：指入蜀的唐玄宗和入葬的杨贵妃。

13 臆：胸膛。

14 终极：穷尽。

【点评】

　　安史之乱爆发后，长安沦陷，唐玄宗入蜀避难，杨贵妃死于马嵬坡。开头两句"少陵野老吞声哭，春日潜行曲江曲"，写出了诗人对山河沦陷的悲痛，他甚至不能公然行走，只能"潜行"。接下来写的是今昔对比，往日宫殿内是"万物生颜色"，如今是"为谁绿"；往日可以和皇帝同辇的杨贵妃，如今是"血污游魂归不得"。最后四句是诗人对世事无常的感慨，以及对长安城如今的境况的哀痛。人生有情，但江水江花无情，以无情衬有情，更显得诗人情深义重，这份情有对国家的，也有对君主的。"黄昏胡骑尘满城，欲往城南望城北"两句则表现了长安城内如今的剑拔弩张，叛军满城镇压百姓，诗人心烦意乱，想去城南却走到了城北。这样的描写更充分地体现出诗人内心的哀恸已到了不能自已的地步。

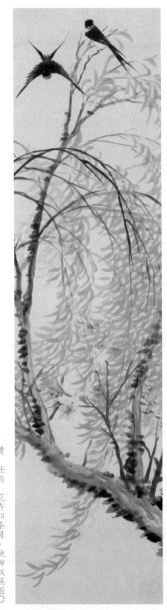

清　任熊　花卉四条屏·桃柳双燕图○

哀王孙

杜甫

长安城头头白乌[1]，夜飞延秋门[2]上呼。

又向人家啄大屋，屋底达官走避胡。

金鞭断折[3]九马[4]死，骨肉不得同驰驱。

腰下宝玦[5]青珊瑚，可怜王孙泣路隅！

问之不肯道姓名，但道困苦乞为奴。

已经百日窜荆棘，身上无有完肌肤。

高帝子孙尽隆准，龙种自与常人殊。

豺狼在邑[6]龙在野[7]，王孙善保千金躯。

不敢长语临交衢[8]，且为王孙立斯须[9]。

昨夜东风吹血腥，东来橐驼满旧都。

朔方健儿好身手，昔何勇锐今何愚？

窃闻天子已传位，圣德北服南单于。

花门剺面请雪耻，慎勿出口他人狙！

哀哉王孙慎勿疏，五陵[10]佳气[11]无时无[12]！

【注释】

1 头白乌：白头乌鸦，不祥之物。南朝梁末侯景作乱，有白头乌万计集于朱雀楼。

2 延秋门：唐玄宗曾由此出逃。

3 金鞭断折：指唐玄宗以金鞭鞭马快跑而金鞭断折。

4 九马：皇帝御马。

5 宝玦：玉佩。

6 豺狼在邑：指安禄山占据长安。邑，京城。

7 龙在野：指唐玄宗奔逃至蜀地。

8 临交衢：靠近大路边。衢，大路。

9 斯须：顷刻间。

10 五陵：五帝陵。

11 佳气：兴旺之气。

12 无时无：时时存在。

【点评】

　　这首诗的题目为《哀王孙》，意为哀悼安史之乱爆发后未来

得及逃走的王孙贵族。诗的开头交代了背景：安史之乱爆发后，原来居住在长安城中的皇亲国戚纷纷逃出长安，因为太过急乱，所以连自己的子孙都没来得及全部带走。在这样的情况下，就出现了"可怜王孙泣路隅"的场景。接下来，诗人描述了自己跟王孙交谈的场景，以及诗人的一些感触。反贼称帝，真正的龙种却流落街头。面对这种状况，诗人给予了王孙一番安慰：虽然有"昨夜东风吹血腥"的坏消息，但是不要怕，听说皇上已经传位给太子，而且回纥表示会坚定地帮助大唐平定叛乱。诗人嘱咐王孙"慎勿出口他人狙"，可以看出诗人对王孙的关心。从最后一句"五陵佳气无时无"可以看出，都城虽已沦陷，但诗人对大唐依然充满信心，足见诗人的爱国之心。

明 仇英 桃花源图（局部）○

五言律诗

唐
玄
宗

◇

唐玄宗（685—762），名李隆基，世称"唐明皇"，712年
至756年在位。前期注意拨乱反正，任用姚崇、宋璟等贤相，
励精图治，他创造的开元盛世是唐朝的极盛之世。后期宠爱
杨贵妃，怠慢朝政，宠信奸臣李林甫、杨国忠等，加上政策
失误和重用安禄山等佞臣，导致了后来长达八年的安史之乱，
为唐朝中衰埋下伏笔。756年，太子李亨即位，尊其为太上皇。
762年，抑郁而终。

经鲁¹祭孔子而叹之

唐玄宗

夫子²何为者，栖栖³一代中。

地犹鄹⁴氏邑，宅即鲁王宫⁵。

叹凤⁶嗟身否，伤麟⁷怨道穷。

今看两楹奠，当与梦时同⁸。

【注释】

1 鲁：周朝国名，在今山东曲阜一带。

2 夫子：对孔子的尊称。

3 栖栖：忙碌貌，指孔子一生奔走四方。

4 鄹：春秋时鲁国地名，在今曲阜东南，即孔府所处之境。

5 宅即鲁王宫：鲁王，汉景帝子余，初为淮阳王，后徙为鲁王，尝坏孔子宅以广其宫，故诗中有此怅叹。

6 叹凤：伤其身世。指楚国隐士当孔子面咏凤，喻孔子生不逢时。

7 伤麟：自伤身世。指孔子晚年闻获麟而自伤。

8 "今看两楹奠"二句：此二句谓孔子大约早已料到自己在后世的地位，而今他受到的礼遇正与他的梦境相符。两楹奠，受后人的祭奠。楹，房柱。于房柱间置殡收葬，乃殷礼。后世则谓能得到两楹间之设坛致祭为难得的礼遇。

【点评】

　　这首诗主要是感叹孔子一生的际遇。全诗以一个疑问句"夫子何为者"开篇：孔夫子啊，你一生四处奔波，周游列国，是想要实现什么呢？唐玄宗接着感慨孔子的旧居如今已被改建成了鲁王宫。"叹凤嗟身否，伤麟怨道穷。"这两句是对孔子生不逢时的叹息，再现了孔子当年不得志的抑郁之情。唐玄宗能有此感慨，说明他自己对孔子是相当认可的。最后两句写的是后世对孔子的敬重，而这正是孔子生前最想要的，所以这里的"今看两楹奠，当与梦时同"显示出了一种欣慰之情，同时体现了唐玄宗祭孔时的诚心。诗中融入的诚意与崇敬，使这首诗显示出了深刻的立意和深远的境界。

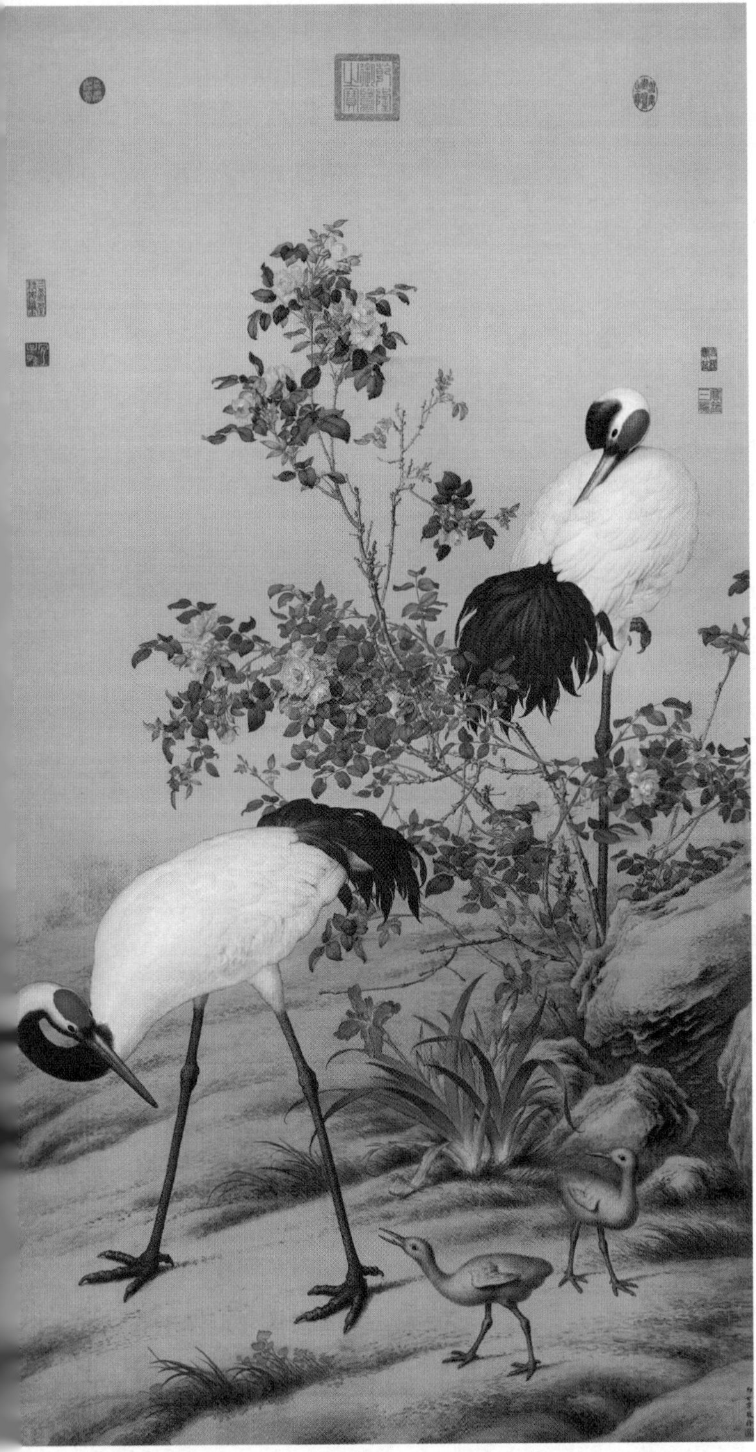

清　郎世宁　花阴双鹤图〇

望月怀远

张九龄

海上生明月，天涯共此时。

情人¹怨遥夜²，竟夕³起相思。

灭烛怜⁴光满，披衣觉露滋⁵。

不堪⁶盈手⁷赠，还寝⁸梦佳期⁹。

【注释】

1 情人：多情的人，恋人，友人。此指诗人所怀念之人。

2 遥夜：长夜。

3 竟夕：终夜。

4 怜：爱惜。

5 露滋：谓夜已深，露水已下。滋，沾润之意。

6 不堪：不能。

7 盈手：满手。

8 还寝：回去睡觉。

9 佳期：相会之期。

【点评】

　　这是一首月夜怀念远方的亲人的诗。首句"海上生明月"是写景，营造了一种雄浑、开阔的气氛。下一句"天涯共此时"由写景转为抒情，

"天涯"一词写出了与思念之人的距离之远。接下来诗人直接抒发对远方亲人的思念，因为思念太浓重，所以夜显得格外漫长，以至于"竟夕起相思"。又因为睡不着，所以干脆起身在庭院中徘徊，所以有了"披衣觉露滋"的感受。如水的月色笼罩着难眠的诗人，诗人的满怀思念也被寄托在了这盈盈月色中，但是相隔太远，无法将这份思念传递给亲人，所以诗人说："不堪盈手赠，还寝梦佳期。"既然无法传递，那就睡吧，睡着了也许就能在梦中相见了。最后两句感情真挚，足见诗人思念之真切。诗到此结束，余韵悠长，让人回味无穷。

王勃

◇

王勃（649 或 650—676），字子安，绛州龙门（今山西河津）人。他是著名学者王通的孙子，很小的时候就写得一手好文章，有神童之称。王勃才华早露，十六七岁便应举及第，后来他的才华更是锋芒毕露，与杨炯、卢照邻、骆宾王并称"初唐四杰"。可惜探父归途，在渡海时落水而亡。

杜少府[1]之任蜀州[2]

王勃

城阙[3]辅[4]三秦[5]，风烟望五津[6]。

与君离别意，同是宦游[7]人。

海内[8]存知己，天涯若比邻[9]。

无为[10]在歧路[11]，儿女共沾巾[12]。

【注释】

1 少府：唐时县尉。

2 蜀州：指今四川省崇州市。

3 城阙：帝王居住的城，这里指长安。阙，原意是宫门前的望楼。

4 辅：护持，夹辅。

5 三秦：泛指秦岭以北、函谷关以西的广大地区。项羽灭秦后，把战国时期的秦国故地分为三部分，分封给秦朝的三个降将，因此称为"三秦"。

6 五津：四川岷江古有白华津、万里津、江首津、涉头津、江南津五个著名渡口，合称五津。此则泛指四川。

7 宦游：出外做官。

8 海内：全国各地。古人认为陆地的四周都为大海所包围，所以称天下为四海之内。

9 比邻：并邻，近邻。

10 无为：无须，不必。

11 歧路：告别的地方。

12 沾巾：挥泪告别。

【点评】

　　这是一首送别诗，送别的对象是要去蜀州做官的杜少府。诗的前两句没有直接写送别，而是先写了出发地和到达地，即长安和蜀州，然后用"风烟""望"这种朦胧的字词，将相隔千里的两地微妙地联系在一起，暗含离别。接下来就是直接描写离别了："与君离别意，同是宦游人。"本来就是在外做官的人，现在无非再换个地方罢了，其中隐含的无奈与感慨之意不言而喻。最后四句则是诗人对杜少府的安慰：只要有知心的朋友，即使远在天涯海角，也像近在咫尺一样，所以千万不要在分别的时候像小儿女那样哭哭啼啼的。此时全诗基调由离别的悲凉转为豁达开朗，表现了诗人乐观的心态。诗人对友人的真挚劝慰同时隐含了深刻的哲理，由此成为送别诗中的代表之作。

骆
宾
王

◇

骆宾王（约638—684），字观光，婺州义乌（今属浙江）人。
初唐诗人，与王勃、杨炯、卢照邻合称"初唐四杰"，又与
富嘉谟并称"富骆"。高宗显庆年间，为道王李元庆属官，
历武功主簿、长安主簿、侍御史。徐敬业讨武则天，骆宾王
作文支持，后徐敬业兵败，骆宾王被杀（一说被杀，还有一
说是削发为僧）。有《骆宾王文集》。

在狱咏蝉（并序）

骆宾王

余禁所禁垣西，是法厅事[1]也，有古槐数株焉。虽生意可知，同殷仲文[2]之古树；而听讼斯在，即周召伯[3]之甘棠。每至夕照低阴，秋蝉疏引，发声幽息，有切尝闻。岂人心异于曩时，将虫响悲于前听？嗟乎！声以动容，德以象贤。故洁其身也，禀君子达人之高行；蜕其皮也，有仙都羽化之灵姿。候时而来，顺阴阳之数；应节为变，审藏用之机。有目斯开，不以道昏而昧其视；有翼自薄，不以俗厚而易其真。吟乔树之微风，韵姿天纵；饮高秋之坠露，清畏人知。仆失路艰虞，遭时徽[4]缠。不哀伤而自怨，未摇落而先衰。闻蟪蛄[5]之流声，悟平反之已奏；见螳螂之抱影，怯危机之未安。感而缀诗，贻诸知己。庶情沿物应，哀弱羽之飘零；道寄人知，悯余声之寂寞。非谓文墨，取代幽忧云尔。

西陆[6]蝉声唱，南冠[7]客思[8]深。
不堪玄鬓[9]影，来对白头[10]吟[11]。
露重飞难进，风多响易沉。
无人信高洁[12]，谁为表予心。

【注释】

1 法厅事：司法官署，指大理寺。

2 殷仲文：晋代东阳太守，风流儒雅，海内知名。

3 周召伯：周武王时，召伯为西伯，行政于南土，决讼于甘棠之下，不重烦劳百姓。

4 徽：黑索。

5 蟪蛄：寒蝉。

6 西陆：指秋天。

7 南冠：囚犯的代称。《左传·成公九年》："晋侯观于军府，见钟仪，问之曰：'南冠而絷者谁也？'有司对曰：'郑人所献楚囚也。'"后因以"南冠"指囚徒。骆宾王是南方人，又正在坐牢，所以用"南冠"自称。

8 客思：客中思乡的情绪。

9 玄鬓：指蝉。古代有妇女梳鬓发如蝉翼状，称蝉鬓。

10 白头：作者自指。汉乐府《杂曲歌辞·古歌》："座中何人，谁不怀忧？令我白头。"

11 吟：谓蝉鸣。

12 高洁：古人认为蝉饮露而不食，把它当作高洁的象征。这里作者以蝉自喻，希望别人相信他清白无辜。骆宾王因言事违旨而下狱，此诗系在狱中作。

【点评】

　　唐高宗仪凤三年（678），骆宾王因上疏论政获罪下狱，这首诗就是他在狱中所写的。诗人借咏蝉抒发了自己蒙受不白之冤的怨愤和委屈，情感抒发真挚而含蓄。诗的序言交代了写作的背景。开头两句中的"西陆""客思深"营造了凄凉、愁苦的氛围，符合诗人当时的处境跟心境。"不堪玄鬓影，来对白头吟"两句，看似在说蝉鸣听起来就像在吟唱卓文君的《白头吟》，让人难以忍受，实际上表达了诗人内心的痛苦。"白头吟"不仅指卓文君的乐府，还指诗人自己的满头白发，这就体现了这一场牢狱之灾给诗人造成的负面影响之大。"露重飞难进，风多响易沉。"这两句也是借蝉喻己，显示出当下环境险恶，一不小心就会被吞噬，遭受不白之冤且有口难辩。最后两句是诗人无力的呐喊："无人信高洁，谁为表予心。"全诗语意深刻，感情浓烈，最后的反问更是将诗人内心的不甘和愤懑体现得淋漓尽致。

杜
审
言

◇

杜审言（约645—708），字必简，祖籍襄阳（今湖北襄阳），
是"诗圣"杜甫的祖父。唐高宗咸亨进士。唐中宗时，因与
张易之兄弟交往，被流放峰州（今属越南）。曾任隰城尉、
洛阳丞等小官，累官修文馆直学士。与李峤、崔融、苏味道
齐名，并称"文章四友"，是唐代近体诗的奠基人之一。作
品多朴素自然，其五言律诗格律谨严。

和晋陵陆丞早春游望

杜审言

独有宦游[1]人，偏[2]惊物候[3]新。

云霞出海曙，梅柳渡江春。

淑气[4]催黄鸟，晴光转绿蘋。

忽闻歌古调[5]，归思欲沾巾。

【注释】

1 宦游：在外做官。

2 偏：特别，尤其。

3 物候：风物节候。

4 淑气：温暖的春气。

5 古调：此指陆丞的诗，即《早春游望》。

【点评】

　　这是一首描写早春游玩的诗。诗人在一开始就点明了自己乃是"宦游人"，为下文写思乡做了铺垫。因为是宦游人，所以才会"偏惊物候新"。接下来四句写景，即对"物候新"的具体阐述，展示了一幅霞红柳绿的江南春景图。黄莺在温暖的春日气息中唱歌，绿蘋在晴朗阳光下显得更绿了。在这样一个明媚和煦的春日里外出游玩，应当是让人愉悦的，但是接下来诗人话锋一转："忽闻歌古调，归思欲沾巾。""忽闻"看似意外，好像是诗人突然被歌声勾起了思乡之情才泪流满面的，但结合第一句中的"宦游人"来看，诗人一直都在思念家乡，所以才会这么轻易就被勾起了思乡之情。诗歌以明媚的春景衬托哀伤的思乡之情，使感情更加真切诚挚，打动人心。

明　仇英　辋川十景图（局部）○

沈
佺
期

◇

沈佺期（约656—716），字云卿，相州内黄（今属河南）人。
犹擅五七言律诗，与宋之问并称"沈宋"。与张易之兄弟交往，
因而被流放驩州。修文馆直学士，中书舍人，太子少詹事。《全
唐诗》存其诗三卷。

杂诗

沈佺期

闻道黄龙戍¹，频年²不解兵³。

可怜闺里月，长在汉家⁴营。

少妇今春意，良人⁵昨夜情。

谁能将旗鼓⁶，一为取龙城⁷。

【注释】

1 黄龙戍：唐时东北要塞，在今辽宁开原市西北。

2 频年：连年。频，屡次。

3 不解兵：不能罢兵，不能解除战事。

4 汉家：汉朝，借指唐朝。

5 良人：古时妻子称丈夫为良人。

6 将旗鼓：指率军出征。将，率领，指挥。旗、鼓在古代曾经用以指挥进军，此代指军队。

7 龙城：汉代匈奴的名城，为举行祭天仪式之地。此处借指敌人的巢穴。

【点评】

这首诗描写的是在边地征战的丈夫和留在家中的妻子的相互思念。诗的前两句交代了背景："闻道黄龙戍，频年不解兵。"

边地连年征战，这就导致了"可怜闺里月，长在汉家营"的局面。这是对思念之情比较委婉的写法，接下来的描写就比较直接了。"少妇今春意，良人昨夜情。"这两句是互文的写法，"今春意"和"昨夜情"同属于妻子和丈夫，两人时时刻刻都在思念对方。最后两句则是思妇和征夫的共同心愿，即征战早日取得胜利，早日结束，好让两人早些团聚。事实上，这也是诗人的心愿，表达了他对人民的同情和对和平的渴望，具有积极的现实意义。

清 郎世宁 花鸟图○

宋
之
问

宋之问（约656—713），名少连，字延清，汾州（治今山西汾阳）人。初唐著名诗人，与沈佺期并称"沈宋"。高宗上元进士。因攀附张易之兄弟被贬，后因各种问题一贬再贬，最后被唐玄宗赐死。与李白、孟浩然、王维、贺知章、陈子昂、卢藏用、司马承祯、王适、毕构结为"仙宗十友"。《全唐诗》存其诗三卷。

题大庾岭[1]北驿[2]

宋之问

阳月[3]南飞雁，传闻至此回。

我行殊未已，何日复归来。

江静潮初落，林昏瘴[4]不开。

明朝望乡处，应见陇头[5]梅。

【注释】

1 大庾岭：五岭之一。古名塞上、台岭；相传汉武帝时有庾姓将军筑城于此，故名；又名东峤、梅岭。在今江西大余和广东南雄交界处，为岭北、岭南的交通咽喉之一。

2 北驿：指大庾岭北的驿站。

3 阳月：阴历十月。《尔雅·释天》："十月为阳。"

4 瘴：瘴气，指南方山林间湿热蒸郁之气。

5 陇头：指岭上。大庾岭盛产梅花，故又名梅岭。其地气候早暖，十月中即可见到梅花，故云："应见陇头梅。"

【点评】

这首诗作于诗人被流放途中，大庾岭就在江西和广东之间，所以是必经之地。诗的开头写秋天到了，大雁南归。这本来是很正常的事情，但诗人下一句接着说"传闻至此回"，听说大雁飞到这里就不再继续前行了，而诗人还没有到达目的地，由此产生了"何日复归来"的感慨，表达了内心的茫然和愁绪。"江静潮初落，林昏瘴不开"是对眼前之景的描写，也是诗人在借景抒情。"江静"反衬了诗人此时内心的不平静，"林昏瘴不开"则表达了诗人对前路的迷茫之感。最后两句是诗人想象的内容：明天上路以后，再回望一眼家乡，就应该能看到大庾岭上的梅花了。全诗饱含对家乡的不舍、对未知前路的担忧，以及强烈的苦闷与哀伤，感情真挚动人。

王
湾

◇

王湾（生卒年不详），字号不详，洛阳（今河南洛阳）人。
睿宗太极元年（712）进士及第，玄宗时授荥阳主簿。受荐编
书，后为洛阳尉。王湾"词翰早著"，现存诗仅十首，其中
最出名的是《次北固山下》。

次¹北固山²下

王湾

客路³青山⁴下，行舟绿水前。

潮平⁵两岸阔，风正⁶一帆悬⁷。

海日⁸生残夜⁹，江春¹⁰入旧年。

乡书何处达，归雁¹¹洛阳边。

【注释】

1 次：停宿。

2 北固山：在今江苏镇江。

3 客路：远行的道路。

4 青山：指北固山。

5 潮平：潮水涨满，两岸与江水齐平。

6 风正：顺风。

7 悬：挂。

8 海日：海上的旭日。

9 残夜：夜将尽之时。

10 江春：江南的春天。

11 归雁：古代有用大雁传递书信的传说。此处喻指把家信捎回故乡。

【点评】

　　这是一首优美的写景诗，在写景中又融入了一些哲理，使得诗歌所蕴含的内容更为丰富。"客路青山下，行舟绿水前。"开头两句描绘了一幅绿意盎然的图景，"客路"表明诗人是远道而来的"客"，"行舟"则表明诗人的出行工具是船。"潮平两岸阔，风正一帆悬。"这两句展现了一幅极为开阔的画面，因为涨潮，所以两岸看起来跟江面齐平。在这样开阔的江面上，又有"风正一帆悬"，这说明江面不但开阔，而且平静。接下来的"海日生残夜，江春入旧年"点明了诗人出行的时间是年末，不管是"残夜"的出现，还是"江春"的到来，表现的都是时间的更替，即将到来的光明和新春代替了原本的黑暗和残冬，给人以乐观、积极的感觉。在这样的情境下，诗人发出了"乡书何处达，归雁洛阳边"的感慨，抒发了思乡的心情，这很符合诗人"客"的身份。

破山寺[1] 后禅院[2]

常建

清晨入古寺，初日照高林。

曲径通幽处，禅房[3]花木深。

山光悦鸟性，潭影空人心[4]。

万籁此都寂，但余钟磬音。

【注释】

1 破山寺：兴福寺，在今江苏常熟虞山北麓，始建于南朝齐时，为倪德光宅，后舍为寺，唐咸通九年（868）赐匾额为破山兴福寺。

2 后禅院：佛寺中僧人居住之区。

3 禅房：后禅院中僧人住房。

4 人心：尘世中荣辱得失的俗念。

【点评】

　　这首诗是围绕清晨古寺周围的景物展开的，首联两句点明了时间跟地点。接下来，颔联两句则营造了一种静谧、幽深的气氛：弯弯曲曲的小路通向幽静的竹林深处，禅房掩映在繁茂的花木中，充满了诗意。颈联两句写的是诗人在这样的景色中的感受：明媚的山间晨光让小鸟更加开心，清澈的潭水倒映出来影子，让人神清气爽，忘记了俗世的不快。此时此景让诗人觉得天地万物都安静了下来，只剩下寺内的钟声。全诗节奏不急不缓，层层铺开，将一幅幽静的清晨山寺图展现在人们面前，抒发了诗人寄情山水的隐逸之情。

清　恽寿平　拟赵伯驹《花溪渔艇》○

寄左省[1]杜拾遗[2]

岑参

联步趋丹陛[3]，分曹[4]限[5]紫微[6]。

晓随天仗[7]入，暮惹[8]御香[9]归。

白发悲花落，青云羡鸟飞[10]。

圣朝无阙事[11]，自觉谏书[12]稀。

【注释】

1 左省：门下省。

2 杜拾遗：杜甫，曾任左拾遗。

3 联步趋丹陛：意为两人同趋，然后各归东西。

4 曹：官署。

5 限：阻隔，引申为分隔。

6 紫微：古人以紫微垣比喻皇帝居处，此指朝会时皇帝所居的宣政殿。

7 天仗：仙仗，皇家的仪仗。

8 惹：沾染。

9 御香：朝会时殿中设炉燃香。

10 鸟飞：隐喻那些飞黄腾达者。

11 阙事：指错失。

12 谏书：劝谏的奏章。

【点评】

　　这首诗描写的主要内容是空虚、死板的为官生活。前四句写的是官员的日常：每天迈着小而快的步子登上红色台阶上朝，然后分署办公，从早到晚，回家后身上都沾染着御炉中的香气。这看似平淡的朝堂生活，实则暗含了诗人的厌恶和烦腻之情。接下来的四句，诗人转而抒发自己的心声。"白发悲花落，青云羡鸟飞。"这里诗人借物抒情，自己虽在朝为官，却始终不能有所作为，眼看老之将至，却只能悲花落，羡慕天上振翅高飞的青鸟。最后两句更是明褒暗贬：最近好像没有什么过失之事，呈上的谏书好像越来越少。然而，真的是这样吗？结合前句，我们不难看出，唐王朝并非没有什么过失，"谏书稀"的原因是官员不作为罢了。由此，诗人对身世的感慨和对朝政的不满便抒发了出来。全诗可谓构思新奇，立意巧妙。

赠孟浩然

李白

吾爱孟夫子，风流 [1] 天下闻。

红颜 [2] 弃轩 [3] 冕 [4]，白首卧松云 [5]。

醉月 [6] 频中圣 [7]，迷花 [8] 不事君。

高山安可仰，徒此揖 [9] 清芬 [10]。

【注释】

1 风流：指孟浩然爱饮酒、赋诗，风度潇洒。

2 红颜：指青壮年。

3 轩：华美的车子。

4 冕：高官戴的帽子。

5 卧松云：指隐居山林。

6 醉月：月夜醉酒。

7 中圣：醉酒。三国时，曹操禁酒令严，时人把清酒称为圣人，把浊酒称为贤人。

8 迷花：迷恋山野花草。

9 揖：拱手施礼，崇敬意。

10 清芬：喻高洁的品德。

【点评】

这首诗通篇在夸奖孟浩然潇洒不凡的风度和高尚的品格。开头两句"吾爱孟夫子，风流天下闻"直言不讳地表达了诗人对孟浩然的敬重。接下来，诗人对孟浩然的"风流"进行了具体的描写。"红颜弃轩冕，白首卧松云"写的是孟浩然年轻时没有为仕途所迷，年老后仍在山间与闲云野鹤为伴，一生潇洒自如。"醉月频中圣，迷花不事君"写的是孟浩然喜欢把酒临风，在自然的花草中尽情陶醉，不为了侍奉君主而烦扰。最后两句是诗人对孟浩然的赞美："高山安可仰，徒此揖清芬。"孟浩然的品格犹如高山，难以企及，只能向他作揖表达自己的仰慕之情了。全诗一气呵成，舒展自如，由衷表达了对孟浩然的敬佩和赞美之情。

渡荆门送别

李白

渡远荆门外，来从楚国[1]游。

山随平野尽，江入大荒[2]流。

月下飞天镜，云生结海楼[3]。

仍怜[4]故乡[5]水，万里送行舟。

【注释】

1 楚国：今湖北一带，战国时属楚。

2 大荒：广阔无边的原野。

3 海楼：海市蜃楼。

4 怜：爱。

5 故乡：指蜀地，诗人青少年在蜀地度过，故称。

【点评】

　　这首诗是李白离开蜀地到达楚地时所作，开头两句即点明了地点。接下来四句是诗人对眼前所见之景的描写。"山随平野尽，江入大荒流。"这两句写的是诗人远望到的景象，起伏的山峦随着平坦的原野慢慢消失，长江水顺着一望无际的荒野奔流而去，展现了一幅开阔、气势磅礴的山水画卷。"月下飞天镜，云生结海楼。"这两句先写天上的月在水中的倒影，再写天上的云凝结而成的海市蜃楼，体现了诗人丰富的想象力。面对这样让人豁然开朗的景色，诗人此时心中却泛起了一丝乡愁，而在表现这种乡愁时，诗人并没有直接抒发，而是写故乡的水不远万里来为他乘坐的小舟送行。这样的表现手法，比直接抒情更显真挚感人。

清　袁耀　山水四条屏·平岗艳霞〇

送友人

李白

青山横北郭[1]，白水绕东城。

此地一为别，孤蓬[2]万里征。

浮云游子意，落日故人情。

挥手自兹去，萧萧班马[3]鸣。

【注释】

1 北郭：北城外。古时内城为城，外城为郭，合称城郭。

2 孤蓬：喻游子只身漂泊，行踪不定。

3 班马：离群之马。

【点评】

这是一首送别诗，诗人在写离别时，融入了很多景色描写，使得感情的抒发更为自然。首联两句即写景，同时点明了送别的地点是在城外。城外青山横亘，流水潺潺，在这样秀丽的景色中，诗人跟友人即将分别，这一别，便是"孤蓬万里征"了。在这里，诗人用"孤蓬"来比喻友人以后的处境，体现了诗人对友人的关心与挂念。"浮云游子意，落日故人情。"这两句是寓情于景，"浮云"和"落日"分别代表了友人的漂泊不定和二人的依依惜别。这是垂暮时分的景象，氛围也很符合送别的主题。此时，送别已到了尾声，两人挥挥手分开了，只剩下马匹的嘶鸣在诉说分离的不舍。诗虽然结束了，但马鸣犹在耳边，这就给人一种言有尽而意无穷之感。

明 仇英 桃花源图（局部）○

听蜀僧濬[1]弹琴

李白

蜀僧抱绿绮[2]，西下峨嵋[3]峰。

为我一[4]挥手[5]，如听万壑松[6]。

客[7]心洗流水[8]，余响[9]入霜钟[10]。

不觉碧山暮[11]，秋云[12]暗几重[13]。

【注释】

1 蜀僧濬：蜀地名濬的僧人。有人认为"蜀僧濬"即李白《赠宣州灵源寺仲濬公》中的仲濬公。

2 绿绮：琴名。诗中以绿绮形容蜀僧濬的琴很名贵。

3 峨嵋：山名，在四川省。

4 一：助词，用以加强语气。

5 挥手：这里指弹琴。

6 万壑松：指万壑松声。这是以万壑松声比喻琴声。琴曲有《风入松》。壑，山谷。这句是说，听了蜀僧濬的琴声好像听到万壑松涛雄风。

7 客：诗人自称。

8 流水：语意双关，既是对蜀僧濬琴声的实指，又暗用了伯牙善弹的典故。

9 余响：指琴的余音。

10 霜钟：指钟声。

11 不觉碧山暮：意思是说，因为听得入神，不知不觉天就黑下来了。

12 秋云：秋天的云彩。

13 暗几重：意即更加昏暗了，把上句"暮"字意伸足。

【点评】

　　这是一首描写弹琴的经典之作。诗中所写蜀地名濬的僧人，有可能是李白《赠宣州灵源寺仲濬公》中的仲濬公。诗人在开头直白地点明了人物和事件：抱着好琴的僧人下山来与诗人相会。全诗短小精悍，内容却极为丰富，从弹琴者的身份，到他挥手演奏的风姿，再到乐曲的韵律、听琴人特有的感受，都被生动形象地呈现了出来，让人浮想联翩。美妙的琴音升华了听众的精神世界，令人回味无穷。

夜泊牛渚[1]怀古

李白

牛渚西江[2]夜，青天无片云。

登舟望秋月，空忆谢将军[3]。

余亦能高咏，斯人[4]不可闻。

明朝挂帆去，枫叶落纷纷。

【注释】

1 牛渚：又名牛渚矶或采石矶，在今安徽马鞍山西南长江边， 有名的古渡口。

2 西江：指长江从南京至江西一段。

3 谢将军：东晋谢尚，为镇西将军镇守牛渚时，月夜乘舟泛江游览，忽听有人在船上朗诵自己的《咏史》诗，原来是很有才华的青年袁宏，即约来畅谈至天明，从此袁宏名声大振。

4 斯人：指谢尚。

【点评】

　　这首诗的题目即点明诗人是夜晚在牛渚山停泊留宿，实际上，诗人是借"怀古"抒发怀才不遇、知音难觅的感慨。夜晚的景色是"青天无片云"，茫茫夜色与西江相互映衬，营造了一种缥缈悠远的意境。在这样的夜色下，诗人登船望月，想起了谢尚将军。值得注意的是，诗人在这里用了"空忆"这个词，表达了一种无可奈何的感受。诗人本身也是才华横溢之人，却不能像袁宏一样，碰到一个能赏识他的谢将军。如今谢将军已逝，所以只能"空忆"。最后两句写的是诗人想象中的场景：明日扬帆离去的时候，怕是只有纷纷落叶来给我送行吧！面对无人赏识的境况，诗人应当有很多抱怨，他却只是将这满腹牢骚通过"怀古"含蓄地表达出来，感情虽不浓烈，但给人悠然不尽之感。

春望

杜甫

国破¹山河在，城春草木深²。

感时³花溅泪⁴，恨别鸟惊心⁵。

烽火⁶连三月⁷，家书抵万金⁸。

白头搔更短，浑⁹欲不胜簪¹⁰。

【注释】

1 国破：指京城长安被安史叛军占领。

2 草木深：草木丛生，形容城郭荒凉，人烟稀少。

3 感时：感伤时局。

4 花溅泪：见花开而溅泪。

5 鸟惊心：闻鸟鸣而心惊。

6 烽火：指战争。

7 三月：指整个春天。

8 抵万金：是说家书难得。抵，值。

9 浑：简直。

10 不胜簪：不能插簪子。

【点评】

　　这首诗的主题是对国破的心痛和对家人的挂念。诗的前两句写的是客观景象：国都沦陷，山河依旧，长安城的春天草木丛生，却人烟稀少。这样萧条荒凉的景象，自然引发了诗人无限的悲情。"感时花溅泪，恨别鸟惊心。"这两句以乐景写哀情，美好的景象与诗人内心的愁苦形成了强烈的反差：春暖花开原本应该是让人愉悦的事情，可是想到时局，诗人流下了眼泪；鸟儿啼鸣应该是让人放松的事情，可是诗人想到分隔两地的家人，只觉得心惊。接着便是诗人对家人的挂念：战乱已经持续很久了，此时的一封家书抵得上万金的价值。想到国难，勾起家愁，诗人已是"白头搔更短，浑欲不胜簪"。全诗感情浓郁，诗人忧国忧民的形象也在诗中被充分地体现了出来。整首诗十分符合杜诗"沉郁顿挫"的风格。

月夜

杜甫

今夜鄜州月，闺中[1]只独看。

遥怜小儿女，未解忆长安[2]。

香雾云鬟[3]湿，清辉玉臂寒。

何时倚虚幌[4]，双照泪痕干。

【注释】

1 闺中：指身在鄜州羌村的妻子。

2 忆长安：思念身在长安的父亲。

3 云鬟：古代女子的环形发髻。云，形容发髻的稠密蓬松。

4 虚幌：薄而透明的帷幕。

【点评】

这首诗描写的是诗人在月夜思念与自己分隔两地的妻子。这并不是普通的夫妇分离，而是战乱造成的，所以忧愁之情更显。"今夜鄜州月，闺中只独看。""鄜州"是

清 任熊 夹竹桃鸡图○

杜甫的家眷所在的地方，"闺中"一般指女子的房间，从此可以看出诗人并没有从自己的角度写思念之情，而是变换视角，从妻子的角度来写。诗人想着，在这样的月夜，妻子应当也是一个人望着天上的月，思念着身在长安的自己。可惜儿女尚小，不懂得思念的万般愁绪。"香雾云鬟湿，清辉玉臂寒。"这两句也是诗人想象中的情景：夜晚潮湿的雾气打湿了妻子的发髻；月色清冷，妻子觉得有些寒意。这就使诗中凄凉感伤的意味更加浓厚了。最后两句写了诗人跟妻子的共同愿望，即两人早日团聚，以解相思之苦。全诗描写层层递进，视角别具一格，感情抒发得真挚又自然。

春宿[1]左省

杜甫

花隐掖垣[2]暮，啾啾[3]栖鸟过。

星临万户[4]动[5]，月傍九霄[6]多。

不寝听金钥，因风想玉珂[7]。

明朝有封事[8]，数问夜如何？

【注释】

1 宿：值夜。诗中写在左省值夜时的感受。

2 掖垣：唐代称中书、门下两省为掖垣。此指门下省。

3 啾啾：鸟的细碎叫声。

4 万户：指宫殿的众多门户。

5 动：闪烁。

6 九霄：这里指耸入高空的殿顶。

7 玉珂：马笼头上的装饰物。

8 封事：密封的奏疏。

【点评】

　　杜甫曾在朝中任左拾遗一职，这首诗就作于他任职期间。诗的前四句写景，后四句叙事，层次清晰，结构分明。"花隐掖垣暮，啾啾栖鸟过。"暮色中，左省中开放的花还隐约可见，即将回巢栖息的鸟儿发出啾啾的叫声。总体来说，周围的景色是令人放松的。"星临万户动，月傍九霄多"写的是完全入夜了的景象：星光闪耀，宫殿中的千门万户似乎也在跟着闪动；高耸入云的宫殿直升到了月亮旁边，所以照到的月光也特别多。这两句不仅写了夜景，还暗含着对君主及其所居宫殿的称颂。接下来诗人就进入了对自己的描写：在这样的夜晚，诗人却睡不着，时而听见开宫门的声音，时而听见马铃声。这两种声音都是诗人的幻听，因为"明朝有封事"，所以诗人前一晚难以入眠，还数次询问值夜的人现在是什么时辰。全诗虽没有直接点出诗人为官的责任心，但从诗人的种种表现来看，他确实是一位尽忠尽责的勤勉的官员。

至德二载甫自京金光门¹出间道归凤翔乾元初从左拾遗移华州掾与亲故别因出此门有悲往事

杜甫

此道昔归顺², 西郊胡正繁³。

至今犹破胆，应有未招魂。

近侍⁴归京邑⁵，移官⁶岂至尊⁷。

无才日衰老，驻马望千门。

【注释】

1 金光门：长安外城西门。

2 归顺：指投奔肃宗政府。

3 胡正繁：安史叛军正在密集设防。

4 近侍：指左拾遗。拾遗是皇帝近臣，故称。

5 京邑：指华州。华州离长安不远，故称。

6 移官：贬官。

7 岂至尊：难道是皇帝的主意吗？排挤玄宗旧臣的主意固然出自李辅国，但拍板者还是唐肃宗。

【点评】

这首诗的内容分为两部分，前四句写的是诗人在至德二载（757）从被叛军占领的长安逃到凤翔，回归了朝廷，被唐肃宗封为左拾遗。后四句写的是从官一年就因为谗言被贬为华州司功参军，要离开朝廷到外地做官。"破胆""未招魂"足见诗人当初逃离长安时的凶险，本以为经历了这样的考验，足以向朝廷表明自己的忠心，没想到还是不能如自己所愿。"岂至尊"显示了诗人复杂的内心，看起来，诗人对皇帝没有丝毫埋怨，认为只是小人从中作梗。但仔细品味，若无埋怨，何必多此一句呢？所以诗人对皇帝还是有埋怨的，只是表达得很含蓄罢了。最后一句"驻马望千门"将诗人难以言说的愁苦化为无言的凝望，引人感慨。

九成宫 甲午 清秋
邹 一 桂恭 畫

303

月夜忆舍弟 [1]

杜甫

戍鼓 [2] 断人行，秋边 [3] 一雁声。

露从今夜白，月是故乡明。

有弟皆分散，无家 [4] 问死生。

寄书长不达 [5]，况乃 [6] 未休兵 [7]。

【注释】

1 舍弟：即胞弟。杜甫有弟四人。

2 戍鼓：戍楼上所敲的禁鼓。

3 秋边：秋天的边塞。

4 无家：杜甫家在洛阳附近，安史之乱中被毁。

5 不达：不能寄到。

6 况乃：何况。

7 未休兵：战乱未止。

【点评】

　　安史之乱爆发后，杜甫几度颠沛流离，与家人、朋友分散，所以作了很多思亲怀友的诗，这首《月夜忆舍弟》就是其中一首。诗的首联写了边塞秋天的景象：天边孤雁的叫声透着孤寂，夜晚戍鼓声响起，人们便不能在外随意走动。这两句渲染了悲凉、沉寂的气氛。颔联是点题之句，尤其是"月是故乡明"一句，掺入了诗人的主观感情，表达了诗人的思乡之情。诗人接着顺其自然地写到了家里的弟弟，只是因为战乱，已经跟弟弟分散了，消息不能互通，无从得知对方是否安好。最后两句进一步表达了诗人的担忧：家书经常不能送达，何况战乱还在继续。从这首诗中，我们除了可以直观地感受到诗人对亲人的担忧，还能看到战乱给人民带来的影响和伤害。

天末怀李白

杜甫

凉风起天末，君子[1]意如何。

鸿雁几时到，江湖秋水多。

文章憎命达，魑魅[2]喜人过。

应共冤魂[3]语，投诗赠汨罗。

【注释】

1 君子：对李白的敬称。

2 魑魅：古代传说里山泽中的鬼怪，喜吃人。李白要去的夜郎是魑魅之地，作者担心他会遭遇不测。

3 冤魂：指屈原。屈原无罪而遭放逐，投汨罗江而死。李白也是无罪而被流放，二人命运相同，所以有"共语""投诗"的推想。

【点评】

这首诗与诗人所作的两首《梦李白》是同一时期的作品，作这首诗的时候，诗人尚未得知李白在流放途中遇赦的消息，所以心中无限担忧。诗题中的"天末"指的是诗人当时客居的秦州。诗以"凉风"起笔，自然地问到了李白最近的心情。接下来四句表达的都是诗人对李白的关心与对其遭遇的同情，且诗人没有直言，而是用含蓄隐晦的手法，表现了如今奸人当道，有才华的人总是命途多舛的现实状况。诗人想到跟李白一样为谗言所害的爱国诗人屈原，所以写下了"应共冤魂语，投诗赠汨罗"。这两句是想象的场景，却能恰如其分地将李白的孤立无援表现出来，体现了杜甫对李白的了解，足见二人间情意之深。

奉济驿¹重送严公四韵

杜甫

远送从此别，青山空复情²。

几时杯重把，昨夜月同行³。

列郡⁴讴歌惜⁵，三朝⁶出入荣。

江村独归处，寂寞养残生。

【注释】

1 奉济驿：在绵州（今四川绵阳）附近。

2 空复情：绵阳以北多山，重山阻隔，似欲留人，而终不得留，故说"空复情"。

3 月同行：写月亮一路同行，是说它准备随时为宴饮照明。

4 列郡：东西两川各郡。

5 惜：指惋惜严武的离任。

6 三朝：指玄宗、肃宗、代宗三朝。

【点评】

　　从诗开头的"远送"二字就可看出诗人对即将跟他分别的严武的依依不舍。"青山空复情"一句寓情于景，山本是无情物，但在当时的诗人看来，无言的青山也默默地立在那里送客远行。离别之际，诗人想到昨夜还在与严武对月饮酒，严武如今一去，何时才能重逢共饮呢？在此动荡之际，别离容易相见难，可见诗人内心的惆怅。接下来是诗人对严武功绩的赞颂，先通过严武离任时百姓对他的不舍和讴歌侧面赞美他，再写他才能不凡，三朝均位居高职。最后两句是诗人对自己的描写，严武走后，诗人只能独自回到江村，"寂寞养残生"。在此，即将入朝任职的严武跟即将寂寞度过余生的诗人形成了一种对比，诗人内心的情感不言而喻。

别房太尉墓

杜甫

他乡复行役，驻马[1]别孤坟[2]。

近泪无干土[3]，低空有断云[4]。

对棋陪谢傅[5]，把剑觅徐君。

唯见林花落，莺啼送客闻。

【注释】

1 驻马：停下马来。

2 孤坟：指房琯的坟墓。

3 无干土：言泪水之多。

4 有断云：是说云彩也为哭声所感动，徘徊不去。

5 谢傅：即谢安，东晋宰相。此处代指房琯，房琯曾在肃宗朝为相。

【点评】

诗人有公务在身，在路上奔波，但还是在房琯的坟墓前驻马停留，拜祭亡友的孤坟。"近泪无干土，低空有断云"抒发了诗人的哀痛之情，眼泪流得太多，把近身的干土都打湿了，低空的云彩也被诗人的哀痛打动，徘徊不去。这样的哀景与哀情，加深了全诗的沉郁氛围。接下来两句是隐喻的写法，诗人用谢安比房琯，又用季札解剑赠已逝的徐国国君一事来自比，既表达了对房琯人格、品性的推崇，又将自己与房琯的深情厚谊展现了出来，这就可以解释诗人为何对着房琯的孤坟哀痛至此了。最后两句是寓情于景的写法，林花纷落，莺鸟啼鸣，阵阵悲切，景哀情更哀，让人读罢为之动容。

北宋 王希孟 千里江山图（局部）○

311

旅夜书怀

杜甫

细草微风岸，危樯¹独夜舟。

星垂平野阔，月涌大江流。

名岂²文章著，官应老病休。

飘飘³何所似，天地一沙鸥。

【注释】

1 樯：桅杆。

2 岂：难道。

3 飘飘：漂泊。

【点评】

　　这首诗前四句写的是"旅夜"所见之景，后四句是"书怀"。在写景的时候，诗人是按照由近及远的顺序写的，先写近处江岸上被微风吹拂的小草和月色中竖着桅杆的小舟，再写天上的星星、远处的原野，以及奔涌的江水和倒映其中的月色。景物由细微到宏大，营造的意境也开阔起来。接下来，诗人转而写自己："名岂文章著，官应老病休。"这两句从表面看是在说自己有名望并非因为文采好，如今自己老弱多病，是时候辞官了，实际上是在说反话，以此表达政治抱负不能实现的郁闷，"老病"是事实，却不是休官的原因，真正的原因是诗人受到了排挤。这样孤苦无依、随处漂泊的自己，真像是"天地一沙鸥"。至此，前四句所营造出来的开阔意境与后四句中诗人漂泊无依的形象形成了对比，在开阔的天地间，诗人的形象越发显得孤独。

登岳阳楼 [1]

杜甫

昔闻洞庭水 [2]，今上岳阳楼。

吴楚东南坼 [3]，乾坤日夜浮。

亲朋无一字 [4]，老病 [5] 有孤舟。

戎马关山北，凭轩 [6] 涕泗 [7] 流。

【注释】

1 岳阳楼：在岳阳城西门上，下临洞庭湖，为文人墨客登临之处。

2 洞庭水：洞庭湖，我国第二大淡水湖，昔日号称"八百里洞庭"。

3 坼：裂开。

4 无一字：是说音信断绝。

5 老病：衰老而多病。

6 凭轩：倚着栏杆。

7 涕泗：眼泪和鼻涕。

【点评】

　　这首诗写的是诗人登上岳阳楼的所见所感。前两句"昔闻洞庭水，今上岳阳楼"写的是诗人对登楼早有向往，如今终于如愿，从中可以体会到诗人的欣喜之情。"吴楚东南坼，乾坤日夜浮"两句是诗人对洞庭湖的赞美，描写了洞庭湖浩瀚壮阔、包容万千、气势恢宏，让读者为之震撼。后四句诗人笔锋一转，从盛景写到了自己的不幸遭遇和如今的战乱。"亲朋无一字，老病有孤舟"是说跟亲朋好友失去了联系，自己现在是老而多病，只有一叶孤舟相伴。"戎马关山北，凭轩涕泗流"是说北方的战事仍没有停止，自己心系国家却报国无门，只得独自心痛悲哭。从写景到感怀，从喜到悲，整首诗的感情起伏十分明显，所抒之情也十分浓烈，反映了杜甫一贯的忧国忧民。

清　恽寿平　九兰图〇

辋川[1]闲居赠裴秀才迪

王维

寒山转苍翠，秋水日潺湲[2]。

倚杖柴门外，临风听暮蝉。

渡头余落日，墟里上孤烟。

复值接舆[3]醉，狂歌五柳[4]前。

【注释】

1 辋川：河名，在今陕西蓝田南。王维在此得宋之问别墅，山水绝胜，常与好友裴迪游咏其间。

2 潺湲：水流缓慢貌。

3 接舆：春秋时楚国隐士。曾唱着歌从孔子车前走过，孔子想与他交谈，他却避开了。

4 五柳：指陶渊明。

【点评】

　　这首诗描写的是辋川的秋色。前两句"寒山转苍翠，秋水日潺湲"写的是山水之景，苍翠的寒山、缓流的秋水表现了一种悠然的诗意。"倚杖柴门外，临风听暮蝉"写的是诗人的活动，挂着拐杖靠在柴门外，听着风中秋蝉的阵阵鸣叫。这两句体现了诗人的悠闲自在。"渡头余落日，墟里上孤烟"写的是村落的暮景，日落将至，第一缕炊烟升起，升起的孤烟跟下落的太阳形成对比，景物选取十分巧妙。最后两句写的是裴迪的行为，他喝醉了酒，在诗人门前狂歌。在这里，诗人用陆通比裴迪，以陶渊明自比，体现了二人不醉心于官场、超然物外的隐士风度。

山居秋暝[1]

王维

空山新雨后，天气晚来秋。

明月松间照，清泉石上流。

竹喧归浣女，莲动下渔舟。

随意春芳歇，王孙自可留[2]。

【注释】

1 暝：黄昏时。

2 "随意"二句：意思是春草可任凭其凋谢，因秋色美丽，王孙自可

留居山中。随意，任凭。歇，歇息，此指凋谢。

【点评】

　　这首诗是山水诗中的佳作，描写了初秋一场雨后的山水之美和简单纯朴的山居村民。开头两句先点明环境是刚刚下过雨的山谷，且时节是初秋。接下来两句具体描写了美景："明月松间照，清泉石上流。"天色已晚，有明月高照松林，有清泉从山石上潺潺流过。这两句描写诗中有画，画中有诗，是历代流传的名句。"竹喧归浣女，莲动下渔舟"写人的活动，但是诗人采用了间接的写法，"浣女"是通过"竹喧"引出来的，撑船的人是通过"莲动"引出来的，这样比直接描写更有诗意。最后两句是诗人的感慨："随意春芳歇，王孙自可留。"虽然春光已经消逝，但秋景足以让人留下来，诗人由此将自己寄情山水、厌恶官场的心理表现得很充分。

北宋　王希孟　千里江山图（局部）○

归嵩山[1]作

王维

清川[2]带长薄[3]，车马去闲闲。

流水如有意，暮禽相与还。

荒城临古渡，落日满秋山。

迢递[4]嵩高[5]下，归来且闭关[6]。

【注释】

1 嵩山：五岳之一中岳，在河南登封北，离洛阳不远。

2 清川：当指伊水。

3 带长薄：像丝带一样又长又薄。

4 迢递：遥远。

5 嵩高：嵩山的别称。

6 闭关：闭门休养，谢绝客人。

【点评】

　　这首诗描写的是诗人归隐嵩山的所见所感。前两句写的是诗人的所见之景，有清清的河水，有绿草地，乘坐的车马悠闲自得地向前走着，体现了诗人恬淡的心境。"流水如有意，暮禽相与还"赋予了"流水"和"暮禽"人的情感，仿佛它们也要跟着诗人一起回家。颈联两句也是诗人看到的景象，荒凉的古城紧挨着古渡口，落日的光芒洒满了秋山。这两句相比之前的描写，多了一层荒凉、凄清的意味。最后两句写的是诗人到嵩山下隐居，不再理会凡尘俗世。诗中的景物描写是随着诗人的行程变化的，感情的抒发也随着景色的不同而有所不同，体现了诗人一心想要归隐。

终南山

王维

太乙¹近天都²，连山到海隅³。

白云回望合，青霭⁴入看无。

分野⁵中峰变，阴晴众壑殊。

欲投人处宿，隔水问樵夫。

【注释】

1 太乙：山名，终南山主峰，在长安南。此指终南山。

2 天都：天帝的都城。此指长安。

3 海隅：海角。

4 青霭：与青天一色的空中雾气。

5 分野：古人将天上星宿与地上州郡对应，标出州郡的位置，分成若干区域，称为分野。此处形容终南山广大，中峰跨越了不同的分野。

【点评】

    这是一首咏物诗，对象是终南山。开头两句，诗人先用夸张的手法描绘了终南山的高耸巍峨，说它高可入天，远可一直延伸到海边。这两句算是对终南山的整体概括，属于远景。"白云回望合，青霭入看无"两句是写诗人进入山中后看到的景象，山中云雾渺茫，远看是团团聚合的云雾，一走近便会分散到两边，甚至消散不见，有一种可望而不可即的感觉。颈联应该是诗人站在山头俯视的景象：终南山太过辽阔，所以被中央主峰隔开的两侧阴晴不同，明暗迥异。尾联写的是诗人自己的活动：游览过终南山，天色已晚，诗人便问偶然碰到的一个樵夫哪里可以住宿。这是诗人一天活动的尾声，作为诗的结尾，也十分自然贴切。

酬¹张少府²

王维

晚年³惟好⁴静，万事不关心。

自顾⁵无长策⁶，空知⁷返旧林⁸。

松风吹解带⁹，山月照弹琴。

君¹⁰问穷¹¹通¹²理¹³，渔歌¹⁴入浦深¹⁵。

【注释】

1 酬：以诗词酬答。

2 张少府：其人不详。少府，唐人称县尉为少府。从"君问穷通理"句看，张少府亦是诗人同道之人。

3 晚年：年老之时。

4 好：爱好。

5 自顾：自念，自视。

6 长策：犹良计。

7 空知：徒然知道。

8 旧林：指禽鸟往日栖息之所。这里比喻旧日曾经隐居的地方。

9 解带：古人在家闲居时会散着衣带。表示熟不拘礼，或表示闲适。

10 君：一作"若"。

11 穷：困穷。

12 通：显达。

13 理：道理。

14 渔歌：隐士的歌。

15 浦深：河的深处。

【点评】

　　这首诗隐含着诗人对政治抱负不能实现的苦闷、对朝政的失望，以及对隐居生活的推崇。首联"晚年惟好静，万事不关心"表现了诗人当下的心态，对什么事都不再关心，只想清净度日。为什么会有这样的心态呢？接下来诗人便给出了答案："自顾无长策，空知返旧林。"自认为没有什么高明的策略报效朝廷，只想回到过去隐居的地方。这两句含蓄地表达了诗人的不得志，他并非"无长策"，只是"长策"不被重视罢了，所以产生了隐居的心思。颈联是对隐居生活的描写："松风吹解带，山月照弹琴。"隐居生活是闲散、舒适的，不必讲究什么礼数，可以听风解带，也可对月弹琴。最后两句颇有禅意："君问穷通理，渔歌入浦深。"要问人生得失之理，那就去河的深处听听渔人的歌声吧！这两句表现了诗人不与世俗同流合污的心志，内蕴深刻，耐人寻味。

过香积寺[1]

王维

不知香积寺，数里入云峰。

古木无人径，深山何处钟。

泉声咽危石，日色冷青松。

薄暮空潭曲，安禅[2]制毒龙[3]。

【注释】

1 香积寺：据说在长安南神禾原上，但与王维寻找的香积寺不符，或是王维本不知香积寺在何处。

2 安禅：僧人坐禅入定。

3 毒龙：比喻杂心邪念。

【点评】

　　这首诗描写的是诗人在寻找香积寺的过程中看到的景物和生发的感想，表现了香积寺及其周围的幽静和诗人对心静的追求。诗以"不知"起笔，表明这次游览是诗人随心探寻的结果。诗人走了数里来到了云雾缭绕的山峰，侧面表现了香积寺的幽远。接下来四句写的是诗人接近香积寺后看到的风景，营造了一种少有人烟、幽深凄清的氛围：参天古木、没有人走的小路、从深山中传来的阵阵钟鸣，还有泉水撞击岩石发出的幽咽声，太阳照在松林里也显得很是清冷。最后两句写的是诗人由一汪平静的潭水联想到"安禅制毒龙"的佛教故事。王维信佛，所以诗中常涉及佛教禅理，这里的"安禅制毒龙"实际上展现的是诗人追求恬静心境以摆脱现实困扰。

送梓州¹ 李使君²

王维

万壑树参天，千山响杜鹃。

山中一夜雨，树杪百重泉。

汉女³输橦布，巴人讼芋田。

文翁⁴翻⁵教授，不敢倚先贤。

【注释】

1 梓州：唐代州名，今四川三台。

2 使君：刺史。

3 汉女：指川中妇女。

4 文翁：汉景帝时为郡太守，政尚宽宏，见蜀地僻陋，乃建造学宫，培育人才，使巴蜀日渐开化。

5 翻：翻然改图的意思。

【点评】

　　这是一首送别诗，与一般抒发离别不舍之情的送别诗不同的是，这首诗的主要内容是描写蜀地的自然风光，并告诫友人要学习先贤的治理经验，做一个以德为政的好官，这样就使得诗的立意高深起来，格局也显得十分宏大。诗的前六句写的是蜀地的自然环境和人文风景。"万壑树参天，千山响杜鹃。山中一夜雨，树杪百重泉。"这四句写的是自然风景。"树参天"是视觉，"响杜鹃"是听觉。"一夜雨"跟"百重泉"则展示了一幅奇妙的画卷，一夜大雨过后，山间的百道飞泉像挂在树梢上一般。写完山水风景后，诗人又介绍了蜀地的民情：那里的妇女用木棉织成布，按时向官府缴纳；人们常常为了争田进行诉讼。这就点明了李使君出任后要负责的一些事情。最后两句写到了汉景帝时蜀地的一位名叫文翁的贤官，诗人希望李使君能向文翁学习，执政为民，创造新的功绩。整首诗没有一般送别的凄凄之情，反而积极开明，在唐代送别诗中独树一帜。

汉江[1]临眺[2]

王维

楚塞[3]三湘[4]接，荆门九派通。

江流天地外，山色有无中。

郡邑浮前浦，波澜动远空。

襄阳[5]好风日，留醉与山翁[6]。

【注释】

1 汉江：即汉水。源出今陕西宁强，流经襄阳，至汉口入长江。

2 临眺：登高远望。

3 楚塞：楚国的边塞。泛指楚国四境。

4 三湘：湖南漓湘、潇湘、蒸湘合称三湘。一说指湖南的湘潭、湘阴、湘乡。

5 襄阳：今湖北襄阳，位于汉江中游。

6 山翁：指晋人山简。他曾任征南将军镇守襄阳。此处指襄阳当时的地方官。

【点评】

　　这是一首写景诗，描写对象是汉江。诗的前两句先简单介绍了汉江的基本情况，表现了汉江的流域之广、流经地之多。颔联二句写诗人临风眺望，看到滔滔汉江水连绵不绝，仿佛一直流到了天地之外，两岸的青山时隐时现，苍茫悠远。这是远望之景，给人一种开阔之感。接下来诗人将目光转向了汉江岸边的城邑，这些城邑好像漂浮在汉江水上，江水起伏不定，好像天空都在跟着晃动。不管是"郡邑浮"还是"动远空"，都是虚写，实际上动的只有江水跟诗人乘坐的船，但是这样的描写方法使画面变得异常生动，同时表现出了汉江的波澜壮阔。最后，诗人直接抒发了对襄阳的赞美，表达了对山水之乐的留恋与追求。

终南¹别业²

王维

中岁颇好道³，晚家南山陲。

兴来每独往，胜事⁴空自知。

行到水穷处，坐看云起时。

偶然值林叟⁵，谈笑无还期。

【注释】

1 终南：终南山，又名南山，西起秦陇，东至蓝田，即狭义的秦岭。

2 别业：别墅。

3 道：指佛学禅理。

4 胜事：最愉快的事情。

5 值林叟：山林野老。

【点评】

这首诗写的是诗人的隐居生活。在这首诗中，诗人并没有大篇幅地描写隐居的环境有多么优美、舒适，而是通过描写自己的一些日常，表现内心的淡然与自得。"中岁颇好道，晚家南山陲"两句简单利落地概括了诗人写这首诗的背景。"兴来每独往，胜事空自知"概括了诗人隐居后的日常，即兴致来了就独自去各处游玩，有什么快乐的事情就自己享受。"行到水穷处，坐看云起时"表现的是诗人的悠闲，走到流水的尽头，干脆就坐下来看天上的白云到处飘动的样子。前六句写的都是诗人一个人，最后两句终于出现了其他人，那就是偶然碰到的林间老翁。诗人跟老翁相谈甚欢，甚至忘了回家，侧面表现了诗人隐居生活的冷清，平常很少有机会跟人交谈。总体来说，这首诗表达了诗人悠闲自得的隐居心情，展示了一个惬意自然、无拘无束的隐士形象。

临洞庭上张丞相

孟浩然

八月湖水平[1]，涵虚[2]混太清。

气蒸云梦泽，波撼[3]岳阳城。

欲济[4]无舟楫，端居[5]耻圣明[6]。

坐观[7]垂钓者，徒有羡鱼[8]情。

【注释】

1 平：湖水与岸相平，形容水盛的样子。

2 涵虚：指水映天空。虚，天空。

3 撼：摇动。

4 济：渡水。

5 端居：闲居，指隐栖不仕。

6 圣明：这里指太平盛世。

7 坐观：空观，徒观。

8 羡鱼：《淮南子·说林训》："临河而羡鱼，不如归家织网。"此感叹空有出仕的愿望而无人援引。言外之意是想得到张九龄的援引。

【点评】

这首诗分为两个部分，前半部分写洞庭湖的壮丽景色，后半部分写诗人的政治抱负。首句交代了时间是八月份，此时正是湖水盛涨的季节，所以诗人产生了"涵虚混太清"的感觉。接下来两句仍然是对洞庭湖的描写。"气蒸"写出了洞庭湖表面水汽蒸腾的样子，"波撼"则写出了洞庭湖汹涌翻滚的态势，几乎要把岳阳城撼动了。这两句描写极为大胆，将洞庭湖的气势表现得非同一般。接下来诗人开始表达自己的心意：想要渡湖却没有船，实际上是说自己想入仕但无人引荐；在这太平盛世，只能闲居在家，觉得很羞愧，实际上是说希望能得到入朝为官、报效国家的机会。最后两句表面上是在羡慕渔夫，实际上抒发了自己对入仕的渴望。诗人将自己的心意融于景物，表达方式委婉含蓄，读者从中也可体会到诗人的一些性格特点。

与诸子[1]登岘山[2]

孟浩然

人事有代谢[3]，往来[4]成古今。

江山留胜迹，我辈复登临[5]。

水落鱼梁[6]浅，天寒梦泽[7]深。

羊公碑[8]尚在，读罢泪沾襟。

【注释】

1 诸子：指诗人的几个朋友。

2 岘山：一名岘首山，在今湖北襄阳。

3 代谢：交替变化。

4 往来：旧的去，新的来。

5 复登临：相对羊祜曾登岘山而言。登临，登山观看。

6 鱼梁：沙洲名，在今湖北襄阳。

7 梦泽：云梦泽，古大泽。

8 羊公碑：指羊祜垂泪碑。

【点评】

　　这是一首触景感怀诗。诗人和几个朋友一起登岘山，在山上看到了"羊公碑"，有感而发。开头两句抒发的即是诗人对古今交替的感慨，在这一感慨中，我们可以体会到诗人内心的惆怅。"江山留胜迹，我辈复登临"中的"胜迹"指的就是下文提到的"鱼梁""羊公碑"等。颈联是诗人登山后看到的景象：水不是丰盈期，所以鱼梁洲有很大一部分露出了地面，故称"浅"；天气转凉，冷气森森，湖泊显得更深了，给人一种萧条、凄凉之感。最后两句"羊公碑尚在，读罢泪沾襟"是诗人联想到自己的才华无处施展而产生的感慨。羊祜在晋朝时曾镇守襄阳，如今已是盛唐，经历了那么多人事变迁，羊公碑仍然屹立此处，被人称颂，诗人自己却至今无所作为，不免悲从中来。整首诗表达了诗人苦闷的心情，感情真挚，平淡中见深远。

宴梅道士山房

孟浩然

林卧愁春尽，搴帷见物华。

忽逢青鸟使[1]，邀入赤松[2]家。

丹灶[3]初开火，仙桃[4]正发花。

童颜若可驻，何惜醉流霞[5]！

【注释】

1 青鸟使：指使者，传说中西王母以青鸟为使者。薛道衡《豫章行》："愿作王母三青鸟，飞去飞来传消息。"

2 赤松：仙人赤松子。此处借指梅道士。

3 丹灶：道士炼丹的炉灶。

4 仙桃：《酉阳杂俎》："仙桃出郴州苏耽仙坛，有人至心祈之，辄落坛上。"神话传说中仙桃三千年一结果。这里借指梅道士种的桃树。

5 流霞：《论衡·道虚》："口饥欲食，仙人辄饮我流霞一杯。"本指仙露，后指仙酒，此指美酒。

【点评】

这首描写宴请的诗流露出了明显的寻仙问道之意。诗的前两句简短地交代了诗人被宴请前的状态："林卧愁春尽，搴帷见物华。"诗人正在赏景解愁，接到了梅道士的邀请。诗人将邀请的书信称为"青鸟"，将梅道士称为"赤松"，这些是传说中的仙鸟、仙人。接下来，诗人又用"丹灶""仙桃""流霞"等同样是道家神话传说中的东西来代指梅道士宴会上的美景、酒水等，表明诗人内心的追求。最后两句"童颜若可驻，何惜醉流霞"，更是体现了诗人对仙道的向往。从这首诗中，我们也能看出诗人在现实中的不如意，所以他想要通过这些超脱现实的东西来摆脱愁苦，在寻仙问道中寻找新的人生方向，让自己不再整天沉湎于苦闷。

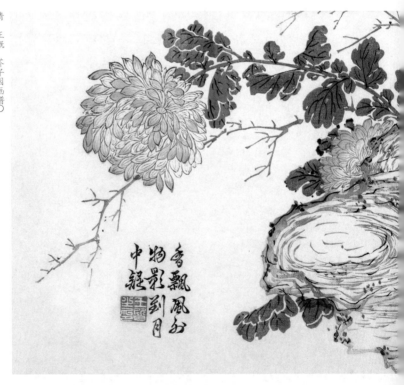

岁暮归南山 [1]

孟浩然

北阙 [2] 休上书，南山归敝庐。

不才明主 [3] 弃，多病故人 [4] 疏 [5]。

白发催年老，青阳 [6] 逼岁除 [7]。

永怀愁不寐，松月夜窗虚。

【注释】

1 南山：指岘山，在襄阳城南，故称南山。

2 北阙：指皇帝的居处，也代指皇帝。

3 明主：指当今皇帝。

4 故人：老朋友。

5 疏：疏远。

6 青阳：指春天。

7 岁除：年终。

【点评】

这首诗表达的是诗人的怨愤、苦闷之情。"不才""多病""白发"，表面看起来是诗人在揭自己的短，实则在借此发泄无人赏识的怨愤。开头两句"北阙休上书，南山归敝庐"的字面意思是诗人停止了向朝廷举荐自己的做法，转而归隐山野了，但结合颔联"不才明主弃，多病故人疏"来看，这实际上是诗人在发牢骚。"不才"并非诗人真的觉得自己没有才能，而是说自己怀才不遇；"故人疏"实际上指的是没有朋友为自己引荐。求官不成，又无人赏识、推举，眼看自己年事渐高，前途越来越渺茫，诗人内心自然是愁绪万千，于是"永怀愁不寐，松月夜窗虚"。这里的虚，既有窗外景色的空虚，又有诗人内心的空虚，可谓景中有情，情中有景。

过[1]故人庄

孟浩然

故人具[2]鸡黍[3]，邀我至田家。

绿树村边合，青山郭外斜。

开轩[4]面场[5]圃[6]，把酒[7]话桑麻[8]。

待到重阳日，还来就菊花[9]。

【注释】

1 过：拜访，探访。

2 具：备办。

3 鸡黍：鸡和黄米，指丰盛的饭菜。

4 轩：窗户。

5 场：打谷场。

6 圃：种植蔬菜、花草、瓜果的园子。

7 把酒：执酒，谓饮酒。

8 桑麻：指桑麻等农作物耕种收获一类的事情，泛指农事。

9 就菊花：临菊花而赏之。就，靠近。

【点评】

这是一首描写田园生活的诗，呈现了一幅悠闲恬淡的画面，表现了诗人对这种生活的赞美与向往。诗在一开始就简要交代了作诗的背景。接下来诗人对自己所看到的田园风光进行了具体描写：村边有绿树环绕，村外有青山横斜，景色清新秀丽。诗人对农家生活也进行了描写：打开窗子便能看到打谷场、菜圃这些场地，和老朋友举杯共饮，闲谈农事，心情轻松舒畅。看到这样怡然自得的生活，诗人被深深地吸引了，所以向老朋友表达了"待到重阳日，还来就菊花"的意愿。全诗描写自然流畅，不加雕饰，这样的写法与田园自然风光相得益彰，将田园生活的美好和朋友间的情意表达得真切透彻，读来让人感觉自然舒适。

秦中[1]寄远上人[2]

孟浩然

一丘[3]常欲卧，三径[4]苦无资。

北土非吾愿，东林[5]怀我师。

黄金燃桂尽[6]，壮志逐年衰。

日夕凉风至，闻蝉但益悲。

【注释】

1 秦中：指长安。

2 远上人：上人是对僧人的敬称，远为僧人的名字。

3 一丘：喻指隐居山林。

4 三径：喻指归隐者的家园。

5 东林：指庐山东林寺。

6 黄金燃桂尽：《战国策·楚策三》谓"楚国之食贵于玉，薪贵于桂"。这里指秦中处境贫困，衣食匮乏。

【点评】

这首诗是诗人第一次到长安应举不中时所写的，表达了诗人内心的迷茫和悲切，抒情直接，诗风率直。诗的前两句表现了诗人当下面临的一个矛盾，即"常欲卧"与"苦无资"，想要归隐，但生计无法解决。颔联写了诗人不愿在长安做官，这与首联表达的归隐意愿是相符的。"黄金燃桂尽"一句指长安生活成本极高，就算有黄金在手，也会很快花光。应举不中，又为生计所困，诗人当年的凌云壮志已经被消磨殆尽。在进退两难的情况下，又逢秋天临至，所以诗人产生了"日夕凉风至，闻蝉但益悲"的感慨。诗人直言不讳地表达了自己的困境和内心的苦闷，感情十分鲜明，让读者可以直观地感受到诗中的"悲"，体会到诗人当时的矛盾与迷茫。

宿桐庐江[1]寄广陵[2]旧游[3]

孟浩然

山暝[4]听猿愁，沧江[5]急夜流。

风鸣两岸叶，月照一孤舟。

建德[6]非吾土，维扬[7]忆旧游。

还将两行泪，遥寄海西头[8]。

【注释】

1 桐庐江：在今浙江桐庐。

2 广陵：今江苏扬州。

3 旧游：指老朋友。

4 暝：昏暗。

5 沧江：暗绿色的江水。

6 建德：今浙江建德。

7 维扬：即扬州。

8 海西头：指扬州。

【点评】

　　这首诗写的是诗人在桐庐江停宿时的所见所闻，以及诗人在异地产生的对老友的怀念之情。当时诗人去长安应试失败，心中十分苦闷，为了散心，他开始四处跋涉，希望借此把心里的愁绪消解掉。诗的前四句写的是诗人夜宿桐庐江的见闻，从视觉和听觉两方面写了桐庐江的夜景。天色昏暗，有猿鸣在深山回荡，桐庐江的江水急急地向前奔流。这里用"愁"来形容猿鸣，实际上是对诗人心绪的写照。两岸的叶子被风吹动作响，明月照着一叶孤舟，营造了一种凄凉、孤寂的氛围。后四句是诗人抒情的部分。

"建德非吾土，维扬忆旧游"表明诗人是客居在此，在这样孤单、凄凉的夜色中，诗人想起了扬州的老朋友。思念浓重，诗人却无法排解这思念之苦，只能"还将两行泪，遥寄海西头"。单从诗的内容看，诗人所抒之情无非独身在外的孤寂和对旧友的思念，但是结合背景可知，诗中其实还包含着诗人政治失意后的怨愤，这种怨愤也是他触景生情的一个很重要的原因。

留别王维

孟浩然

寂寂¹竟何待²，朝朝空自³归。

欲寻芳草⁴去，惜与故人违⁵。

当路⁶谁相假⁷，知音世所稀。

只应守寂寞，还掩故园扉⁸。

【注释】

1 寂寂：落寞。

2 竟何待：要等什么。

3 空自：独自。

4 寻芳草：指隐居山林。

5 违：离别。

6 当路：当权者。

7 假：相助。

8 扉：门。

【点评】

这首诗是孟浩然离开长安前留给王维的诗，表达了诗人在长安求仕遇挫的怨愤和无人赏识的无奈，感情十分强烈。"寂寂竟

留别王维

孟浩然

寂寂[1]竟何待[2]，朝朝空自[3]归。

欲寻芳草[4]去，惜与故人违[5]。

当路[6]谁相假[7]，知音世所稀。

只应守寂寞，还掩故园扉[8]。

【注释】

1 寂寂：落寞。

2 竟何待：要等什么。

3 空自：独自。

4 寻芳草：指隐居山林。

5 违：离别。

6 当路：当权者。

7 假：相助。

8 扉：门。

【点评】

这首诗是孟浩然离开长安前留给王维的诗，表达了诗人在长安求仕遇挫的怨愤和无人赏识的无奈，感情十分强烈。"寂寂竟

何待，朝朝空自归"既指诗人门前冷清的景象，又指诗人孤单的心境。在这种情况下，诗人"欲寻芳草去"，产生了归隐的想法，但若是选择归隐，便要与王维分别，这就体现了二人深重的情意。"当路谁相假，知音世所稀"是全诗情感的集中点。诗人应试不中，又无人赏识引荐，奔走干谒也没有效果，种种不如意之下，诗人内心的苦闷、愁绪越积越深，终于发出了这充满怨愤、不甘的一声呐喊。既然入仕之路如此艰难，那么诗人也不再强求了，于是有了"只应守寂寞，还掩故园扉"的打算。这首诗语言平实自然，十分口语化，把诗人的满腹牢骚表达得淋漓尽致。

清 赵之谦 花卉图○

早寒有怀

孟浩然

木落¹雁南渡，北风江上寒。

我家襄水²曲，遥隔楚云³端。

乡泪客中尽⁴，孤帆天际看。

迷津⁵欲有问，平海⁶夕漫漫。

【注释】

1 木落：树叶落下。

2 襄水：汉水流经襄阳，称襄水。

3 楚云：襄阳古属楚国。遥望家乡，为云所阻隔，故称楚云。

4 乡泪客中尽：思乡眼泪已流尽，客旅生活无比辛酸。

5 津：渡口。

6 平海：平静宽阔的水面。

【点评】

　　这是一首抒发思乡之情的诗。从前两句"木落雁南渡，北风江上寒"可知，诗人写下这首诗的时间是秋季。"木落""寒"等词语都给人一种冷清、寂寥的悲秋之感，这就奠定了全诗的氛围。"我家襄水曲，遥隔楚云端"写出了诗人离家之远，在这萧条的秋季，诗人的思乡之情油然而生。"乡泪客中尽,孤帆天际看"写出了诗人思乡之深重、感情之强烈,因为太过思念,眼泪都流干了。最后两句"迷津欲有问,平海夕漫漫"表面是说风烟迷离,使人找不到渡口的方向,想要找人问,却无人可问,实际上表达的是诗人对人生的迷茫,他想找到能帮助自己走出迷茫的人,却只看到"平海夕漫漫"。漫漫江水映衬着诗人对前路的迷茫,情景交融,余韵无穷。

刘长卿

刘长卿（？—约789），字文房，河间（今属河北）人。天宝年间进士，曾做过随州刺史，又称"刘随州"。擅长写五言诗，自称"五言长城"。《全唐诗》编其诗五卷。

秋日登吴公台[1]上寺远眺

刘长卿

古台摇落[2]后，秋入望乡心。

野寺[3]来人少，云峰隔水深。

夕阳依旧垒[4]，寒磬[5]满空林[6]。

惆怅南朝[7]事，长江独自今。

【注释】

1 吴公台：在今江苏扬州。

2 摇落：零落。

3 野寺：位于偏地的寺庙。

4 旧垒：指吴公台。

5 寒磬：清冷的磬声。

6 空林：因秋天树叶脱落，树林显得空荡，故称空林。

7 南朝：指东晋后的宋、齐、梁、陈四朝。

【点评】

　　这首诗有景又有情，情景交融，表达了诗人对古今变迁的感慨。首联是诗人登临吴公台这一古迹发出的感慨：吴公台如今已是破败之景，在萧条的秋日，诗人触景生情，思念起了远方的家乡。"野寺来人少，云峰隔水深"两句从远近不同的角度写出了吴公台如今的荒凉。傍晚，夕阳沿着旧垒慢慢落下，就连寺庙中传来的磬声似乎都带着寒意，我们从中可以窥到诗人当下的内心也是备感凄凉的。最后两句"惆怅南朝事，长江独自今"是诗人对物是人非的感慨，朝代更迭，各朝各代的英雄终究会被湮灭在历史的尘埃中，只有浩浩长江独自流淌至今。发出这样的感慨与当时唐朝的局势也有关系，在时局动荡、混乱的情况下，产生如此凄凉之感是很正常的。

清　恽寿平　山水花卉神品册○

送李中丞[1]归汉阳[2]别业[3]

刘长卿

流落征南将，曾驱[4]十万师。
罢归[5]无旧业，老去恋明时[6]。
独立[7]三边[8]静[9]，轻生[10]一剑知[11]。
茫茫江汉[12]上，日暮欲何之[13]？

【注释】

1 中丞：御史中丞之省称。为御史台次于御史大夫之副贰。

2 汉阳：汉水北面，今属湖北。

3 别业：本宅外之居所。

4 驱：使之驱驰。

5 罢归：罢官还乡。

6 明时：颂词，清明时代。

7 独立：特出。

8 三边：古代以幽州、并州、凉州为三边，后泛指边境。

9 静：平静无战事。

10 轻生：以身许国，不畏牺牲。

11 一剑知：军功仅身边一剑了解，其不为人所重。

12 江汉：长江和汉水。

13 何之：到何处去。

【点评】

　　这首诗抒发的是诗人对李中丞遭遇不公的不平与惋惜之情。首联透露出两个信息：一是李中丞的身份，他是一位南征北战的将军；二是李中丞如今漂泊的处境，"曾"字表明了李中丞当年的辉煌。"罢归无旧业，老去恋明时"说的是李中丞后来的遭遇：罢职回乡，却没有可以支撑生计的产业，一直到老都还在留恋当年圣朝的光景。这样的前后对比，令人唏嘘。颈联也是对李中丞当年英勇卫国的描写，"轻生"二字表现了李中丞的忠诚与无畏。这样一位心系国家、戎马疆场的将军，得到的结果却是"罢归"这种不公的待遇，暗含了诗人对朝廷不辨忠奸的不满。最后两句是借景抒情，"茫茫"的不仅是"江汉"，还有人，"欲何之"的深层含义是李中丞心中的无所适从。诗人是站在李中丞的角度发问的，表现了诗人对李中丞的同情与惋惜。

饯别[1] 王十一[2] 南游

刘长卿

望君烟水[3] 阔，挥手泪沾巾。

飞鸟没[4] 何处，青山空向[5] 人。

长江一帆远，落日五湖[6] 春。

谁见汀洲[7] 上，相思愁白蘋[8]。

【注释】

1 饯别：设酒食送行。

2 王十一：其人不详，排行十一。

3 烟水：茫茫的水面。

4 没：消失。

5 向：面对。

6 五湖：这里指太湖。

7 汀洲：水中平地。

8 白蘋：水中浮草，花为白色。

【点评】

　　这是一首送别诗，表达了诗人对友人的依依不舍之情。"望君烟水阔，挥手泪沾巾"描写的是诗人与友人分别时的场景，友人已经乘船离开了，诗人还站在水边看向茫茫远方，"泪沾巾"表明诗人的不舍之情十分浓厚。"飞鸟没何处，青山空向人"是借景抒情，"飞鸟"指的是南游的友人，飞鸟已经远飞不见，只剩下青山空对着诗人，徒增愁思，表现了诗人当下寂寞的心境。"长江一帆远，落日五湖春"点出了友人此行的终点。这一路上，诗人眼力虽不能及，心却一直跟着友人，甚至想象出了友人欣赏太湖落日之美的场景。最后两句转回对诗人自身的描写：在两人分别的岸边，诗人久久不愿离去，望着白蘋愁思无限。全诗的感情十分鲜明，诗人对友人的不舍绵长深厚、悠然不尽。

清　余省　临鸟谱 ○

寻南溪常道士

刘长卿

一路经行处，莓苔[1]见屐痕[2]。

白云依静渚[3]，芳草闭闲门。

过雨[4]看松色，随山到水源。

溪花与禅[5]意，相对亦忘言。

【注释】

1 莓苔：即青苔。

2 屐痕：指足迹。

3 渚：水中的小洲。

4 过雨：遇雨。

5 禅：佛教指清寂凝定的心境。

【点评】

　　这首诗的诗眼是"寻"，诗人所写之景也是一路寻得之景，叙述十分流畅。首联"一路经行处，莓苔见屐痕"表明诗人正在寻找常道士的路上。"白云依静渚，芳草闭闲门"写的是诗人已经到了常道士的住处，环境清幽，能看到白云依偎着静默的沙洲，门前长满了芳草。此处的"闭"字用得很巧妙，闭门应该是人的动作，诗人在这里却说是芳草将门闭住了，意趣十足。人没寻着，诗人并没有就此停住或是折返，他继续向前走着，一路寻访美景。诗人看着雨中路边的松林，循着山路，来到了水源地。"随"字显示出诗人的随意，可见诗人此时的心态是十分放松的。在这样的幽景下，诗人领会了禅意。最后两句"溪花与禅意，相对亦忘言"是将诗人的心境寓于景物的写法，体现了诗人恬淡自得的心理状态。"忘言"二字意味无穷，给诗留下一个饱含诗意的结尾。

新年作

刘长卿

乡心新岁切，天畔¹独潸然²。

老至居人下，春归在客先。

岭猿同旦暮，江柳共风烟。

已似长沙傅³，从今又几年。

【注释】

1 天畔：天边，此处指潘州（今广东茂名）南巴。

2 潸然：流泪的样子。

3 长沙傅：西汉贾谊，曾被贬为长沙王太傅。

【点评】

　　这首诗为诗人被贬后所作。诗人不得已远迁外地，三年过去，新年之际，自然是百感交集，于是有了这首抒怀之作。全诗弥漫着一种哀切、愁闷的情绪，表达了诗人的委屈、不甘。首联点明时节，即新年来临之时，诗人身在异乡，思乡之情自不必说，"独潸然"将诗人黯然神伤的情态表现得淋漓尽致。"老至居人下"表现的是诗人在仕途上的不得志，而"春归在客先"更是加深了这种愁绪，不仅官居人下，连家乡也不能回。"岭猿同旦暮，江柳共风烟"表现的是诗人如今的处境：早晚相伴的是猿鸣，共同经历风烟吹袭的是江边的杨柳，孤独、凄凉的气氛油然而生。尾联表达的是诗人的迷茫，被贬官至今，也不知道什么时候才能回去。读完全诗，我们可以体会到诗人的哀切之深、愁苦之真。

清　郎世宁　花鸟图○

钱
起

钱起（约720—约782），字仲文，吴兴（今浙江湖州）人。
天宝年间进士。曾任秘书省校书郎、司勋员外郎、考功郎中
等。他是"大历十才子"之一，被誉为"大历十才子之冠"。
又与郎士元齐名，合称"钱郎"。《全唐诗》编其诗四卷。

送僧归日本

钱起

上国[1]随缘[2]住，来途若梦行。

浮天[3]沧海远，去世[4]法舟[5]轻。

水月[6]通禅寂[7]，鱼龙听梵声[8]。

惟怜一灯[9]影，万里眼中明。

【注释】

1 上国：指唐王朝。

2 随缘：佛家语，身心受外界事物之感触称为缘。应其缘而起动作谓之随缘。引申为随其机缘之意。

3 浮天：意谓来自沧海远处，故其舟如浮于天际。

4 去世：意谓人在法舟中，就像离开尘世那样轻快了。

5 法舟：指佛法庇护之舟。

6 水月：佛教用语，比喻一切都像水中月那样虚幻。

7 禅寂：佛教指清寂的心境。

8 梵声：指诵经声。中国佛教从印度传来，其经典皆译自梵文。

9 灯：喻佛理。

【点评】

　　这首诗是钱起写给一位日本僧人的送别诗。诗的开端出人意料，不写送别，而写"来途"。"若梦行"是说一路上像做梦一样，给人一种缥缈之感。"浮天沧海远"表现的是路途的遥远，"去世"是脱离尘世的意思，在这里指僧人即将离开大唐回到日本。"水月通禅寂，鱼龙听梵声"是诗人想象中的僧人的返程画面，僧人在船上仍不忘修禅诵经，赞美了僧人一心向佛的虔诚及其佛法造诣之高。最后两句，诗人通过景物描写，表达了对僧人的美好祝愿。全诗多处使用佛家用语，贴合送别对象的身份，同时使得全诗充满禅意。

谷口¹书斋寄杨补阙²

钱起

泉壑带茅茨，云霞生薜帷³。

竹怜新雨后，山爱夕阳时。

闲鹭栖常早，秋花落更迟。

家僮扫萝⁴径，昨与故人期。

【注释】

1 谷口：在今陕西泾阳西北。

2 补阙：唐谏官之一，分左右补阙。

3 薜帷：薜荔成片生长挂垂，状如帷幕。

4 萝：爬蔓植物。

【点评】

　　这是一首邀请朋友赴约的诗。首句"泉壑带茅茨"表明书斋是在泉水旁。"茅茨"即茅屋，指的是诗人的书斋，诗人在这里用"茅茨"意在表明书斋的简朴。"云霞生薜帷"体现的是书斋的自然和美丽。"竹怜新雨后，山爱夕阳时"描写的是书斋周围的景物，雨后的竹子更显苍翠可爱，夕阳映照在山中更显壮丽动人。"闲鹭栖常早，秋花落更迟"体现的是书斋周围的舒适环境不但宜人，而且宜物，所以鹭鸟才会安心早睡，秋花才会迟迟不落。以上六句写的都是景物，意在表现环境的优美、自然。最后两句，诗人才把笔锋转到人上来：家里的童仆正在打扫小路，因为之前跟杨补阙约好了，要请他来书斋。可以说，前面的写景都是为了引出这个约定，表达了诗人对这次约会的期待与重视。

清　余省　临鸟谱○

淮上[1]喜会梁州[2]故人

韦应物

江汉曾为客，相逢每醉还。

浮云一别后，流水十年间。

欢笑情如旧，萧疏鬓已斑。

何因不归去，淮上有秋山[3]。

【注释】

1 淮上：即在淮河的岸边。

2 梁州：三国始置，晋因之。隋废，唐复置。韦应物曾游梁州，故有"江汉曾为客"句。

3 秋山：应物《登楼》诗："坐厌淮南守，秋山红树多。"秋山，红树满坡，正是诗人不愿归去的原因。

【点评】

　　这首诗描写的是诗人在淮河边和老朋友偶遇的欣喜与感慨。诗的前两句写的是诗人回忆与这位老朋友的昔日情谊：以前在汉江的时候，两人每次相逢必会开怀畅饮，一醉方休。颔联跟颈联抒发的是两人阔别十年的感慨：时间如流水匆匆而逝，十年不见，两人情谊如旧，只是两鬓已斑白。"浮云"二字比喻人行踪不定，聚散无常，所以两人一隔十年不见。在这十年的漂泊中，人渐渐老去，如今重逢，自然有许多话要说，但诗人并没有把重逢的场景事无巨细地表现出来，这样可以给读者留下想象的空间，同时避免使诗繁杂赘余。最后是朋友与诗人的一问一答，朋友问他为何不回家乡，诗人答："淮上有秋山。"意为淮上的秋山美景诱人，舍不得离去。诗以重逢开头，以景色结尾，值得回味。

赋得¹暮雨送李曹

韦应物

楚江²微雨里，建业³暮钟时。

漠漠⁴帆来重⁵，冥冥⁶鸟去迟⁷。

海门⁸深不见，浦树⁹远含滋¹⁰。

相送情无限，沾襟比散丝。

【注释】

1 赋得：凡指定、限定的诗题，在题目上往往加"赋得"二字。与咏物的"咏"略同。

2 楚江：泛指古属楚地的江。李曹即从此江远去。

3 建业：即今江苏南京。

4 漠漠：形容烟云很盛。两字衬出微雨绵绵。

5 帆来重：言布帆因雨沾湿而重。

6 冥冥：形容天色昏暗，也形容雨密。

7 鸟去迟：指鸟飞得迟缓。

8 海门：长江入海处。

9 浦树：水边的树。

10 远含滋：指树木远远地看仿佛含着水汽。

【点评】

　　这首诗是写给李曹的送别诗。开头两句点明了送别时的天气、地点及时间，即"微雨""建业"和"暮钟时"。送别之际细雨蒙蒙，为离愁别绪更添了一层伤感。"漠漠帆来重，冥冥鸟去迟"是对江上景色的描摹，因为下雨，所以船帆被打湿而变得重了，鸟也因为翅膀被打湿飞得慢了，此二句反映出诗人沉重的心情和依依不舍的姿态。接着诗人用"海门深不见"指代友人的远去，友人已经超出了视野范围。这时，诗人的不舍之情难以自抑，尾联的"相送情无限，沾襟比散丝"就是诗人对感情的直接抒发。全诗情景交融，自然流畅，情因景而生动，景因情而有了灵魂。

韩
翃

◇

韩翃，生卒年不详，字君平，南阳（今属河南）人。天宝十三年（754）进士。"大历十才子"之一，擅长七绝。曾任节度使幕僚，后因作《寒食》而被唐德宗赏识，御批驾部郎中，官至中书舍人。其诗笔法轻巧，写景别致，在当时传诵很广。《全唐诗》编其诗三卷。

酬程近[1]秋夜即事见赠

韩翃

长簟[2]迎风早，空城澹月华[3]。

星河秋一雁，砧杵[4]夜千家。

节候[5]看应晚，心期[6]卧已赊。

向来吟秀句，不觉已鸣鸦[7]。

【注释】

1 程近：其人不祥，应为诗人的诗友。

2 簟：竹席。

3 月华：月光。

4 砧杵：捣衣用具。

5 节候：节令气候。

6 心期：朋友之间心心相印。

7 鸣鸦：指天亮时乌鸦的叫声。

【点评】

　　这首诗是诗人为酬和友人程近所作《秋夜即事》而作，所以这首诗描写的也是秋夜之景，以及诗人在这个秋夜的所思所想。开头两句是写景，长长竹席迎秋风，月光洒满空城，营造了一种静谧、凄迷的氛围。接下来的"星河秋一雁，砧杵夜千家"打破了这种静谧，秋雁飞过夜空，飞向银河，千家万户响起了捣衣声。写完了景，诗人将描写转到了自己身上。"节候看应晚，心期卧已赊"抒发的是对季节变换的感慨，时节已入秋，而诗人的心愿仍不能实现，心情不免有些哀切。但是诗人没有接着写自己的心愿或是抒发自己的哀情，而是把话题转到了诗作上。"向来吟秀句，不觉已鸣鸦。"吟咏着秀逸的诗句，不知不觉天就亮了。这侧面反映了诗人的孤寂。全诗前半部分写景，后半部分叙事，结构完整，抒情点到为止，给读者留下了更多思考的空间。

刘眘虚（生卒年不详），字全乙，洪州新吴（今江西奉新）人。
盛唐著名诗人。开元年间进士，曾任弘文馆校书郎。为人淡泊，
与王昌龄、孟浩然交善。《全唐诗》编其诗一卷。

阙题¹

刘眘虚

道由白云尽，春与青溪长。

时有落花至，远随流水香。

闲门²向山路，深柳³读书堂。

幽映⁴每⁵白日，清辉⁶照衣裳。

【注释】

1 阙题：即缺题。阙，同"缺"。

2 闲门：指开着的门。

3 深柳：即茂密的柳树。

4 幽映：指"深柳"在阳光映照下的浓荫。

5每：每当。

6清辉：指白天的日光。

【点评】

　　这是一首写景诗，所写之景是山间春色及一间清新雅致的读书堂。"道由白云尽，春与青溪长"中的"尽"与"长"营造了一种悠然不尽的韵味。"时有落花至，远随流水香"描写的是落花飘落水中，随着水流一路飘香，这里的"随"字运用得很是巧妙，赋予落花人的动作，显得俏皮灵动。诗人接着移步换景，将笔墨转到了山中的一间读书堂。这间读书堂的门就对着山路，"闲"字表明这里的清静，"深柳"则展示了读书堂被茂密的柳树环绕的样子。最后两句，诗人依然在写景，只是在景中融入了人："幽映每白日，清辉照衣裳。"虽然这里树林葱郁，但白天仍然会有太阳的清辉洒在衣裳上。全诗没有多余的抒情，描写的景色清幽静谧，诗意盎然，韵味无穷。

北宋　王希孟　千里江山图（局部）〇

戴
叔
伦

◇

戴叔伦（732—789），字幼公，润州金坛（今属江苏常州）人。曾当过抚州刺史、容管经略使等。其诗多表现隐逸闲适的生活情调，也有作品展现现实之贫瘠。《全唐诗》编其诗二卷。

江乡故人偶集客舍

戴叔伦

天秋月又满，城阙[1]夜千重[2]。

还作江南会[3]，翻疑[4]梦里逢。

风枝[5]惊暗鹊，露草泣寒虫[6]。

羁旅[7]长堪醉，相留畏晓钟[8]。

【注释】

1 城阙：指京城长安。

2 千重：千层，形容夜色浓厚。

3 江南会：在京城会江南故人。

4 翻疑：反而怀疑。

5 风枝：被风吹动的树枝。

6 寒虫：秋蟋蟀。

7 羁旅：漂泊滞留异乡。

8 畏晓钟：害怕天亮以后就要分手。

【点评】

这首诗描写的是诗人在一个秋日偶然与多年不见的老友重遇，倍感惊喜，然而相逢苦短，于是一时间悲喜交加。诗的前两句是写景，点明了时节是秋季，时间是晚上，"夜千重"写出了夜色之深重。颔联写诗人与友人偶然相遇，首先产生的竟是"翻疑梦里逢"的想法，如此难以置信，足见诗人的惊喜。颈联又转向写景，不管是风吹树枝惊鹊鸟，还是寒虫在草丛中哀鸣，都给人一种凄凉、哀切的感觉，映衬了尾联"羁旅长堪醉，相留畏晓钟"所体现的哀情。"羁旅"写出了二人的漂泊，"醉"是内心苦闷的体现，一个"畏"字则写出了诗人不愿与友人分别的心理。全诗情景交融，将诗人偶遇友人的惊喜、不愿分离的忧愁这两种不同的心理表现得恰到好处，感情真挚动人。

卢
纶

◇

卢纶（约742—约799），字允言，河中蒲（今山西永济）人。
"大历十才子"之一。大历六年（771），经宰相元载举荐，
授阌乡尉。后由宰相王缙荐为集贤学士、秘书省校书郎。曾
升监察御史，官至检校户部郎中。有《卢户部诗集》十卷。《全
唐诗》编其诗五卷。

送李端[1]

卢纶

故关[2]衰草遍，离别正堪悲。

路出寒云外，人归暮雪时。

少孤[3]为客[4]早，多难识君迟。

掩泣空相向，风尘[5]何所期。

【注释】

1 李端：作者友人，大历十才子之一。

2 故关：故乡。

3 少孤：指早年丧父。

4 为客：指离开家乡外出谋生或做官。

5 风尘：指社会动乱。

【点评】

　　这是一首送别诗。首联"故关衰草遍，离别正堪悲"就用"衰草""离别"营造了一种"悲"的氛围，同时点明了送别的季节是冬天，在"悲"之外又增添了一层萧条之感。"路出寒云外，人归暮雪时"是以哀景写哀情：路途茫茫，一眼望不到头，似乎直通云外；送别友人时，还下起了雪，更加重了悲伤之感。颈联是诗人对自己生平的不幸遭遇的一个概括总结：少年时便失去父亲，不得已远走他乡，又遭逢乱世，多历磨难。"识君迟"说明了诗人对这份友谊的认可和珍惜，同时与前一句的"早"形成对比，悲凉之感更甚。最后诗人再次回头泪眼望友人，却只剩"空相向"，"风尘何所期"则包含了诗人对重逢的期待，但更多的是对未来难以预测的悲观心理。

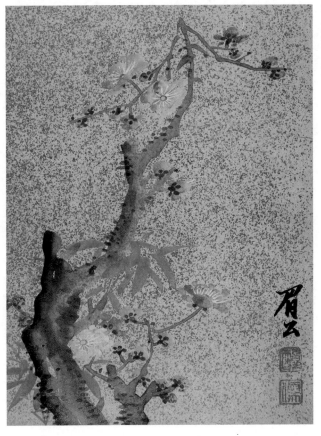

明　陈继儒　梅花〇

李益

李益（746—829），字君虞，郑州（今属河南）人。大历四年（769）进士。曾入节度使幕府，随军守卫边疆。元和年间入朝，担任过都官郎中、中书舍人、右散骑常侍等职，后官至礼部尚书。李益以边塞诗名世，擅长绝句，尤其工于七绝。《全唐诗》编其诗二卷。

喜见外弟¹又言别²

李益

十年离乱后，长大一相逢。

问姓惊初见，称名忆旧容。

别来沧海事³，语罢暮天钟⁴。

明日巴陵⁵道，秋山又几重。

【注释】

1 外弟：表弟。

2 言别：话别。

3 沧海事：比喻世事变迁。

4 暮天钟：黄昏寺院的鸣钟。

5 巴陵：即岳州，今湖南岳阳。

【点评】

这首诗的题目为《喜见外弟又言别》，包含了一喜一悲两种情绪，喜的是"相逢"，悲的是"言别"。第二句中的"一"字表明了诗人对这次意外重逢的难以置信和惊喜之情。"问姓惊初见，称名忆旧容"描写的是二人相见的场景，因为太久不见，二人已不认识对方，直到互通姓名才想起来对方是谁。这样颇具戏剧性的描写，实则包含了一种辛酸之感。"别来沧海事，语罢暮天钟"是两人重逢后互诉衷肠的情景，别离十年，世事巨变，人也经历颇多，自然是有说不完的话，等到谈话停止，才发觉天色已晚。明日，表弟又要踏上去巴陵的路途，这一去，山高路远，不知何年何月才能再见了。可以说，这次重逢是见也匆匆，别也匆匆，侧面反映了战乱带给人民的痛苦和无奈。

司
空
曙

司空曙（生卒年不详），字文初，一作文明，洺州（今属河北邯郸）人。大历初年进士。司空曙为人磊落有奇才，是"大历十才子"之一，同时期的作家有卢纶、钱起、韩翃等。当过右拾遗、检校水部郎中等，后官至虞部郎中。长于五律，《全唐诗》编其诗二卷。

云阳馆[1]与韩绅[2]宿别[3]

司空曙

故人江海别，几度隔山川。

乍见翻疑梦，相悲各问年。

孤灯寒照雨，深竹暗浮烟。

更有明朝恨[4]，离杯[5]惜共传。

【注释】

1 馆：驿站，旅舍。

2 韩绅：据韩愈《虢州司户韩府君墓志铭》，韩愈有个叔父叫韩绅卿，与司空曙同时，曾做过泾阳县令，而此诗标题"韩绅"一作"韩升卿"，二者当是同一人。

3 宿别：一宿即别。作者与韩绅同住驿站，匆匆相遇又相别。

4 明朝恨：指第二天将别之憾。

5 离杯：相聚共饮，本当欢乐，惜所传之杯为离别之杯，所饮之酒为送别之酒。

【点评】

　　这首诗描写的是刚刚重逢但第二日就要别离的场面。诗人不先从重逢，而是从两人上次的离别写起，表现了两人分离时间之长，意在突出这次意外重逢的难得。"乍见翻疑梦"与戴叔伦的"翻疑梦里逢"意思相近，表达的都是面对意外相遇所产生的不敢相信与惊喜，而这样的惊喜又让马上就要面对的别离显得更加残酷。

"孤灯寒照雨，深竹暗浮烟"是对两人深夜交谈时的周边环境的描写。"孤灯""雨""深竹""浮烟"，这些意象都给人一种凄凉之感，诗人正是用这些渲染了离别的不舍。第二日就要分别了，诗人与友人思绪万千，在这样的情况下，只能抓紧时间举杯共饮，其中的无奈与悲凉之情不言而喻，引人叹息。

喜外弟卢纶见宿

司空曙

静夜四无邻，荒居旧业贫。

雨中黄叶树，灯下白头人。

以我独沉[1]久，愧君相见频。

平生自有分[2]，况是蔡家亲[3]。

【注释】

1 沉：沦落。

2 分：情谊，交情。

3 蔡家亲：晋羊祜是蔡邕外孙。此借指与卢纶的表亲关系。

【点评】

　　这首诗语言晓畅易懂，表现了诗人贫寒的境遇和卢纶对诗人的深情厚谊。"静夜四无邻，荒居旧业贫"描写的是诗人居所的荒凉环境和诗人生活的贫困，这为后面写卢纶不嫌贫爱富，频频来照看他做了铺垫。"雨中黄叶树，灯下白头人"是广为流传的名句，诗人用"黄叶"来比喻人的衰老，雨中黄叶飘落，正如人到晚年一样凄凉无依，这两句相互衬托，将诗人内心的哀切体现得淋漓尽致。至此，气氛已渲染好，于是诗人转入了本诗的重点："以我独沉久，愧君相见频。"诗人落魄至此，卢纶还愿意跟他"相见频"，足见卢纶对诗人的情谊。最后两句是诗人对二人关系如此亲密的解释："平生自有分，况是蔡家亲。"二人本来就有缘分，何况还是表亲。诗中所描写的诗人的悲凉境况和卢纶对他的真挚情谊形成了一种对比，颇有"患难见真情"的意味。

清　郎世宁　花鸟图○

贼平后送人北归

司空曙

世乱[1]同南去，时清独北还。

他乡生白发，旧国见青山[2]。

晓月过残垒[3]，繁星宿故关[4]。

寒禽与衰草，处处伴愁颜。

【注释】

1 世乱：指安史之乱。

2 旧国见青山：言世事更迁，城郭皆非，唯青山如故。

3 残垒：废弃的军事堡垒。

4 故关：旧的关隘。

【点评】

　　这首诗写于安史之乱结束后。战乱虽已平定，时局已安定，但诗人在诗中并没有表达喜悦或欣慰的感情，而是含有悲切之感。首联"世乱同南去，时清独北还"描写了两个场景：一个是战乱爆发后，诗人同其他人一起去南方躲避；另一个是时局安定后，诗人送友人北上还乡。"同"和"独"的对比很鲜明，但当中缘由诗人没有明说。"他乡生白发，旧国见青山"表现的是战乱持续时间之长及其带来的消极影响。后四句都是诗人想象的内容，他想象着北归的人一路上要经过许多战后残留的营垒，到了晚上只能露宿在荒凉的故关，而野外的禽鸟与枯黄的野草时时伴着北归之人的愁颜。战争平定，人能归乡本是值得开心的事情，然而在诗人的想象中，北国之人愁云满面，可见战争给人带来的心理创伤之大。

刘
禹
锡

刘禹锡（772—842），字梦得。文学家、哲学家。贞元九年（793）
进士，曾任太子校书、监察御史、检校礼部尚书等。世称"刘
宾客"，亦有"诗豪"之称。其诗题材广阔，民歌体组诗代
表作有《竹枝词》等。胡震亨评："其诗气该今古，词总华实，
运用似无甚过人，却都惬人意，语语可歌。"有《刘梦得文集》，
《全唐诗》编其诗十二卷。

蜀先主庙 [1]

刘禹锡

天地英雄气，千秋尚凛然 [2]。

势分三足鼎 [3]，业复五铢钱 [4]。

得相能开国，生儿不象贤 [5]。

凄凉蜀故妓，来舞魏宫前。

【注释】

1 蜀先主庙：蜀先主刘备的庙，在夔州（今重庆奉节）。

2 凛然：威风凛凛的样子。

3 足鼎：魏、蜀、吴三国鼎足而立的局面。

4 五铢钱：汉武帝刘彻在位时铸的钱币。

5 象贤：效法前人的好榜样。

【点评】

　　这首诗前半部分赞颂了刘备的英雄气概，及其创造的蜀国大业；后半部分叹息刘备的儿子刘禅守不住蜀国基业，不能像他父亲一样贤明大义。"天地英雄气，千秋尚凛然"是诗人对刘备直言不讳的褒奖，体现了诗人对刘备的敬意。紧接着，诗人指出了刘备的主要功绩：与曹操、孙权三分天下，形成三足鼎立之势，并打算复兴汉室。颈联是两个对比句，以能开国的一代贤相诸葛亮对比守不住父辈基业的刘禅，突出了刘禅的不肖与无能。尾联"凄凉蜀故妓，来舞魏宫前"更是对刘禅的讽刺，蜀国的歌伎都被魏太尉掳去表演歌舞了，刘禅却神色如常地欣赏。全诗前五句写兴，后三句写衰，在兴衰对比中道出了当权者贤明的重要性，这与当时刘禹锡的境遇有关，当时的唐王朝已过了鼎盛期，国力日渐衰退，所以刘禹锡能有此感慨也就可以理解了。

张
籍

◇

张籍（约767—约830），字文昌，苏州（今属江苏）人。贞
元十五年（799）进士。曾任水部员外郎、国子司业等职，世
称"张水部""张司业"。张籍的乐府诗与王建齐名，并称"张
王"。著名诗篇有《塞下曲》《征妇怨》《采莲曲》《江南曲》。
《全唐诗》编其诗五卷。

没蕃[1] 故人

张籍

前年戍月支[2]，城下没全师。

蕃汉[3]断消息，死生长别离。

无人收废帐[4]，归马识残旗。

欲祭疑君在，天涯哭此时。

【注释】

1 没蕃：是陷入蕃人之手。没，覆没。蕃，吐蕃，我国古代藏族建立的地方政权。

2 月支：一作"月氏"，汉朝西域国名，此处借指吐蕃。

3 蕃汉：吐蕃和唐朝。

4 废帐：废弃的营帐。

【点评】

　　诗人的一位旧友在战争中失去消息，生死不明，所以诗人以"没蕃"来表述旧友的状态。诗的首句写的是战争发生的时间、地点，即"前年""月支"；下一句中的"没全师"说明了当时全军覆没的惨状。由于消息中断，所以诗人也不能确定旧友的生死，与旧友一直处于生离死别的状态。"无人收废帐，归马识残旗"描写的是战败后的场景：废弃的营帐无人收，逃归的战马还能辨认出自家的军旗。这一处描写营造了一种凄惨荒凉的气氛，使全诗的感情更为悲切。尾联"欲祭疑君在，天涯哭此时"写的是诗人的矛盾心理，想要祭奠旧友的亡灵，又怀疑旧友仍活着，只是与他失去了联系，但是在全军覆没的情况下，旧友生还的概率其实很小，所以诗人不知如何是好，只能对着天痛哭流涕。此情此景，令人唏嘘。

草 [1]

白居易

离离 [2] 原上草，一岁一枯荣。

野火烧不尽，春风吹又生。

远芳 [3] 侵 [4] 古道 [5]，晴翠 [6] 接荒城 [7]。

又送王孙 [8] 去，萋萋 [9] 满别情。

【注释】

1 此题一作《赋得古原草送别》。

2 离离：形容野草长得很繁盛的样子。

3 远芳：蔓延到远方的草。芳，原指花草的香气，这里指草。

4 侵：原义是占，诗中是蔓延、连接的意思。

5 古道：指古老的、很少有人走的道路。

6 晴翠：阳光照耀下的一片青草。

7 荒城：荒芜了的一说晴空下的青山。长满野草的城。

8 王孙：原指贵族，这里指自己送别的朋友。

9 萋萋：形容草木茂盛的样子。在这首诗中有比喻离别之情如同茂盛的草一样，绵绵不绝的意思。

【点评】

　　这是一首咏物诗，也是一首送别诗。诗人用大篇幅来描写随处可见的野草，展现了野草顽强的生命力，同时用茂盛的野草代指诗人与友人之间的浓浓情意，构思颇为巧妙。首联"离离原上草，一岁一枯荣"描写的是野草的生长规律：春荣秋枯，年年循环，生生不息。颔联"野火烧不尽，春风吹又生"写的是野草顽强的生命力，尽管会遭到外力的破坏，但到了春天，野草会重新长出来。而这两句也因为其丰富的象征意义，成为千古名句。颈联将画面从野草的特写转入了更为广阔的场景，"远芳侵古道，晴翠接荒城"是说野草蔓延不尽，绿意满荒城。最后两句才写到离别，送友人离去的时候，诗人对友人的浓厚的不舍之情正如茂盛的野草。

杜
牧

◇

杜牧（803—853），字牧之，号樊川居士，京兆万年（今陕
西西安）人。史学家杜佑之孙。晚唐杰出诗人，尤以七言绝
句著称。擅长文赋，其《阿房宫赋》为后世所传诵。人称"小
杜"，以别于杜甫。有《樊川文集》，《全唐诗》编其诗八卷。

旅宿

杜牧

旅馆无良伴¹，凝情²自悄然³。

寒灯思旧事，断雁⁴警⁵愁眠。

远梦归侵晓⁶，家书到隔年。

沧江好烟月⁷，门系钓鱼船。

【注释】

1 良伴：好朋友。

2 凝情：凝神沉思。

3 悄然：指心情忧郁。

4 断雁：失群之雁，这里指失群孤雁的鸣叫。

5 警：惊醒。

6 侵晓：破晓。

7 好烟月：指隔年初春的美好风景。

【点评】

　　这首诗是羁旅之作，抒发的是诗人独身在外的凄苦和对家乡的思念之情。首句"旅馆无良伴"点明了两个信息，一是诗人是客旅在外，二是诗人是独自一人。"凝情自悄然"描写了诗人黯然神伤的样子。无人陪伴的诗人只能对着泛着寒意的灯烛回忆。"断雁""愁眠"则更显诗人的愁闷之深。颈联表现的是诗人做梦归家，因路途遥远，到达已是天明，家人的书信也要隔年才能送达。这两句一虚一实，表达了诗人对家乡深切的思念之情。尾联是诗人想象中的家乡的美景：江上月色含烟，朦胧美好，家门前还系着一只渔船。景色是很美好的，而这样的美景不仅不会使诗人消除一些苦闷，反而加深了诗人的思乡之情，这种以乐景衬哀情的表现手法，可以增强诗歌的艺术感染力。

许浑（生卒年不详），字用晦，一作仲晦，润州丹阳（今属江苏）人。大和六年（832）进士。作品题材多怀古、田园，尤擅七律，"格律匀称，工夫极细"。其诗多描写水、雨之景，后人以"许浑千首湿，杜甫一生愁"为评价。《全唐诗》编其诗十一卷。

秋日赴阙[1]题潼关[2]驿楼[3]

许浑

红叶晚萧萧，长亭[4]酒一瓢。

残云归太华[5]，疏雨过中条[6]。

树色随关迥[7]，河声入海遥。

帝乡[8]明日到，犹自梦渔樵[9]。

【注释】

1 阙：指唐都城长安。

2 潼关：关名，在今陕西潼关。

3 驿楼：驿站。

4 长亭：古时路边长亭，供行旅停息。

5 太华：即西岳华山，在今陕西华阴。

6 中条：山名，在今山西永济东南。

7 迥：远。

8 帝乡：京都，指长安。

9 渔樵：捕鱼砍柴。此处指隐居生活。

【点评】

　　这首诗描写的是诗人离开家乡远赴长安，但是诗中并没有过多地表现离愁别绪，反而透露出一股潇洒豪迈的气概。诗人先用萧萧红叶营造了一种微微凄凉的氛围，与"长亭酒一瓢"所表达的感情相符。接下来四句是写景。诗人所写之景十分开阔，从华山到中条山，表现了潼关周边风景的雄浑苍茫。写完了山，诗人将目光转向了低处，写一路随城关延伸而去的树和奔腾而去的黄河，"随关迥"和"入海遥"将景色写得生动可感。尾联表达的是诗人的志趣。"帝乡明日到"是说明日即可到达长安，但诗人并没有说自己到了长安后有何打算，而是吐露了"犹自梦渔樵"的心声，含蓄地表明自己到长安并非为了追名逐利，显示出不一样的追求和志趣。

早秋

许浑

遥夜¹泛²清瑟，西风生翠萝。

残萤栖玉露³，早雁拂金河⁴。

高树晓还密，远山晴更多。

淮南一叶下，自觉洞庭波。

【注释】

1 遥夜：长夜。

2 泛：弹奏。

3 玉露：白露。

4 金河：秋天的银河。

【点评】

    这首诗描写的是早秋时节的景色。诗人先从早秋的夜写到早秋的晨，又从近处的树写到远处的山，所写之景物杂而不乱，最后抒发自己的感受。全诗以听觉写起，先写清瑟之声，再写西风吹拂而过的声音。然后时间变换，到了清晨，几只残萤趴在露珠上，大雁从天边掠过，向南飞去。接着视角转换，高大的树上枝叶仍旧茂密，在晴日阳光的照耀下，远处的山看得更清楚了。前六句从不同的时间段、远近不同的视角，描绘了诗人眼中的早秋之景，景色开阔清丽，贴合主题。最后两句"淮南一叶下，自觉洞庭波"是说诗人看到有一叶飘落，便感觉洞庭的秋天要来到了。古人有"见一叶落而知岁之将暮"的说法，诗人以此结尾，丰富了这首写景诗的诗意，使其韵味更浓。

蝉

李商隐

本以¹高难饱²，徒劳恨费声³。

五更疏欲断，一树碧⁴无情。

薄宦⁵梗犹泛⁶，故园⁷芜已平⁸。

烦君⁹最相警¹⁰，我亦举家清¹¹。

【注释】

1 以：因。

2 高难饱：古人认为蝉栖于高处，餐风饮露，故说"高难饱"。

3 恨费声：因恨而连声悲鸣。

4 碧：绿。

5 薄宦：官职卑微。

6 梗犹泛：典出《战国策·齐策三》：土偶人对桃梗说："今子东国之桃梗也，刻削子以为人，降雨下，淄水至，流子而去，则子漂漂者将何如耳。"后以"梗泛"比喻漂泊不定。梗，树枝。

7 故园：故乡。

8 芜已平：杂草丛生，已经平膝没胫，覆盖田园。

9 君：指蝉。

10 警：提醒。

11 举家清：全家清贫。"清"也含清高、有操守之意。

【点评】

　　这是一首托物寓怀的诗。首联写蝉的生活习性："本以高难饱，徒劳恨费声。"蝉位于高处，这是正常的，蝉鸣也是正常的，诗人却说蝉因为在高处，餐风饮露，所以难得一饱，即使为此频频悲鸣，也是徒然。这实际上是诗人以蝉暗喻自己为人清高，家世清贫，虽希望受到他人有情相待，却徒劳无功。颔联写蝉声渐微，大树不为所动，仍旧自顾自地碧绿着，显得很是无情。这实际上是诗人以此自比，显示出自己的无助和旁人的冷漠。颈联没有写蝉，而是直接写到了自己："薄宦梗犹泛，故园芜已平。"诗人官职卑下且飘零无依，故园长期荒废，杂草已长到齐膝的高度了。诗人处境之悲惨，令人唏嘘。尾联又回到蝉上，赋予蝉人的情感，将诗人内心的孤愤和坚守清高的决心表达了出来。全诗以借物咏怀的表现手法，使感情的抒发更为含蓄深沉。

风雨 [1]

李商隐

凄凉《宝剑篇》[2]，羁泊[3]欲穷年[4]。

黄叶仍风雨，青楼[5]自管弦。

新知[6]遭薄俗[7]，旧好[8]隔良缘。

心断[9]新丰酒[10]，销愁斗几千[11]？

【注释】

1 风雨：这首诗取第三句诗中"风雨"二字为题，实为无题。

2《宝剑篇》：一名《古剑篇》，为唐初郭震所作。借宝剑埋没喻指才士沦落飘零，抒发了抑郁不平之气。

3 羁泊：即羁旅漂泊。

4 穷年：终生。

5 青楼：指富家高楼。

6 新知：新交的知己。

7 薄俗：浅薄的世俗。

8 旧好：旧日的好友。

9 心断：绝望。

10 新丰酒：《新唐书·马周传》载，马周不得意时，宿新丰旅店，店主人对他很冷淡，马周取酒独酌。后马周受到唐太宗的赏识，授监察

417

御史。

11 几千：指酒价，美酒价格昂贵。

【点评】

　　题目中的"风雨"指的并非自然界的风雨，而是诗人在人生道路上所遇到的磨难和坎坷。诗人以"凄凉"二字起笔，奠定了全诗的感情基调。诗的第一句提到了《宝剑篇》，诗人跟作《宝剑篇》的郭震一样有才华，境遇却是"羁泊欲穷年"。落魄的诗人如秋日的黄叶一样在风雨中飘零，富贵人家却日日轻歌曼舞，对比鲜明，更显辛酸。然而诗人的不幸并不只有这些，他就连交朋友也是"新知遭薄俗，旧好隔良缘"。遭逢这种种不如意，诗人内心的苦闷越来越浓重，于是想要喝唐初马周怀才不遇时喝过的新丰酒排解苦闷，同时希望自己能像马周一样，遇到开明的君主。不过，想畅饮这新丰酒又要花掉多少钱呢？诗人的郁闷无法排解，失望、消极更甚。

落花

李商隐

高阁客竟[1]去，小园花乱飞。

参差连曲陌[2]，迢递送斜晖[3]。

肠断未忍扫，眼穿仍欲归。

芳心[4]向春尽，所得是沾衣[5]。

【注释】

1 竟：终于。

2 曲陌：曲折的小路。

3 斜晖：斜阳。

4 芳心：这里既指花，又指怜爱花的心境。

5 沾衣：指眼泪。

【点评】

　　诗人写落花，抒发自己对落花的怜惜之情，实际上也是通过落花反映自己零落的境遇。诗的首句写的是客人离开，人去楼空，园里花落，随风飘飞，诗人徒剩孤独与惆怅。"参差连曲陌，迢递送斜晖"写的是花园里曲折的小路上，落花缤纷，一直延伸到远方，与斜阳余晖交相辉映，这片景象加深了诗人伤感的程度。看着这一地的落花，诗人想到了孤苦无依的自己，所以不忍心把它们打扫干净。"眼穿仍欲归"表现了诗人的执着，诗人将自己内心的美好希冀寄托在了这些花上。尾联写花也写人，花为了报答春天，无私地献出了自己的全部，只落得个"沾衣"的结局；诗人满腔抱负，一心为国，却陷入党争，坎坷连连。诗人借"落花"影射自己遭遇的不幸与辛酸，可见诗人心情之低落，所见之景皆为哀景。

凉思

李商隐

客去波平槛[1]，蝉休[2]露满枝。

永怀[3]当此节[4]，倚立自移时[5]。

北斗兼[6]春远，南陵[7]寓使[8]迟。

天涯占梦[9]数[10]，疑误有新知[11]。

【注释】

1 槛：栏杆。

2 蝉休：蝉声停止，指夜深。

3 永怀：长久思念。

4 节：季节。此处指秋季。

5 移时：季节更替。

6 兼：与。

7 南陵：今安徽南陵，唐时属宣州。

8 寓使：因出使而流寓异地。

9 占梦：圆梦。以梦中见闻预测吉凶。

10 数：屡次。

11 新知：新结交的知己。

【点评】

　　李商隐在仕途上颇不得志，常常漂泊异乡，所以作了很多抒发愁闷之情的诗，本诗就是其中一首。首句"客去波平槛"表明作诗的背景是客人刚刚离去，只剩下诗人一人。"蝉休露满枝"则写出了一种伤秋之感，正如诗人凄苦的心境。此时的诗人倚在栏杆旁静默地思索着，给人一种寂寥、惆怅之感。后四句写的是诗人的所思所想：自己离开长安已有两年，南陵的信使又太慢，不能及时传达消息。由此，诗人产生了一种被抛弃的孤苦伶仃之感。"天涯占梦数，疑误有新知"是诗人的哀怨，数次占梦，甚至怀疑友人有了新朋友，所以冷落了自己。在这样的猜疑下，诗人的心情自然是烦闷的，所以给诗起名为《凉思》，"凉"的是天气，还有诗人的心境。

北青萝

李商隐

残阳西入崦[1]，茅屋访孤僧。

落叶人何在，寒云路几层。

独敲初夜[2]磬[3]，闲倚一枝藤[4]。

世界微尘里，吾宁[5]爱与憎。

【注释】

1 崦：指日没的地方。

2 初夜：夜之初。

3 磬：一种古代乐器。

4 藤：藤制的手杖。

5 宁：为什么。

【点评】

　　这首诗写的是诗人去山中寻访一位隐居的僧人，以及在寻访途中的所见所感。首句"残阳西入崦"点明诗人到达僧人所住的茅屋的时间是黄昏。"落叶人何在，寒云路几层"描写的是诗人在路上的所见，铺满了落叶的山路弯弯绕绕，体现了僧人所居之所的幽深。颈联两句是对僧人的描写："独敲初夜磬，闲倚一枝藤。"

僧人是独居，所以是"独敲"，"闲倚"则表明了僧人闲适自得的状态。而诗人通过这次寻访，有了"世界微尘里，吾宁爱与憎"的感悟。天地广阔，世间万物皆微尘而已，何必执着于爱憎？由此可见，诗人内心的苦闷在这里得到了消解。最后两句作为全诗的主旨，是诗人对禅的理解与感悟，体现了诗人从容、淡泊的心态。

温
庭
筠

◇

温庭筠（约801—866），本名岐，字飞卿，太原祁（今山西祁县）人。诗与李商隐齐名，并称"温李"；词与韦庄齐名，并称"温韦"。其诗绮丽清逸；其词闺情秾艳，被称为"花间鼻祖"。现存词数量在唐词人中为最多，大部分被《花间集》收录。《全唐诗》编其诗九卷。

送人东游

温庭筠

荒戍[1]落黄叶，浩然[2]离故关[3]。

高风汉阳渡[4]，初日郢门山[5]。

江上几人在，天涯孤棹[6]还。

何当[7]重相见，樽酒慰离颜[8]。

【注释】

1 荒戍：荒废的营垒。

2 浩然：意气充沛、豪迈坚定的样子。

3 故关：故乡。

4 汉阳渡：湖北汉阳的长江渡口。

5 郢门山：即荆门山，位于今湖北宜都长江南岸。

6 孤棹：孤舟。棹，原指划船的一种工具，后引申为船。

7 何当：何时。

8 离颜：离别的愁颜。

【点评】

　　这首送别诗最大的特点是慷慨豪迈。首句"荒戍落黄叶"点明了送别的地点是荒凉废弃的边塞营垒，季节是容易伤感的秋季。下一句"浩然离故关"展现了别样的气势，友人意气风发，以一副十分豪迈昂扬的姿态离开了故关。颔联"高风汉阳渡，初日郢门山"写的是友人的行程，所描绘的景象开阔雄奇，慷慨之情更甚。颈联是诗人想象中的场景，想象友人乘船离开后，友人的亲友恐怕会在岸边望眼欲穿地盼人归，这就从侧面表现了诗人对友人的关心。最后一句是对离别的正面描写："何当重相见，樽酒慰离颜。"此处一别，不知何时能再相见，那就共饮一杯，以抒别离之情吧！全诗写离别却不见伤感，也没有借悲秋抒哀情，而是表现出一种大气、开朗之感，在众多离别诗中独树一帜。

明　仇英　桃花源图（局部）〇

427

马
戴

◇

马戴（生卒年不详），字虞臣，籍贯不详。会昌年间进士。
曾为太原军幕府掌书记，后被贬为朗州龙阳尉，官终太常博士。
擅长五律。《全唐诗》编其诗二卷。

灞上¹秋居

马戴

灞原风雨定，晚见雁行频²。

落叶他乡树，寒灯独夜人。

空园白露滴，孤壁野僧邻。

寄卧郊扉³久，何年致此⁴身。

【注释】

1 灞上：古代地名，位于今陕西西安东，因地处灞水西高原而得名。

2 雁行频：指雁阵多次飞过。

3 郊扉：指郊外的茅屋。

4 致此身：意即以此身为国君尽力。

【点评】

  这首诗描绘的是一幅凄冷、孤独的画面。首联描写的是灞上的景象，风雨刚刚停止，已经是晚上了，大雁频频飞过，急着寻找可以栖息的地方。接着，诗人将视角从天空转到地面，地上的树掉了一地的叶子。"他乡"说明诗人身在异乡，"寒灯独夜人"中的"寒"跟"独"表明了诗人内心的孤独与处境的凄凉。"空园白露滴，孤壁野僧邻"描写的是诗人的居住环境，空旷的园子

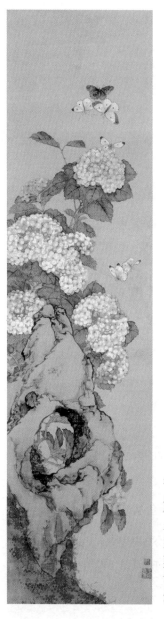

里能听到露水滴落的声音，突出了周围的寂静，而邻居是一位闲云野鹤般的僧人，这就更显示了诗人所居之所的偏僻。最后，诗人发出了"寄卧郊扉久，何年致此身"的感慨。凄凉的处境、荒凉的住所，以及苦闷的心情浑然一体，自然真挚，有着极强的艺术感染力。

清　居廉　草虫花卉湖石四屏○

楚江[1]怀古

马戴

露气寒光集，微阳下楚丘[2]。

猿啼洞庭树，人在木兰舟[3]。

广泽生明月，苍山夹乱流。

云中君[4]不见，竟夕[5]自悲秋。

【注释】

1 楚江：湘江。

2 楚丘：楚地的山。

3 木兰舟：此因楚江而用《楚辞》中的木兰舟。

4 云中君：本《楚辞·九歌》篇名，为祭祀云神之作。此也因楚江而想到《九歌》。

5 竟夕：整夜。

【点评】

　　这首诗是诗人被贬官之后的感怀之作，抒发了惆怅落寞之情。秋日薄暮时分，江上雾气迷茫，寒意阵阵，这种凄凉的气氛，正符合诗人当下的心境。颔联"猿啼洞庭树，人在木兰舟"从听觉和视觉两方面写景，听到的是猿鸣，看到的是人在船中。此时，夜幕降临，诗人看到了"广泽生明月，苍山夹乱流"的景象。"广"字营造了开阔的意境，但这样的开阔与诗人的孤寂恰好形成对比，更显诗人落寞。"乱"字实际上指的是诗人紊乱的心绪。在这沉沉夜色中，诗人神思纷乱，想起了屈原诗歌中的"云中君"，然而此时既不见云中君，也不见屈原，所以诗人只能"竟夕自悲秋"。整首诗感情细腻丰富，抒发了诗人被贬的无奈，以及壮志难酬的哀怨。

张乔

张乔（生卒年不详），字伯迁，一说松年，池州（今属安徽）人。咸通年间进士。与许棠、郑谷、喻坦之等京城才子合称"咸通十哲"。黄巢起义时，隐居九华山。诗风清雅幽淡，有巧思。《全唐诗》编其诗二卷。

书边事

张乔

调角[1]断清秋，征人倚戍楼[2]。

春风对青冢[3]，白日[4]落梁州[5]。

大漠无兵阻，穷边有客游。

蕃[6]情似此水，长愿向南流。

【注释】

1 调角：犹吹角。角，军中乐器。

2 戍楼：士兵戍守边防的城楼。

3 青冢：指西汉王昭君的坟墓。

4 白日：灿烂的阳光。

5 梁州：泛指边塞地域。

6 蕃：指吐蕃。

【点评】

这首诗描绘了一幅安宁和谐的边塞图景，表达了诗人对和平能长久地持续下去的愿望。首联"调角断清秋，征人倚戍楼"描写的是边塞军旅的日常，不同于其他苍凉悲壮的边塞诗，这里描绘的边塞是闲适的，号角声不再是开战的指示，戍边的战士也能倚靠在戍楼上欣赏风景。颔联借昭君墓表达了对和平的赞美，而颈联的"大漠无兵阻，穷边有客游"进一步点明了此时边地的安定，游人来去自如，在边地旅游散心，这在战乱时期是想都不敢想的。尾联是诗人的美好愿望："蕃情似此水，长愿向南流。"希望吐蕃能永远跟大唐保持友好的关系，让和平永驻。最后两句是全诗的主旨所在，具有积极的现实意义，和平不仅是诗人的愿望，也是普通百姓的愿望。

明 仇英 浔阳琵琶〇

崔
涂

◇

崔涂（生卒年不详），字礼山，睦州桐庐（今属浙江）人。
光启四年（888）进士。一生漂泊无定，贫困交加。其诗多写
旅愁，《全唐诗》编其诗一卷。

除夜¹有怀

崔涂

迢递三巴²路，羁危³万里身。

乱山残雪夜，孤独异乡人。

渐与骨肉⁴远，转于僮仆亲。

那堪正飘泊，明日岁华⁵新。

【注释】

1 除夜：除夕之夜。

2 三巴：古称巴郡、巴东、巴西为三巴，在今四川境内。

3 羁危：指漂泊于三巴的艰险之地。

4 骨肉：指亲人。

5 岁华：年华。

【点评】

　　这首诗写的是除夕之夜，诗人仍在外漂泊，由此生发感怀。首联"迢递三巴路，羁危万里身"先说明诗人当时是漂泊在外，"危"字说明诗人的处境并不乐观。颔联"乱山残雪夜，孤独异乡人"具体地描绘出了诗人的凄凉，外面是乱山残雪，屋内只有孤独的诗人这个异乡人。因为久居在外，渐渐地与家中的亲人疏远了，反而与跟随在身边的童仆日渐亲密，所以诗人说"渐与骨肉远，转于僮仆亲"，这就从侧面表现了诗人的孤寂和对家人的思念。而这一切在除夕夜就显得更为凄凉了，所以诗人在最后说"那堪正飘泊，明日岁华新"，表达了诗人对羁旅的厌倦，以及早日结束漂泊，回到家乡安稳度日的心愿。

孤雁

崔涂

几行归塞[1]尽，念尔[2]独何之[3]。

暮雨相呼失，寒塘欲下迟。

渚云低暗度，关月冷相随。

未必逢矰缴[4]，孤飞自可疑。

【注释】

1 塞：指塞上。

2 念尔：问你。

3 之：往。

4 矰缴：指箭。

【点评】

　　这是一首咏物诗，对象是一只失群的大雁。首联"几行归塞尽，念尔独何之"写其他大雁成群结队地回到了塞上，只有这只孤雁不知要去向哪里，表达出诗人对这只孤雁的隐隐的担忧与同情。"暮雨相呼失，寒塘欲下迟"写的是孤雁的动作和神态，冒着雨凄厉地呼喊着伙伴们，想要在寒塘边栖息，却又产生了迟疑。诗人将孤雁慌乱、犹豫的心理描写得十分细腻，可见其中注入了诗人的主观情感。颈联接着描写孤雁的行动和处境："渚云低暗度，关月冷相随。"这就突出了飞行途中的艰难，因为是"孤雁"，所以感觉云暗月冷，倍显凄凉。最后两句"未必逢矰缴，孤飞自可疑"表现了诗人的矛盾心理，孤雁不一定会有被捕猎的危险，但是形单影只，毕竟让人难以放心。全诗描写孤雁，实际上是诗人借孤雁比喻羁旅漂泊的自己，表达了诗人独在异乡的担忧和愁绪。

杜荀鹤

◇

杜荀鹤（846—904），字彦之，号九华山人，池州石埭（今
安徽石台）人。大顺二年（891）进士。曾任主客员外郎、知
制诰、翰林学士等。《全唐诗》编其诗三卷。

春宫怨

杜荀鹤

早被婵娟[1]误，欲妆临镜慵[2]。

承恩[3]不在貌，教妾若为容[4]。

风暖鸟声碎，日高花影重。

年年越溪女[5]，相忆采芙蓉[6]。

【注释】

1 婵娟：容貌美好。

2 慵：懒。

3 承恩：指得到皇帝宠爱。

4 若为容：怎样梳妆打扮。

5 越溪女：指西施浣纱时的女伴。

6 芙蓉：荷花。

【点评】

　　这首诗描写的是深宫里一位被冷落的宫女的哀怨。全诗前四句写哀怨，后四句以眼前明媚的春景与以前的欢乐衬托哀怨。诗的首句先说明该女子因容貌美丽被选入宫，"误"字表明她入宫后过得并不如意，透露出哀怨之情。颔联说明了"欲妆临镜慵"的原因，既然能否承蒙恩泽并不在于容貌，那还何必打扮呢？接下来，诗人笔锋一转，将描写转到了外面的景色上。暖风、鸟鸣、明媚的阳光和重重花影，这些都是怡人之景，洋溢着春日的生机与活力，与前面所抒发的哀怨之情形成了鲜明的对比，是以乐景衬哀情的写法。此时，宫女想起了西施入宫前在越溪与女伴们采撷荷花的欢乐场景，相比之下，自己当下的孤独与空虚就更突出了。这首宫怨诗实际上是诗人在暗喻当时的政治环境对人才的消磨与打压。

清　恽寿平　百花图（局部）○

韦
庄

◇

韦庄（约836—910），字端己，京兆杜陵（今陕西西安东南）人。韦应物四世孙，晚唐著名诗人。乾宁元年（894）进士，曾任吏部侍郎、平章事等。花间派的代表，与温庭筠合称"温韦"。有《浣花集》《又玄集》，《全唐诗》编其诗六卷。

章台[1]夜思

韦庄

清瑟怨遥夜，绕弦风雨哀。

孤灯闻楚角[2]，残月下章台。

芳草已云暮，故人[3]殊未来。

乡书不可寄，秋雁又南回[4]。

【注释】

1 章台：即章华台。

2 楚角：楚地吹的号角。

3 故人：老友。

4 秋雁又南回：因雁是候鸟，秋天飞往南方，春天又飞回北方。此处指诗人写的家书无法寄回去。

【点评】

　　这首诗抒发了对故乡和亲人的相思之情。全诗从"清瑟"之声写起，"怨"字奠定了全诗的情感基调，再加上第二句里的"风雨哀"，一种凄凉、哀怨的氛围顿时萦绕全诗。颔联接着写哀情，"孤灯闻楚角"一句虽没有直接写人，但我们已经可以想象到一盏孤灯伴着诗人，他独自一人黯然神伤的样子了。诗人为何如此哀伤呢？颈联揭示了一些原因，即"故人殊未来"。芳草荣了又枯，

诗人望穿秋水，也没有等到老友来，内心的失落可想而知。最后一联写的是诗人的思乡之情，想要写家书寄回，却是"不可寄"，哀愁更添一层。纵观全诗，"怨""哀""孤""残"等无不展现诗人愁苦的心境，感情浓郁、鲜明。

清　任熊　菊石图○

皎
然

皎然（约720—约795），俗姓谢，字清昼，湖州（今属浙江）
人。自称谢灵运十世孙。应进士未果，于是出家。与颜真卿、
陆羽等交好和诗，其诗"清机逸响，闲淡自如"。有《皎然集》
《诗式》，《全唐诗》编其诗七卷。

寻陆鸿渐¹不遇

皎然

移家虽带郭²，野径入桑麻。

近种篱边菊，秋来未著花³。

扣门无犬吠，欲去问西家。

报道⁴山中去，归来每日斜。

【注释】

1 陆鸿渐：名羽，隐居苕溪，闭门读书。自号东冈子，终身不仕。著有《茶经》，被后人奉为"茶圣""茶神"。

2 带郭：离城不远。

3 著花：开花。

4 报道：回答道。

【点评】

　　这首诗前四句写陆鸿渐所居之所的环境，后四句写"不遇"。"移家虽带郭，野径入桑麻"是说陆鸿渐移居到了乡间小路通向桑麻的地方，显示了居所的幽静，从而体现了陆鸿渐的隐士形象。颔联点明诗人寻访的时间是在秋天，同时暗示自己已经到了陆鸿渐居住的地方，所以才能看到他家"秋来未著花"。不过接下来诗人遇到的情况是"扣门无犬吠",敲门无人应答,也没有狗吠,看来陆鸿渐并不在家。但是诗人并没有转身离去,而是向邻居打听陆鸿渐的去向。最后一联是邻居的回答:"报道山中去,归来每日斜。"邻居说陆鸿渐到山里去了,每天要到太阳落山才回来。通过邻居的言语,陆鸿渐超凡脱俗、生性疏放的形象更加鲜明了,这也是此诗的主旨所在。

七言律诗

崔颢

崔颢（？—754），汴州（今河南开封）人。开元十一年（723）
进士。曾任太仆寺丞、司勋员外郎等。南宋严羽将其《黄鹤楼》
誉为唐人七律之首。有《崔颢诗集》，《全唐诗》编其诗一卷。

黄鹤楼[1]

崔颢

昔人[2]已乘黄鹤去，此地空余黄鹤楼。

黄鹤一去不复返，白云千载空悠悠。

晴川[3]历历[4]汉阳[5]树，芳草萋萋鹦鹉洲[6]。

日暮乡关[7]何处是？烟波江上使人愁。

【注释】

1 黄鹤楼：旧址在今湖北武昌黄鹄矶，背靠蛇山，下临长江，即今武汉长江大桥武昌桥头。

2 昔人：指传说中乘黄鹤的仙人。

3 晴川：晴空下的原野。

4 历历：清晰可数。

5 汉阳：在武昌西，武汉三镇的汉阳区，有龟山与黄鹄矶相对，今有长江大桥与武昌相接。

6 鹦鹉洲：原为汉阳西南二里长江中一个沙洲。后因江水冲刷，沙洲堆积，遂与汉阳陆地相连。《后汉书》说"黄祖为江夏太守，黄祖太子射宾客大会，有献鹦鹉于此洲，故以为名"。

7 乡关：家乡，故乡。

【点评】

这是一首脍炙人口的吊古怀乡之作。诗人登上黄鹤楼，望眼前之景，心中感慨油然而生，写下了这首千古绝唱。诗人以黄鹤楼的传说开头："昔人已乘黄鹤去，此地空余黄鹤楼。"表达了诗人对物是人非的感慨。"黄鹤一去不复返，白云千载空悠悠"是顺着首联写的，仙人驾着黄鹤一去不复返，千百年来只有白云在此悠悠飘荡。这两句体现出来的时间感和空间感均十分鲜明、开阔。接下来，诗人将笔墨转向眼前的景物，即"晴川历历汉阳树，芳草萋萋鹦鹉洲"。内容由传说转到真实，诗人描绘了一个晴空万里、草木茂盛的画面，足见黄鹤楼之高，使人能看到很远的地方。然而，诗人由此引发了无限乡愁。天色已晚，诗人站在楼上，却怎么也看不到自己的家乡在何处，只有烟波迷茫的江面使人感到无限忧愁。全诗虚实结合，气势苍茫，乡愁抒发得自然真切，浑然天成，因而受到人们的推崇。

行经华阴 [1]

崔颢

岧峣 [2] 太华 [3] 俯咸京 [4]，天外三峰 [5] 削不成。

武帝祠 [6] 前云欲散，仙人掌上雨初晴。

河山北枕秦关险，驿路西连汉畤平。

借问路旁名利客，何如此地学长生 [7]。

【注释】

1 华阴：今陕西华阴市。

2 岧峣：指山高峻的样子。

3 太华：华山。

4 咸京：咸阳。

5 三峰：指华山中的莲花、明星、玉女三峰。

6 武帝祠：指巨灵祠。

7 长生：指长生不老的法术。

【点评】

　　这首诗集写景与抒怀于一体，前六句写景，最后两句抒发感慨。在写景的六句中，前四句为实写，后两句为虚写。实写的时候，诗人是按照由总到分的顺序写的，先写华山高峻巍峨，俯视咸京，再具体落到华山三峰、武帝祠和仙人掌上，气势开阔，意境雄浑。"河山北枕秦关险，驿路西连汉畤平"包含了诗人想象中的景象，这样的想象增强了全诗的气势。在经过前六句的铺垫后，诗人终于将自己的感情抒发了出来："借问路旁名利客，何如此地学长生。"这里的"名利客"前加了"路旁"，看起来像是在问路人，实际上诗人也是去咸京追名逐利的一员，所以这实际上是诗人对自己奔波的感叹。这样含蓄曲折的结尾方式，使全诗的意蕴更加深厚。

清　郎世宁　花鸟图○

祖
咏

◇

祖咏（生卒年不详），洛阳（今属河南）人。开元十二年（724）
进士。与王维、储光羲等人友善，常唱和。其诗多写山水田园，
向往隐逸之风。《全唐诗》收其诗一卷。

望蓟门 [1]

祖咏

燕台 [2] 一去客心惊，笳鼓喧喧汉将营。

万里寒光生积雪，三边 [3] 曙色动危旌 [4]。

沙场烽火侵胡月 [5]，海畔云山拥蓟城。

少小虽非投笔吏 [6]，论功 [7] 还欲请长缨 [8]。

【注释】

1 蓟门：蓟门关，今属北京市。

2 燕台：指幽州台。

3 三边：汉幽、并、凉三州，后泛指边地。

4 危旌：高扬的旗帜。

5 胡月：边疆的月亮。

6 投笔吏：汉班超家贫，常为官府抄书以谋生，曾投笔叹曰：大丈夫当立功异域，以取封侯，安能久事笔砚间。后终以功封定远侯。

7 论功：指论功封赏。

8 请长缨：意为从军报国。

【点评】

　　这是一首咏北京的传世名作，整首诗呈现出一种昂扬向上的格调。诗的首句写诗人登上了燕台，所望到的景象使他"心惊"。接下来五句则是诗人对所望景象的具体描绘。军营内笳鼓声喧闹，厚厚的积雪泛着阵阵寒光，一片苍茫中，只见高高的旌旗随风飘扬。这样肃穆、庄重的气氛，就是诗人"心惊"的一部分原因。接着，诗人进一步深入描写："沙场烽火侵胡月，海畔云山拥蓟城。"沙场烽火连天，足见军队的斗志，而蓟门南侧的渤海跟北翼的燕山更像是天然的屏障，护佑着大唐边疆。诗人从单纯的景物描写转到了沙场战士的雄心勃勃和边疆的有利地形，这就为尾联的感情抒发做了铺垫。看到这样的景象，诗人也豪气顿发："少小虽非投笔吏，论功还欲请长缨。"诗人看到这样令人振奋的边塞之景，也生出了投军报国的理想，使全诗激昂的气氛达到了顶点，以此作结，余味无穷。

崔曙

崔曙（？—739），一作崔署。开元二十六年（738）进士，被唐玄宗点为状元，官授河内尉。崔曙自幼失去双亲，可谓备尝人世艰难困苦。《全唐诗》存其诗一卷。

九日登望仙台呈刘明府

崔曙

汉文皇帝有高台[1]，此日登临曙色开。

三晋[2]云山皆北向[3]，二陵风雨自东来。

关门令尹[4]谁能识，河上仙翁[5]去不回。

且欲近寻彭泽宰[6]，陶然[7]共醉菊花杯[8]。

【注释】

1 高台：指望仙台。

2 三晋：今山西、河南一带。

3 北向：形容山势向北偏去。

4 关门令尹：守函谷关的官员尹喜，相传他忽见紫气东来，知有圣人至。不一会儿果然老子骑青牛过关。尹喜留下老子著书，于是老子写《道德经》一书。尹喜后随老子而去。

5 河上仙翁：河上公。

6 彭泽宰：晋陶渊明曾为彭泽令。

7 陶然：欢乐酣畅的样子。

8 菊花杯：意谓对菊举杯饮酒。

【点评】

　　这首诗描写的是诗人在重阳节登上望仙台，看到了雄伟壮丽的景色，并由此生发了许多联想和感慨。诗的首句先点明望仙台乃是汉文帝所建，表明望仙台存世之久。第二句"曙色开"表明诗人登台时间之早，刚到达太阳就出来了。颔联跟颈联都是诗人对历史变迁的感慨，望仙台跨越千年，经过了数次朝代更迭，世事如今都已成了过眼云烟。还有数不清的地方官曾在此任职，如今他们的名字都难以被世人记住了。有了这样的感慨，尾联志趣的抒发便显得很自然了，既然虚名浮利、王权富贵到头来都逃不过湮灭在历史的尘烟中，那么也就没有必要为了仕途奔波劳走了，不如寻着陶渊明的道路，菊花丛中饮酒醉。诗中多处怀古，为的就是表达俗世的权力富贵到头来都是一场空，不如及时归隐的主题。

送魏万[1]之[2]京

李颀

朝闻游子唱离歌[3]，昨夜微霜初度河。

鸿雁不堪愁里听，云山况是客中过。

关城曙色催寒近，御苑[4]砧声向晚多[5]。

莫是长安行乐处[6]，空令岁月[7]易蹉跎。

【注释】

1 魏万：又名魏颢，山东博平人，是李颀的晚辈诗人。隐居王屋山，自号王屋山人。

2 之：前往。

3 离歌："骊歌"，古人告别时唱"骊驹"，为离别之歌。

4 御苑：这里泛指长安城。

5 向晚多：这里有捣衣声搅乱乡愁之意。向，接近。

6 行乐处：可供游赏作乐的地方。

7 空令岁月：时间白白过去。

【点评】

　　这是一首送别诗，诗中有诗人对魏万的依依不舍之情，也有诗人对魏万路途上安危的担忧，还有诗人对魏万的叮嘱与教诲。诗的首联写魏万离家去往京都，并点明了时节是秋季。颔联紧接着用"鸿雁""云山"渲染了游子独自在路上的凄清和惆怅，属于虚写，是诗人站在自己的角度去想象魏万一路上的心情。颈联也是虚写，写的是诗人想象中的情景，天气越来越冷，潼关的早晨寒气阵阵，京都的捣衣声也会在晚上越来越密集地响起。这些想象中的景象体现了诗人对魏万此去一路上的挂念。最后两句是诗人对魏万的叮嘱，长安是繁华之地，千万不要流连于行乐处，虚度了年华，浪费了光阴。整首诗融叙事、写景、抒情于一体，感情真挚，体现了诗人与魏万的深情厚谊。

登金陵凤凰台 [1]

李白

凤凰台上凤凰游，凤去台空江自流。

吴宫 [2] 花草埋幽径，晋代衣冠 [3] 成古丘 [4]。

三山 [5] 半落青天外，二水中分白鹭洲 [6]。

总为浮云 [7] 能蔽日，长安不见使人愁。

【注释】

1 凤凰台：在金陵（今江苏南京市）西南。传说南朝宋元嘉十六年

（439），有三只异鸟翔集山上，文彩五色，状如孔雀，音声谐和，

众鸟群附，时人谓之凤凰，于是筑台，名凤凰台。

2 吴宫：指三国时吴在都城建业（金陵）所建宫殿。

3 衣冠：指世族、士绅。

4 成古丘：谓昔人已死。

5 三山：在今南京市西南长江边上，以有三峰得名。

6 白鹭洲：在金陵西三里的大江中，因多聚白鹭，故名。

7 浮云：既为实景，又喻皇帝身边的奸佞小人。

【点评】

　　这首诗抒发了诗人对自身的不幸遭遇的悲叹，内容丰富，意

境深远。诗的首句先写关于凤凰台的传说，紧接着就写"凤去台空江自流"，抒发了世事易变的感触。颔联"吴宫花草埋幽径，晋代衣冠成古丘"是对这种感触的进一步阐释。曾经的吴国宫殿已经荒芜，东晋名士豪华的衣冠冢现在也成了一个普通的小丘。颈联没有继续抒发感慨，而是转向写景，站在台上远望，三山像是落在了青天之外，白鹭洲将江水一分为二，长流不尽。这两句营造的场景十分开阔。在这样的开阔之景前，诗人想到了自己坎坷不平的仕途。尾联中的"浮云"指代朝廷中的那些谗言小人。小人当道，挡住了忠良之士的前进之路，所以诗人觉得"愁"。这种暗喻的写法，使抒情不显突兀，意蕴更为深远。

清　郎世宁　花鸟图〇

送李少府贬峡中[1]王少府贬长沙[2]

高适

嗟君此别意何如，驻马[3]衔杯[4]问谪居[5]。

巫峡[6]啼猿数行泪，衡阳归雁几封书。

青枫江[7]上秋帆远，白帝城边古木疏。

圣代[8]即今多雨露[9]，暂时分手莫踌躇。

【注释】

1 峡中：地名，今重庆市巫山县。

2 长沙：今湖南省长沙市，唐时属潭州。

3 驻马：停下马来。

4 衔杯：口含酒杯，即饮酒。

5 谪居：被贬官后的居处。

6 巫峡：长江三峡之一，其地水深流急，两岸多有猿啼。

7 青枫江：似指浏水，在长沙一带。

8 圣代：对当时朝代的颂扬之词。

9 雨露：用以比喻皇恩。

【点评】

这是一首送别诗，诗人为两位被贬官的友人而作，寓有劝慰鼓励之意。首联写送别时的场景，诗人与两位友人在送别之地下马饮酒，"意何如""问谪居"表现了诗人对两位友人的关切。颔联两句分别描写了李少府与王少府即将去往的峡中与长沙。峡中荒凉，猿鸣之声更添凄厉；衡阳路远，连互相传书也很难。这两句抒发了愁情。颈联上句写长沙的自然风光，秋高气爽，可助人排遣烦恼；下句写峡中的人文风景白帝城，李少府可前去白帝城凭吊一番，消解愁绪。诗人分别就李少府和王少府可能面临的处境与消遣的方法发表了自己的看法，关切之情溢于言表。最后两句是诗人对两位友人的正面安慰，如今是圣明之世，朝廷的恩泽还是很多的，所以不要为了这暂时的离别而痛苦犹疑。这首同时送别两人的诗，恰到好处地照顾到了两位送别对象的情绪，表达了诗人对两位友人一致的情谊。全诗感情不悲观，能给被贬之人带去一定的安慰。

和¹贾至舍人²《早朝大明宫³》之作

岑参

鸡鸣紫陌⁴曙光寒，莺啭⁵皇州⁶春色阑⁷。

金阙⁸晓钟开万户⁹，玉阶¹⁰仙仗¹¹拥千官。

花迎剑佩星初落，柳拂旌旗露未干。

独有凤凰池¹²上客，阳春¹³一曲和皆难。

【注释】

1 和：和诗，指以诗歌和答他人。

2 舍人：中书舍人，唐朝官名。

3 大明宫：宫殿名，在长安禁苑南。

4 紫陌：指京师的街道。

5 啭：婉转的叫声。

6 皇州：京城。

7 阑：晚。

8 金阙：皇宫金殿。

9 万户：指皇宫中宫门。

10 玉阶：指皇宫中大明宫的台阶。

11 仙仗：天子的仪仗。

12 凤凰池：也称凤池，指中书省。

和[1]贾至舍人[2]《早朝大明宫[3]》之作

岑参

鸡鸣紫陌[4]曙光寒，莺啭[5]皇州[6]春色阑[7]。

金阙[8]晓钟开万户[9]，玉阶[10]仙仗[11]拥千官。

花迎剑佩星初落，柳拂旌旗露未干。

独有凤凰池[12]上客，阳春[13]一曲和皆难。

【注释】

1 和：和诗，指以诗歌和答他人。

2 舍人：中书舍人，唐朝官名。

3 大明宫：宫殿名，在长安禁苑南。

4 紫陌：指京师的街道。

5 啭：婉转的叫声。

6 皇州：京城。

7 阑：晚。

8 金阙：皇宫金殿。

9 万户：指皇宫中宫门。

10 玉阶：指皇宫中大明宫的台阶。

11 仙仗：天子的仪仗。

12 凤凰池：也称凤池，指中书省。

13 阳春：古曲名，即宋玉《对楚王问》中提到的《阳春》《白雪》，后比喻作品高妙而懂得的人很少。

【点评】

　　这是一首和诗，和的是贾至所作的《早朝大明宫》。诗的前六句描写了大明宫早朝时的庄重和华贵。整首诗由"鸡鸣"总起，先写清晨的京都之景。"春色阑"说明当时的时节是暮春。接着诗的视角由京城转向皇宫，随着早上钟声的响起，宫门一扇扇打开，玉石台阶两旁排列着皇家的仪仗，文武百官早已在此等候觐见。颔联中的"金阙""玉阶""仙仗"无不显示宫殿的富丽堂皇，"拥"字则显示了天子的威严。颈联既描写了早朝时的盛况，又显示了早朝时间的"早"，"星初落""露未干"都是时间早的具体表现。这就使全诗都被笼罩在暮春清晨的微凉、清新的氛围中。尾联用"阳春"代指贾至所作的《早朝大明宫》，表达了诗人对贾至诗作的夸赞，"和皆难"则是诗人的自谦之词。以此作为和诗的结尾，十分巧妙。

和贾至舍人《早朝大明宫》之作

王维

绛帻[1]鸡人[2]报晓筹，尚衣[3]方进翠云裘[4]。

九天阊阖开宫殿，万国衣冠[5]拜冕旒[6]。

日色才临仙掌[7]动，香烟[8]欲傍衮龙[9]浮。

朝罢须裁五色诏[10]，珮声归到凤池头。

【注释】

1 绛帻：红色的头巾。

2 鸡人：古代宫中，于天将亮时，有头戴红巾的卫士，于朱雀门外高声喊叫，好像鸡鸣，以警百官，故名鸡人。

3 尚衣：官名。唐朝有尚衣局，掌管皇帝的衣服。

4 翠云裘：饰有绿色云纹的皮衣，指天子之衣。

5 万国衣冠：指文武百官。

6 冕旒：这里指皇帝。

7 仙掌：掌为掌扇之掌，也即障扇，宫中的一种仪仗，用以蔽日障风。

8 香烟：指宫中香炉之烟。

9 衮龙：指龙袍。

10 五色诏：用五色纸所写的诏书。

【点评】

　　王维的这首诗和的也是贾至所作的《早朝大明宫》，诗中多用细节描写对早朝时威严肃穆的大明宫进行渲染。首联先制造气氛，从卫士报晓和尚衣局给皇上送衣服写起，为下面具体描写早朝做铺垫。颔联是从大的方面来写早朝时的场景，威严的宫门打开，天子端坐于朝堂之上，万国使节和文武百官齐齐朝拜，显示了盛唐气象。颈联"日色才临仙掌动，香烟欲傍衮龙浮"则是细节描写，通过对仙掌、龙袍的刻画来彰显天子的尊贵。在尾联中，诗人通过对早朝结束后贾至退朝的行动的刻画，隐晦地表现了贾至当时颇受皇帝重用。诗文对早朝前、早朝中、早朝后三个阶段均有涉及，显示了大唐帝国威严、繁盛的气象。

奉和圣制从蓬莱[1]向兴庆[2]阁道[3]中留春雨中春望之作应制

王维

渭水[4]自萦秦塞[5]曲，黄山[6]旧绕汉宫[7]斜。

銮舆[8]迥出千门[9]柳，阁道回看上苑花。

云里帝城双凤阙[10]，雨中春树万人家。

为乘阳气[11]行时令，不是宸游[12]玩物华。

【注释】

1 蓬莱：大明宫，原为太极宫后苑，高宗改名蓬莱宫，也称东内，太极宫为西内。

2 兴庆：宫名，在大明宫南隆庆坊，玄宗为太子时所居。遗址在西安兴庆公园。

3 阁道：栈道。

4 渭水：源出甘肃渭源县，流经陕西至潼关入黄河。

5 秦塞：指潼关、宝鸡大散关等地。

6 黄山：黄麓山，在今陕西省兴平市北一里。

7 汉宫：指汉代黄山宫。在兴平市西三十里。

8 銮舆：皇帝出行乘坐的车驾。

9 千门：指汉建章宫。

10 凤阙：建章宫阙上雕有金凤，故号凤阙。

11 阳气：春天的阳和之气。

12 宸游：皇帝出游。

【点评】

　　这是一首"应制"之作，是对玄宗在雨中望春所赋之诗的和作，描写的是唐玄宗春日由阁道出游的情景。诗的开头先写由阁道望到的辽阔之景。渭水绕秦塞，黄山绕汉宫，山水所营造出来的开阔之感，为下文写天子出行做了铺垫。"銮舆迥出千门柳"写的是皇帝的车驾出了重重宫门，表示皇帝已经开始春游了。"阁道回看上苑花"是在阁道上回看宫苑，而"花"这一象征着春天的意象，增添了全诗的生机。颈联接着描写"回看"的景物。长安城上空云雾缭绕，能看到一对凤阙，这是对皇宫的关照；城中绿树沐浴在春雨中，映衬着万户人家，这是对普通百姓的关照。这一联写出了长安城的昌盛，侧面显示了大唐的繁荣、人民的安居乐业。在这样的铺垫下，再写"为乘阳气行时令，不是宸游玩物华"就显得自然而不突兀了，对皇家的赞美与歌颂给人一种水到渠成之感。

积雨辋川庄作

王维

积雨空林烟火迟，蒸藜[1]炊黍饷东菑[2]。

漠漠水田飞白鹭，阴阴夏木啭黄鹂。

山中习静观朝槿[3]，松下清斋[4]折露葵。

野老[5]与人争席罢，海鸥[6]何事更相疑。

【注释】

1 藜：一年生草本植物，茎直立，叶略呈三角形，嫩叶可食。

2 菑：开垦一年的田地。此处泛指农田。

3 朝槿：木槿，落叶灌木，夏秋之交开花，皮可造纸，花和种子可入药。

4 清斋：清淡的斋饭，指素食。

5 野老：山村老人。

6 海鸥：《列子·黄帝篇》载，海边有人喜爱海鸥，海鸥与他也很亲近。其父知道后让他以此诱捕海鸥。可第二天他再到海边，海鸥只在空中盘旋而不接近他了。因为他已有了机诈之心。

【点评】

　　这首诗描绘了一幅鲜活、烟火气息浓郁的田家生活图，体现了诗人隐居田园的闲情逸致。首句的"积雨"先点明天气，"烟火"写农家开始烧火准备做饭，接着就是"蒸藜炊黍饷东菑"，做好的饭要送到田间地头。虽然诗句中没有出现正面的人物描写，但是从这一系列活动中我们不难想象到农人夫妇的日常生活状态。颔联写的是自然景色，广阔的水田上有白鹭掠过，高大遮阳的树丛中有黄鹂在婉转歌唱，充满了诗意。颈联写的是诗人的活动，诗人在山中修身养性，观朝槿，食素食，清静寡淡，不理俗世纷扰。尾联中，诗人以"野老"自称，又用典故，表达了自己不想再参与凡间杂事，只想清静淡泊度日的心态。整首诗意境清幽深远，与诗人所表现出来的心志浑然一体，展现出无穷的韵味。

赠郭给事[1]

王维

洞门[2]高阁霭[3]余晖，桃李阴阴柳絮飞。

禁里[4]疏钟官舍晚，省[5]中啼鸟吏人稀。

晨摇玉佩趋金殿，夕奉天书[6]拜琐闱。

强欲从君[7]无那[8]老，将因卧病解朝衣[9]。

【注释】

1 郭给事：名慎微，是奸相李林甫宠遇的人，曾与王维同署为官。给事即给事中，属门下省，备皇帝顾问应对。

2 洞门：指宫殿中前后相通相对的门。

3 霭：薄雾，此处指像雾一样笼罩着。

4 禁里：指皇宫。

5 省：指郭给事所在的门下省。

6 天书：帝王的书信。

7 从君：随你。君，指郭给事。

8 无那：无奈。

9 解朝衣：比喻辞官。

【点评】

　　这是一首应酬之作。诗的首联描写的是郭给事所在的门下省。薄暮时分，门下省的楼宇高门在余晖的笼罩下更显高大，院内桃李成荫，环境清幽宜人。能在这样的环境中办公，可见郭给事所任官职也是十分显要的。颔联描写的是郭给事在门下省值班的状态。天色已晚，门下省内的人已经走得差不多了，所以十分清静，只有阵阵鸟啼，侧面说明郭给事为官的清闲。颈联写的是郭给事每天早晨小步疾走着去上朝，傍晚又捧着诏书向其他人宣告，早晚之间，显示了郭给事的勤勉。最后一联，诗人转向描写自己："强欲从君无那老，将因卧病解朝衣。"虽然想跟随郭给事的脚步一同效力朝廷，但无奈年老体弱，所以不得不辞官而去了。最后一联颇出人意料，侧面反映了诗人归隐的决心。

蜀相[1]

杜甫

丞相祠堂[2]何处寻？锦官城[3]外柏森森[4]。

映阶[5]碧草自春色[6]，隔叶黄鹂空好音[7]。

三顾[8]频烦天下计[9]，两朝[10]开济[11]老臣心。

出师未捷身先死，长使英雄[12]泪满襟！

【注释】

1 蜀相：指诸葛亮。公元 221 年，刘备即帝位，任命诸葛亮为丞相。

2 丞相祠堂：武侯祠，在成都市南郊。

3 锦官城：成都的别名。

4 森森：树木繁密的样子。

5 映阶：遮覆台阶。

6 自春色：自弄春色。意为作者无心赏玩。

7 空好音：空作好音。意为作者无心听取。

8 三顾：刘备为请诸葛亮出山辅佐，曾三次到隆中草庐拜访。

9 天下计：图谋天下的大策。

10 两朝：指刘备和其子刘禅两代。

11 开济：开创大业，济世扶危。诸葛亮曾帮助刘备制定东联孙权、北抗曹操、西取刘璋的计策，使刘备建立蜀汉政权。刘备死后，又辅佐刘禅济美守成。

12 英雄：指后世慷慨报国者。

【点评】

　　这是一首咏史诗兼抒情诗。首联是诗人的自问自答："丞相祠堂何处寻？锦官城外柏森森。"这表明诗人是专门来寻访丞相祠堂的，体现了诗人对诸葛亮的敬仰。"森森"二字是形容柏树茂盛葱郁的，同时渲染了一种肃穆的气氛。颔联所写之景本是鲜活、富有生机的，但是诗人用了"自"和"空"二字，将自己的主观情感融入客观景物，表达出一种惆怅、哀伤之感。颈联所写的是刘备与诸葛亮互相成就的君臣关系，其中"老臣心"着重表现了诸葛亮对成就蜀国大业的不遗余力，以及对刘备的忠心。这两句是全诗的重点，道出了诗人为何对诸葛亮如此崇敬，也为尾联做了铺垫，增强了感情的表达。"出师未捷身先死，长使英雄泪满襟"所表现出来的深深遗憾与痛惜，在颈联的铺垫下则更有说服力。

客至

杜甫

舍南舍北皆春水，但见群鸥日日来¹。

花径不曾缘²客扫，蓬门³今始为君开。

盘飧⁴市远无兼味⁵，樽酒⁶家贫只旧醅⁷。

肯与邻翁相对饮，隔篱呼取尽余杯。

【注释】

1但见群鸥日日来：唯见群鸥来伴，则显出交游冷淡，愈见来客的可贵。但，只。

清 虚谷 花鸟册○

2 缘：因。

3 蓬门：柴门。扫径，开门，写出迎客的热情。

4 盘飧：指盘中的菜。

5 无兼味：没有几样菜。

6 樽酒：杯中的酒。

7 旧醅：陈酒。古时以新酒为贵。

【点评】

这是一首记录诗人招待客人的诗。首联"舍南舍北皆春水，但见群鸥日日来"为写景，写出了诗人所居之处的幽静。"但见"二字点出了诗人的孤寂，因为很少有客人前来。颔联"花径不曾缘客扫，蓬门今始为君开"表现了诗人对有客到来的欣喜之情。接着诗人对待客进行了描写，因为住所远离市集，所以买不到好菜，加上家贫，也没有新酒招待。这样的描写十分率真，让人既可以体会到诗人的愧疚之情，又能体会到主客之间的真挚情谊。诗的视角由周边景物到所居之处，再到宴客描写，场景越来越具体。最后两句显示出一种友好淳朴的邻里氛围，给整首诗增添了生活气息和人情味，读者从中也可体会到诗人当时愉快的心情。

野望

杜甫

西山¹白雪三城²戍³，南浦⁴清江⁵万里桥。

海内风尘⁶诸弟隔，天涯⁷涕泪一身遥。

惟将迟暮⁸供多病⁹，未有涓埃¹⁰答圣朝。

跨马出郊时极目，不堪人事日萧条。

【注释】

1 西山：又名雪岭，在成都西面。

2 三城：指松、维、保三州，为防吐蕃入侵而屯兵其间。

3 戍：对照下句的"桥"，应为名词，边防驻军的城堡。

4 南浦：南面的水边。

5 清江：指锦江。

6 风尘：比喻战乱。

7 天涯：指成都。

8 迟暮：比喻晚年。

9 多病：杜甫患有肺病、疟疾、头风等多种疾病。

10 涓埃：细流与微尘。比喻细小的成绩。

【点评】

　　这首诗抒发了诗人对时局的担忧和对弟弟们的挂念。首联写诗人野望时看到的景色，有常年积雪的西山，有驻军把守的三城，还有万里桥横跨的锦江。颔联和颈联是诗人对弟弟们的挂念和对自身的感怀。因为战乱，诗人与弟弟们分散各处，每每思及只能默默流泪。而自己年事已高，又体弱多病，不能为报效国家尽一份力，实在觉得很惭愧。从颈联的描写，可见诗人的爱国之心。尾联写诗人"跨马出郊"是因为"不堪人事日萧条"。诗人本想外出驰骋，排遣苦闷，没想到由于思虑过重，反而触景生情，一时间，对国家前途的担忧、对亲人的挂念、对自身的嗟叹一一涌上心头，忧思更甚了。诗所表达出来的爱国之情和伤感均真挚感人，也很符合杜诗一贯的沉郁顿挫的风格。

闻官军收河南河北

杜甫

剑外¹忽传收蓟北²，初闻涕泪满衣裳。

却看³妻子愁何在⁴，漫卷⁵诗书喜欲狂。

白日⁶放歌须纵酒，青春⁷作伴好还乡。

即⁸从巴峡⁹穿巫峡，便下襄阳向洛阳。

【注释】

1 剑外：剑门关以南地区。

2 蓟北：今北京及河北东北部一带。

3 却看：回过头探看。

4 愁何在：是说往日脸上的愁云如今一扫而光了。

5 漫卷：胡乱地卷起。因心情激动，手已不听使唤。

6 白日：明朗的阳光。

7 青春：明媚的春色。

8 即：立即。

9 巴峡：指重庆市巴南区以东江面的石洞峡、铜锣峡、明月峡。

【点评】

　　这首诗作于唐代宗广德元年。诗人听到安史之乱结束这个好消息后喜不自胜，挥手写下了这首酣畅淋漓的七律。诗人没有进行任何铺垫，首句即言"剑外忽传收蓟北"。"忽传"显示出消息的突然，正是由于突然，诗人才会如此激动，从"涕泪满衣裳"转到"喜欲狂"，再到"放歌""纵酒"，将多年的不快与忧虑一下子都发泄了出来。之后诗人立刻想到了返乡，心情之迫切溢于言表。尾联"即从巴峡穿巫峡，便下襄阳向洛阳"，诗人结合地形、地势，用"穿""下""向"将四个所隔遥远的地方连起来，好像回乡之路一下子就可以走完，充分体现了诗人急不可耐的心情。全诗感情外放，一气呵成，将诗人的喜悦与激动体现得淋漓尽致。

登高

杜甫

风急天高猿啸哀[1]，渚[2]清沙白鸟飞回[3]。

无边落木[4]萧萧[5]下，不尽长江滚滚来。

万里[6]悲秋常作客[7]，百年[8]多病[9]独登台[10]。

艰难苦恨[11]繁霜鬓[12]，潦倒新停浊酒[13]杯。

【注释】

1 猿啸哀：三峡多猿，鸣声哀切。

2 渚：水中小洲。

3 飞回：盘旋。

4 落木：落叶。

5 萧萧：风吹树叶发出的声音。

6 万里：指远离家乡。

7 常作客：长久寄居他乡。

8 百年：暮年。

9 多病：杜甫此时患多种疾病。

10 独登：独自登高远望。

11 苦恨：深恨。

12 繁霜鬓：两鬓白发繁多。

13 浊酒：未经过滤的酒。

【点评】

　　这首诗写于安史之乱结束四年后，诗人当时在夔州，年老多病，生活困苦。诗中描写的是诗人在一个秋日登高时的所见所感，前四句写景，后四句抒情，所写之景与所抒之情皆透露出诗人当下的心情是苦闷、哀愁的。诗的首句用"哀"来形容猿啸，渲染了悲凉的气氛。第二句写"鸟飞回"，在水清沙白的小洲上，盘旋低回的鸟更显孤独。颔联将视野放宽，写到了无边而下的萧萧落叶跟奔流不止的滚滚长江。前四句对气氛渲染过后，诗人从第五句开始回到了自己身上。诗人常常漂泊他乡，如今已是年老多病，连登高也是"独登"，可见其孤独。尾联更是用"艰难苦恨"来突出自己内心的痛苦，可见诗人的愁情之深。全诗先写哀景，再抒哀情，以景衬情，感情浓郁，感染力极强。胡应麟赞誉此诗为"古今七言律第一"，称此诗为"通章章法、句法、字法，前无昔人，后无来学"的"旷代之作"。

登楼

杜甫

花近高楼伤客[1]心，万方多难此登临。

锦江春色来天地，玉垒[2]浮云变古今。

北极[3]朝廷终不改，西山寇盗[4]莫相侵。

可怜后主还祠庙，日暮聊为梁甫吟[5]。

【注释】

1 客：诗人自谓。

2 玉垒：山名，在今四川都江堰市西北。

3 北极：北极星。比喻朝廷的稳固。

4 西山寇盗：指吐蕃。763 年 10 月，吐蕃攻陷长安，后撤退。12 月
又攻陷松、维、保三州（皆在西山一带）。

5 梁甫吟：诸葛亮出山前喜吟之曲，借以表达他的雄才大略。

【点评】

　　这首诗抒发的仍然是诗人对国家前途和个人身世的感怀。诗
的首句先叙事："花近高楼伤客心，万方多难此登临。"诗人登
上高楼，看到繁花一片，不仅没有觉得高兴，反而说"伤客心"，
这是以乐景衬哀情的写法。"万方多难"指的是当时的大唐正遭

受吐蕃侵扰，而唐代宗昏庸无道，重用宦官，大唐面临着内忧外患。中间四句是诗人爱国之心的体现。诗人由登楼看到的壮阔之景联想到国家，飘浮不定的云就像动荡不安的大唐。尽管如此，诗人还是有着"北极朝廷终不改"的信心，一句"西山寇盗莫相侵"铿锵有力，体现了诗人拳拳的爱国心。尾联是诗人借古讽今，用无能的后主刘禅暗讽昏庸的唐代宗。不同的是，刘禅尚且有诸葛亮那样的贤相相助，大唐却只有昏君。诗人对此感到十分无力，只能登楼吟诵，排遣内心的忧虑。

宿府

杜甫

清秋[1]幕府井梧[2]寒，独宿江城[3]蜡炬残。

永夜[4]角声悲自语[5]，中庭月色好谁看[6]。

风尘荏苒[7]音书[8]断，关塞萧条行路[9]难。

已忍伶俜[10]十年[11]事，强移栖息一枝安。

【注释】

1 清秋：清冷的秋天。

2 井梧：井栏旁的梧桐。

3 江城：指成都。

4 永夜：长夜。

5 自语：指角声独自悲鸣。

6 谁看：意为诗人不忍看，因月色最撩乡愁。

7 风尘荏苒：指战乱连绵。

8 音书：指亲人的音信。

9 路：指归乡之路。

10 伶俜：困苦的样子。

11 十年：这里指自安史之乱爆发至此时。

【点评】

　　这首诗描写了诗人独宿在严武幕府中辗转难眠，心中无限忧愁。诗的首联点出诗人是"独宿江城"，看到的景象是"井梧寒"和"蜡炬残"，营造了凄冷的氛围。而整夜响着的号角声使诗人更觉悲凉，月色虽好，可是无人欣赏。诗人的孤独之情在这些景物的衬托下更加突出了。紧接着，诗人对自己内心的愁绪进行了描写："风尘荏苒音书断，关塞萧条行路难。"想要回家，但是战乱不休，连家乡的音信也收不到，所以说"行路难"。想到这些，诗人的心情自然是千般复杂却无从说起，所以以"已忍伶俜十年事"一言概之。最后一句"强移栖息一枝安"中的"强移"二字表明诗人来到这幕府并非心甘情愿，只是勉强找个安身之地罢了，写出了漂泊之人客居异乡的无力感。

阁夜

杜甫

岁暮阴阳¹催短景²，天涯霜雪霁³寒宵。

五更鼓角声悲壮，三峡⁴星河影动摇。

野哭几家闻战伐⁵，夷歌⁶数处起渔樵。

卧龙⁷跃马终黄土，人事⁸音书⁹漫寂寥。

【注释】

1 阴阳：指日月。

2 短景：指冬季日短。

3 霁：雨过天晴。

4 三峡：瞿塘峡、巫峡、西陵峡。

5 战伐：指蜀中崔旰等人的混战。

6 夷歌：当地少数民族的歌谣。

7 卧龙：诸葛亮。

8 人事：指仕途生涯。

9 音书：指亲朋的消息。

【点评】

  这首诗从寒冷的冬夜写起，先渲染了凄寒肃杀的气氛，为之后的写景抒情做铺垫。颔联写了诗人的冬夜见闻。"五更鼓角声悲壮"是说天快亮的时候，军中发号施令的号角声已经响起。"三峡星河影动摇"是说天空中群星闪烁，倒映在湍急的江河中摇曳不定。这是一幅很有诗意的画，诗人将它与象征着战争的号角声放在一起，更显悲壮深沉。颈联所写的是得知战事后的普通百姓的反应，不管是"野哭几家"还是"夷歌数处"，都体现了百姓对战事的排斥，反映了战争给普通百姓带来的伤害之大。对一向忧国忧民的诗人来说，这样的声音无疑会使他更加心痛、不安。尾联是诗人的感慨：历史上的英雄最后都成了一抔黄土，所以眼下的痛苦和孤独，就随它去吧！最后两句看似是诗人在自我排解，实际上饱含无奈之情，体现了诗人内心的矛盾。

咏怀古迹（五首）

杜甫

其一

支离¹东北风尘际，飘泊西南天地间。

三峡²楼台淹日月³，五溪⁴衣服共云山。

羯胡⁵事主⁶终无赖⁷，词客⁸哀时且未还。

庾信平生最萧瑟，暮年诗赋⁹动江关¹⁰。

【注释】

1 支离：流离。

2 三峡：指夔州。夔州在三峡中。

3 淹日月：是说延搁了时间。

4 五溪：在湖北、贵州交界处。这里借指三峡地区。

5 羯胡：指安禄山、史思明。

6 事主：侍奉君主。安史二人曾在玄宗朝为官。

7 无赖：不可靠。

8 词客：诗人自谓。

9 暮年诗赋：指庾信所作《哀江南赋》等。庾信早年作品格调不高，后经磨难，风格大变。

10 动江关：轰动海内。此处明咏庾信而暗及个人。

【点评】

　　这首怀古诗咏怀的是南北朝诗人庾信，同时抒发了诗人对自己的遭遇的感慨。诗的首联是诗人对自己在安史之乱爆发后的生活的概述——颠沛流离，漂泊不定。颔联写的是诗人时下所在的地方，此地房屋依山而建，层叠而上，就像高高的楼台一般，这里的人大多数是少数民族，穿着奇异的服装住在云山之中。颈联写的是长期流离的原因，即"羯胡事主终无赖"；而下句的"词客"既指诗人自己，又指庾信。当年庾信遭遇侯景之乱，被留北周，作诗《哀江南赋》，这与诗人的境遇颇为相似。尾联接着写庾信："庾信平生最萧瑟，暮年诗赋动江关。"庾信平生遭遇太多不幸，晚年所作诗歌大多沉郁苍劲，抒发家国之思，这一点与诗人也很相似。诗人既是在借本诗咏怀庾信，也是在借庾信袒露自己的荒凉处境和忧国忧民的心情。

其二

摇落深知宋玉[1]悲，风流儒雅[2]亦吾师[3]。

怅望千秋一洒泪，萧条异代不同时。

江山故宅[4]空文藻[5]，云雨荒台[6]岂梦思[7]。

最是楚宫俱泯灭，舟人指点到今疑。

【注释】

1 宋玉：战国时楚国辞赋家，终身仕途失意，作品多流露伤感与不平。

2 风流儒雅：学识渊博，举止潇洒，很有风度。

3 亦吾师：也可作为我的老师。

4 江山故宅：指宋玉在归州（今湖北秭归）悬等的故宅。秭归靠近长江，地处三峡。

5 空文藻：唯留文章。感伤其人已逝。

6 云雨荒台：指楚怀王梦见与神女欢会的高唐台。

7 岂梦思：难道真是梦中所想吗？

【点评】

　　这首咏怀诗咏怀的是楚国辞赋家宋玉。诗的首句以"悲"字总结宋玉的一生，说明宋玉身世凄凉；"风流儒雅亦吾师"则直接表明了诗人对宋玉的赞美和崇敬。"怅望千秋一洒泪，萧条异代不同时"是诗人对宋玉生前怀才不遇的同情，而且两人遭遇相似，只是生在不同的时代，更引得诗人感慨万千。诗的后四句是诗人为宋玉死后所遭到的误解而鸣不平。虽然宋玉的故居和诗赋被保存下来了，但是人们只知道他是辞赋家，不知道他也是有志之士，甚至对他产生了误解，把他讽刺现实的作品当成风流艳事来欣赏，以至于直到现在，船夫经过楚宫时还会指指点点。全诗感情真切，诗人将议论融入自己对宋玉的理解和咏叹，咏怀古人之时，也能引人思考。

其三

群山万壑赴荆门 [1]，生长明妃 [2] 尚有村。

一去紫台 [3] 连朔漠 [4]，独留青冢 [5] 向黄昏 [6]。

画图省识 [7] 春风面 [8]，环珮空归月夜魂。

千载琵琶作胡语，分明怨恨曲中论 [9]。

【注释】

1 荆门：山名，在今湖北宜都西北。

2 明妃：王昭君，湖北秭归人，汉元帝宫女，后嫁给匈奴呼韩邪单于。昭君村，在秭归东北四十里。

3 紫台：指汉宫。

4 朔漠：北方沙漠地带，为匈奴所居之处。

5 青冢：王昭君墓，在今内蒙古呼和浩特西南二十里。相传当地多生白草，而昭君墓地独青，故称。

6 黄昏：指昏黄的沙漠。

7 省识：辨别。

8 春风面：指美丽的容貌。

9 曲中论：是说通过乐曲表达出来。

【点评】

　　这首诗诗人借咏昭君村、怀念王昭君来抒写自己的怀抱。诗的开头两句写昭君村所在的地方。"群山万壑赴荆门"是一幅气势雄浑的画，下一句紧接着就写到了昭君村。诗人用"群山万壑"来为小小的村子造势，可见其对昭君的重视。颔联是对昭君的不幸遭遇的概括，从汉宫到大漠，远离家乡，嫁到异邦，最后留下的唯一方青冢而已，令诗人叹惜不止。颈联写君王昏庸，以图识人，造就了昭君悲剧的一生，然而即使葬身塞外，昭君的魂灵还是记挂着故土。尾联则正面描写昭君的怨恨之情，这怨恨有对君王的，但更多的还是因远离故土、思念家乡产生的哀怨。当时的诗人正在异乡漂泊，所以也是借昭君表达自己的哀思。

其四

蜀主[1]窥吴[2]幸[3]三峡，崩[4]年亦在永安宫。

翠华[5]想像空山里，玉殿虚无野寺中。

古庙杉松巢水鹤，岁时伏腊走村翁。

武侯祠屋常邻近，一体君臣祭祀同。

【注释】

1 蜀主：指刘备。

2 窥吴：对吴有企图。

3 幸：旧称皇帝驾临曰幸。

4 崩：旧称帝王死亡曰崩。

5 翠华：皇帝的仪仗。

【点评】

这首诗咏怀的对象是永安宫。整首诗语言平淡自然，融情于物，塑造的形象鲜明立体。诗的首句为叙事，写刘备出兵伐吴，驾临三峡，最后在永安宫驾崩，为下面诗人的感怀做了铺垫。"翠华想像空山里，玉殿虚无野寺中"两句是诗人对古今之变的感慨，如今的荒凉对比当时的繁华，沧桑之感油然而生。颈联通过描写时至今日仍有人祭奠刘备，歌颂了刘备生前的功德。尾联提到了诸葛亮的祠堂也在附近，君臣二人同受供奉，表达了诗人对这种亲密一体的君臣关系的羡慕、称颂，诗人又联想到自己在政治上的不得志，于是这种羡慕亦隐含了对自己的境遇的感慨。

其五

诸葛大名垂 [1] 宇宙 [2]，宗臣 [3] 遗像肃清高 [4]。

三分割据 [5] 纡 [6] 筹策 [7]，万古云霄一羽毛 [8]。

伯仲之间见伊吕 [9]，指挥若定失萧曹 [10]。

运 [11] 移汉祚 [12] 终难复，志决身歼 [13] 军务劳。

【注释】

1 垂：流传。

2 宇宙：兼指天下古今。

3 宗臣：为后世所敬仰的大臣。

4 肃清高：为诸葛亮的高风亮节而肃然起敬。

5 三分割据：指魏、蜀、吴三国鼎足而立。

6 纡：屈，指不得施展。

7 筹策：谋略。

8 羽毛：指鸾凤，比喻诸葛亮绝世独立的智慧和品德。

9 伊吕：指商朝的伊尹和周朝的吕尚，都是辅佐开国的名相。

10 萧曹：指萧何和曹参，都是西汉刘邦手下的名臣。

11 运：气运。

12 祚：帝位。

13 身歼：死亡。

【点评】

　　这首诗咏怀的对象是武侯祠。诗人对诸葛亮的雄才大略进行了衷心的赞扬，同时对他的壮志未酬表达了惋惜。诗的首联直入主题，诗人用"垂宇宙""肃清高"对诸葛亮的盛名和影响力进行了大力夸赞。颔联是对诸葛亮的才智谋略的进一步描写，他周密谋划，使天下呈现三足鼎立之势，而这只不过是"万古云霄一羽毛"，即其才智很小的一次发挥。颈联说诸葛亮的才华与伊尹、吕尚难分高下，镇定自若的指挥让萧何、曹参都黯然失色，足见诗人对诸葛亮的评价之高。尾联是诗人对诸葛亮为汉室复兴鞠躬尽瘁、死而后已的赞颂，也抒发了诗人对其功业未遂的叹惋。全诗张弛有度，评价不空泛，句句落到实处，可见诗人对诸葛亮发自真心的崇敬之情。

臣余穉恭画

江州¹重别薛六²柳八³二员外⁴

刘长卿

生涯岂料承优诏⁵，世事空知学醉歌。

江上月明胡雁⁶过，淮南木落楚山多。

寄身且喜沧洲近，顾影无如⁷白发何。

今日龙钟⁸人共老⁹，愧君犹遣¹⁰慎风波。

【注释】

1 江州：今江西九江。

2 薛六：指薛弁，曾担任水部员外郎。

3 柳八：指柳浑，曾担任祠部员外郎。

4 员外：员外郎的简称。

5 优诏：朝廷免罪优容的诏书。

6 胡雁：指从北方来的雁。

7 无如：无奈。

8 龙钟：指年老迟钝的样子。

9 老：一作"弃"。

10 遣：使，这里是叮咛之意。

【点评】

刘长卿遭到过两次贬谪，这首诗作于他第二次被贬时。了解了这一背景，我们便可从首句的"承优诏"中感受到浓浓的自嘲意味，第二句"世事空知学醉歌"则体现了诗人的无奈。颔联写景，江水、明月、胡雁、落叶渲染了秋天清冷的氛围，衬托了诗人凄凉的心境。"寄身且喜沧洲近"中虽有"喜"的情绪在，但下一句"顾影无如白发何"立马又将气氛拉回伤感中，在这样一来一回的对比中，诗人的处境更显凄凉。最后两句是诗人对两位友人——题目中提到的薛六和柳八两位员外——的感愧。刘长卿被贬是因为直言犯上，所以末句中的"风波"既指路途上可能遇到的艰险，又指官场上的风波。诗人将自己的不平遭遇抒发得含蓄委婉，不管是写景还是抒情，无不流露出诗人的无奈和悲凉。

长沙过贾谊[1]宅

刘长卿

三年谪宦此栖迟[2]，万古惟留楚客[3]悲。

秋草独寻人去后，寒林空见日斜时[4]。

汉文[5]有道恩犹薄，湘水[6]无情吊岂知。

寂寂江山摇落处，怜君何事到天涯。

【注释】

1 贾谊：西汉著名政论家、文学家。

2 栖迟：居住。

3 楚客：指贾谊。

4 日斜时：引用《鹏鸟赋》"庚子日斜兮，鹏集予舍"字面。用其字面，具有怀古抒情之意。

5 汉文：西汉文帝刘恒。

6 湘水：屈原自沉于汨罗江，江入湘水，故贾谊于湘水上作《吊屈原赋》以凭吊斯人。

【点评】

　　这首诗是诗人路经长沙凭吊贾谊故居时的怀古伤今之作。首联用"栖迟"来形容贾谊被贬至此三年的失意，"万古""悲"

则表明贬谪对贾谊造成的消极影响之深，奠定了全诗悲愤的基调。颔联写的是诗人的行动和诗人当时看到的景物。时值秋季，诗人的状态是"独寻"，然而只见"寒林""日斜"之景，使全诗的悲凉氛围进一步加深。颈联看似在批判汉文帝，实际上是诗人在暗暗指责当今圣上，"湘水无情"则体现了诗人不被理解的痛苦。尾联是借对贾谊遭遇的不忿表达自己的怨愤，明明没有做错什么，为何要被贬谪至此？全诗感情浓烈，诗人言他人之事，抒自我之情，将自己的遭遇与贾谊的联系起来，将自己的心情投射到眼前的景物之上，从而将忧愤和不甘抒发得含蓄曲折，耐人寻味。

自夏口[1]至鹦鹉洲夕望岳阳寄元中丞[2]

刘长卿

汀洲[3]无浪复无烟，楚客[4]相思益渺然[5]。

汉口夕阳斜渡鸟，洞庭秋水远连天。

孤城[6]背岭[7]寒吹角，独树[8]临江夜泊船。

贾谊上书忧汉室[9]，长沙谪去古今怜[10]。

【注释】

1 夏口：唐代以今湖北武昌为夏口。

2 元中丞：一说为源中丞。中丞，御史中丞之省称，唐御史台之次官。

3 汀洲：水中沙洲，此指鹦鹉洲。

4 楚客：诗人自称，时为随州刺史，随州为故楚地，因自称楚客。

5 渺然：遥远貌。

6 孤城：指汉阳城。

7 背岭：背靠龟山。

8 独树：孤单之戍所。

9 贾谊上书忧汉室：汉贾谊曾上书言及国事。

10 古今怜：贾谊无罪而谪，自古至今多对之寄予同情。

【点评】

　　这首诗作于诗人被贬后，而诗的寄予对象元中丞也正遭贬谪，所以诗人既有对元中丞遭遇的不平，也有对自己被贬的怨愤。首联写诗人的眼前之景，进而引发了诗人对远在洞庭湖畔的元中丞的思念之情。颔联分别对汉口和洞庭两地的景物进行了描写，只不过一个是实写，一个是虚写，从而使全诗的意境更为深远。颈联描绘的是一幅孤寂凄冷的画面，孤城背靠山岭，声声号角让人寒意顿起，夜色中，小船孤零零地泊于江面。描写完这番哀景后，诗人又提及历史上贾谊的不幸遭遇，明明是一颗忠心向朝廷，却无辜被贬。其中的不平之意，既是为贾谊抒发的，更是为元中丞和诗人自己抒发的。末句中"古今怜"三个字也流露出一种同病相怜之感。

赠阙下[1]裴舍人[2]

钱起

二月黄鹂飞上林[3]，春城紫禁[4]晓阴阴。

长乐[5]钟声花外尽，龙池[6]柳色雨中深。

阳和[7]不散穷途恨，霄汉常悬捧日心[8]。

献赋[9]十年犹未遇，羞将白发对华簪[10]。

【注释】

1 阙下：宫阙之下，指京城中。

2 舍人：中书舍人的省称。

3 上林：上林苑。秦时皇家园囿，汉时加以扩建，在今陕西西安市北，这里指唐宫苑。

4 紫禁：指宫城。

5 长乐：汉宫名，在长安西北，这里借指唐宫。

6 龙池：在兴庆宫内。

7 阳和：指仲春二月的温暖。

8 捧日心：意谓自己虽然落第，但希望在朝廷上辅佐君王的心是永远存在的。

9 献赋：这里借指应进士举。

10 华簪：簪是用来固定冠的，当官者用，故以华簪指高官。

【点评】

　　这是一首赠给一位裴姓舍人的诗，意在希望裴舍人能够向朝廷引荐自己。诗的前四句写景，且基本是围绕着皇宫来写景物的，体现了诗人对皇宫的赞美和向往之意。同时，裴舍人的日常工作也是在这些地方进行的，所以其中还有对裴舍人的恭维。诗人将这些感情不露痕迹地融入景物描写，手法高妙。颈联上句表现了诗人仕途的不顺，下句表达了诗人报效朝廷的决心，将话题引到了诗人的真实目的上。尾联的意思更明显一些了，但总体上仍是含蓄的。"献赋十年犹未遇"说的是自己怀才不遇，"羞将白发对华簪"表达了诗人对一事无成的自己感到羞愧，这两句的言外之意都是希望裴舍人能给诗人以援引。全诗表意曲折隐晦，手法多样，可见诗人娴熟的表达技巧。

寄李儋元锡 [1]

韦应物

去年花里逢君别，今日花开又一年。

世事茫茫难自料，春愁黯黯 [2] 独成眠。

身多疾病思田里 [3]，邑 [4] 有流亡愧俸钱 [5]。

闻道欲来相问讯，西楼望月几回圆。

【注释】

1 李儋元锡：李儋和元锡皆为韦应物好友。

2 黯黯：黯然伤别貌。

3 思田里：谓归隐。

4 邑：泛指自己所辖区域。

5 愧俸钱：拿了俸禄而未尽职责，感到惭愧。

【点评】

  诗人在这首寄给好友的诗中倾诉了自己的烦恼与苦闷，表达了自己对好友的思念与盼望。首联从叙别写起，体现了时光流逝之快，营造了一种别离后的萧索之感，从而为下文抒发愁情做了铺垫。颔联写的是诗人的苦闷。国家前途难料，自己的前路也是一片迷茫，所以才会有"春愁"，才会"独成眠"。颈联是对诗人的苦闷的具体描写。诗人身弱多病，所以想要归隐，而自己的管辖地内还有流亡的百姓，在这样进退两难的情况下，诗人内心的愧疚和矛盾不言而喻，从中可以看出诗人的社会责任心和对百姓的同情与挂念。最后两句是诗人对友人的殷切盼望，得知友人要来看望自己，诗人几度眺望。全诗语言晓畅易懂，感情细腻动人，反映了当时的社会现实。

清　余穉　花鸟图册○

臣余穉恭畫

同题仙游观 [1]

韩翃

仙台初见五城楼 [2]，风物凄凄宿雨 [3] 收。

山色遥连秦树晚，砧声 [4] 近报汉宫秋。

疏松影落空坛静，细草香生小洞幽。

何用别寻方外 [5] 去，人间亦自有丹丘 [6]。

【注释】

1 仙游观：在今河南嵩山逍遥谷内的道观。唐高宗为道士潘师正所建。

2 五城楼：《史记·封禅书》记方士曾言："黄帝时为五城十二楼，

以候神人于执期，命曰迎年。"这里借指仙游观。

3 宿雨：经夜的雨。

4 砧声：捣衣的声音。

5 方外：指世外仙居。

6 丹丘：指神仙所居之处，昼夜常明。

【点评】

　　这是一首游览题咏之作。诗人在诗中描写了雨后的仙游观清静悠闲的景色，表达了诗人对远离凡尘俗世的闲适生活的向往之情。诗的首联点明时间跟地点，指出当时的天气状况是"宿雨收"，即夜雨刚停。中间四句都是对仙游观的景色的描写，有视觉描写，也有听觉描写，有远景描写，也有近景描写，视角多样，营造了一幅幽静的画面。最后两句是诗人对仙游观的赞美："何用别寻方外去，人间亦自有丹丘。"诗人将仙游观比作神仙之境，可见其对此地的评价之高。全诗语言秀丽工整，韵律和谐，读来朗朗上口，给人一种空灵之感。

明　仇英　辋川十景图（局部）〇

皇甫冉

◇

皇甫冉（718—约770），字茂政，润州丹阳（今属江苏）人。
天宝十五年（756）进士。曾官无锡尉、左拾遗、左补阙等。
皇甫冉诗名早著，其诗清新飘逸，多漂泊之感。《全唐诗》
编其诗二卷。

春思

皇甫冉

莺啼燕语报新年，马邑[1]龙堆[2]路几千？

家住层城[3]临汉苑[4]，心随明月到胡天。

机中锦字论[5]长恨，楼上花枝笑独眠。

为问元戎[6]窦车骑，何时返旆[7]勒[8]燕然[9]？

【注释】

1 马邑：边城名，在今山西朔州市。

2 龙堆：白龙堆，在今新疆。

3 层城：指京城。

4 汉苑：这里指唐朝皇宫。

5 论：吐露，倾诉。

6 元戎：主将。

7 返旆：犹班师。

8 勒：刻石。

9 燕然：燕然山，即今蒙古国杭爱山。

【点评】

这首诗从思妇的视角写了思妇在家思念出征的丈夫，表达了反战的思想。诗的首联是一组对比句，"莺啼燕语报新年"是和平欢乐的节日气氛，"马邑龙堆路几千"是荒凉萧索的边疆之景。颔联点明了女主人公所住的地方，即繁华的京城，然而女主人公的心思早已"随明月到胡天"了，表达了女主人公对丈夫的挂念。"机中锦字"则为用典，指古时一位思妇织就锦字回文诗寄给丈夫，倾诉自己的离愁别绪。"楼上花枝笑独眠"则赋予花枝人的情绪，更显女主人公的孤寂与愁绪。尾联不直接问丈夫何时归来，而是问"元戎窦车骑"，意义深远，因为只有打了胜仗，主帅下令班师回朝，普天之下跟她一样经历离别的人才能和丈夫团圆，这也赋予了这首诗积极的社会意义。

晚次¹鄂州

卢纶

云开²远见汉阳城，犹是³孤帆一日程。

估客⁴昼眠知浪静，舟人夜语觉潮生。

三湘⁵愁鬓逢秋色，万里归心对月明。

旧业⁶已随征战尽，更堪⁷江上鼓鼙⁸声。

【注释】

1 次：住宿。

2 云开：云散天晴。

3 犹是：还需要。

4 估客：商人。

5 三湘：泛指汉阳、鄂州地带。

6 旧业：家园旧业，即家业。

7 更堪：哪堪。

8 鼓鼙：战鼓。

【点评】

　　诗人所乘之船在晚间停泊鄂州，诗人望景生情以赋诗。全诗以"云开"造势，颇有一种豁然开朗的感觉。汉阳城远望已可见，所以诗人心中自有惊喜之情,然而也还是需要一天的行程才能真正到达,所以惊喜又大打折扣。首联即传达了诗人复杂的心绪。颔联写的是夜宿船上的场景,诗人久难入眠,所以能听到其他人的酣睡声、外面的浪声,以及船夫的对话,进一步体现了诗人纷乱的思绪。颈联是诗人夜不能寐生发的联想。时值秋日,备感悲凉,诗人远离家乡,思乡之情自不必多说。尾联"旧业已随征战尽"揭示了诗人在外漂泊的原因,即战乱。最后一句"更堪江上鼓鼙声"体现了诗人对战争的排斥与畏惧。诗人通过对自己的感受的描写来表现战乱给人民带来的苦难,所抒之情真切自然,具有感染力。

登柳州城楼寄漳汀封连四州刺史 [1]

柳宗元

城上高楼接 [2] 大荒 [3]，海天愁思正茫茫。

惊风 [4] 乱飐 [5] 芙蓉 [6] 水，密雨斜侵薜荔 [7] 墙。

岭树重遮 [8] 千里目，江流曲似九回肠。

共来百粤 [9] 文身 [10] 地，犹自 [11] 音书滞 [12] 一乡。

【注释】

1 登柳州城楼寄漳汀封连四州刺史：元和十年（815），"八司马"中的五人再次遭贬，柳宗元出任柳州刺史，其余四人出任漳、汀、封、连四州刺史。

2 接：目接，看到。

3 大荒：荒僻遥远的地方。

4 惊风：突起的狂风。

5 飐：吹动。

6 芙蓉：荷花。

7 薜荔：一种缘墙牵藤常绿蔓生的植物。

8 重遮：层层遮蔽。

9 百粤：泛指五岭以南的少数民族。

10 文身：在身上刺花纹，古代南方少数民族的一种习俗。

11 犹自：仍然。

12 滞：滞留。

【点评】

　　这首抒情诗同时写给四人，描写了诗人到柳州后，登高望远，感念友人之情。"城上高楼接大荒"是说诗人登高望远，目之所及一片荒凉。下一句中的"海天愁思"极言诗人的愁思之深切。"惊风乱飐芙蓉水，密雨斜侵薜荔墙"描写的是近景，是以自然之景暗喻现实的残酷无情。颈联"岭树重遮千里目，江流曲似九回肠"写的是远景，景中含情，体现了诗人遭遇挫折后内心的惆怅。尾联是对题目所提及的四人的关怀，"共来"表明四人同时被贬，"犹自音书滞一乡"则表明四人被贬谪到不同的地方，连书信也很难互通，令人心痛。全诗寓情于景，托物寄兴，感情深沉而含蓄，动人心魄。

西塞山[1] 怀古

刘禹锡

王濬楼船下益州，金陵王气[2] 黯然收[3]。

千寻铁锁[4] 沉江底，一片降幡出石头。

人世几回伤往事，山形依旧枕[5] 寒流[6]。

从今四海为家[7] 日，故垒[8] 萧萧芦荻[9] 秋。

【注释】

1 西塞山：又名道士洑矶，在湖北省大冶市东，地势险峻，状如关塞，是长江中游的要隘之一。

2 王气：古代迷信说法，认为帝王所在的地方的上空有一种特殊的云气，这就是王气。这里是指孙吴王朝的景气。

3 收：消失。

4 千寻铁锁：吴国在长江险要地带用铁索链修筑的拦江工事。

5 枕：临靠。

6 寒流：指长江。

7 四海为家：四海归于一家，天下统一。

8 故垒：营垒的遗迹。

9 荻：野草名。荻与芦苇相似，生长于水边，秋天生出草黄色花穗。

【点评】

　　这首诗是刘禹锡途经西塞山时的吊古伤今之作。诗的前四句写的是西晋灭吴的历史故事，首联的"下"跟"收"表现了双方阵势的强弱对比，进而引出颔联"千寻铁锁沉江底，一片降幡出石头"的结局，即东吴战败。这四句描写有对比，有铺垫，表达了国之兴亡在人而不在地形、军事防御这些东西的主题。颈联写西塞山，其中"人世几回伤往事"是对人世变迁的感慨，"山形依旧枕寒流"是说西塞山一直如故，表达了物是人非的感慨。第七句直接转到当下，如今是江山统一的时代，而"故垒萧萧芦荻秋"是分裂的结局。全诗借古讽今，感情沉郁浓厚，具有深刻的思想性。

元稹

元稹（779—831），字微之，河内（今河南洛阳）人。与白居易齐名，并称"元白"，同为新乐府运动倡导者。他的诗于平浅明快中呈现丽绝华美，色彩浓烈，铺叙曲折，富于情趣。《全唐诗》收其诗二十八卷。

遣悲怀（三首）

元稹

其一

谢公[1]最小偏怜女，自嫁黔娄[2]百事乖[3]。

顾我无衣搜荩箧[4]，泥[5]他沽酒拔金钗。

野蔬充膳甘尝藿[6]，落叶添薪仰古槐。

今日俸钱过十万，与君营奠[7]复营斋[8]。

【注释】

1 谢公：东晋宰相谢安，他最偏爱侄女谢道韫。

2 黔娄：春秋时齐国的贫士，其妻最贤。此自喻。

3 乖：不顺遂。

4 荩箧：用草编的箱子。

5 泥：软言央求。

6 藿：豆叶，嫩时可食。

7 营奠：置办祭品。

8 营斋：请僧人斋会，超度亡灵。

【点评】

这首诗是元稹写给已故妻子的悼亡诗。在诗的首句，诗人以"谢

公女"代指妻子，以"黔娄"自喻，暗示妻子是下嫁给自己的，"百
事乖"则说明婚后生活很是艰苦。中间四句是诗人对婚后艰苦生活
的具体描写：没有衣服穿，妻子就翻箱倒柜地搜罗；家里没钱买酒，
妻子便拔下头上的金钗去换；平常吃的都是些豆叶之类的野草，
妻子却吃得很香甜；没有柴烧，妻子便以落叶为薪。这四句写出
了妻子的贤惠，表达了诗人对妻子的怀念。尾联写诗人如今的俸
禄高了，可以过好日子了，妻子却不在了，自己只能"与君营奠
复营斋"，表达了哀思和遗憾。"复"字说明诗人经常祭奠妻子，
体现了诗人对妻子深切的怀念与愧疚之情。

其二

昔日戏言[1]身后意[2]，今朝都到眼前来。

衣裳已施[3]行看尽[4]，针线犹存未忍开。

尚想旧情怜婢仆，也曾因梦送钱财。

诚知此恨人人有，贫贱夫妻[5]百事哀。

【注释】

1 戏言：开玩笑的话。

2 身后意：关于死后的话。

3 施：施舍。

4 行看尽：眼看快要没有了。

5 贫贱夫妻：元稹与韦丛一起生活时，家境贫困，故称。

【点评】

　　这首诗主要写了妻子去世后，诗人对她的百般怀念。首联的"昔日戏言"与"今朝"体现了诗人难以接受妻子亡故这一事实。中间四句写了日常生活中引起诗人哀悼的几件事，可见诗人哀思妻子为常有之事。为了避免睹物思人，平添悲伤，诗人将妻子生前的衣物都快施舍干净了，将妻子的针线盒一直好好地保存着，舍不得打开。诗人看到曾侍奉过妻子的奴仆，也会引起哀思，因而对奴仆多了几分怜爱，也曾因为梦见妻子而在醒来之后为妻子送去钱财，告慰亡灵。尾联"诚知此恨人人有，贫贱夫妻百事哀"从泛指落到特指，即对生前一同经历过贫苦日子的夫妻来说，死别更让人感到悲哀，突出了诗人哀伤之深切。

其三

闲坐悲君亦自悲，百年多是几多时。

邓攸[1]无子寻知命，潘岳[2]悼亡犹费词。

同穴窅冥[3]何所望，他生缘会更难期[4]。

唯将终夜长开眼，报答平生未展眉。

【注释】

1 邓攸：晋河东太守，字伯道。《晋书·邓攸传》载：永嘉末年战乱中，他舍子保侄，后终无子。

2 潘岳：晋文学家，妻死，作《悼亡》诗三首，后世传诵。

3 窅冥：渺茫深远的样子。

4 期：期待，期望。

【点评】

这是《遣悲怀》的第三首，为承前两首而作。首句"闲坐悲君亦自悲"点明这首诗的主要内容由前两首的"悲君"转向"自悲"，即从对妻子的悼念转向自己在妻子亡故后的一些思考，基调还是"悲"。"百年多是几多时"是诗人对人生百年转瞬即逝的感慨。颔联两句，诗人以邓攸和潘岳自喻，流露出对无子、丧妻的哀叹。颈联的哀切之感更甚，对已经死别的夫妻来说，即使死后合葬，也无法倾诉衷情，只能期盼来世结缘，不过这更是虚无缥缈的想法。诗写到此处，诗人的悲情越来越浓重，哀痛几乎无法解，最后他想出了一个无可奈何的办法："唯将终夜长开眼，报答平生未展眉。"诗人将终夜不眠，报答妻子生前因生活的困苦而未曾展平过的眉头。全诗可谓痴情缠绵，哀痛欲绝。

自河南¹经乱，关内²阻饥³，兄弟离散，各在一处。
因望月有感，聊书所怀，寄上浮梁大兄⁴、於潜七兄⁵、
乌江十五兄⁶，兼示符离⁷及下邽⁸弟妹

白居易

时难年荒世业⁹空，弟兄羁旅各西东。

田园寥落干戈后，骨肉流离道路中。

吊影¹⁰分为千里雁¹¹，辞根¹²散作九秋¹³蓬。

共看明月应垂泪，一夜乡心¹⁴五处同。

【注释】

1 河南：唐时河南道，在今河南山东两省黄河故道以内（唐河、白河流域除外），江苏、安徽两省淮河以北地区。

2 关内：关内道，在今陕西、甘肃一带。

3 阻饥：遭受饥荒。

4 浮梁大兄：白居易的长兄白幼文曾担任浮梁（今江西景德镇）主簿。

5 於潜七兄：白居易的堂兄，时为於潜（今浙江省临安区）尉。

6 乌江十五兄：白居易的堂兄白逸，时任乌江（今安徽省和县）主簿。

7 符离：在今安徽宿州市内。白居易家属曾被安置在符离。

8 下邽：古县名，在今陕西省渭南市。白居易的家乡。

9 世业：祖传的产业。

10 吊影：顾影自怜。

11 千里雁：比喻兄弟。

12 辞根：蓬草离开根部，比喻兄弟们各自背井离乡。

13 九秋：深秋时节。

14 乡心：思乡之心。

【点评】

　　这首诗描写了战乱造成亲人离散的局面，抒发了诗人对分散各地的兄弟们的挂念。首句"时难年荒世业空"中的"时难"即指诗题中所说的"河南经乱关内阻饥"，造成的结果是"弟兄羁旅各西东"。"田园寥落干戈后，骨肉流离道路中"是战乱结束后的惨景，田园已荒废，亲人仍流离失所。这些都是诗人的亲身经历，体现了战乱给人民带来的深重灾难。颈联以"千里雁"和"九秋蓬"比喻那些羁旅各地、漂泊异乡的游子，形象贴切，给人一种孤苦凄凉的感觉。尾联是诗人在望月怀思，他思念着离散各地的兄弟姐妹，如果他们此时也在抬头望月，那么或许和自己一样也在暗自垂泪吧！这一联所营造的画面深远广阔，正如诗人绵绵不绝的愁思。全诗语言浅显易懂，感情真挚，引人共鸣。

锦瑟 [1]

李商隐

锦瑟无端 [2] 五十弦 [3]，一弦一柱思华年。

庄生晓梦迷蝴蝶 [4]，望帝 [5] 春心托杜鹃。

沧海月明珠有泪 [6]，蓝田 [7] 日暖玉生烟。

此情可待成追忆，只是当时已惘然。

【注释】

1 锦瑟：绘有织锦纹的瑟。瑟，古代一种弦乐器。

2 无端：没来由。

3 五十弦：这里是托古之词。作者寄托悲怨之意。

4 庄生晓梦迷蝴蝶：《庄子·齐物论》："庄周梦为蝴蝶，栩栩然蝴蝶也；自喻适志与！不知周也。俄然觉，则蘧蘧然周也。不知周之梦为蝴蝶与？蝴蝶之梦为周与？"李商隐在此引用庄周梦蝶的故事，来表明人生如梦，往事如烟之意。

5 望帝：蜀帝杜宇，号望帝。《华阳国志·蜀志》："杜宇称帝，号曰望帝。……其相开明，决玉垒山以除水害，帝遂委以政事，法尧舜禅授之义，遂禅位于开明。帝升西山隐焉。时适二月，子鹃鸟鸣，故蜀人悲子鹃鸟鸣也。"子鹃即杜鹃，又名子规。

6 珠有泪：《博物志》："南海外有鲛人，水居如鱼，不废绩织，其眼泪则能出珠。"

7 蓝田：山名，产玉。在今陕西蓝田县。

【点评】

　　这首诗运用象征、隐喻等手法，表达了诗人内心的万般情怀，表情达意含蓄深沉，让人回味。诗从弦音悲凉的锦瑟写起，瑟一般是二十五弦，但是诗人在此处写"无端五十弦"，表达了对年华流逝的感慨。颔联和颈联皆用了典故："庄周梦蝶"的典故是感叹人生虚幻无常，体现了诗人的迷惘；杜宇化为杜鹃鸟的典故体现了诗人苦苦追寻却无果的凄凉与孤独；沧海鲛泪给人一种开阔寂寥之感，良玉生烟则营造了一种温暖朦胧的感觉。这些无不体现了诗人百转千回的内心。在诗的尾联，诗人直接抒发了对年华似水的感慨和自己的迷惘。全诗意象丰富，表达的思想感情曲折幽深，具有很高的艺术价值，但关于此诗的创作意图众说纷纭。

吹罷瓊簫咽鳳塵

粉痕暗蝕鏡中春低

垂翠袖紅粧側舞傞

瓏綃一美人　翡平

无题

李商隐

昨夜星辰昨夜风，画楼西畔桂堂[1]东。

身无彩凤双飞翼，心有灵犀[2]一点通。

隔座送钩[3]春酒暖，分曹射覆[4]蜡灯红。

嗟余听鼓应官去，走马兰台[5]类转蓬。

【注释】

1 画楼、桂堂：指富贵人家的屋舍。

2 灵犀：旧说犀牛有神异，角中有白纹如线，直通上下。

3 送钩：也称藏钩。古代腊日的一种游戏，分两队，其中一队将钩传递，

另一队猜钩在何处，猜不中则罚。

4 分曹射覆：分组互相猜。

5 兰台：秘书省，掌管经籍图书。

【点评】

　　这首诗的前六句描写了一场令人愉悦的聚会，而最后两句抒发了无奈之情。首联上句点明欢聚的时间是"昨夜"，下句点明地点是"画楼西畔桂堂东"。"画楼"和"桂堂"均为富丽堂皇之地，这就已经将气氛烘托得热闹非凡了。颔联两句是千古名句，将不能

彼此陪伴但心意相通的恋人之间的浓情蜜意描写得生动缠绵。颈联两句写欢聚时的游戏场面，"送钩"与"射覆"都是古代的游戏，"春酒暖"跟"蜡灯红"烘托出了场面之热闹。尾联的画风陡然一变，从热闹喜庆的宴席场面写到了更鼓响起，诗人要"应官去"，即上朝，欢乐顿时消散不见，留下的只有诗人如飘零的蓬草一般的凄凉心境。全诗叙事模糊，但对心理活动的描写细致入微，留给后人无数的猜测。

隋宫 [1]

李商隐

紫泉 [2] 宫殿锁烟霞 [3]，欲取芜城 [4] 作帝家。

玉玺 [5] 不缘归日角 [6]，锦帆 [7] 应是到天涯。

于今腐草 [8] 无萤火，终古垂杨有暮鸦。

地下若逢陈后主 [9]，岂宜重问《后庭花》[10]！

【注释】

1 隋宫：指隋炀帝杨广在江都（今江苏扬州市）所建的行宫。

2 紫泉：紫渊，长安河名，因唐高祖名李渊，为避讳而改。司马相如《上林赋》描写皇帝的上林苑"丹水更其南，紫渊径其北"。此处用紫泉宫殿代指隋朝京都长安的宫殿。

3 锁烟霞：空有烟云缭绕。

4 芜城：广陵（今扬州）。

5 玉玺：皇帝的玉印。

6 日角：额角突出，古人以为此乃帝王之相。此处指唐高祖李渊。

7 锦帆：隋炀帝所乘的龙舟，其帆用华丽的宫锦制成。

8 腐草：古人以为萤火虫是腐草变化出来的。

9 陈后主：南朝陈末代皇帝陈叔宝，荒淫亡国之君。

10《后庭花》：《玉树后庭花》，陈后主所创，歌词绮艳。

【点评】

　　这首诗写的是隋朝的亡国之事，批判了隋炀帝这位亡国之君，又借古讽今，意味深长。诗的首联写隋炀帝贪图享乐，为所欲为，放着长安城不居，偏要去江都建行宫。颔联"玉玺不缘归日角，锦帆应是到天涯"暗示隋的灭国。诗人选取隋炀帝沉迷乘船游行这一事例，讽刺其荒淫误国。颈联选取了与隋炀帝有关的另外两件事：一件是隋炀帝喜欢放萤火虫取乐，还曾修建过"放萤院"；另一件是隋炀帝曾下令在所凿运河两岸栽种杨柳。只是如今只见腐草不见萤火虫，杨柳之上也只有乌鸦乱鸣，今昔对比，更显荒凉。尾联是诗人对隋炀帝毫不留情的讽刺。作为亡国之君，隋炀帝若是在地下碰到同为亡国之君的陈叔宝，还好意思请陈妃起舞《玉树后庭花》吗？这表达了诗人对隋炀帝的轻蔑态度与嘲讽。

无题（二首）

李商隐

其一

来是空言去绝踪，月斜楼上五更钟。

梦为远别啼难唤，书被催成墨未浓。

蜡照半笼[1]金翡翠[2]，麝[3]熏微度[4]绣芙蓉[5]。

刘郎[6]已恨蓬山[7]远，更隔蓬山一万重。

【注释】

1 半笼：半映。

2 金翡翠：指饰以金翡翠花纹的被子。

3 麝：指麝香。

4 度：透过。

5 绣芙蓉：指绣有芙蓉图案的帐子。

6 刘郎：相传东汉时刘晨、阮肇一同入山采药，遇二仙女，受邀至仙女家，留半年乃还乡。后也以此典喻"艳遇"。

7 蓬山：蓬莱山，指仙境。

【点评】

　　这首诗写得朦胧虚幻，给人一种亦真亦幻、若即若离之感。首句"来是空言去绝踪"起势猛然，"月斜楼上五更钟"是写景，同时点明时间是夜晚将尽。颔联上句"梦为远别啼难唤"表明刚才的重逢与别离皆是在梦中,"啼难唤"说明主人公的哀伤之深切。而"书被催成墨未浓"更是反映了主人公的思念之强烈,梦醒后立马奋笔修书,连墨的浓淡也没留意。颈联写的是梦醒后主人公的失意与惆怅。屋内烛光半笼,淡淡的麝香飘进芙蓉帐中,迷蒙的氛围与主人公的恍惚为全诗更添一层迷离感。尾联运用典故,表现主人公与所思之人相隔甚远,主人公的愁思与"恨"便被体现得淋漓尽致。整首诗虚实结合,将主人公的思念之情写得缠绵悱恻,大有连绵不尽之感。

其二

飒飒[1]东风细雨来,芙蓉塘[2]外有轻雷[3]。

金蟾[4]啮锁烧香入,玉虎[5]牵丝[6]汲井回。

贾氏[7]窥帘韩掾[8]少,宓妃[9]留枕魏王[10]才。

春心[11]莫共花争发,一寸相思一寸灰。

【注释】

1 飒飒:风声。

2 芙蓉塘:荷塘。

3 轻雷:隐约的雷声。

4 金蟾:金蛤蟆。古时在锁头上的装饰。

5 玉虎:井上辘轳。

6 丝：指井绳。

7 贾氏：西晋贾充的次女。她在门帘后窥见韩寿，爱悦他年少俊美，两人私通。贾氏以皇帝赐贾充的异香赠寿，被贾充发觉，遂以女嫁给韩寿。

8 韩掾：指韩寿。韩曾为贾充的掾属。

9 宓妃：古代传说，伏羲氏之女名宓妃，溺死于洛水上，成为洛神。这里借指三国时曹丕的皇后甄氏。相传甄氏曾为曹丕之弟曹植所爱，后来曹操把她嫁给曹丕。甄后被赐死后，曹丕把她的遗物玉缕金带枕送给曹植。曹植离京途经洛水，梦见甄后来相会，表示把玉枕留给他做纪念。醒后遂作《感甄赋》，后明帝改为《洛神赋》。

10 魏王：指魏东阿王曹植。

11 春心：指相思之情。

【点评】

　　这首诗描写的是一位深闺女子对爱情的追求和追求幻灭后的绝望呼喊。诗的首联写景，流露出春天来临、生命萌动之感，这种环境暗示出女子春心萌动。"金蟾啮锁烧香入，玉虎牵丝汲井回"体现了女子所居之所的幽静，反衬出女子的孤独与惆怅，不管是袅袅升起的香烟还是汲井的井绳，都牵动着女子的情丝。颈联用到了两个典故：一个是贾氏爱慕韩寿的英俊，后与他结为夫妻；一个是甄宓爱慕曹植的才华，甄宓死后，曹植见其玉缕金带枕不禁泣下。这两个女子都是勇敢追求爱情的人，反映了女子对爱情的渴望。

尾联急转直下，相思成灰，美好的事物被毁灭，给全诗笼罩上一层悲剧美。从女子失意的爱情中，我们也可窥见诗人仕途的不顺。

元 倪瓒 疏林图○

筹笔驿[1]

李商隐

鱼鸟犹疑[2]畏简书[3]，风云常为护储胥[4]。

徒令上将[5]挥神笔[6]，终见降王[7]走传车。

管[8]乐[9]有才真不忝[10]，关张无命欲何如。

他年[11]锦里[12]经祠庙，梁父吟成恨有余。

【注释】

1 筹笔驿：指今朝天驿，在今四川省广元市北。相传诸葛亮伐魏时曾在此筹划军机，因此得名。

2 疑：惊惧。

3 简书：指军令。古人将文字写在竹简上。

4 储胥：军用的篱栅，此处指军营。

5 上将：指诸葛亮。

6 挥神笔：指谋划军事。

7 降王：指后主刘禅。

8 管：管仲。春秋时齐相，曾佐齐桓公成就霸业。

9 乐：乐毅。战国时人，燕国名将，曾大败强齐。

10 不忝：不愧。

11 他年：往年。

12 锦里：在成都城南，有武侯祠。

【点评】

这首诗的主要内容是凭吊一代名相诸葛亮，赞扬他的才智、威名，同时对他的壮志未酬表达遗憾。诗的首联通过"鱼鸟"和"风云"来突出诸葛亮的威严。"鱼鸟""风云"是筹笔驿的实景，但是诗人将它们拟人化，"畏"和"护"属于虚写，虚实之间，烘托了诸葛亮的形象。中间四句是对诸葛亮壮志未酬的具体阐发：纵使他神机妙算、才智无双，也阻止不了刘禅投降，蜀国大业归于败亡；他有着不输管仲、乐毅的才华与智谋，却失去了张飞和关羽这最为重要的左膀右臂，无可奈何，引人叹息。最后两句，诗人抒发了自己对诸葛亮的惋惜之情。全诗抑扬交替，多借用其他形象来烘托诸葛亮，表现手法别具一格。

无题

李商隐

相见时难别亦难，东风无力百花残[1]。

春蚕到死丝[2]方尽，蜡炬成灰泪始干。

晓镜[3]但愁云鬓改，夜吟应觉月光寒[4]。

蓬山此去无多路，青鸟[5]殷勤为探看。

【注释】

1 东风无力百花残：指相别时为暮春时节。

2 丝：与"思"谐音，双关，既指蚕丝，又指情思。

3 晓镜：清晨照镜。

4 月光寒：指夜渐深。

5 青鸟：古代传说中的神鸟，后喻指信使。

【点评】

　　这首诗描写的是一位与爱人分隔两地的女子的相思之情。首句"相见时难别亦难"用了两个"难"字，表达分离的痛苦；下句"东风无力百花残"借用自然环境表现女子内心的悲伤与愁思。颔联用了两个比喻句，将相思之情阐发得更为曲折入微：对爱人的思念像春蚕吐丝一样，至死方休；思念的泪水像燃烧的蜡烛一样，直到烧尽变成了灰才能止住。这两句所表达的感情热烈、缠绵，还带有一种悲观的色彩，感染力极强。"晓镜但愁云鬓改"是对女子行为的描写，早晨对镜梳妆，担心容颜衰老。"夜吟应觉月光寒"是对所思之人的设想，体现了女子对爱人的挂念。思念之情越来越深，几乎难以忍受，但是苦于无法见面，所以最后说"蓬山此去无多路，青鸟殷勤为探看"。然而这也只是一种渺茫的希望，女子的相思之苦还会持续下去，这就达到了一种言已尽而情不绝的效果。

春雨

李商隐

怅卧新春白袷衣[1]，白门[2]寥落意多违。

红楼[3]隔雨相望冷，珠箔[4]飘灯独自归。

远路应悲春晼晚[5]，残宵犹得梦依稀[6]。

玉珰[7]缄札[8]何由达，万里云罗[9]一雁飞。

【注释】

1 白袷衣：白夹衣，白衫为唐人闲居时穿的便服。

2 白门：指金陵，即现南京。

3 红楼：指怀念之人的住处。

4 珠箔：珠帘。

5 晼晚：夕阳西下的时候。

6 依稀：形容梦境的忧伤迷离。

7 玉珰：用玉做的耳珠。

8 缄札：书信。

9 云罗：罗纹般的云。

【点评】

　　这首诗题为《春雨》，实际上是借缠绵的春雨烘托气氛，描写情人离别后的痛苦与迷茫。诗的开头写主人公在新春时节穿着白夹衣在家中"怅卧"，"怅"字指出了主人公的心情之郁闷。为什么会"怅"呢？原来是因为"白门寥落"，自己与意中人不得相会。颔联寓情于景，本来明丽的景物却被笼罩上了一层寂寥之感，反映了主人公的心情。"远路应悲春晼晚"将视角拉向远方，主人公想象着远方之人应该也在为春之日落时分伤感吧！"残宵犹得梦依稀"将相见的愿望寄托在梦中，更添伤感。尾联借"万里云罗"这一自然景物，将相见之难具象化；用"玉珰缄札"表思念之情，体现了思念的真挚。全诗意象丰富，意境迷离凄美，婉转地烘托出主人公的哀思，富有感染力。

清 恽寿平 桃花图○

无题（二首）

李商隐

其一

凤尾香罗[1]薄几重，碧文圆顶[2]夜深缝。

扇裁[3]月魄羞难掩，车走雷声语未通。

曾是寂寥金烬暗[4]，断无消息石榴红[5]。

斑骓只系垂杨岸，何处西南待好风。

【注释】

1 凤尾香罗：指凤纹罗。罗，一种丝织品。

2 圆顶：指圆顶帐子。

3 扇裁：指以团扇掩面。

4 金烬暗：形容残烛。

5 石榴红：石榴开花的时节。

【点评】

　　这是一首描写女子思念爱人、追忆往事的诗。首联写女子深夜缝制罗帐，而罗帐这一意象在古代诗歌中常象征情人间的缠绵，所以女子很可能是在思念自己的意中人。颔联是女子的回忆。女子回忆与意中人的偶遇，因为害羞，所以用团扇遮面，在轰隆而过的车声中，未来得及跟意中人说上话，不免遗憾。颈联写女子的相思之苦。在跟意中人分离的日子里，女子常常夜不能眠，看着残烛慢慢燃烧殆尽；日子一天天过去，石榴花都红了，她跟意中人还是没能重逢。尾联是女子的美好期待，寄托了女子对意中人深切的思念。全诗以女子的心理活动为主体，而且将时间设定在深夜，更显出相思无望的苦闷，给读者留下了很大的想象空间。

其二

重帏深下莫愁[1]堂，卧后[2]清宵细细长。

神女[3]生涯原是梦，小姑居处本无郎[4]。

风波不信菱枝弱，月露谁教桂叶香。

直道[5]相思了无益，未妨惆怅是清狂[6]。

【注释】

1 莫愁：泛指年轻女子。

2 卧后：醒来后。

3 神女：宋玉《神女赋》中的巫山神女。

4 小姑居处本无郎：古乐府《青溪小姑曲》："小姑所居，独处无郎。"

5 直道：即使。

6 清狂：痴情。

【点评】

　　这首诗从环境写起。"重帏深下莫愁堂"描写的是幽静的房间内，帷幔层层低垂，"卧后清宵细细长"则表明主人公躺在床上心事重重，难以入眠。至于心事是什么，诗人没有明说。颔联化用两个典故，借神话传说中的神女传达一切浪漫皆虚幻的意思，"小姑居处本无郎"则是主人公实际境况的写照，即独自一人，无人相伴。颈联借用自然景物，象征意味十分明显，隐喻了主人公的不幸遭遇。尾联直抒胸臆，就算相思无用，也不改痴心，言明主人公情到深处，不能自已了。全诗表意曲折含蓄，营造的意境细腻朦胧。而诗人写作此诗的目的，恐怕是通过诗中的主人公来寄托个人情思。

利州 [1] 南渡 [2]

温庭筠

澹然 [3] 空水带斜晖，曲岛苍茫接翠微 [4]。

波上马嘶看棹去，柳边人歇待船归。

数丛沙草群鸥散，万顷江田一鹭飞。

谁解乘舟寻范蠡 [5]，五湖 [6] 烟水独忘机。

【注释】

1 利州：今四川广元。

2 南渡：指渡嘉陵江。

3 澹然：水波荡漾的样子。

4 翠微：指青翠的山坡。

5 范蠡：字少伯，春秋时越大夫，助勾践灭吴国后，辞官乘舟而去。

6 五湖：太湖和它附近的几个湖。

【点评】

    温庭筠是一个在政治上颇为不顺的人，屡次应试不中，还因犯忌讳得罪了当朝皇帝和宰相，只能漂泊谋生，做一个落魄才子，这首诗就是他在利州渡江时所作的。诗的前六句都是写景。首联写诗人站在江边看到的景色：夕阳照在开阔的江水上，水波淡然，曲折的小岛连接着翠绿的群山，一片苍茫。颔联写准备渡江时看到的场景，马儿嘶鸣，树荫下准备乘船的人正在等待船只到来。颈联接着颔联写，写渡江时，沙草丛中的群鸥惊起，四处飞散，万顷江田上空，鹭鸟展翅飞翔。这六句用有序的描写展示了一幅苍茫而富有生机的南渡图。面对这样的景色，诗人情起，想到了急流勇退的范蠡。尾联表达的意思是就算自己淡泊名利，与世无争，也没人愿意理会。

苏武[1]庙

温庭筠

苏武魂销汉使前，古祠高树两茫然。

云边雁断[2]胡[3]天月，陇上羊归塞草烟。

回日楼台非甲帐，去时冠剑是丁年[4]。

茂陵[5]不见封侯印，空向秋波哭逝川[6]！

【注释】

1 苏武：西汉人，字子卿。汉武帝时出使匈奴被扣多年，坚贞不屈。

2 雁断：指音信隔绝。

3 胡：指匈奴。

4 丁年：壮年。

5 茂陵：汉武帝陵。此处代指汉武帝。

6 逝川：喻逝去的时间。语出《论语·子罕》："子在川上曰：逝者如斯夫。"

【点评】

　　本诗为诗人凭吊苏武庙之后所作，表达了对苏武的赞扬与钦佩。诗的首联虚实结合，上句虚写被匈奴扣押十九年的苏武见到汉使时激动不已的情景；下句实写苏武庙，"古祠高树"给人一种肃穆庄严的感觉。"云边雁断胡天月"表现的是苏武对国家的思念；

"陇上羊归塞草烟"写的是塞外归牧，体现了环境的荒凉。在这样艰苦的环境中，苏武坚守了十九年，足见其心志之坚定。颈联写的是苏武回归汉室后，汉武帝已逝，出使时尚在壮年的苏武如今也已是暮年之人，沧桑之感油然而生。尾联描写了苏武对汉武帝的哀悼，表现了苏武的忠心。作为晚唐诗人的温庭筠，赞扬苏武这样的忠君爱国之士，其意也在哀叹国势衰退、民族矛盾尖锐的晚唐之景。

薛逢

薛逢（生卒年不详），字陶臣，蒲州河东（今山西永济）人。会昌元年（841）进士，授秘书省校书郎，历任侍御史、尚书郎等官职。因恃才傲物，议论激切，得罪权贵，仕途不顺。《全唐诗》编其诗一卷。

宫词

薛逢

十二楼[1]中尽晓妆，望仙楼[2]上望君王。

锁衔金兽连环冷，水滴铜龙[3]昼漏长。

云髻罢梳[4]还对镜，罗衣欲换更添香。

遥窥正殿帘开处，袍袴宫人扫御床[5]。

【注释】

1 十二楼：原为传说中仙人居所，此处代指皇宫。

2 望仙楼：唐宫中楼名，此处代指皇宫。

3 水滴铜龙：指铜壶滴漏，古时计时仪器。

4 罢梳：梳妆完毕。

5 御床：皇帝睡的龙床。

【点评】

　　这是一首宫怨诗，描写的是宫妃们盼君王宠幸而不得的哀怨心理。诗的首联即点明主旨。"十二楼"和"望仙楼"都是宫妃的住处，宫妃一大早就起来梳妆打扮，站在望仙楼上翘首盼望君王的到来。颔联是对周边环境的描写，渲染了宫妃内心的孤寂和焦灼。兽形门环紧闭，冰冷的大门正如宫妃凄凉的心境，用来计时的铜龙滴滴答答的，显得时间过得格外慢。颈联写等待的宫妃对着镜子看了又看，唯恐妆容不妥，又想着换一件衣裳，熏一些香气，如此将宫妃失望中又怀着希望的心理状态描摹得十分到位。尾联写宫妃等而不得的哀怨，她们遥望正殿，宫女正在打扫御床，而她们只能独自等待，不能接近。全诗刻画细致生动，将宫妃的心理活动写得真实可感，反映了久居深宫的宫妃空虚、寂寞的生活。

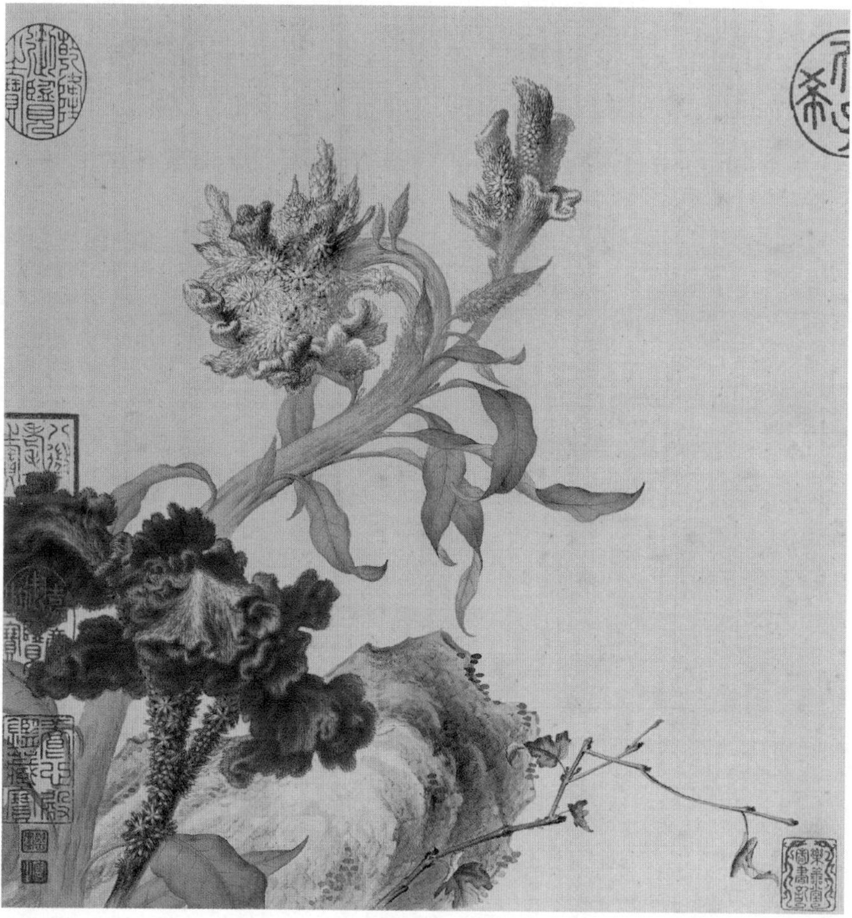

清　郎世宁　花鸟图〇

秦
韬
玉

◇

秦韬玉（生卒年不详），字中明（一作仲明），京兆（今属
陕西西安）人。"有词藻，工歌吟"，却累举不第。黄巢起
义军攻占长安后，秦韬玉从僖宗入蜀，中和二年（882）特赐
进士及第。《全唐诗》编其诗一卷。

贫女

秦韬玉

蓬门未识绮罗香[1]，拟托良媒亦自伤。

谁爱风流[2]高格调[3]，共怜时世[4]俭梳妆[5]。

敢将十指夸针巧，不把双眉斗画长。

苦恨年年压金线[6]，为他人作嫁衣裳。

【注释】

1 绮罗香：指富贵女子的华丽服装。

2 风流：指举止潇洒。

3 高格调：指气质、品行拔尖。

4 时世：当今。

5 俭梳妆：简朴的打扮。

6 压金线：指刺绣。

【点评】

这首诗全篇都是一个未出阁的贫家女子的独白，诗人实际是借女子倾诉身在贫家无人识的抑郁、惆怅，来表达出身贫贱的寒士无人赏识的苦闷。诗的第一句便直截了当地点出女子出身"蓬门"，未曾穿过华贵的衣裳，想要托个好媒人说亲，却更感到悲伤，这里的"亦自伤"体现了女子复杂的情感。颔联和颈联分别描述了女子高尚的品格和精巧的手艺，然而人们并不关注这些，他们追求的是流行的妆容，热衷于争妍斗丽。在这样的环境中，女子日复一日地独守寂寞，虽然年年都在拿着金线刺绣，却都是在给别人做嫁衣。女子的独白到此戛然而止，女子黯然神伤的形象呈现在读者面前。诗人通过刻画这一贫家女子的形象，反映了时下的一些社会现实，体现了诗人对不良社会风气的愤懑和不平。

臣余稺恭畫

乐府

独不见

沈佺期

卢家小妇[1]郁金堂[2]，海燕[3]双栖玳瑁[4]梁。

九月寒砧[5]催木叶，十年征戍[6]忆辽阳[7]。

白狼河[8]北音书断，丹凤城[9]南秋夜长。

谁知含愁独不见，使妾明月照流黄[10]。

【注释】

1 卢家小妇：《乐府·河中之水歌》："河中之水向东流，洛阳女儿名莫愁……十五嫁为卢家妇，十六生儿字阿侯。卢家兰室桂为梁，中有郁金苏合香。"诗意即此，诗中"卢家小妇"乃泛指青春少妇。

2 郁金堂：郁金，植物名，为珍贵的香料，传说出于大秦国（罗马帝国）。此指堂以香料涂壁。

3 海燕：燕子的一种。

4 玳瑁：一种海龟，龟甲有黄黑相间的花纹，半透明，可制装饰品。玳瑁梁指以玳瑁为饰的屋梁。

5 寒砧：深秋捣衣的砧杵声。砧，捣衣石。

6 征戍：出征守卫边防。

7 辽阳：今辽宁辽阳市，这里泛指辽东地区，唐时为东北边防要地。

8 白狼河：又名大凌河，在今辽宁西南部，流经锦州入海。

9 丹凤城：指长安，为少妇居处。相传秦穆公的女儿弄玉吹箫引凤，凤凰飞降凤城。唐时长安宫阙有丹凤门。

10 流黄：黄紫间色的丝织品。指少妇的帷帐。

【点评】

　　这是一首描写思妇怀念征人的诗。诗的首联用"郁金堂""玳瑁梁"体现少妇所居之所的华丽，用"海燕双栖"反衬少妇的形单影只。颔联先点明时节是九月寒秋，而丈夫已经离家远征十年了，少妇对丈夫的思念可想而知。颈联"白狼河北音书断"表现了征地之远，书信不能送达，这样一来，思念、担忧、孤寂等各种情绪就充斥了少妇的内心，她自然就会觉得"秋夜长"了。尾联是女子的独白：我这思而不见的哀愁已经无处消解了，为何明月还要照在我的帷帐上，给我徒添忧伤？全诗将环境描写与人物的情感结合得密切、恰当，情景和谐互衬，使诗的情感表达更为缠绵、真挚，意境深远绵长，读来余韵无穷。

臣余穉恭畫

五言绝句

鹿柴 [1]

王维

空山不见人，但闻人语响。

返景[2]入深林，复照青苔上。

【注释】

1 鹿柴：指鹿厩。"柴"通"寨"，栅栏。

2 返景：落日的返照。

【点评】

　　这首诗是诗人晚年在辋川与诗人裴迪的唱和诗中的一首。诗的首句"空山不见人"表现了山的空旷幽静,紧接着下句"但闻人语响"来了个转折。这里是以动衬静的手法,山谷之中,能听见说话声本就说明了山的寂静,而且"人语响"之后,山里的空寂感会更加突出。第三、四句由山谷的静转到对幽暗的深林的描写。"返景入深林"指在一大片幽暗的密林中,有一小片被夕阳照亮,于是将夕阳照不到的地方反衬得更暗了。在本诗中,诗人先是以闹衬静,再以亮衬暗,营造了一种深邃、静谧的意境。

清　黄慎　桃花源图(局部)〇

573

竹里馆

王维

独坐幽篁¹里，弹琴复长啸²。

深林人不知，明月来相照。

【注释】

1 篁：竹林。

2 长啸：古代一种口技，撮口出声，清越舒长。

【点评】

　　这首诗是王维晚年在辋川闲居时所作，写出了隐居生活的闲适与情趣，表现了诗人宁静淡泊的心态。诗以"独"字总领全篇，诗人独坐的地方又是"幽篁里"，即一片幽深的竹林中，营造了清静脱俗的氛围。"弹琴复长啸"是诗人的行为，一边弹琴，一边大声吟咏，抒发自己的感情。至此，一个在幽深的竹林中悠然自处的隐士形象便呈现在我们面前。"深林人不知，明月来相照"表现的则是一种孤独，在这幽深的林子里，没有人知晓、理解诗人，诗人只有一轮明月相伴。但是这种孤独并不会让人觉得凄凉，反而使得诗人超凡脱俗的形象更加鲜明。全诗语言未经刻意雕琢，而像是诗人随意选取身边的景色来入诗；对人物的描写也极其简单，只写行为、活动，不抒情表意。诗的风格平淡自然，却又能让人从中感受到高雅的情趣。

送别

王维

山中相送罢，日暮掩 ¹ 柴扉 ²。
春草年年绿，王孙 ³ 归不归。

【注释】

1 掩：关闭。

2 柴扉：柴门。

3 王孙：贵族的子孙，这里指诗人自己。

【点评】

  这是一首简短的送别诗，诗中省去了对分别的场面的描写，也没有抒发依依惜别之情，而是另辟蹊径，从别后写起。首句"山中相送罢"表明人已经送走了，下句"日暮掩柴扉"则通过一个简单的日常动作来表明诗人已经回到了像往常一样独自生活的状态，其中蕴含着友人离开后诗人的孤寂。"春草年年绿，王孙归不归"是诗人对重逢的期待。诗人不直言自己对友人的挂念与不舍，而是写对重聚的想象，表达更委婉，其中的情意也更真挚。诗人没在跟友人分别时直接发问，而是在送罢友人独自回家后才这样问，可见诗人自送别友人就一直在牵挂友人。这首诗篇幅虽短，其中的深意却值得细细探究。

相思

王维

红豆[1]生南国，春来发几枝。
愿君多采撷[2]，此物最相思。

【注释】

1红豆：产于岭南。木本蔓生，树高丈余。叶似槐，开小花，春秋结实，状如豌豆而扁圆，色泽鲜红光亮。相传古时有人死于边塞，其妻哭死于树下，所以又叫相思子。

2撷：摘取。

【点评】

　　这是一首怀念友人的诗，写的是朋友间的相思之情。红豆在古代文学作品中常被用作相思的象征。首句"红豆生南国"中的"南国"既是红豆生长的地点，又是朋友所在的地方，从相思之物写起，为下文抒相思之情做铺垫。下句使用疑问的语气，看起来是在问红豆，实际上表达的是诗人对友人的关注。第三句"愿君多采撷"是让友人不要忘了自己，珍惜两人之间的友谊，这也反映了诗人对友人的相思。最后一句点明红豆暗含的相思之意，使全诗要抒发的感情明朗起来。全诗寄情于物，句句不离红豆，情感表达却入木三分，达到了一种言浅情深的效果。

杂诗

王维

君自故乡来，应知故乡事。
来日¹绮窗²前，寒梅著花³未？

【注释】

1 来日：来的时候。

2 绮窗：镂花的窗户。

3 著花：开花。

【点评】

　　这首诗抒发的是思乡之情。诗人客居异乡，忽然遇到了来自家乡的人，自然惊喜，思乡之情也被激发出来，迫不及待地想要打听故乡的人和事。"君自故乡来，应知故乡事"中的"应"字是诗人自己的想法，觉得从故乡来的人应该知道故乡的事，这就体现了诗人打听故乡事的心情之迫切。然而，关于故乡的事情那么多，要从何问起呢？诗人问到了自己家窗前的那株梅花："来日绮窗前，寒梅著花未？"诗人将自己对故乡的挂念之情具化到一株小小的梅花上，这就值得细细品味了，可能是那株梅花在诗人心里有着非同一般的意义，代表了诗人对家人的挂念，而诗人又不好意思直接问询，所以借口问梅花，实际是在打听挂念之人的近况。这种集万千情感于一点的表现手法，使得诗歌的意味悠远深长，令人琢磨不尽。

宋　佚名　桃枝栖雀图〇

裴
迪

◇

裴迪（生卒年不详），关中（今属陕西）人，著名的山水田园诗人。与"诗佛"王维、"诗圣"杜甫关系密切。早年即与王维过从甚密，晚年居终南山辋川，两人来往更为频繁，故其诗多是与王维的唱和应酬之作。《全唐诗》存其诗二十九首。

送崔九[1]

裴迪

归山深浅去，须尽丘壑美。
莫学武陵人[2]，暂游桃源里。

【注释】

1 崔九：崔兴宗，是裴迪的好友。与王维、裴迪俱居终南山，官右补阙。

2 武陵人：指晋陶渊明《桃花源记》中所写的武陵人。

【点评】

　　这是一首送别诗，诗中没有对分别场面的描写，没有对友人依依不舍的感情表达，只有对友人的劝勉和祝福。从"归山深浅去"一句可知友人要归隐山中，同下一句"须尽丘壑美"连起来，意思就是这次归隐不管入山深浅，都要饱览山川之雄伟，看尽丘壑之秀丽。"莫学武陵人，暂游桃源里"化用了陶渊明《桃花源记》的典故，用武陵人进入桃花源又离开桃花源，最终再也无法寻到桃花源的故事，劝勉友人要坚守初心，坚持隐居，不要隐居到一半又回到凡尘俗世中，这也暗含了诗人对现实的不满。这首诗的创作背景是唐玄宗后期，奸相李林甫当权，杨贵妃专宠，政治黑暗，寒门知识分子入仕无门，诗人会产生这样的想法也就不足为奇了。

终南望余雪

祖咏

终南阴岭¹秀，积雪浮云端。

林表²明霁色，城中增暮寒。

【注释】

1 阴岭：山北曰阴。由长安望终南山，只能见到山的北坡，故曰阴岭。

2 林表：树林最上层。

【点评】

据说，这是一首应试诗，描绘的是诗人从长安遥望终南山的情景。首句"终南阴岭秀"中的"阴岭"即终南山的北面，北面背阳，所以才有"余雪"。"积雪浮云端"描绘的是雪堆积的样子，"浮"字说明积雪之厚，仿佛浮在云端之上。第三句中的"霁"字表明天气是雪后初晴，在这样的天气里，正逢日落时分，夕阳的残光染红了林梢，也染红了终南山上的积雪。最后一句是诗人的感受，诗人看到这样的景象，寒意更甚了。全诗篇幅虽短，但将诗人的所见所感表达得完整、清晰，称得上短小精悍之作。

清 恽寿平 湖山春暖图（局部）○

宿建德江 [1]

孟浩然

移舟 [2] 泊烟渚 [3]，日暮客 [4] 愁新 [5]。
野旷 [6] 天低树，江清 [7] 月近人。

【注释】

1 宿建德江：在建德江露宿。建德江就是今天的新安江，源于安徽，流经浙江建德市入钱塘江，所以称建德江。

2 移舟：划船靠岸边。

3 烟渚：雾气笼罩下的水中小块陆地。

4 客：这里指诗人自己。

5 新：增加。

6 旷：空旷。

7 江清：江水清澈。

【点评】

这是孟浩然的一首写景名作，在五绝中颇为有名。本诗刻画了清江暮色，抒发了作者的羁旅之思。诗中"野旷天低树，江清月近人"为千古名句，意境唯美而凄切，诗人那浓烈的愁仿佛化作一幅凄美绝伦的山水画。诗人寓情于景的高妙手法着实为人称道，全诗自然天成，至简而意无穷！

春晓[1]

孟浩然

春眠不觉晓，处处闻啼鸟。

夜来[2]风雨声，花落知多少。

【注释】

1 春晓：春天的早晨。晓，天亮的意思。

2 夜来：指昨天夜里。

【点评】

　　这首诗于浅显简单中蕴含了深刻的哲思和对生活的热爱。诗人用明白晓畅的语言描写了初春大自然的美好景象，表达了对春天美景的喜爱。诗人一觉睡到了天亮尚不知晓，说明诗人睡眠质量很高，这也从侧面表现了诗人心境的开阔和身体的健康。诗人听着美妙的鸟叫声，却想起了昨夜的风雨，开始担忧春花的凋落。对春花的悲悯也体现了诗人对时间、生命等命题的思考。

静夜思[1]

李白

床前明月光，疑[2]是地上霜。

举头望明月，低头思故乡。

【注释】

1 静夜思：在寂静的夜里所想到的。

2 疑：误认为。

【点评】

　　这是一首脍炙人口的关于游子思乡的抒情小诗。全诗语言简单直白，却颇具意境之精美。诗中的"明月光""地上霜"构建了一种凄冷而美好的月夜景象，在这样的情境中，对漂泊在外的游子来说，那浓浓的思乡之情怎能不油然而生呢？全诗一气呵成，起承转合自然，真可谓极简而极美的代表！

臣余穉恭畫

怨情

李白

美人卷珠帘，深坐[1]颦蛾眉[2]。
但见泪痕湿，不知心恨谁。

【注释】

1 深坐：久坐。

2 颦蛾眉：皱眉头。

【点评】

　　这首诗的内容很简单，描写了一位美人的哀怨之情。诗人没有直接写美人的怨，而是通过描绘美人的神态来体现。古代的女子一般是待在闺房中的，不轻易抛头露面，所以只好"卷珠帘"，遥望远方寄托哀思。"深坐颦蛾眉"表示美人已经坐了很久，而且一直皱着眉头，这就反映了美人此时的心情是悲伤的。"泪痕湿"也是对美人的神情的描写。这位美人又是皱眉，又是流泪，想必心中的哀怨已经很深，只是不知这哀怨因谁而起。诗人以留悬念的方式结束全诗，给人留下想象空间。诗人通过对美人神态的描写，将全诗的氛围营造得哀婉凄恻，正符合诗题中的"怨"字。

八阵图 [1]

杜甫

功盖三分国，名成八阵图。

江流石不转 [2]，遗恨失吞吴。

【注释】

1 八阵图：指诸葛亮在奉节县西南江滩上所设的阵图。八阵是天、地、风、云、龙、虎、鸟、蛇八种阵势。

2 石不转：是说用石块垒成的八阵至今依然如旧，数百年来岿然不动。

【点评】

　　这是一首咏怀诸葛亮的作品。诗的前两句采用对偶的写法，直接赞颂诸葛亮的功绩。诗人先总写诸葛亮为三分天下做出的不可磨灭的贡献，再重点突出他在军事上的卓越贡献，即八阵图，为接下来的感慨做铺垫。第三句"江流石不转"一语双关，既是写八阵图的石堆历经百年而岿然不动，又指诸葛亮的心志坚若磐石，不可动摇。最后一句写诗人对诸葛亮功业未成的惋惜。刘备吞吴失策，统一大业未能完成，使得诸葛亮壮志未酬，成了千古遗恨。全诗对诸葛亮的赞扬直接、有力，议论中又有很强的抒情色彩。

王
之
涣

◇

王之涣（688—742），字季凌，祖籍晋阳（今山西太原）。
著名边塞诗人。其人豪放不羁，常击剑悲歌。其诗多被当时
的乐工制成曲子歌唱，名噪一时。常与高适、王昌龄等相唱和。
可惜其诗后来大多失传，今仅存诗六首。

登鹳雀楼 [1]

王之涣

白日依山尽，黄河入海流。

欲穷 [2] 千里目，更上一层楼。

【注释】

1 鹳雀楼：在唐时蒲州（今山西永济）城西南，因常有鹳雀停留其上而得名，为当时登览胜地。鹳，鹤类水鸟。

2 穷：尽。

【点评】

　　这首诗是王之涣仅存于世的六首诗之一，也是千古名篇。诗中描绘的是诗人登高的所见所感，展现了诗人不凡的胸襟抱负。前两句是诗人的所见：第一句是远景，写远处的山跟夕阳；第二句是近景，写眼下的黄河。这两句将山跟黄河写得气势磅礴，画面开阔辽远。后两句是诗人的所想："欲穷千里目"表现出一种探索的欲望，体现了诗人的积极追求；而想要看得更远，就要"更上一层楼"。后两句既是实指，也是虚指：实指诗人此时还没有登上鹳雀楼的最高层，所以需要再向上走，才能看到更远处的景色；虚指诗人对美好未来的追求，这种追求督促着他不断进步。后两句使得全诗的思想境界大大提高，因而成为千古绝唱。

送灵澈 [1]

刘长卿

苍苍 [2] 竹林寺 [3]，杳杳 [4] 钟声晚。

荷笠 [5] 带斜阳，青山独归远。

【注释】

1 灵澈：唐代著名僧人，本姓汤，字源澄，会稽（今浙江绍兴）人。

2 苍苍：深青色。

3 竹林寺：在现在江苏镇江南。

4 杳杳：形容钟声幽远。

5 荷笠：背着斗笠。

【点评】

　　这是一首送别诗。诗的前两句描写的是灵澈上人即将归去的地方，即藏在苍苍山林中的竹林寺，寺中还不时有钟声响起。这是诗人想象中的景色，给人一种清幽邈远之感。后两句写的是灵澈上人离开时的场景，他背着斗笠，在夕阳的余晖下，在青山中慢慢远去。细细品读这后两句诗便知，这必然是诗人伫立原地，久久目送灵澈上人远去才能写出来的场景。诗人将自己对灵澈上人的依依惜别之情表达得含蓄婉转。全诗所写之景，如苍苍竹林、夕阳、青山等，皆富有浪漫的画意，诗人将送别的情意寄寓在这优美的景色中，景也淡泊，情也淡泊，情景和谐互衬，韵味十足。

听弹琴

刘长卿

泠泠¹七弦上，静听松风²寒。

古调³虽自爱，今人多不弹。

【注释】

1 泠泠：形容水声，此处指琴音清幽。

2 松风：以风入松林暗示琴声凄凉。琴曲中有古曲《风入松》。

3 古调：古时的曲调。

【点评】

　　这是一首托物言志诗，所托之物为"古调"，所言之志是不愿媚流俗。诗的前两句是对古琴琴音的描写："泠泠"是清冷之意，在这里形容古琴的清越之声；"松风寒"既是对琴音的比喻，又暗含曲名《风入松》，一语双关。最后两句是诗人的感慨。诗人喜欢这古时的曲调，然而如今的人大多不喜欢去弹奏。诗人怀才不遇，两遭贬谪，正如诗里的古调，不受人重视。诗人借对古调的感慨，表达了自己不愿与世俗同流合污的坚持。不过在这坚持的背后，诗人难免会感到孤寂。

送上人 [1]

刘长卿

孤云将野鹤 [2]，岂向人间住。

莫买沃洲山 [3]，时人已知处。

【注释】

1 上人：对僧人的尊称，此指灵澈。

2 孤云将野鹤：比喻闲逸逍遥之人。将，携带。

3 沃洲山：在浙江省新昌县东，相传为晋代高僧支遁居所，道家第十二洞天福地。

【点评】

　　这是一首送别诗，送别的对象是一位即将归山隐居的僧人。前两句是说僧人乃超凡脱俗之人，像这样的世外高人，是不能在纷扰的人间居住的。后两句是诗人对僧人的规劝：要归山隐居，就不要去沃洲山，因为人们已经知道那里了，会影响修行。当时不少僧人喜欢住名山，他们并不是为了修行，而是为了扬名，从而接近权贵。诗人对僧人的劝诫直白、坦率，可见二人关系之亲密，而从这一劝诫中，我们也可以体会到诗人对清高品格的追求。全诗语言妙趣横生，构思精巧，诗人的品性与追求也流露得十分自然。

秋夜寄丘员外 [1]

韦应物

怀君属秋夜 [2]，散步咏凉天。
空山松子落，幽人 [3] 应未眠。

【注释】

1 丘员外：丘丹，嘉兴（今浙江省）人，曾任仓部员外郎。韦应物为苏州刺史时，常与丘丹唱酬。

2 属秋夜：时正逢秋夜。"属"，犹"适"。

3 幽人：隐士，指丘丹。

【点评】

　　这是一首怀人诗，表达的是诗人对隐居山中的朋友的思念之情。诗的首句直入主题——怀念友人，并点出时间是一个秋夜。"散步咏凉天"是对诗人的活动的描写，即一边散步，一边吟咏这凉意微透的天气。诗的前两句均为实写，后两句则写诗人想象中的情景，为虚写。因为当时丘员外已隐居山中，所以诗人想象着在这样的秋夜，寂静的山中会有松子落地的声音，而友人应当也还未入睡。全诗前半部分写诗人，后半部分写远在外地的友人，虚实结合，将分处两地的人和景连在同一幅画面中，营造了人相隔天涯远，思念却近在咫尺的意境，将诗人对友人的挂念表现得淋漓尽致，使全诗既有思想性，又有艺术性。

清　沈铨　百鸟朝凤图（局部）○

李端

◇

李端（生卒年不详），字正己，赵州（治今河北赵县）人。大历五年（770）进士。曾任秘书省校书郎、杭州司兵参军。"大历十才子"之一。晚年辞官隐居湖南衡山，自号"衡岳幽人"。其诗多为应酬之作。《全唐诗》编其诗三卷。

听筝

李端

鸣筝金粟柱[1]，素手玉房[2]前。
欲得周郎[3]顾，时时误拂弦。

【注释】

1 金粟柱：桂木做的柱。

2 玉房：美玉镶饰的房屋。

3 周郎：三国吴大将周瑜。

【点评】

　　这首诗题为《听筝》，然而描写的重点不在筝上，而是弹奏古筝的女子。诗的首句是对古筝的描写，写出了古筝的精美和筝声的优美，下一句就转入了对弹筝女子的描写。女子灵巧白嫩的双手与精美的古筝和动听的筝声一起勾勒出了一幅赏心悦目的画面。诗的前两句有视觉描写，也有听觉描写，内容丰富、生动。在诗的后两句中，诗人没有接着写女子的弹奏技艺或是评论其所弹的曲子，而是宕开一笔，写女子故意拨错弦。这两句点破了女子想要觅得像周瑜一样懂音律的知音，所以才用"误拂弦"的方式引人注意。诗人将女子的心理、情态描写得婉转细致，意趣无穷。

王
建

◇

王建（约767—约830），字仲初，颍川（今河南许昌）人。
官至陕州司马。擅长乐府诗，与张籍齐名，世称"张王"。
所作《宫词》百首广为流传，《全唐诗》编其诗六卷。

新嫁娘词

王建

三日入厨下，洗手作羹汤。

未谙[1]姑[2]食性，选遣小姑尝。

【注释】

1 谙：熟悉。

2 姑：婆婆。

【点评】

　　这是一首写新娘的小诗，描写的是一位新娘刚入门的忐忑心理，展现出了浓厚的生活气息。诗人从古时的一种风俗写起，即新媳妇入门三天要下厨。"洗手作羹汤"是对新娘的动作描写，也是细节描写，体现了新娘的小心谨慎。后两句是对新娘的心理描写，新娘不知道婆婆的口味，怕自己做出来的羹汤不合婆婆的心意，所以先让小姑子来尝一尝。此处描写很符合生活实际，因为丈夫是男子，对母亲的口味不一定了解，而且在古时，男子一般是不入厨房的，所以新娘选了经常出入厨房且更贴心的小姑子来替自己把关，由此可见新娘心思缜密。至于"小姑尝"的结果如何，诗人没有言明，给读者留下了想象空间。

权
德
舆
◇

权德舆（759—818），字载之，天水略阳（今甘肃秦安）人，
后徙居润州丹阳（今江苏丹阳）。权皋之子。掌诰九年，三
知贡举，位历卿相，名重一时。工诗文，《全唐诗》编其诗
十卷。

玉台体

权德舆

昨夜裙带解，今朝蟢子[1]飞。

铅华[2]不可弃，莫是藁砧[3]归。

【注释】

1 蟢子：一种蜘蛛，俗称蟢子。

2 铅华：指脂粉。

3 藁砧：丈夫的隐语。

【点评】

　　这首诗的主人公是一位独自在家思念丈夫的女子。诗的前两句写了两个喜兆："裙带解"即裙带自解，"蟢子飞"是说喜蜘蛛飞回来了。诗人用喜兆将女子急切盼望丈夫归来的心理衬托得很是生动。诗的后两句写的是女子看到喜兆后的反应。因为丈夫怕是真的要回来了，所以女子要赶快涂脂抹粉打扮一下，这体现了女子激动的心情。诗中的"裙带解"和"蟢子飞"都是普通人不怎么关注的事情，对独守空闺的女子来说，这些却能荡起心底的涟漪，可见其对丈夫的思念之真切。全诗文字质朴，但表情达意委婉含蓄，耐人寻味。

江雪

柳宗元

千山鸟飞绝¹，万径²人踪灭。

孤舟蓑笠翁³，独钓⁴寒江雪。

【注释】

1 飞绝：飞尽，绝迹。

2 径：小路。

3 蓑笠翁：披蓑衣、戴斗笠之渔翁。蓑，用棕或稻草等编成的雨具。笠，用竹皮、草叶编成的遮阳、挡雨雪的帽子。

4 独钓：在雪天寒冷的江面上独自垂钓。

【点评】

　　这首诗作于诗人谪居永州之时。诗中所描绘的画面十分空旷、冷寂，显示出一种孤独的感觉。诗的前两句用"千山""万径"勾勒了一个开阔、广袤的场景，"鸟飞绝"和"人踪灭"则给这个场景增添了凄冷、肃杀之感。在这种背景下，有一个身穿蓑衣、头戴斗笠的老翁独自在江心垂钓。"孤舟"与"独钓"在前两句所营造出来的空旷、冷寂的场景中格外突出，老翁的形象也就显得清高孤傲、超凡脱俗了。而诗中的老翁正是诗人本人思想感情的寄托。当时诗人被贬为永州司马，流放十年，内心有不平，有怨愤，但他并未郁郁寡欢，自暴自弃。诗人通过这首诗所体现的正是不管面对何种环境，都坚守本心、不流于世俗的傲然品质。

清　恽寿平　百花图（局部）〇

行宫

元稹

寥落古行宫，宫花[1]寂寞红。

白头宫女在，闲坐说玄宗[2]。

【注释】

1 宫花：行宫里的花。

2 玄宗：指唐玄宗。

【点评】

这首诗抒发的是诗人对历史盛衰的感慨。全诗围绕"行宫"这一意象展开，通过描绘行宫里的人、物来表达内心的伤感。诗

以"寥落"二字起笔，表现了"古行宫"的破败。下一句用"寂寞"来形容开得正艳的行宫中的花朵，行宫给人的寥落之感就更甚了。这两句是写景，营造了一种衰败之感。诗的后两句转为写人，即"白头宫女"，她们是行宫由盛而衰的见证人。唐玄宗统治初期，大唐一片盛世景象；到了后期，因其沉溺酒色，听信谗言，大唐由盛而衰，安史之乱也爆发了，大唐王朝从此一蹶不振，走向衰亡。这些白头宫女在青春年少时也曾是红颜佳人，如今却被幽闭在这寥落的行宫中，只能闲谈唐玄宗之事，哀怨、凄绝之感油然而生。这首诗篇幅虽短，体现的意蕴却很是深刻，可谓字字珠玑。

清　恽寿平　湖山春暖图（局部）〇

问刘十九 [1]

白居易

绿蚁 [2] 新醅 [3] 酒，红泥小火炉。

晚来天欲雪 [4]，能饮一杯无 [5]？

【注释】

1 刘十九：其人不详，当为诗人江州任时好友。

2 绿蚁：指浮在新酿的没有过滤的米酒上的绿色米粒。

3 醅：酿造。

4 雪：下雪，这里作动词用。

5 无：表示疑问的语气词，相当于"否"。

【点评】

这是一首温馨且富有生活情趣的诗。首句"绿蚁新醅酒"点出本诗的主要意象，即新酿好的酒。下一句"红泥小火炉"渲染出了温暖的气氛。两句中的"绿"和"红"色彩强烈，对比鲜明，酒和火炉亦体现出一种温馨的情调，从而使得这首诗洋溢着一种生活化的温暖。"晚来天欲雪"是对天气状况的描写，外面天色已晚，好像就要下雪了。诗人独自守着酒，烤着火炉，生发了跟朋友一起喝一杯的想法，所以发出了"能饮一杯无"的邀请。诗的前半部分提到的酒与火炉跟后半部分提到的雪，室内室外，一暖一冷，更显出诗人的安逸与闲适。全诗语言简单质朴，不加修饰，所营造的温暖、惬意的生活状态令人向往。

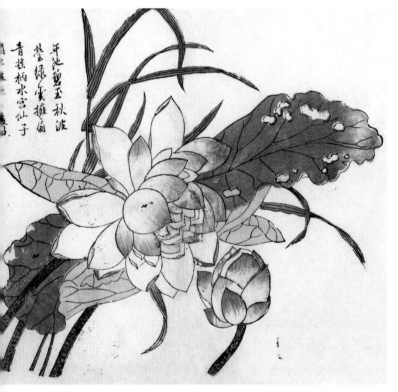

张
祐

◇

张祐(约785—约852), 字承吉, 贝州清河(今河北清河西)人。
家世显赫, 被人称作"张公子", 有"海内名士"之誉。早
年寓居姑苏。 张祐素有诗名, 其中"故国三千里, 深宫二十
年"为杜牧所赏。《全唐诗》编其诗二卷。

何满子 [1]

张祜

故国 [2] 三千里，深宫二十年。
一声《何满子》，双泪落君 [3] 前！

【注释】

1 何满子：乐府曲名。

2 故国：指故乡。

3 君：指唐武宗。

【点评】

　　这是一首宫怨诗，诗人从一个宫人的角度，将宫人幽闭深宫的哀怨与对家乡的思念之情抒发得真切感人。首句"故国三千里"从空间范围来表现宫人离家之远，第二句"深宫二十年"从时间的跨度表现宫人离家之久。前两句直入主题，将宫人的身世遭遇写得凄惨可悲，引人同情。后两句正面描写宫人的哀怨之情。听到悲绝的曲调，宫人悲不自胜，在君王面前落泪。可见令宫人悲伤的并不是得不到君王的宠幸，而是自己被夺去了自由，只能待在这远离家乡的深宫内，这也流露出一种对君王的怨恨。诗人在诗句中多处用到了数字，这样可以将事情描述得更为准确、具体，同时增强感情的抒发力度，加深读者的印象。

登乐游原 [1]

李商隐

向晚 [2] 意不适 [3]，驱车登古原 [4]。

夕阳无限好，只是近黄昏。

【注释】

1 乐游原：在长安东南，是唐代长安城内地势最高地。登上可望长安城。

2 向晚：傍晚。

3 不适：不快。

4 古原：指乐游原。

【点评】

　　这首诗抒发的是诗人看到夕阳西落生发的感慨。诗的开头直接点明诗人当时的心理状态是"意不适"，即心情不太好，所以"驱车登古原"，想要排解一下心中的苦闷。登上乐游原后，诗人看到了夕阳西下的美景，发出了"夕阳无限好"的感慨。接下来一句"只是近黄昏"是全诗的重点，诗人由对夕阳的赞美转到了为夕阳感到惋惜，揭示了好景不常在，应当珍惜时光的人生哲理。全诗简短流畅，且并未像诗人的其他诗作一样频繁用典，而是用明白如话的语言揭示了深刻的人生道理。

贾
岛

◇

贾岛（779—843），字浪仙，自号"碣石山人"，范阳幽都（治
今河北涿州）人。早年出家为僧，法名无本。据说当时有令，
禁止和尚午后外出，贾岛便作诗抱怨，恰被韩愈发现其诗才，
后受教于韩愈。《全唐诗》编其诗四卷。

寻¹隐者不遇

贾岛

松下问童子²，言师采药去。

只在此山中，云深不知处³。

【注释】

1 寻：寻访。

2 童子：小孩。在这里是指隐者的弟子。

3 处：所在。

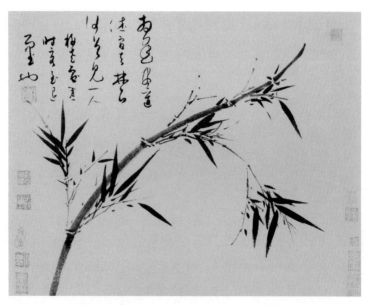

【点评】

　　这首诗是由诗人的问和童子的答组成的，诗人将两人问答的内容精简到二十字，以答为主，把寻访隐者而未得这件事表达得清楚、完整。第一句是诗人问隐者去哪儿了，后面三句都是童子的答。童子先说师父去采药了。后两句之前应是省略了诗人的问，比如采药处在哪儿，然后才有童子的回答："只在此山中，云深不知处。"而童子的这三句回答，将"不遇"的结局呈现得越来越明显。童子"言师采药去"，可以想见诗人兴致勃勃而来，却碰上隐者不在家，必定是有些失望的；"只在此山中"道出了采药的地方，让诗人看到一丝曙光，最后一句"云深不知处"却彻底断了诗人的念想。全诗虽只是叙事，却将诗人的感情变化自然地寓于叙事中，耐人寻味。

清

恽寿平　牡丹○

牡丹家易造俗兹難下筆如造古工徒涂紅抹綠雖千花萬蕊總一形勢都無種明惟北宋徐熙父子趙昌王友之倫創意既新麗焦斯倫其賦色極妍氣韻橾厚蓋缺不守陳規全師造化故稱傳神視南田此本姽精沒骨浮其豔態真可上追北宋諸賢不覺凌跨有明陳陸散于己也壬子十月既望剑门王翚書

渡汉江

宋之问

岭外¹音书绝，经冬复立春。
近乡情更怯²，不敢问来人。

【注释】

1 岭外：即南岭之南。在中原人看来，岭南地区在五岭之外，故名。
亦称岭表，即今广东、广西一带。

2 怯：惧怕，畏缩。

【点评】

　　这首诗描写的是诗人久别还乡，即将到家时的复杂心理。前两句叙述了诗人多年离乡的事实，"岭外"是地点，"音书绝"即跟家人音信全断，无从得知他们的消息。"经冬复立春"则言明了离乡的时间之久。后两句是对诗人的心理描写。"近乡情更怯"是说诗人已经在归途中，且离家已经很近了，内心的担忧却越发明显，因为被贬多年，与家人一直处于失联状态，不知道家人的情况如何，而这种"怯"甚至到了"不敢问来人"的程度。诗的最后两句用短短的十个字，将诗人既盼着回家，又担心家人有什么不好的消息的复杂心理描摹得曲折入微，言浅情深。

金昌绪

◇

金昌绪（生卒年不详），余杭（今浙江杭州）人。身世不可考，
诗传于世仅《春怨》一首，《全唐诗》亦仅存其这首诗。

春怨

金昌绪

打起黄莺儿，莫教枝上啼。

啼时惊妾梦，不得到辽西[1]。

【注释】

1辽西：辽河以西，今属辽宁省。

【点评】

　　这是一首闺怨诗。诗的首句起势突兀，上来就是"打起黄莺儿"，即把枝头的黄莺赶走。那么女主人公为什么要这样做呢？这就勾起读者的好奇心了。下句"莫教枝上啼"是说女主人公打黄莺的目的是不想让它在枝头啼叫。第三句接着给了具体解释，是因为黄莺啼叫会"惊妾梦"。为什么怕被惊梦呢？最后一句给了答案，即"不得到辽西"，原来女主人公想要在梦中去辽西。全诗环环相扣，后一句为前一句的解释，最后点明女主人公的最终目的是梦抵辽西。而辽西有什么呢？可能是有女主人公的家人或者爱人，因为不得相见，所以只好盼梦中重逢。诗人在这里把答案留给读者去想象。

明

仇英　莲溪鱼隐图○

西鄙人

◇

西鄙人，意为西北边境人，其姓名、事迹不详。《全唐诗》仅存其诗《哥舒歌》。

哥舒¹歌

西鄙人

北斗七星²高，哥舒夜带刀。

至今窥牧马³，不敢过临洮。

【注释】

1 哥舒：指哥舒翰，是唐玄宗的大将，突厥族哥舒部的后裔。哥舒是以部落名称作为姓氏。《全唐诗》题下注："天宝中，哥舒翰为安西节度使，控地数千里，甚著威令，故西鄙人歌此。"

2 北斗七星：即北极星。

3 牧马：指吐蕃越境放牧，指侵扰活动。

【点评】

    这是一首咏人的诗，歌咏的对象是唐代大将哥舒翰。"北斗七星高"是用天上的北斗七星来烘托哥舒翰高大威猛的形象，表现人们对他的敬仰之情。"夜带刀"三个字将哥舒翰守卫边地的姿态刻画得很传神，能引发人们对他更多的想象，丰富了人物形象。"至今窥牧马，不敢过临洮"是通过描写敌人的反应来表现哥舒翰的勇猛善战，自从有了哥舒翰，敌人再也不敢来侵扰边地了。全诗语言质朴洒脱，朗朗上口。诗人通过侧面描写，展现了哥舒翰的英勇无敌，歌颂了他守卫边疆、保国卫民的事迹，同时通过这一形象寄寓了当时的人们对和平与安定的愿望和理想。

清　余省　张为邦　临蒋廷锡鸟谱○

乐府

臣余穉恭畫

长干行（二首）

崔颢

其一

君家何处住，妾住在横塘[1]。

停船暂借问，或恐是同乡。

【注释】

1 横塘：古建康堤名。横塘在秦淮河南岸，地近长干里。

【点评】

　　这首诗描写的是一个极富戏剧性的情景，看似没头没尾，却有着很强的艺术感染力。诗以女子的话语开篇，"君家何处住"是问，而且可知问的是一个偶然相遇的陌生男子。"妾住在横塘"是女子对自己的介绍，不等对方答复，女子就自报家门，可见女子心情急切，可以推断女子此时是在异乡，因为碰到了像是同乡的人，所以迫不及待地想要确认一下。"停船暂借问，或恐是同乡"进一步表现了女子的急切，可见女子内心的孤独和对家乡的深切挂念。全诗以女子的语言为内容，虽没有其他方面的描写，但是通过这些话语，女子的形象和想要传达的情感已呼之欲出。

其二

家临九江[1]水，来去九江侧。

同是长干人，生小[2]不相识。

【注释】

1九江：这里泛指江水，因长江下游汇集诸江的水流，九言其多，非专指江西九江。

2生小：从小。

【点评】

　　这首诗内容承接上一首，是男子对女子的回答。"家临九江水，来去九江侧"是对上一首诗中"君家何处住"的回答。这两句是说男子的家在长江附近，来来往往也都在长江附近。"同是长干人，生小不相识"表明两人确实是同乡，但是自小不相识，表达出一种遗憾之情，同时隐隐透露出两人常年漂泊在外的无奈。这首诗与上一首诗的语言均十分朴素，先以女子的问作为主要内容进行描写，再以男子的答作为主要内容进行描写，一问一答间，流露出漂泊在外的游子对家乡的眷恋之情，以及对自身命运的叹息。

玉阶怨 [1]

李白

玉阶生白露，夜久侵罗袜。
却下水精 [2] 帘，玲珑 [3] 望秋月。

【注释】

1 玉阶怨：乐府旧题。

2 水精：水晶。

3 玲珑：明亮澄澈貌。

【点评】

　　李白的这首闺怨诗写得十分含蓄、朦胧，全诗没有揭露主人公的身份，也没有点明主人公为何而怨，只是通过其行为动作表达感情。诗以景物描写开篇，"玉阶生白露"营造了一种冷清的氛围。"夜久侵罗袜"写的是主人公的行为，她在夜色中站了很久，袜子都被露水打湿了，由此我们可以想象到一个满腹心事的主人公形象。"却下水精帘，玲珑望秋月"描写的同样是主人公的行为，主人公从房外回到房内，放下水晶帘，隔帘望月。由此可见，主人公内心的哀怨从未停止过，所以她会有这一系列的行为动作。全诗对主人公的语言、心理状态虽无描写，主人公的哀怨之情却弥漫在字里行间，思绪婉转，余韵不绝，使得全诗的意境深邃迷离。

塞下曲（四首）

卢纶

其一

鹫翎[1]金仆姑[2]，燕尾绣蝥弧[3]。

独立扬新令[4]，千营共一呼。

【注释】

1 鹫翎：大鹰的羽毛，用以作箭尾。

2 金仆姑：箭名。

3 蝥弧：旗名。

4 扬新令：发布新的命令。

【点评】

　　这首诗是卢纶六首《塞下曲》（本书取前四首）中的第一首，描写的是将军发号施令的威严场面。首句"鹫翎金仆姑"写的是将军的箭，这种用鹫的羽毛制成的金仆姑箭，既美观又尖锐有力。"燕尾绣蝥弧"描写的是旌旗，旗子是刺绣而成的像燕子尾巴的指挥旗，这样的旌旗握在将军手中，更显其神威。前两句虽没有对将军进行正面、直接的描写，但从他所持的箭和旌旗来看，一个威武干练的将军形象已跃然纸上。后两句写将军发号施令："独立扬新令，千营共一呼。"将军号令一出，千营士兵立刻给出回应，场面震撼，军威立显，展示出一种攻无不克、战无不胜的战斗力。全诗虽只有短短二十字，但描绘出了一个声势浩大、波澜壮阔的场面。

其二

林暗 [1] 草惊风 [2]，将军夜引 [3] 弓。

平明 [4] 寻白羽 [5]，没 [6] 在石棱中。

【注释】

1 林暗：浓密的树林中很昏暗。

2 草惊风：草被风吹动。

3 引：拉。

4 平明：天刚亮。

5 白羽：缀有白色羽毛的箭。

6 没：指箭射进有棱角的石头里。

【点评】

  这首边塞诗写的是一位将军射猎的故事，以此来体现将军的神武勇敢、武艺高超。首句先渲染环境，营造了一种紧张感。在昏暗的林中，草突然被风吹动，像是有猎物经过，一旁等候的将军敏锐地察觉到了这一动静，所以有了"引弓"的动作。值得注意的是，这里的"引弓"不仅指拉开弓，还包含了下一步射箭的动作。

"引弓"的结果如何？有没有射中？诗的后两句给出了答案："平明寻白羽，没在石棱中。"射出去的箭没有射到猎物，但是插入了石块，把将军的力气之大体现了出来。这其中虽有夸张的成分，但放在诗中并不显得突兀，反而为诗歌增添了一层浪漫的色彩，读来酣畅淋漓，将军的形象也更加立体、鲜明。

其三
月黑[1]雁飞高，单于[2]夜遁逃。
欲将轻骑[3]逐，大雪满弓刀。

【注释】

1 月黑：没有月亮的黑夜。

2 单于：古代匈奴的君主。

3 轻骑：轻捷的骑兵。

【点评】

　　这首诗描写的是将军在雪夜率兵追敌的场景。首句"月黑雁飞高"描述环境，事情发生在一个月黑风高的夜晚。下一句"单于夜遁逃"描写的是敌军首领仓皇逃窜的样子，侧面烘托了唐军的威武勇猛。后两句写的是将军准备率兵追敌的场面。"轻骑"是装备轻便、行动快速的骑兵，将军率领这样的队伍进击，显示出他志在必得。"大雪满弓刀"体现了严寒的天气，武器上落满了雪花，而在这样恶劣的条件下，唐军依然威势不减，斗志昂扬，令读者为之振奋。诗中没有直接描写激烈战斗的句子，但通过对气氛的渲染，对唐军士气的侧面烘托，诗人已经向读者展示了一个必胜的结局，同时给读者留下了广阔的想象空间。

其四

野幕¹敞琼筵²，羌戎贺劳旋³。
醉和⁴金甲⁵舞，雷⁶鼓动山川。

【注释】

1 野幕：野外设的帐幕。

2 琼筵：丰美的筵席。

3 羌戎贺劳旋：言少数民族亦来庆贺、慰劳打了胜仗的军队。

4 和：穿戴。

5 金甲：铠甲。

6 雷：同"擂"。

【点评】

　　这首诗描写的是唐军取得胜利后的欢庆场面。首句"野幕敞琼筵"直入主题，在野外天幕下举办盛宴既符合边塞的环境条件，又体现了唐军的豪迈气势与不拘小节。"羌戎贺劳旋"体现了这次胜利的积极影响，边地的少数民族纷纷前来祝贺。后两句是对欢庆场面的描写。"醉和金甲舞"渲染出热烈的气氛，体现了将士激动的心情。最后一句"雷鼓动山川"是对这种热烈气氛的描述，欢腾的擂鼓声震动了周围的山川。这样的描述虽然有夸张的成分，但唯有用夸张的艺术手法才能将感情抒发得淋漓尽致，才能让读者受到感染。诗人通过对这一欢庆场面的描写，赞扬了唐军的赫赫神威和保家卫国的英雄气概，同时展示了边地人民和戍边将士军民一体的团结面貌。

江南曲[1]

李益

嫁得瞿塘贾[2]，朝朝误妾期。
早知潮有信[3]，嫁与弄潮儿[4]。

【注释】

1 江南曲：乐府《相和歌辞·相和曲》名。

2 瞿塘贾：指泛长江入蜀的行商。瞿塘，长江三峡之一，在今重庆市巫山、
奉节两县之间。

3 潮有信：潮水定期涨落，很有规律，称为潮信。

4 弄潮儿：乘潮涨于潮头，表演泅水技艺的男子。

【点评】

　　这是一首抒发女子怨情的诗。女子产生怨情的原因是丈夫为商人，夫妇聚少离多，女子时常独守空闺，不免感到孤单寂寞。诗的前两句将女子的哀怨写得十分具体："嫁得瞿塘贾，朝朝误妾期。"诗人用白描的手法，将女子的心声明明白白地写了出来。后两句"早知潮有信，嫁与弄潮儿"是女子想入非非的内容。商人无信，常常耽误与她相会，但潮水有信，早知如此，还不如嫁给弄潮之人。"早知"二字将女子悔不当初的心理刻画得生动传神，体现了女子内心的哀怨与怅恨。全诗层层递进，由对商人丈夫的盼归到对丈夫失信的哀怨，又由哀怨进一步转为对自己当初嫁作商人妇这一选择的悔，将女子内心的矛盾写得细腻动人。

清　恽寿平　湖山春暖图（局部）○

七言绝句

臣 余稺恭畫

贺
知
章

◇

贺知章（659—744），字季真，自号四明狂客，越州永兴（今
属浙江杭州）人。贺知章早年即有文名，与李白友善，又与张旭、
包融、张若虚并称"吴中四士"。《全唐诗》编其诗一卷。

回乡偶书 [1]

贺知章

少小 [2] 离家老大回，乡音无改鬓毛衰 [3]。

儿童相见 [4] 不相识，笑问客从何处来。

【注释】

1 回乡偶书：这是诗人回到家乡后偶然有感而写的诗。诗人的家乡在现在的浙江杭州一带。公元 744 年，诗人经唐玄宗批准回故乡的时候已经 86 岁了。偶，偶然。书，在这里用作动词，是写诗的意思。

2 少小：指年轻的时候。古代的"少"不仅指少年时代，也指青年时代。

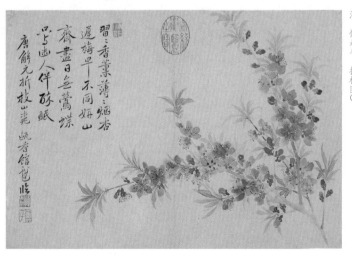

清　恽寿平　折枝图○

3鬓毛衰: 指头发变白。鬓毛原指两耳前边的头发, 诗中泛指头发。衰, 是衰老的意思。

4相见: 指文中的"儿童"见了诗人。这一句的两个"相"字, 都是指一方对另一方怎么样, 而不是"互相"的意思。

【点评】

　　这是一首客居他乡多年, 老来返回故乡的感怀诗。诗人将年少离家与年老回家的自己进行对比, 语言没有变化, 外貌却变化巨大, 由此自然过渡到家乡的儿童对自己"相见不相识"。诗人借此诗发出了时光飞逝, 人生苦短, 生命不可永生的感叹。从字里行间, 我们也能感受到诗人叶落归根的释怀与欣慰。

张
旭

张旭（生卒年不详），字伯高，吴郡（今江苏苏州）人。曾任左率府长史金吾长史，世称"张长史"。其草书与李白歌诗、裴旻剑舞时称"三绝"。与李白、贺知章等人共列"饮中八仙"。《全唐诗》存其诗六首。

桃花溪

张旭

隐隐飞桥隔野烟¹，石矶西畔问渔船²。

桃花尽日随流水，洞³在清溪何处边？

【注释】

1 野烟：野外的云烟。

2 问渔船：意为问询船上的渔夫。所问即由下二句展开。

3 洞：喻指陶渊明《桃花源记》中的桃源洞。

【点评】

　　这首诗描绘了桃花溪及其周边的美景，表达了诗人对世外桃源的追求。诗以写景开篇，呈现的是云烟缭绕的幽谷之中，一座长桥横跨溪水之上的山野美景，给人一种朦胧的感觉。下句"石矶西畔问渔船"将视角拉近了一些，描写了溪边的石堆和溪上的渔船。"问"字是诗人的行为，问的对象是驾着渔船的渔夫，问的内容就是诗的后两句：这里的桃花整日随着水漂流，那么通往桃花源的洞口在哪里呢？诗歌到此戛然而止，只问不答，体现了诗人对像桃花源一样的世外仙境的向往和不知该去何处寻的迷茫，同时给读者留下了无尽的想象空间。全诗写景凝练精巧，表情达意不露痕迹，让人回味无穷。

九月九日[1]忆山东[2]兄弟

王维

独在异乡为异客，每逢佳节倍思亲[3]。
遥知[4]兄弟登高处[5]，遍插茱萸[6]少一人。

【注释】

1 九月九日：农历九月九日是重阳节。古人认为"九"是阳数，所以称九月九为重阳。

2 山东：指华山以东作者的故乡。

3 倍思亲：更加思念亲人。倍，加倍，更加。

4 遥知：在遥远的地方想到。

5 登高处：登高的时候。登高是古代的风俗，九月九日家人相伴登高。处，这里是"时候"的意思。

6 茱萸：一种有香气的植物。古代的风俗，重阳节佩戴茱萸枝，饮菊花酒，登高，认为可以避灾。

【点评】

　　客居他乡的诗人在九月九日重阳节因思念亲人有感而作此诗，抒发了浓浓的思乡之情。诗人独自一人旅居他乡，心中难免有种孤苦无依之感，当时又正好遇上重阳节，家家户户结伴同行，登高欢聚，由此诗人心中的孤独感更加浓烈。诗人不禁想起了家乡兄弟登高的场景，本来大家应该团聚，却偏偏少了诗人自己，岂不令人伤感？本诗语言朴素自然，情感却浓烈真切，让人颇为感动。

清　郎世宁　仙萼长春图〇

芙蓉楼¹送辛渐²

王昌龄

寒雨连江夜入吴³，平明送客楚山⁴孤。

洛阳亲友如相问，一片冰心⁵在玉壶。

【注释】

1 芙蓉楼：故址在今江苏镇江。

2 辛渐：诗人的朋友。

3 吴：这里的"吴"和下一句的"楚"都是指江苏镇江一带的地方。

4 楚山：春秋时的楚国在长江中下游一带，所以称这一带的山为楚山。

5 冰心：像冰一样晶莹纯洁的心。

【点评】

　　这是一首送别诗，送别的对象是要去往洛阳的友人辛渐。首句"寒雨连江夜入吴"营造了一种凄冷的氛围。在这个雨夜过后的清晨，诗人送别了友人，也就是第二句所写的"平明送客楚山孤"，"孤"字体现了诗人送别友人后的心理。前两句所描写的景象开阔、寂寥，烘托了诗人的孤寂。接下来诗人没有继续抒发离别之情，而是叮嘱友人："洛阳亲友如相问，一片冰心在玉壶。"当时的王昌龄因为不拘小节，几次遭到贬谪，所以有人对他颇有议论。

诗人在诗中有此叮嘱，是对关心自己的朋友的告慰，也是对那些污蔑之词的反击。在这样难得的可以传达口信的机会前，诗人没有托友人转达自己对洛阳亲友的思念和记挂，而是向他们表明自己的心志，可谓别有深意，引人深思。

清　恽寿平　桃花石头图〇

闺怨

王昌龄

闺中少妇不知愁，春日凝妆 [1] 上翠楼。
忽见陌头 [2] 杨柳色，悔教夫婿觅封侯 [3]。

【注释】

1 凝妆：艳妆，着意地打扮。

2 陌头：路边。

3 觅封侯：指从军。古代一些男儿把从军当作建功立业以至封侯的一
   种途径。

【点评】

　　这是一首闺怨诗，叙事由"不怨"到"怨"，有明显的情感转折。
诗题为《闺怨》，一开头却说"闺中少妇不知愁"。第二句"春日
凝妆上翠楼"是用具体行动展现少妇的"不知愁"。一个春天的早晨，
少妇精心打扮后登上翠楼玩赏，她不是为了排遣苦闷而登楼的，而
是想要自娱自乐。第三句是全诗的转折点，"忽见"给人一种猝
不及防之感。少妇在"忽见"路旁的杨柳后，内心泛起了一阵悔意，
悔的是"教夫婿觅封侯"，而这悔中既有少妇对夫婿的思念之情，
又有少妇无限的寂寞。从无忧无虑地盛装登楼到看到杨柳引发一
腔幽怨，少妇的情感变化既在意料之外，又在情理之中。

春宫曲 [1]

王昌龄

昨夜风开露井桃，未央前殿月轮高。
平阳歌舞新承宠 [2]，帘外春寒赐锦袍。

【注释】

1 春宫曲：一作《殿前曲》，一作《春宫怨》。

2 平阳歌舞新承宠：《汉书·外戚传》载汉武帝卫皇后，字子夫，本
为平阳公主府上歌女。武帝过平阳公主府，"既饮，讴者进，帝独悦
子夫。平阳主因奏子夫送入宫。"后生子遂立为皇后。此用卫子夫事
借指新承宠者。

【点评】

　　这是一首借古讽今的诗，借汉武帝宠爱平阳公主家的歌女卫
子夫的故事，讽刺当时唐王朝封建君主的荒淫腐朽。首句"昨夜
风开露井桃"点明了时节是春天，"未央前殿月轮高"点明了地
点是在未央宫——在此泛指唐王宫。前两句为写景，描绘了一派
春意融融、月光如水的景象。第三句中的"平阳歌舞"指的是平
阳公主的歌女卫子夫，她是汉武帝的新宠，正是春风得意之时。"帘
外春寒赐锦袍"则具体写出了她受宠的情状，皇帝怕卫子夫在帘

外受到春寒，便赐予她锦袍保暖。诗中虽只描写了"新承宠"之人，但有新就有旧，所以本诗还隐含了旧人被冷落的哀怨与叹息，读者可以体会到诗人对君主喜新厌旧的嘲讽之意。

清　余省　张为邦　临蒋廷锡鸟谱○

王
翰

◇

王翰（生卒年不详），字子羽，并州晋阳（今山西太原）人。
景龙四年（710）进士。边塞诗人，恃才狂放，其《凉州词》
最为著名。《全唐诗》存其诗一卷。

凉州曲[1]

王翰

葡萄美酒夜光杯[2]，欲饮琵琶马上催[3]。
醉卧沙场君莫笑，古来征战几人回。

【注释】

1 凉州曲：即凉州歌。郭茂倩《乐府诗集》卷七十九《近代曲词》载有《凉
州歌》，并引《乐苑》："《凉州》，宫调曲，开元中西凉府都督郭
知运进。"

2 夜光杯：精致的酒杯。

3 催：催饮。

【点评】

　　这是一首气势豪迈、铿锵激越的边塞诗。首句"葡萄美酒夜光杯"呈现的是一个酒香四溢的热闹的宴会场面，丝毫不见边塞诗的苍凉悲壮。有了前面宴会场面的反衬，接下来第二句"欲饮琵琶马上催"才更显出一种紧迫感。最后两句"醉卧沙场君莫笑，古来征战几人回"表现出了战争的残酷，但其中体现出来的豪迈之气和视死如归的悲壮情绪才是历来为人们所赞颂的。诗人将这首边塞诗放到一个欢乐宴饮的背景中来写，直言不讳地点明自古以来打仗都少有人生还的事实，以表现征战者豁达的胸襟。这样的表达方式既有热血、激昂的效果，又能将征战沙场的将士们内心的悲凉与无奈表现得更为深刻。

清　沈铨　百鸟朝凤图（局部）○

653

送孟浩然之广陵

李白

故人[1]西辞黄鹤楼，烟花三月下扬州。

孤帆远影碧空尽，惟见长江天际流。

【注释】

1 故人：指孟浩然。

【点评】

诗中没一个字涉及离愁别绪，但字里行间分明流露出诗人的惆怅与对友人的留恋。在诗人笔下，深厚的感情被寓于动人的景物描写之中，情与景达到了高度的融合。开头一句交代了送别的对象和地点，第二句点明了老朋友离开的时间和去向，隐约吐露了惜别之情。第三、四两句集中笔力写老朋友的船已远去，长江在天际奔流的景象。后两句表面写景，但我们可以想见诗人伫立江头，目送老朋友的船逐渐远去，久久不愿离去的感人形象。

655

早发白帝城[1]

李白

朝辞白帝彩云间，千里[2]江陵一日还。

两岸猿声啼不住，轻舟已过万重山。

【注释】

1 白帝城：在今重庆奉节县东白帝山上，东汉初公孙述建，因公孙述自称白帝，故名。李白长流夜郎，行至此，遇赦得释，回江陵。这首

清 袁耀 山水四条屏平流涌瀑〇

诗即回江陵途中所作。

2千里：传白帝城至江陵一千二百里。

【点评】

　　李白在被流放途中遭遇大赦，心情很是激动，立刻从白帝城返回江陵，写下此诗。"朝辞白帝彩云间"体现的是白帝城的地势之高，所以看起来像是在白云中一样，这样的乐景衬托了诗人当时的心情。"千里江陵一日还"写的是行舟之快，白帝城跟江陵相隔千里，然而只用一日就到达了，空间距离之远和所用时间之短形成对比，足见诗人当时十分痛快。"两岸猿声啼不住，轻舟已过万重山"是途中的所见所闻。行舟于长江上，两岸的猿声一路不止。"轻舟"二字体现了船行之快，不知不觉就驶过了万重青山。全诗一气呵成，酣畅淋漓，诗人通过描写从白帝城到江陵这一路的顺遂，表现了自己内心的轻松与畅快。

逢入京使

岑参

故园东望路漫漫¹，双袖龙钟²泪不干。

马上相逢无纸笔，凭³君传语报平安。

【注释】

1 漫漫：遥远。

2 龙钟：涕泪淋漓的样子。

3 凭：烦，请。

【点评】

  这首诗写于诗人远赴西域任职途中。诗人的前半生仕途颇为不顺，无奈之下，选择出塞任职，以报效国家，求取功名。这首诗的主要内容是诗人在赴任途中碰到一个要回京的使者，便请使者为他传递口信。"故园东望路漫漫"是诗人在东望家乡，"漫漫"两字体现了诗人此时已远离家乡。"双袖龙钟泪不干"是诗人对思乡之情的直接阐发，因为思念太重，诗人涕泪连连，两只袖子都是湿漉漉的。"马上相逢无纸笔"表现了诗人与使者相逢的仓促，以至于诗人想要请使者替自己给家人传信都没有纸笔，只好让使者"传语报平安"，即给家人带个口信。全诗语言质朴，感情真挚，结尾干脆利落，一方面体现了诗人的思乡之情和对家人的挂念，一方面也体现了诗人此去的决心。

清　余穉　花鸟图册〇

江南逢李龟年[1]

杜甫

岐王[2]宅里寻常[3]见，崔九[4]堂前几度闻。

正是江南好风景，落花时节[5]又逢君。

【注释】

1 李龟年：唐玄宗时著名的乐人，颇受玄宗的优待，后来流落江南。杜甫在潭州（今长沙）与他偶尔相遇。史书记载， 每到了良辰美景的时候，李龟年都要唱"红豆生南国"的曲子，听到的人没有不掩面流泪的。

2 岐王：名叫李范，是唐睿宗的第四个儿子，唐玄宗的弟弟，封为岐王。

3 寻常：平常，经常。

4 崔九：名叫崔涤，唐玄宗的宠臣，常出入宫廷中。

5 落花时节：指暮春时候。

【点评】

　　这是一首借描写重逢感慨王朝盛衰的诗。李龟年是唐玄宗时期著名的乐师，很受玄宗赏识，常在贵族豪门表演，而杜甫少年时也凭才华常出入于豪门庭院，因此与李龟年有所接触。诗的前两句是对二人旧时相逢的追忆，"岐王宅里"和"崔九堂前"也暗喻了过去的繁极一时。"正是江南好风景，落花时节又逢君"看起来是在描写二人的重逢之喜，实际上抒发了国运凋零、颠沛流离的感慨。安史之乱爆发后，李龟年流落江南，卖艺维生，这与前面提到的豪门待遇可谓天差地远。最后一句中的"落花时节"既指当时是暮春，又隐含了王朝衰微、人才凋零之意。诗人将唐王朝由盛而衰这一巨大的转变融于对自己跟李龟年重逢的描写，可谓举重若轻，内蕴丰富。

滁州[1]西涧[2]

韦应物

独怜幽草涧边生，上有黄鹂深树鸣。

春潮带雨晚来急，野渡无人舟自横。

【注释】

1 滁州：唐属淮南道，今安徽省滁州市。

2 西涧：两山夹水称涧。滁州城，群山环绕。西涧在城西门外。

【点评】

　　这是一首描写滁州西涧美丽春景的诗，诗人通过描写景物来表达自己对大自然的美好向往。前两句写水边的景物：涧边有青草在生长，岸上有黄鹂在鸣唱，一静一动，给我们带来一片春意。后两句写水上的景物：春雨使河水急速上涨，渡口的无人船只随意横在水面上，让我们感受到西涧独有的幽静。诗人笔下的景物虽是"幽""深"的，却也是富有生命力的。

张继

张继（生卒年不详），字懿孙，襄州（今湖北襄阳）人。关心百姓生活，写了不少反映现实的作品。其诗语言纯朴自然，不加雕琢。《全唐诗》编其诗一卷。

枫桥¹夜泊

张继

月落乌啼霜满天，江枫²渔火³对愁眠。
姑苏城⁴外寒山寺⁵，夜半钟声到客船。

【注释】

1 枫桥：在今江苏省苏州市西郊。

2 江枫：江边的枫树。

3 渔火：渔船上的灯火。

4 姑苏城：苏州西边有一座姑苏山，所以苏州城也被称作姑苏城。

5 寒山寺：苏州西南的一座寺院，离枫桥不远。

【点评】

　　安史之乱爆发后，不少文人逃到相对安定的今江苏、浙江一带避难，张继也是其中之一。这首诗描写的就是他南下苏州，夜晚在枫桥边停泊休息之时的所见所闻。这首诗的前两句涉及的意象很丰富，有下落的月、啼叫的乌鸦、满天的霜气、孤零零的枫桥、江上的渔火，还有诗人这个不眠人，均围绕着一个"愁"字展开，烘托了诗人的愁情。诗的后两句写的是诗人夜宿船中，听到城外寒山寺传来的钟声。在这样的无眠时刻，从远处传来的钟声更能衬托出夜的静谧和清冷，诗人此时的心情可见一斑。全诗只有"对愁眠"三个字是对诗人的描写，其余皆是意象的堆积，从而将诗人旅途的寂寞和心里积压的愁绪间接地抒发出来。

寒食 [1]

韩翃

春城无处不飞花，寒食东风御柳斜。
日暮 [2] 汉宫 [3] 传蜡烛，轻烟散入五侯 [4] 家。

【注释】

1 寒食：节令名。即清明节前一天或前两天。

2 日暮：一作"一夜"。

3 汉宫：实指唐宫。

4 五侯：汉代五人同时封侯者，有三：西汉外戚王谭等五人、东汉外戚梁胤等五人、东汉恒帝时宦官单超等五人。唐自肃宗后，宦官专权，故这里是指当时的宦官。

【点评】

　　古代有寒食节，这一天家家户户都不能生火，但是皇宫例外，而且皇帝的近臣皇亲可以得到恩典，诗人便就此进行了含蓄的讽刺。诗的前两句写景。"春城无处不飞花"写初春柳絮纷飞的景象，其中的"飞"字灵动巧妙，展现了长安城此时缤纷绚烂的样子。下一句是对唐宫内柳树被风吹得左摇右晃的姿态的描摹，诗人仅用一个"斜"字就概括出来，可见用笔精妙。"日暮汉宫传蜡烛，轻烟散入五侯家"是对寒食节这天宠臣贵族得到皇帝的恩赐的描写。两相对比，诗人的愤懑与嘲讽之意不言而喻。

刘
方
平

◇

刘方平（生卒年不详），河南（今河南洛阳）人。举进士及
从军均不得意。与李颀、皇甫冉、严武友善。擅画亦擅诗，
写闺情宫怨时有清丽之作。尤擅绝句，写景咏物，细腻含蓄。
《全唐诗》存其诗一卷。

月夜

刘方平

更深月色半人家¹，北斗阑干南斗斜²。

今夜偏知春气暖，虫声新透³绿窗纱。

【注释】

1 半人家：月亮照亮庭院的一半。

2 北斗阑干南斗斜：北斗横、南斗斜正是更深时的景象。

3 新透：初次穿过。

【点评】

　　这是一首写景诗。首句的"更深"点明时间是深夜，月亮斜照人家的半户庭院，营造了朦胧静谧的氛围。下一句"北斗阑干南斗斜"将视角转向天空，描写了天上的星星，南北斗星和谐相映，更添神秘与深邃。后两句是诗人的感受。"今夜偏知春气暖"中的"偏知"传达了一种出乎意料之感。诗人敏锐地感受到了"春气暖"这一物候变化，虫子的鸣叫也初次穿透绿纱窗进入诗人的耳朵。这一切都宣示了春的到来，给人充满生机的感觉。诗人对气候变化的感知体现了诗人的细致和敏锐，同时体现了诗人内心的纯净和对自然、生活的热爱，所以才能注意到这些容易被人忽略的细微变化。

南宋 吴炳 竹雀图○

春怨[1]

刘方平

纱窗日落渐黄昏，金屋[2]无人见泪痕。

寂寞空庭春欲晚，梨花满地不开门。

【注释】

1 春怨：此处即指宫怨，描写幽禁在深宫里的妇女生活，充满了苦闷、愁恨。

2 金屋：比喻屋之华美。

【点评】

这是一首宫怨诗，表现的是宫人久居深宫的哀怨与孤寂。诗以写景开篇，"纱窗日落渐黄昏"点明时间是黄昏。"金屋无人见泪痕"是一片凄凉之景，精致华丽的深宫内，宫人独自垂泪，无人相伴，更无人安慰，可见其命运之可悲。这一句是全诗怨情的中心，是对怨情最直接的呈现。后两句写的是屋外之景。"寂寞空庭"说明院子里也没什么人，而且正是晚春时节，梨花落了满地，宫门却仍紧闭着，无人开门打扫，可见已经冷清到了何种地步。诗从室内写到室外，主要的表现手法是以景衬情。诗对主人公并没有多少正面描写，但是"日落""春欲晚""梨花满地"这些衰败的意象，无不象征着主人公的命运，令人为之叹息。

柳
中
庸

◇

柳中庸（？—约775），名淡，蒲州虞乡（今山西永济）人。
柳宗元之族人，萧颖士之女婿。《唐才子传》称他为"京兆处士"。
与李端为诗友。其七绝颇具特色。《全唐诗》存其诗十三首。

征人怨

柳中庸

岁岁金河¹复玉关²，朝朝马策³与刀环⁴。

三春白雪归青冢，万里黄河绕黑山⁵。

【注释】

1 金河：即大黑河，在今内蒙古自治区内。

2 玉关：即著名的玉门关。

3 马策：即马鞭。

4 刀环：指刀柄上的铜质圆环。

5 黑山：又名杀虎山，在今内蒙古自治区首府呼和浩特市。

【点评】

　　这首诗抒发的是征人的怨情，体现了征人对战争的厌烦。诗的前两句是对偶句，"岁岁金河复玉关"是说年复一年地驰骋于边塞，"朝朝马策与刀环"是说每天都要横刀跃马，与战事为伴。"岁岁"与"朝朝"这两个叠词，将征人对征战的不耐烦与怨愤抒发得淋漓尽致。前两句是叙事，交代征人的日常活动，后两句则是写景，写的是征人在边塞的常见之景。"三春白雪归青冢"体现的是边地的寒冷气候，暮春时节也不见春意，只有纷飞的白雪落到昭君墓上。

"万里黄河绕黑山"体现的是边地的荒凉景色，只有无情奔流的黄河跟死气沉沉的黑山。边塞生活枯燥单调，边塞景色荒凉肃杀，征人的怨情已在字里行间流露出来了。

清　恽寿平　出水芙蓉〇

顾
况
◇

顾况（约730—806后），字逋翁，自号华阳山人，苏州海盐（今
属浙江）人。曾任秘书省著作佐郎等。晚年隐居茅山。擅诗擅画，
有《华阳集》行世。《全唐诗》编其诗四卷。

宫词

顾况

玉楼天半¹起笙歌，风送宫嫔笑语和²。
月殿影开闻夜漏³，水精帘卷近秋河⁴。

【注释】

1 天半：形容玉楼之高。

2 和：喧闹。

3 漏：古代一种计时器。

4 秋河：指银河。

【点评】

　　这是一首通过对比来表现怨情的宫怨诗。诗的前两句写热闹的景象：华丽高耸的宫殿内笙歌燕舞，风把宫嫔们的阵阵笑声和乐曲之声送了过来。接着，诗句的氛围陡然一转，写到了难以入睡的主人公听着夜漏滴滴答答地响着，这明显跟前文的氛围不同。从"闻夜漏"这一行为来看，主人公所在的环境显然是安静冷清的，肯定不是前文所提到的"玉楼"。"水精帘卷近秋河"是对主人公百般寂寞的进一步描写，她无事可做，只好卷起珠帘看天上的银河。前两句的热闹之景与后两句的凄凉之景形成鲜明的对比，使怨情早已溢于言表。

夜上受降城[1]闻笛

李益

回乐峰[2]前沙似雪，受降城外月如霜。

不知何处吹芦管，一夜征人尽望乡。

【注释】

1 受降城: 指西受降城。遗址在今内蒙古自治区乌拉特中旗乌加河北。

2 回乐峰: 在西受降城附近。

【点评】

　　这首诗先写景，后抒情，节奏平缓，描写的是戍边战士的思乡之情。"回乐峰前沙似雪，受降城外月如霜"是登临城上看到的景色，如霜的月色和似雪的沙子营造了凄凉冷清的氛围，烘托了征人的心境，这样寂寥的景色极易引起人的思乡之情。第三句"不知何处吹芦管"是从听觉角度来写的，安静凄冷的边塞之地，不知道从何处响起了笛声，于是出现了"一夜征人尽望乡"的场面。"尽望"二字将征人远望家乡的情态描摹得生动形象，其中蕴含的思乡之情不言而喻。从全诗来看，前两句写静默的景色，营造寂寥冷清的氛围；第三句写声音，进一步渲染这种氛围；最后一句进入抒情。可以说，前三句都是在为最后一句的抒情做铺垫，意境浑成，余韵悠长。

南宋　佚名　竹汀鹭鸶图○

乌衣巷 [1]

刘禹锡

朱雀桥 [2] 边野草花 [3]，乌衣巷口夕阳斜。

旧时王谢 [4] 堂前燕，飞入寻常百姓家。

【注释】

1 乌衣巷：东晋时豪门世族居住的处所，故址在今江苏省南京市秦淮河南岸。

2 朱雀桥：秦淮河上的浮桥，离乌衣巷很近。

3 野草花：野草开花，这里的"花"字当作动词。

4 王谢：指东晋宰相王导和谢安。王谢两姓是六朝时的望族，乌衣巷是这两大家族集中居住的地方。

【点评】

　　这是一首咏怀名篇，诗人借咏怀乌衣巷，抒发了对盛衰兴败的深沉感慨。起首的"朱雀桥"是古时去往乌衣巷的必由之路，曾繁极一时，如今桥边却长满了野草野花，满目荒凉，而曾聚集了无数名门贵族的乌衣巷，此刻也是冷落寂寥，只余巷口的一抹残阳。前两句写的是静景，道出了乌衣巷如今已是繁华不再，渲染了惨淡的气氛。后两句写的是动景。燕子作为候鸟有栖息旧巢的习惯，曾经在王、谢两大世家的庭院中栖息的燕子，此时飞入了寻常百姓家，意指世家大族的没落。纵观全诗，诗人将盛衰之变寄寓在寻常景物中，语言虽浅显易懂，却极易勾起读者的想象，以达到今昔对比的效果。诗人的感慨藏而不露，此诗值得细细品读。

春词

刘禹锡

新妆[1]宜面[2]下朱楼，深锁春光一院愁。

行到中庭数花朵，蜻蜓飞上玉搔头。

【注释】

1 新妆：时兴的打扮。

2 宜面：和容貌相协调。

清 恽寿平 花卉十开○

【点评】

这首诗描写的是一位女子在春日里的孤寂之情。首句"新妆宜面下朱楼"写女子的行为，女子精心打扮了一番，化了合适的妆容，款款下楼欣赏春景，这里丝毫不见愁意。下句"深锁春光一院愁"画风直变，"春光"明媚，却被"深锁"在这一方院子里，给人添愁。后两句写的是女子进入院子的场景。"行到中庭数花朵"是说女子到了院子，数花朵排遣无聊与孤寂，而恰在这个时候，"蜻蜓飞上玉搔头"。最后一句描写十分巧妙，暗含的意思十分丰富，既说明了女子身上的脂粉之香、容貌之艳丽，让蜻蜓误把美人当花朵，又暗示了女子此时凝神伫立的情态，除此之外，进一步衬托了女子无人陪伴的孤寂，只能引来蜻蜓，从而突出显示了女子的"愁"。

宫词

白居易

泪尽罗巾梦不成，夜深前殿按歌声[1]。
红颜未老恩[2]先断，斜倚熏笼[3]坐到明。

【注释】

1 按歌声：给歌声打拍子，以配合节奏。

2 恩：指皇帝的恩宠。

3 熏笼：罩在香炉上的竹笼。

【点评】

　　这首宫怨诗抒发了一位不得恩宠的宫妃的哀怨之情。诗人用白描的手法，将宫妃的哀怨抒写得细腻、直接，有很强的艺术感染力。诗的首句直接从宫妃的状态来写，宫妃伤心流泪，擦眼泪的手帕都湿透了，她却仍不能寐。第二句"夜深前殿按歌声"是说皇帝已经到了别的妃子那里。首句的"泪尽"与第二句的"歌声"形成鲜明的对比。"红颜未老恩先断"暗示了君王喜新厌旧，自己容貌正好的时候，君王的恩泽就已经断了，让人从中可以体会到宫妃的不甘和君王的残忍。"斜倚熏笼坐到明"进一步体现了官妃的哀怨，她整夜不眠，一直坐到天明。这首诗语言明白如话，不事雕琢，将官妃的孤寂与怨情、君王的薄情描写得细腻真切。

元　吴镇　墨竹谱○

赠内人

张祜

禁门[1]宫树月痕[2]过，媚眼惟看宿鹭窠。

斜拔玉钗灯影畔，剔开红焰[3]救飞蛾。

【注释】

1 禁门：宫门。

2 月痕：月影。

3 红焰：指灯芯。

【点评】

　　唐代将被选入宫中宜春院的歌舞伎称为"内人"，这首诗就是写这些人的，以表现她们一入深宫便与外界隔绝、失去自由的孤寂与凄凉。首句写景，展现的是一幅宫门深闭、朦胧暗淡的画面，在这种环境中的主人公的状态是"媚眼惟看宿鹭窠"。"媚眼"指代女子美丽的容貌，"惟看"体现了主人公的无聊，"宿鹭窠"则反衬了主人公失去自由、不能回家的哀怨。后两句将视角从室外转到室内，说主人公在灯光下拔下玉钗，拨开灯芯，救扑火的飞蛾。这两句所蕴含的意思十分丰富，"救飞蛾"一方面说明了主人公的善良；另一方面，主人公看到扑火的飞蛾，就像看到了自己的命运，因此感伤不已，"救飞蛾"这一举动充满自我哀怜之意。全诗虽未对主人公的心理进行描写，但从她的行为动作中，读者已经能窥见她内心的孤寂与伤感。

集灵台 [1]（二首）

张祜

其一

日光斜照集灵台，红树花迎晓露开。

昨晚上皇 [2] 新授篆，太真 [3] 含笑入帘来。

【注释】

1 集灵台：指长生殿。

2 上皇：指唐玄宗。

3 太真：即杨贵妃，杨贵妃为女道士时号太真，住内太真宫。

【点评】

　　这首诗讽刺的是昏庸的唐玄宗和轻薄的杨玉环。诗的前两句写集灵台周边的景色，展现了一幅日光融融、花朵盛开的暖景，以暗示杨玉环春风得意。后两句是叙事。皇上在集灵台上举行了道教授给秘文仪式，授给之人是谁呢？最后一句"太真含笑入帘来"给出了答案，那便是杨玉环。杨玉环本是唐玄宗之子寿王李瑁的妃子，受令出家后，赐号太真，后又被唐玄宗召入宫中封为贵妃。集灵台本是祭祀天神的地方，唐玄宗却在这里给杨玉环举行出家仪式，足见其昏庸。"含笑"二字是对杨玉环的神态的描写，可见其对这一仪式并无不满，于是更可见其轻薄。

其二

虢国夫人承主恩，平明骑马入宫门。

却嫌脂粉污颜色，淡扫蛾眉朝[1]至尊。

【注释】

1 朝：朝见。

【点评】

　　这首诗描写的是骄纵的虢国夫人早晨进宫见皇上的事情。虢国夫人是杨玉环的三姐，并非宫妃，但借着杨玉环受宠，也得以"承主恩"。"平明骑马入宫门"可见其恩宠之盛，因为骑马入宫是要得到皇上特批的。这位虢国夫人既非宫妃，又非臣子，却可以得

到这样的特许，侧面反映了当时的杨玉环确实受到盛宠。后两句是对虢国夫人容貌的侧面描写，说她嫌弃脂粉脏了她的容貌，所以只淡淡地描了眉就去见玄宗了。一般来说，胭脂水粉是可以将女子打扮得更漂亮的，可是虢国夫人觉得这些东西会污了她的姿色，可见其天生丽质，而从这一行为也可见其轻佻。全诗明褒暗贬，以恭维的语言对唐玄宗和杨玉环姊妹进行了深刻的讽刺。

清 恽寿平 湖山春暖图（局部）○

题金陵渡[1]

张祜

金陵津渡[2]小山楼[3]，一宿行人自可愁。

潮落夜江斜月里，两三星火是瓜州[4]。

【注释】

1 金陵渡：渡口名，在今江苏省镇江的长江边。

2 津渡：渡口。

3 小山楼：渡口附近小楼，诗人住宿之处。

4 瓜州：在长江北岸，今江苏省扬州的长江边，是长江南北水运的交通要道。

【点评】

　　这首诗表达了诗人内心的寂寞、凄凉。诗的首句点明诗人所在的地方是金陵渡附近的一座"小山楼"。接着，诗人表明了自己当时的心情是"一宿行人自可愁"，即心中愁绪万千，辗转难眠。后两句写的是诗人看到的夜之江景，"潮落夜江斜月里"是近景，"两三星火是瓜州"是远景，一近一远，营造了朦胧悠远的氛围。"是瓜州"三个字还藏着一种惊喜和感慨，诗人像是在这寂寥暗淡的江水中看到了光明之景，虽只有"两三星火"，却点染有致，意境更胜过灯火连绵。全诗虽抒发的是愁情，但语言自然流畅，用笔轻巧、细腻，使得整首诗沉浸在一种淡雅清丽的氛围中，不会给人"愁绪满怀无释处"之感。

北宋　王希孟　千里江山图（局部）○

朱
庆
馀

◇
│
│
│
│
│

朱庆馀（生卒年不详），名可久，越州（治今浙江绍兴）人。
宝历进士，曾官秘书省校书郎等。曾作《近试上张水部》作
为参加进士考试的"通榜"，增加中进士的机会。据说张籍
读后大为赞赏，后朱声名大振。《全唐诗》存其诗两卷。

宫中词

朱庆馀

寂寂花时[1]闭院门，美人相并立琼轩[2]。
含情欲说宫中事，鹦鹉前头不敢言。

【注释】

1 花时：指春暖花开的时节。

2 琼轩：指装饰豪华富丽的长廊。

【点评】

　　这是一首宫怨诗，诗中除了有身居幽宫的孤寂，还有环境的压抑。首句"寂寂花时闭院门"描写了百花盛开、宫门紧闭的场景，"花时"本该是热闹的、明媚的，此处却说"寂寂"。下句"美人相并立琼轩"表明哀怨者不是一个人，而是两个，两人并立在廊台上欣赏春景。一般来说，有人相伴，便可互相倾诉，排遣苦闷，然而后两句道出了深宫的压抑，因为怕鹦鹉学舌搬弄是非，所以即使心里有怨情想要倾诉，也是"不敢言"。可见深宫之怨不仅包括因为得不到君王的宠幸而产生的孤寂哀怨，还有宫内禁忌颇多，稍不留神就会祸从口出而造成的压抑之感，这也是这首诗区别于其他宫怨诗的最大的特点，从而使诗的主题更加发人深省。

近试[1]上张水部[2]

朱庆馀

洞房昨夜停[3]红烛，待晓堂前拜舅姑[4]。
妆罢低声问夫婿，画眉深浅入时[5]无。

【注释】

1 近试：临近考试。

2 水部：唐朝官职，即工部四司之一。

3 停：置放。

4 舅姑：公婆。

5 入时：时髦。

【点评】

　　这首诗是唐宝历年间朱庆馀参加进士考试前夕所作的，意在询问张籍的意见，看自己的诗作是否符合主考官的要求。诗中描写的是一位新娘子嫁到夫家第二天要去拜见公婆前的心理状态，而诗中的新娘是诗人在自喻。先交代背景："洞房昨夜停红烛，待晓堂前拜舅姑。"这里的"舅姑"实则指的是主考官。后两句写的是新娘子的谨慎和忐忑，说新娘子化好妆后问自己的夫婿，眉的浓淡可合时宜？这里的"夫婿"代指张籍。"画眉深浅入时无"

即询问自己的诗作是否符合主考官的标准。"低声"则显示了诗人对即将到来的考试的忐忑和期待。诗人以新娘子要拜见公婆喻指自己即将应考,在当时的社会背景下,这一喻指很合适,也很典型,可见诗人的技巧之高妙。

清 余省 张为邦 临蒋廷锡鸟谱○

将赴吴兴登乐游原

杜牧

清时有味是无能，闲爱孤云静爱僧。

欲把一麾¹江海去，乐游原上望昭陵²。

【注释】

1 麾：旌旗。

2 昭陵：唐太宗的陵墓。

【点评】

　　这首诗作于杜牧即将离开长安到外地上任之前，表达了为国效力的志向和对长安的不舍之情。首句"清时有味是无能"是说在天下太平之时本当施展抱负，却有闲情逸致出游，自己一定是才华平庸的人。然而杜牧本人不仅文学才能出众，还具有政治和军事才能，之所以这样写是要为下文做铺垫。第二句"闲爱孤云静爱僧"是接着首句写的，体现了一种闲适散漫的生活情调。第三句笔锋一转，开始抒发自己的志向，说自己想要手持旌旗，远去江海，为国效力，这就使全诗的氛围从一开始的淡然变得慷慨激昂。最后一句"乐游原上望昭陵"既有对唐太宗的怀想，又有对长安的不舍。唐太宗知人善任，创立了盛世唐朝，再想到唐王朝如今的处境，诗人难免会有生不逢时之感。全诗起笔轻盈，结尾深刻，耐人咀嚼。

赤壁

杜牧

折戟[1]沉沙铁未销，自将[2]磨洗认前朝。

东风不与周郎便，铜雀[3]春深锁二乔[4]。

【注释】

1 折戟：折断的戟。戟，一种古代兵器。

2 将：拿起。

3 铜雀：即铜雀台，曹操在今河北省临漳县建造的一座楼台，楼顶里有大铜雀，台上住姬妾歌伎，是曹操暮年行乐处。

4 二乔：东吴乔公的两个女儿。一嫁前国主孙策（孙权兄），称大乔；一嫁都督周瑜，称小乔。

【点评】

　　这是诗人经过赤壁古战场时有感而发写下的一首咏史诗。前两句是实写，写的是诗人当下的所见。断戟虽被埋在泥沙下多年，但并未被销蚀，诗人将其拿出来清洗一番后，认出这是三国遗物。这两句包含着一种历史变迁、物是人非的沧桑感，为下文抒怀做了铺垫。后两句是诗人对历史的感慨，认为若不是赤壁之战中那一场东风助力，最后获胜的恐怕就是曹操了。"二乔"指大乔和小乔，一个是孙策的夫人，另一个是周瑜的夫人，二人虽不参战事，但若是她们被掳至铜雀台，东吴的失败就可想而知了。诗人以此二人的命运指代东吴的兴亡，属于以小见大。最后两句的议论将东吴的成功归因于"东风"，而不提决策者的运筹帷幄，显然并非诗人的真正想法，诗人只是通过这样的感慨发出自己不受重用、生不逢时的悲叹罢了。

泊秦淮¹

杜牧

烟笼寒水月笼沙，夜泊秦淮近酒家。

商女²不知亡国恨，隔江犹唱后庭花。

【注释】

1 秦淮：秦淮河。

2 商女：卖唱的歌女。

【点评】

　　这首诗写的是诗人夜泊秦淮河时的见闻和感慨。诗以写景起笔，描绘了一幅淡雅朦胧的月下寒水图。两个"笼"字将烟雾、河水、月亮、白沙四个意象连接在一起，和谐融洽。"夜泊秦淮近酒家"是叙事，诗人在晚间将船停泊在秦淮河上，附近就有酒家，为下文的抒怀做了铺垫。"商女不知亡国恨，隔江犹唱后庭花"是本诗的中心所在，诗人看似在斥责"商女"的无知，实则在讽刺那些荒淫无道、只顾玩乐的统治阶层。晚唐已是岌岌可危，但统治者仍旧沉迷酒色，诗人听到隔江传来的歌声，再联想到如今风雨飘摇的大唐，有此感慨也就不难理解了。全诗寓情于景，将诗人对历史的咏叹与对现实的思考紧密结合，感情深沉含蓄，意蕴深刻悲凉。

清　沈铨　百鸟朝凤图（局部）○

701

寄扬州韩绰[1]判官

杜牧

青山隐隐水迢迢[2]，秋尽江南草未凋。
二十四桥[3]明月夜，玉人[4]何处教吹箫。

【注释】

1 韩绰：杜牧曾在扬州牛僧孺幕为僚，韩绰为其同僚。

2 迢迢：指悠长遥远。

3 二十四桥：一说为二十四座桥。北宋沈括《梦溪笔谈·补笔谈》卷三中对每座桥的方位和名称一一做了记载。一说有一座桥名叫二十四桥，清李斗《扬州画舫录》卷十五："廿四桥即吴家砖桥，又名红药桥，在熙春台后……《扬州鼓吹词序》云：'是桥因古二十四美人吹箫于此，故名。'"

4 玉人：美人。

【点评】

　　这是一首表达对友人的挂念的诗，诗人先写景，再抒情，除了对友人的挂念，还有对扬州风景的怀念。首句"青山隐隐水迢迢"是远景，远处的青山绵延不尽，隐隐约约，绿水悠长，流淌不绝，营造了开阔绵长的意境。"秋尽江南草未凋"是诗人在遥想江南的秋景，虽然已经是秋天，但江南仍然是草绿花红，充满生机，体现了诗人对江南的怀念之情。后两句着眼于友人，且将着笔点放在"二十四桥明月夜"这一场景中。二十四桥位于扬州城内，诗人用桥和明月展现了扬州的浪漫与美丽。最后一句是诗人对友人发问：明月之下桥之上，你又在二十四桥的哪一座桥上与佳人吹箫作乐呢？这其中既有对友人的调笑，又有对闲散快活的友人的羡慕。

遣怀

杜牧

落魄¹江湖载酒行，楚腰²纤细掌中轻。

十年一觉扬州梦，赢得青楼薄幸³名。

【注释】

1 落魄：漂泊。

2 楚腰：楚灵王好细腰的典故。这里均指美人细腰。

3 薄幸：薄情负心。

【点评】

　　这首诗是诗人对自己在扬州当幕僚时的生活的追忆。"落魄江湖载酒行，楚腰纤细掌中轻"展现的是一种以酒为伴、放浪形骸的生活，起首"落魄"二字是诗人的自我评价，"楚腰"和"掌中轻"是在夸赞扬州妓女的曼妙美丽。在这样的日子里，诗人并不觉得快乐，反而感觉非常空虚，这从第三句"十年一觉扬州梦"便可体会出来。对诗人来说，那段看似逍遥快活的日子并没有让他觉得惬意，而是像一场梦，并且得到的只是"青楼薄幸名"，其他一无所获。这简直是一段不堪回首的记忆，而其原因在于诗人在政治上不得志，然后诗人的烦闷抑郁就更深重了。全诗虽然是用一种诙谐的口吻写的，诗人的痛苦却渗透在字里行间。

秋夕¹

杜牧

银烛²秋光冷画屏，轻罗小扇³扑流萤⁴。

天街⁵夜色凉如水，卧看牵牛织女星。

【注释】

1 秋夕：秋天的夜晚。

2 银烛：白色的蜡烛。

3 轻罗小扇：轻巧的丝质团扇。

4 流萤：飞动的萤火虫。

5 天街：皇宫中的石阶。

【点评】

这首诗描写的是失意宫女的凄凉、孤寂的生活。首句"银烛秋光冷画屏"描绘出了冷清的色调，连蜡烛都是用"银"字来修饰的，给人一种清寒之感。"轻罗小扇扑流萤"是宫女的动作，她正拿着轻巧的团扇扑萤火虫，可见深宫生活的无聊与寂寞。无人陪伴，宫女只能扑打流萤消遣，而流萤总是生在荒草间，由此可见宫女生活环境的荒凉。第三句转向对室外环境的描写，"天街夜色凉如水"营造的也是凉意十足的氛围，在这样的环境下，宫女在"卧看牵牛织女星"。牵牛跟织女是古代神话传说中的两个人物，两个人的爱情故事悱恻动人，想必宫女也是被这故事触动了，才会在这清凉的夜色中卧看天上的牵牛星跟织女星。全诗情景交融，艺术感染力很强，宫女独处深宫的哀怨和孤寂，以及对美好爱情的期待溢于言表。

清 居廉 花卉四屏〇

赠别（二首）

杜牧

其一

娉娉袅袅¹ 十三馀²，豆蔻³ 梢头二月初。

春风十里扬州路，卷上珠帘总不如⁴。

【注释】

1 娉娉袅袅：形容女子体态美好。

2 十三馀：言其年龄。

3 豆蔻：据《本草》载，豆蔻花生于叶间，南人取其未大开者，谓之
含胎花，常以比喻处女。

4 "春风"二句：说繁华的扬州城中，十里长街上有多少歌楼舞榭，
珠帘翠幕中有多少佳人姝丽，但都不如这位少女美丽动人。

【点评】

这是一首赠别诗，赠别的对象是一位与诗人相好的歌伎，整
首诗都洋溢着对这位歌伎的赞美之意。首句"娉娉袅袅十三馀"
指这位十三岁的歌伎体态轻盈美好。"豆蔻梢头二月初"是以花
比人，比喻精妙，且给人一种信手拈来之感。"春风十里扬州路，
卷上珠帘总不如"是以众人之美烘托一人之美。扬州是繁华之地，

十里长街上不知有多少歌台舞榭，自然是美女如云。不过就算将高楼上所有的珠帘都卷起来，里面的美人也不如这一位，可见诗人对这位歌伎评价之高。全诗夸人并不是将那些浮夸的词句堆积起来，而是从人写到花，从花写到闹市，从闹市写到美人，最后又绕回所赞美之人，挥洒自如，毫无生硬之感，可见诗人的文笔之高妙。

其二

多情却似总无情¹，唯觉尊²前笑不成。
蜡烛有心还惜别，替人垂泪到天明。

【注释】

1 多情却似总无情：意指多情者满腔情绪，一时无法表达，只能无言相对，倒像是彼此无情一样。

2 尊：同"樽"，古代酒杯。

【点评】

　　这首诗与上一首一样，都是赠予一位歌伎的。不同的是，上一首是通过对歌伎的夸赞来诉离别之意，这一首是直接抒发了诗人的不舍。首句以无情表多情，面对即将到来的分别，诗人心中有万般不舍，却不知如何表达，在宴会上与歌伎相对无言，像是彼此无情。"唯觉尊前笑不成"则是以"笑"衬离别的悲苦，想要强颜欢笑安慰对方，却笑不出来，可见诗人的伤感有多深重。

后两句是借物抒情：那燃着的蜡烛也像是有惜别之心，替离别的人流泪到天明。蜡烛燃烧，蜡油滴落，这本是正常的现象，诗人却说蜡烛是在"垂泪"，将其拟人化，借以表现内心的离愁别绪。全诗语言精练流畅，毫无扭捏造作之感，诗人的情思缠绵悱恻。

金谷园 [1]

杜牧

繁华事散逐香尘 [2]，流水无情草自春。

日暮东风怨啼鸟，落花犹似堕楼人 [3]。

【注释】

1 金谷园：西晋石崇的别墅。

2 香尘：石崇为教练家中舞伎步法，以沉香屑铺象牙床上，使她们践踏，无迹者赐以珍珠。

3 堕楼人：指石崇爱妾绿珠，曾为石崇坠楼而死。

【点评】

　　金谷园是西晋富豪石崇于金谷所筑的别墅，富丽堂皇，风光一时，然而到了唐代已经荒废，成为供人们凭吊的古迹。这首诗描写的就是诗人凭吊金谷园后的感慨。面对已经荒废的园子，诗人首先想到的是"繁华事散逐香尘"，即往事如烟，不管这里曾经多么繁华热闹，如今也都随着尘屑消散无踪了。"流水无情草自春"是借景抒情，抒发了物是人非的感慨。"日暮东风怨啼鸟"中的"怨"字为全诗蒙上了一层凄恻伤感的色彩。园中的"落花"让诗人想到了这座园中曾经的"堕楼人"，即石崇的爱妾绿珠，她的命运正像这落花一样，是由不得自己做主的，从中体现了诗人的哀怜之意。全诗句句写景，景中含情，浑然一体。

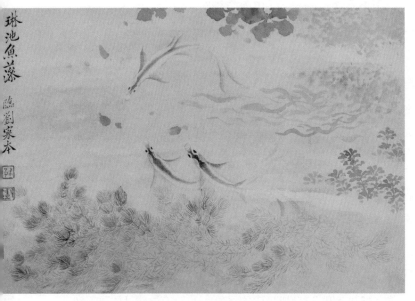

清　恽寿平　琳池鱼藻〇

夜雨寄北[1]

李商隐

君问归期未有期，巴山[2]夜雨涨秋池。
何当[3]共剪西窗烛，却话[4]巴山夜雨时。

【注释】

1 寄北：写寄给北方的人。诗人当时在巴蜀（现在四川省），他的亲友在长安，所以说"寄北"。这首诗表达了诗人对亲友的深刻怀念。

2 巴山：指大巴山，此处泛指四川东部的山。

3 何当：什么时候。

4 却话：回头说，追述。

【点评】

　　这首寄赠诗既没有说明是寄给谁的，也没有说明具体要寄到哪里，只是笼统地给了一个"北"字，但从诗中表现出来的热切的思念和缠绵的感情来看，或许是诗人寄给自己的妻子的。诗的首句是诗人对寄予之人的回答，这个人可能之前问过诗人什么时候回家，诗人的回答是"未有期"，即归期难以确定。"巴山夜雨涨秋池"是诗人对自己所处的环境的描写，正是秋季，秋雨阵阵，池塘涨满了水，秋雨缠绵，更能激起人的相思之情。后两句是诗人对未来团聚的美好想象：什么时候才能一起秉烛夜谈，我好向你倾诉巴山夜雨时我对你的思念之情？诗句从描写眼前的孤寂转到对未来聚首的美好想象，两种感情交织互衬，虚实结合，抒情效果曲折含蓄，耐人寻味。

寄令狐郎中

李商隐

嵩云¹秦树²久离居，双鲤³迢迢一纸书。

休问梁园⁴旧宾客，茂陵⁵秋雨病相如。

【注释】

1 嵩云：嵩山之云。嵩山在今河南省境内。

2 秦树：秦岭之树。

3 双鲤：指书信。

4 梁园：汉梁孝王在梁地的花园，后人称为梁园。

5 茂陵：指汉武帝陵墓，在今陕西省兴平市。

【点评】

　　这是诗人闲居洛阳时回寄给在长安的旧友令狐绹的一首诗，诗中将自己对令狐绹的情意、当下的心境写得凝练含蓄，使诗的内涵极为丰富。首句用"嵩云"和"秦树"指代诗人和友人相隔两地，"久离居"表明两人已经很久没见面了。"双鲤迢迢一纸书"一句体现的是友人对诗人的情意。诗人因病闲居，备感寂寥，友人不远千里寄来书信慰问，诗人自然会感念万分。全诗到此就将双方的情意都体现出来了。诗的后两句是诗人对自己的境况的叙述。"梁园旧宾客"是诗人自比，"休问"二字体现出一种无奈，言外之意是自己目前过得并不如意。最后一句"茂陵秋雨病相如"则是对不如意的具体阐发。诗人以病免闲居的司马相如自比，说明自己身体多病，心情抑郁，虽是客观阐述，但感慨之意颇深。

为有

李商隐

为有云屏[1]无限娇，凤城[2]寒尽怕春宵。

无端[3]嫁得金龟婿[4]，辜负香衾事早朝。

【注释】

1 云屏：云母石装饰和制作的屏风。

2 凤城：指京城。

3 无端：不料。

4 金龟婿：指身居高官的丈夫。唐朝武则天时期，三品以上的官员要佩金饰的龟袋，称金龟。

【点评】

　　这首诗讲述的是官家妇人的哀怨。开头用"为有"二字把哀怨的原因提示出来。"为有云屏无限娇"表明闺房精致，妻子娇美，呈现的画面是让人觉得温情、缱绻的。下句"凤城寒尽怕春宵"用了一个"怕"字，按说寒冬将尽，春宵一刻值千金，诗中却说"怕春宵"，这就让人十分好奇了。诗的后两句便是对"怕春宵"的解释，是从妻子的角度来说的：不料嫁了个做高官的丈夫，丈夫每天都早早地起床上早朝，徒留自己一人。这番埋怨虽是出自妻子之口，却也道出了丈夫的心声，尤其"无端"二字，显得含蓄曲折，耐人寻味。再结合诗人因被卷入党争而一生不顺遂的背景，此诗的言外之意值得揣摩。

隋宫

李商隐

乘兴南游¹不戒严，九重²谁省³谏书函⁴。

春风举国裁宫锦⁵，半作障泥⁶半作帆。

【注释】

1 南游：指隋炀帝南巡。意谓隋炀帝以为天下太平，毫无戒备。

2 九重：指皇宫。

3 省：理会。

4 谏书函：给皇帝的谏书。《隋书·炀帝纪》载："隋炀帝巡游，大臣上表劝谏者皆斩之，遂无人敢谏。"

5 宫锦：供皇家使用的华美锦缎。

6 障泥：马鞯，垫在马鞍的下面，两边下垂至马镫，用来挡泥土。

【点评】

　　这首诗讽刺的是荒淫无度的隋炀帝。诗从隋炀帝南游展开，"乘兴南游不戒严"体现了隋炀帝的骄横无忌，南游时毫无戒备，简直不可一世。"九重谁省谏书函"体现了隋炀帝的不务正业，不专心于国事，只知道游赏玩乐，暗示了其亡国的结局。"春风举国裁宫锦，半作障泥半作帆"体现了隋炀帝的奢侈无度，举国裁制的高级锦缎被隋炀帝一半用作御马障泥，一半用作帆。全诗并无议论，句句都在阐述事实，将隋炀帝如何骄奢，如何不得民心描述得淋漓尽致，讽刺、批判之意不言而喻，亦使人不禁鉴古思今。

元 倪瓒 疏林图轴〇

瑶池

李商隐

瑶池阿母[1]绮窗[2]开，黄竹[3]歌声动地哀。

八骏[4]日行三万里，穆王何事不重来？

【注释】

1 瑶池阿母：《穆天子传》卷三："天子宾于西王母……天子觞西王母于瑶池之上。西王母为天子谣曰：'白云在天，山陵自出。道里悠远，山川间之。将子无死，尚能复来。'天子答之曰：'予归东土，和治诸夏。万民平均，吾顾见汝。比及三年，将复而野。'"《武帝内传》称王母为"玄都阿母"。

2 绮窗：雕饰精美的窗户。

3 黄竹：地名。《穆天子传》卷五："日中大寒，北风雨雪，有冻人。天子作诗三章以哀民。"

4 八骏：传说周穆王有八匹骏马，可日行三万里。

【点评】

这是一首讽刺诗。瑶池是神话传说中西王母居住的地方，整首诗也是从西王母的角度来写的。首句"瑶池阿母绮窗开"勾勒了西王母倚窗等待周穆王前来的画面，却不见周穆王踪迹，只能听到

"黄竹歌声动地哀"。诗的第二句包含了两层意思：一是暗示周穆王已死，人间空留他的歌；一是讽刺统治者，百姓正在受苦哀恸，统治者却在追求长生，丝毫不关心民间疾苦。前两句一句写仙人仙境，一句写人间哀歌，对比鲜明。诗的后两句写的是西王母等不到周穆王的心理活动。穆王有八匹骏马，可日行三万里，要来的话易如反掌，可他为什么不来？这就暗示了周穆王已死，自然不能赴约。然而作为神仙的西王母还在苦等，既不能感知周穆王的死，也无力让周穆王复生，诗人由此讽刺了帝王求仙服药的虚妄。

嫦娥

李商隐

云母屏风[1]烛影深，长河[2]渐落晓星沉。

嫦娥应悔偷灵药[3]，碧海青天夜夜心[4]。

【注释】

1 云母屏风：云母石装饰和制作的屏风。

2 长河：银河。

3 灵药：指长生不死药。

4 夜夜心：指嫦娥每晚都会感到孤单。

【点评】

　　这首诗描绘了独处居所的嫦娥，透露出诗人孤寂、冷清和伤感的心境。诗的首句写的是室内之景。"云母屏风烛影深"呈现的是空寂、暗淡的室内环境，衬托了独处其间的诗人的孤独。"长河渐落晓星沉"写的是室外之景，银河渐渐西移，启明星也慢慢沉落下去，表明时间是将晓未晓。"渐落"有时间流逝之意，表明诗人度过了一个不眠之夜。在这个不眠之夜，诗人所思所想的乃是"嫦娥应悔偷灵药，碧海青天夜夜心"。传说嫦娥因为偷吃了不死药，飞升到孤寒的月宫，成了仙子，然而在诗人看来，就算成了仙，嫦娥也是悔不自胜的，因为月宫实在太过寂寞，嫦娥只能对着碧海青天夜夜垂泪伤心。这两句是借嫦娥表达诗人悔恨与孤独的心境，但这种心境又透露出一种清高孤傲的意味，与诗人的追求不谋而合。全诗的意蕴十分丰富，值得细细探究。

贾生[1]

李商隐

宣室[2]求贤访逐臣[3]，贾生才调[4]更无伦。

可怜夜半虚前席[5]，不问苍生[6]问鬼神。

【注释】

1 贾生：指贾谊，西汉著名的政论家、文学家。

2 宣室：汉代长安城中未央宫正室。

3 逐臣：被放逐之臣，指贾谊。

4 才调：才华气质。

5 前席：在座席上移膝向前。

6 苍生：百姓。

【点评】

　　这首诗借贾谊的遭遇，抒写了诗人对自己怀才不遇的感慨。诗的前两句均为正面描写。"宣室求贤访逐臣"写的是文帝求贤若渴，连被放逐贬谪的臣子也要一一寻访，可见其态度之诚恳。"贾生才调更无伦"是对贾谊才华的肯定。这两句所传达的思想感情积极、正面，像是在作颂文。然而到了第三句，诗人笔锋一转，用了"可怜"二字来形容这场君臣对谈。"夜半虚前席"也是对文帝的正面描写，将文帝虚心请教、凝神倾听的情态描摹得生动可感。然而这样一副求贤若渴的样子，竟然不是在向贾谊问询如何安稳社稷、匡扶百姓，而是问了一些虚无缥缈的鬼神之事。诗人的讽刺之意直到最后一句才真正显露出来，再结合前面对文帝形象的正面描述，这讽刺之意就被反衬得更甚了。

清　恽寿平　百花图（局部）〇

瑶瑟[1]怨

温庭筠

冰簟[2]银床[3]梦不成，碧天如水夜云轻。

雁声远过潇湘[4]去，十二楼[5]中月自明。

【注释】

1 瑶瑟：对瑟的美称。瑟，古代一种乐器。

2 冰簟：清凉的竹席。

3 银床：指月光照着的床。

4 潇湘：潇水和湘江，在今湖南境内。此代指楚地。

5 十二楼：原指神仙的居所，此指女子的闺房。

【点评】

　　"瑶瑟"是用玉装饰的华美的瑟，在古代诗歌中，瑟声常与别离之悲联系在一起，诗题《瑶瑟怨》实际上说的正是诗中女子与思念之人别离的悲怨。首句中的"梦不成"是说女子辗转难眠，前面的"冰簟银床"营造了清冷的氛围。下句转向室外之景，夜空澄碧，月色如水，浮云飘荡，十分开阔，这种开阔更加衬托了女子的形单影只。"雁声远过潇湘去"承接上一句而写，从听觉的角度写室外之景。寂静的深夜，雁声的出现并不会让人觉得热闹，反而更显凄凉，而此处的"潇湘"很可能是令女子有所牵挂的地方。前三句都是围绕女子的感受和见闻来写的，最后一句则不再关注女子，只写明月照耀下的闺楼，将女子的哀怨与悲愁都融入这月色之中，以景结情，给人悠然不尽之感。

郑
畋

◇

郑畋（825—883），字台文，荥阳（今属河南）人。会昌二
年（842）进士，历任秘书省校书郎、中书舍人、礼部尚书、
集贤殿大学士等。《全唐诗》存其诗十六首。

马嵬坡[1]

郑畋

玄宗回马[2]杨妃死，云雨[3]难忘日月新[4]。

终是圣明天子事，景阳宫井[5]又何人。

【注释】

1 马嵬坡：即马嵬驿，因晋代名将马嵬曾在此筑城而得名，在今陕西兴平市西，为杨贵妃缢死的地方。

2 回马：指唐玄宗由蜀还长安。

3 云雨：出自宋玉《高唐赋》"旦为朝云，暮为行雨"，后引申为男女欢爱。

4 日月新：指唐肃宗即位后，中兴唐室。

5 景阳宫井：即景阳井，又称胭脂井。故址在今江苏省南京市。南朝的陈后主听说隋兵已经攻进城来，就和宠妃张丽华、孙贵嫔躲在景阳宫井中，结果被隋兵俘虏。

【点评】

这是一首咏史诗。马嵬坡是杨贵妃当年自缢的地方，诗人以此为诗题，所写内容自然与玄宗有关。首句叙事，说战乱平定后，唐玄宗从蜀地返回长安，而此时贵妃已死。两人一生一死，一个返回京都，另一个长眠在了马嵬坡，暗含唐玄宗能重返长安是用牺牲杨贵妃换来的。下句接着写"云雨难忘日月新"，表现玄宗对杨贵妃的念念不忘，但此时已是另一番天地了，所以玄宗内心是悲喜交加、矛盾复杂的。"终是圣明天子事"一句看似在夸赞玄宗深明大义，懂得以大局为重，下一句却用陈后主在城破之时与宠妃藏在景阳井里的事例来做陪衬，这夸赞中便多了几分讽刺意味。诗句流露出来的既有对玄宗的微讽，又有对玄宗的同情和体谅，感情较为曲折、别致。

韩偓

韩偓（约842—约923），字致尧，自号玉山樵人，京兆万年（今陕西西安）人。龙纪元年（889）进士，曾任中书舍人、兵部侍郎等。自幼聪明好学，十岁时，即席赋诗送其姨父李商隐，令满座皆惊，李商隐称赞其诗是"雏凤清于老凤声"。《全唐诗》编其诗四卷。

已凉

韩偓

碧阑干外绣帘垂，猩色[1]屏风画折枝[2]。
八尺龙须[3]方锦褥，已凉天气未寒时。

【注释】

1 猩色：红色。

2 画折枝：指图绘花卉草木。

3 龙须：指草席。

【点评】

　　这首诗反映的是女子对爱情的渴望，表达方式十分婉约含蓄。诗的首句写碧色的栏杆外垂着绣帘，可见这是一个闺房。接着视角深入了一些，写到了室内画着草木花卉的"猩色屏风"。第三句的视角较前两句又深入了一些，直接写到了闺床，床上是"八尺龙须方锦褥"，即龙须草的席子和织锦被褥。前三句中的陈设装饰无一不显示出这是一个富家女子的闺房。最后一句是对气候的描写，天气转凉，但还没有到寒冷的时候，所以大约是初秋。全诗没有对人的描写，也没有抒情，都在描写客观事物，但我们可以想到，面对时光流转，闺房的主人很有可能产生青春易逝的感慨，加上闺房精致华丽的装点，独自在深闺之中的寂寞之情油然而生，由此产生对爱情的渴望也就属人之常情了。

清　恽寿平　花卉图〇

临徐崇嗣春风画

南田

金陵图

韦庄

江雨霏霏[1]江草齐，六朝[2]如梦鸟空啼。

无情最是台城[3]柳，依旧烟笼十里堤。

【注释】

1 霏霏：小雨细密绵绵的样子。

2 六朝：指吴、东晋、宋、齐、梁、陈。

3 台城：在南京玄武湖边，原为六朝时城墙。

【点评】

  这是一首怀古诗。诗人在金陵凭吊台城遗迹，怀古思今，抒发了深沉蕴藉的感情。"江雨霏霏江草齐"描写的是金陵春天的典型景色，细雨霏霏，挥洒江面，江边绿草如茵，显得朦胧缠绵。"六朝如梦鸟空啼"一句从写景直接跳到抒怀，曾经的王朝在这里兴了又灭，像梦一样，如今只剩下鸟儿悲啼。前两句先写景后抒情，写景是为了渲染气氛，让感慨的抒发更显深沉。后两句从寻常的柳树着笔。春柳本该是让人感到生机勃勃的景物，在这里却被诗人说成无情之物。王朝覆灭，引人悲叹，然而这些柳树丝毫不觉悲，葱郁如常，笼罩着十里长堤，所以诗人觉得柳树无情。这实际上是诗人在以柳树的无情反衬自己的伤感，同时在对历史的感慨中寄寓对当世的思考，表达对日益衰退的晚唐的担忧。

明　仇英　南华秋水图〇

陈
陶

◇

陈陶（约803—约879），字嵩伯。早年游学长安，举进士不第，遂游历名山。大中时，隐居洪州西山，后不知所终。工诗，有诗集十卷，已散佚，后人辑有《陈嵩伯诗集》一卷，《全唐诗》编其诗二卷（混南唐陈陶作品）。

陇西行 [1]

陈陶

誓扫匈奴不顾身，五千貂锦 [2] 丧胡尘。

可怜无定河 [3] 边骨，犹是春闺 [4] 梦里人。

【注释】

1 陇西行：古乐府名。

2 貂锦：这里指将士。

3 无定河：在陕西北部。

4 春闺：这里指战死者的妻子。

738

【点评】

  这是一首表现战争的残酷的诗。前两句描绘了一个慷慨悲壮的激战场面，战士们视死如归，奋勇杀敌，纵然是穿着"貂锦"的精锐部队，也战死近五千人，足见战事的激烈和伤亡的惨重。后两句体现的是战争的恶果，丈夫已经战死，成了河边一具无人安葬的白骨，而身在家中的妻子不知道，仍一心等着他归来。"梦里人"三个字可见妻子对丈夫的思念之深切。"无定河边骨"与"春闺梦里人"对比鲜明，承载着妻子美好盼望的人早已成了一具枯骨，悲剧意味浓重、真切，"可怜""犹是"包含了诗人的无限感慨。全诗并未直接描写死者家属的悲伤，但这种因不明真相而存有的美好却空洞的期望，更能引起人的同情。

清 恽寿平 湖山春暖图（局部）〇

张
泌

张泌（生卒年不详），字子澄，淮南（今安徽寿县）人。花间派词人，其词被收入《花间集》。《全唐诗》编其诗一卷。

寄人

张泌

别梦依依到谢家¹，小廊回合²曲阑³斜。

多情只有春庭月，犹为离人照落花。

【注释】

1 谢家：泛指闺中女子。

2 回合：回环。

3 阑：栏杆。

【点评】

　　这首诗是被作为一封信寄给诗人挂念的一位女子的，从诗的内容来看，诗人与这位女子应该是昔日的恋人，然而不知为何分手了，诗人却放不下女子。在封建礼教的束缚下，诗人不能直截了当地对女子倾诉衷肠，只好用写诗的方式向女子表达自己的心意。诗从一个梦境写起。"谢家"代指女子的住处。诗人大概是因为在跟女子相恋的时候去过女子的家，所以才会有"小廊回合曲阑斜"的熟悉感。只是如今物是人非，徒有多情的月亮还在为分离的人照着落花。"多情月"实际上是诗人自比，"落花"二字则是在埋怨女子无情。诗人的言下之意即希望女子能与他通一通音信，缓解自己的相思之苦。全诗寓情于景，委婉含蓄，可见诗人的痴心。

杂诗

无名氏

近寒食雨草萋萋，著¹麦苗风柳映堤。
等是²有家归未得，杜鹃³休向耳边啼。

【注释】

1 著：吹。

2 等是：等于。

3 杜鹃：鸟名，即子规。

【点评】

　　这是一首描写游子有家不能归的诗。首句"近寒食雨草萋萋"点明时间是寒食节前。正逢春雨绵绵之际，草木茂盛，麦苗随风摇摆，堤上杨柳依依。前两句写的是春日的常见之景，但是对离家在外的诗人来说，这样的景致必会牵起满肚愁肠。此时，耳边还响起了杜鹃的啼鸣，诗人的惆怅更甚，所以发出了"等是有家归未得，杜鹃休向耳边啼"的无奈之声，同样是有家归不得，杜鹃你就不要在我耳边啼叫了。诗人用生机勃勃的春日景象反衬自己离乡在外的愁苦，加上杜鹃鸟这一意象，愁苦之外又平添了几分无奈，使得感情的表达更为浓郁、丰富。

乐

府

渭城[1]曲

王维

渭城朝雨浥[2]轻尘，客舍[3]青青[4]柳色新。

劝君更[5]尽一杯酒，西出阳关[6]无故人。

【注释】

1 渭城：古县名，故址在今陕西咸阳东北。

2 浥：润湿，沾湿。

3 客舍：旅店，这里指设宴送别友人的地方。

4 青青：用来形容柳枝的颜色翠绿。

5 更：再。

6 阳关：汉朝设置的边关名，故址在今甘肃省敦煌市西南，古代跟玉门关同是出塞必经的关口。

【点评】

这是一首送别诗。元二奉命出使安西都护府，诗人到渭城为他饯行，写下了这首诗。诗的前两句写景。早晨下了一场雨，让灰尘都沾了湿，渭城经过雨水的冲刷，呈现出来的是"客舍青柳色新"的画面，即旅馆周边的柳树叶子清新翠绿，展现了明媚的春景。前两句还点出了送别的时间、地点和环境，手法巧妙。后两句是抒发离别的不舍，抒发的方式则是劝酒。临别在即，诗人面对友人自然有千言万语要说，但是这千言万语最后都化作一句劝酒的话，因为出了阳关后，就很难再遇故旧了。可以说，诗人对友人的不舍、祝福、担忧，全都被融进了这一杯酒，其深情可意会而不可言传，将送别之意抒发到了顶点，这也是这首诗广为流传的原因。

明 仇英 浔阳琵琶〇

秋夜曲

王维

桂魄[1]初生秋露微，轻罗[2]已薄未更衣[3]。

银筝夜久殷勤弄[4]，心怯空房[5]不忍归。

【注释】

1 桂魄：即月亮。

2 轻罗：轻盈的丝织衣服。

3 更衣：指换上更厚的衣服。

4 弄：弹拨。

5 空房：谓独自一人。

【点评】

  这是一首抒发闺怨的诗。"桂魄初生秋露微"点明了时间和时节，"桂魄初生"是指月亮刚升上来，"秋露微"表明时节是初秋。"轻罗已薄未更衣"是说穿夏装已经有些冷了，但女子并未更换厚一些的衣服避寒，这就勾起了读者的好奇心。第三句继续描写女子的行为，说她在弹筝，从月亮初升一直弹到夜深。女子看似弹筝十分投入，以至于忘了时间，最后一句却道出了女子不肯回房休息的真正原因，即因为害怕独守空房的寂寞，所以不想回去，顶着凉意一直在外拨弄筝弦。全诗的感情到最后一句显露出来，加上前面对秋夜清冷氛围的渲染，女子的幽怨之情便跃然纸上了。

清 郎世宁 仙萼长春图〇

长信怨

王昌龄

奉帚[1]平明金殿开，暂将团扇[2]共徘徊。

玉颜不及寒鸦色，犹带昭阳[3]日影来。

【注释】

1 奉帚：捧帚，指洒扫长信宫。

2 团扇：班婕妤《怨歌行》："新制齐纨素，鲜洁如霜雪。裁为合欢扇，团团如明月。出入君怀袖，动摇微风发。常恐秋节至，凉飙夺炎热。弃捐箧笥中，恩情中道绝。"

3 昭阳：即昭阳殿，赵飞燕姊妹所居。

【点评】

这首诗是王昌龄《长信秋词》五首中的一首，借汉代班婕妤失宠后到长信宫侍奉太后一事，表达了唐宫内被冷落的人的哀怨。首句"奉帚平明金殿开"是叙事，每天天亮的时候，金殿大门一开，宫人就要拿着扫帚开始打扫。"暂将团扇共徘徊"表现出打扫之余的无聊。班婕妤曾作《团扇诗》，诗人在此用"团扇"比喻宫人的失宠。后两句是对这位宫人的哀怨的进一步抒发，宫人的姣好容颜还不如一只寒鸦身上的光彩，寒鸦能够在昭阳宫里来去自由，

得见皇上，自己却在这深宫里憔悴神伤。不与跟自己一样美貌的宫人相比，而与一只乌鸦相比，更显出失宠的宫人的不甘心与怨恨，感情十分深沉、极端。

明　仇英　桃源仙境图○

出塞[1]

王昌龄

秦时明月汉时关，万里长征人未还。

但使[2]龙城飞将[3]在，不教[4]胡马[5]度阴山[6]。

【注释】

1 出塞：古乐府曲名。塞，边塞。

2 但使：只要。

3 龙城飞将：指汉武帝时的名将李广。当时匈奴很畏惧他，称他为"飞将军"。这里用来借指当时英勇善战的将领。

4 不教：不让，不使。

5 胡马：指侵扰内地的敌军。

6 阴山：现在内蒙古自治区北部，汉代常凭借这自然屏障来抵御匈奴的南侵。

【点评】

这是一首边塞诗。王昌龄是盛唐诗人，所以他的边塞诗大都体现出一种激昂、自信的情绪，但频繁的战争毕竟给百姓带来了很大的负面影响，所以这首诗表达的是战争早日停歇、和平早日到来的愿望。首句写此地自古以来都是征战要地，处于征战不断的状态，营造出来的历史感为全诗笼罩了一层苍茫雄浑之气，使之后的情感表达更加深沉有力。"万里长征人未还"表现了战争的残酷，多少征战的将士一去不还。后两句表达了人民的共同愿望，那就是希望有像龙城飞将一样的英雄出现，让胡人不敢入侵，还边塞一个和平安定的环境。这两句也暗示了对朝廷用人不当的不满。全诗用笔流畅，一气呵成，读来给人一种昂扬之感，容易引起读者的共鸣。

南宋　马远　倚云仙杏图○

迎风呈巧媚

浥露逞红妍

清平调¹（三首）

李白

其一

云想²衣裳花想容，春风拂槛露华浓。

若非群玉山³头见，会向瑶台⁴月下逢。

【注释】

1 清平调：唐乐府曲牌名，后用为词牌。据《松窗杂录》，此组诗乃
李白为玄宗与杨贵妃在兴庆宫龙池东沉香亭赏牡丹时所进。

2 想：像，如。此句以云和花喻杨贵妃衣貌。

3 群玉山：神话传说中的仙山，西王母所居。

4 瑶台：传说昆仑山上仙人所居处。

【点评】

　　这三首诗据说是唐玄宗和杨贵妃在沉香亭观赏牡丹花时召李
白进宫所写。第一首描写了杨贵妃的绝世容颜和高贵身份。首句
"云想衣裳花想容"是以轻盈美丽的云霞比贵妃的服饰，以花比
贵妃的容貌，表现了贵妃的高贵和美艳。"若非群玉山头见，会
向瑶台月下逢"是把杨贵妃比作天上的仙女。"群玉山""瑶台"
都是传说中西王母居住的地方，暗示了杨贵妃乃是天仙，所以要

到仙境才能看到。全诗想象奇妙，虽为夸赞之诗，却毫无造作之感。诗人将杨贵妃的仪态万千和天人之姿通过比喻、夸张等修辞手法表现出来，非常精妙。

其二

一枝红艳露凝香，云雨巫山¹枉断肠。

借问汉宫谁得似，可怜飞燕²倚新妆。

【注释】

1 云雨巫山：此句言楚王与神女之事虚无缥缈，徒使人伤神。

2 飞燕：汉成帝皇后赵飞燕，以貌美得宠。

【点评】

　　这首诗描写的是杨贵妃的受宠。首句"一枝红艳露凝香"是说杨贵妃像一枝凝露的牡丹，艳丽、润泽，暗示杨贵妃承蒙皇上的恩泽。"云雨巫山枉断肠"是借神话传说中楚王与神女相会的虚妄，衬托唐玄宗与杨贵妃之间的深切情意。后两句"借问汉宫谁得似，可怜飞燕倚新妆"是用汉代赵飞燕来衬托杨贵妃的天然绝色。请问汉宫的妃嫔哪个能与杨贵妃相比？就连一代佳人赵飞燕也得依仗新妆才能勉强与之相较。诗人用了抑扬的手法，抑赵飞燕以扬杨贵妃的倾国之姿。全诗通过对比对杨贵妃进行了盛赞，可见诗人构思之精妙。

其三

名花[1]倾国两相欢，常得君王带笑看。

解释[2]春风无限恨，沉香亭[3]北倚栏杆。

【注释】

1 名花：指牡丹。

2 解释：消除。

3 沉香亭：唐玄宗时建，在兴庆宫图龙池东。

【点评】

　　这首诗是《清平调》三首中的最后一首，承前两首，既写了杨贵妃，也将唐玄宗融入其中。首句依然是对杨贵妃容貌的盛赞，说杨贵妃与牡丹相得益彰，互为映衬，甚至人比花娇。"常得君王带笑看"表现了唐玄宗对杨贵妃的喜爱，唐玄宗总是笑容满面地看着杨贵妃，百看不厌。第三句中的"春风"代指唐玄宗，说杨贵妃能够消除唐玄宗的无限烦恼，可见两人之间的浓情蜜意。最后一句"沉香亭北倚栏杆"点明了地点是在沉香亭北，贵妃与玄宗倚着栏杆欣赏亭外的牡丹花，优雅闲适自不必说。这首诗没有运用多余的表现手法，只是将诗人的所见巧妙地融合在一起，描绘出一幅佳人与娇花互相映衬、君王与贵妃情意缱绻的画面，显示了诗人高超的创作能力。

出塞

王之涣

黄河远上白云间，一片孤城¹万仞²山。

羌笛³何须怨杨柳⁴，春风不度⁵玉门关。

【注释】

1 孤城：指玉门关，是古代通往西域的重要关口。

2 万仞：仞是古代计算单位，一仞相当于七八尺，万仞则为几千丈，是夸张的说法。

3 羌笛：古代羌族的一种乐器。羌是我国古代少数民族之一，主要分布在今天的甘肃、青海、四川一带，多以游牧为生。

4 怨杨柳：是说吹奏出《折杨柳》的曲调，表达哀怨之情。怨，表示哀怨。杨柳指的是《折杨柳》，是古代的一种乐曲，调子较凄凉，有叙述士兵辛苦的内容。古人有临别折柳相赠的风俗，"柳"与"留"谐音，赠柳表示惜别、留恋，杨柳和离别容易引起联想。

5 度：过。

【点评】

　　这是一首边塞诗，描绘了边塞苍凉、辽阔的景象，表达了戍边战士的思乡之情。"黄河远上白云间"是以自下而上的视角注视黄河所产生的感受，远远望去，黄河像是直入白云间，颇为壮观。"一片孤城万仞山"描写的是戍边的堡垒倚靠着连绵不绝的高山，显得孤独而苍凉。前两句写景，渲染了独属于边塞的气氛，为下文抒情做准备。"羌笛何须怨杨柳"中的"羌笛"是在边塞经常听到的乐器，"杨柳"指表达哀怨之情的曲子《折杨柳》，在边塞听到这样的曲子，战士们自然会被勾起思乡之情。"春风不度玉门关"一句则透露出一种无奈与抱怨，一是说边塞荒凉，春风难以吹到；还有一层更深的含意则是边塞远离皇城，所以皇帝的关怀到不了这里，暗含对君王不体恤士兵的埋怨。虽是描写怨情，但从"何须"二字可见诗的感情并不消沉，展现了盛唐诗人的广阔胸怀。

杜
秋
娘

◇

杜秋娘（生卒年不详），唐时金陵（今江苏南京）人。原为
节度使李锜的侍妾。唐宪宗元和二年（807），李锜起兵造反，
后来失败，杜秋娘被牵连入宫，后受到唐宪宗宠幸。后唐穆
宗即位，任命她为皇子保姆。后来皇子被废，赐杜秋娘回乡。

金缕衣 [1]

杜秋娘

劝君莫惜金缕衣，劝君惜取 [2] 少年时。

花开堪 [3] 折直须 [4] 折，莫待无花空折枝。

【注释】

1 金缕衣：唐朝教坊曲调名。

2 惜取：珍惜。

3 堪：可以。

4 直须：尽管。

【点评】

　　这首诗的主题是珍惜时间。前两句一句否定、一句肯定，直现主题，劝诫人们要珍惜时间，不要把时间浪费在追逐功名利禄上。后两句将时光喻为花，花正开放的时候尽管去摘，不要等到花都谢了，才去徒劳地折枝。后两句表达得较为含蓄蕴藉，但主题不变。诗歌的节奏轻慢舒缓，韵律十足，将人人都懂的道理通过充满艺术感染力的语言表达出来，增强了说服力。

唐诗三百首

图书在版编目（CIP）数据

唐诗三百首 / （清）蘅塘退士编；陈平编著. —— 长沙：湖南文艺出版社，2023.7
（古典文学精装典藏系列）
ISBN 978-7-5404-9934-1

Ⅰ.①唐… Ⅱ.①蘅… ②陈… Ⅲ.①唐诗—诗集
Ⅳ.①I222.742

中国版本图书馆CIP数据核字（2021）第017100号

上架建议：畅销·文学

GUDIAN WENXUE JINGZHUANG DIANCANG XILIE · TANGSHI SANBAI SHOU

古典文学精装典藏系列·唐诗三百首

编　　者：[清] 蘅塘退士
编 著 者：陈 平
出 版 人：陈新文
责任编辑：匡杨乐
监　　制：邢越超
策划编辑：韩 帅 王 维
特约编辑：汪 璐 白 楠
营销支持：文刀刀
封面设计：别 境Lab
封面书法：许石头
版式设计：利 锐
出　　版：湖南文艺出版社
　　　　　（长沙市雨花区东二环一段508号 邮编：410014）
网　　址：www.hnwy.net
印　　刷：北京中科印刷有限公司
经　　销：新华书店
开　　本：855 mm×1180 mm 1/32
字　　数：475 千字
印　　张：25
版　　次：2023 年 7 月第 1 版
印　　次：2023 年 7 月第 1 次印刷
书　　号：ISBN 978-7-5404-9934-1
定　　价：108.00元

若有质量问题，请致电质量监督电话：010-59096394
团购电话：010-59320018